Er zögerte. Dann nahm er das tote Huhn, das sein Vater ihm reichte. Da, wo vorher der Kopf gewesen war, klebte jetzt Blut an dem weißen Gefieder. Sune hatte Blut noch nie gemocht. Den Geruch nicht und auch nicht die dunkle Farbe, wenn es herauslief und eine Pfütze bildete. Aber das wollte er sich heute nicht anmerken lassen. Nicht vor seinem Vater. Nicht heute. Wenn seine Mutter auch mit dabei wäre, dann wäre alles leichter, dachte er und blinzelte ein paarmal. Aber seine Mutter lag in ihrem Schlafzimmer im Sterben. Fast den ganzen Tag hatte er an ihrem Bett gesessen. Das Schlimmste war der Tropf. Die Stelle, wo die Nadel in ihrer Hand verschwand. Er konnte gar nicht hinsehen, obwohl ein Pflaster darüberklebte. Sie hatte geschlafen, als sein Vater ihm zurief, sie müssten los.

Seit Monaten hatte er sich auf seine Jugendweihe gefreut, auf das Ritual und die Feier. Wie oft hatte er sich vorgestellt, wie es sein würde, abends als Kind von zu Hause wegzufahren und irgendwann nachts als Mann zurückzukehren. Zumindest würde er von da an als solcher betrachtet werden und die gleichen Rechte und Pflichten haben wie ein Erwachsener. Seine Klassenkameraden waren bereits alle konfirmiert, aber die Asatrus bestätigten ihren Glauben erst an ihrem fünfzehnten Geburtstag. Und Sune wurde heute fünfzehn.

Er legte das Huhn in den Eimer, den sein Vater geholt hatte, und stellte ihn in den Fußraum vor dem Beifahrersitz, bevor er selbst ins Auto kletterte. Sein Vater hatte den weißen Lieferwagen mit allem beladen, was sie für den Mitternachtsblót brauchten, und er selbst hatte sich gerade noch einmal vergewissert, dass er auch wirklich die beiden kleinen Geschenke für die Götter dabeihatte.

Das eine sollte seine Kindheit symbolisieren, das andere seine Zukunft. Er hatte sich für sein Lieblingskinderbuch entschieden, obwohl es ihm sehr schwerfiel, sich von der abgegriffenen Ausgabe von *Pu der Bär* zu trennen. Tesafilm hielt das Buch zusammen. Seine Mutter hatte ihm daraus vorgelesen, bis die Seiten herausfielen. Sune wusste, dass seinem Vater diese Entscheidung nicht passte. Statt eines Buches hätte der Junge doch besser einen Fußball genommen, hatte er gesagt. Aber Sunes Mutter hatte zu ihrem Sohn gehalten.

Die andere Opfergabe war das große Taschenmesser, ein Geschenk seines Vaters. Sune hoffte, die Götter würden ihm als Erwachsenem dafür Mut und Stärke geben. Er wollte ganz bestimmt nicht Schlachter werden wie sein Vater und sein Großvater. Aber ihm war nichts Besseres als dieses Messer und dieser Wunsch eingefallen. Und sein Vater war zufrieden gewesen.

Sune würde auch selbst ein Geschenk bekommen. Ein Geschenk, das ihm einen Schubs in die richtige Richtung geben würde. Sein Vater hatte seinerzeit ein Schlachtermesser bekommen. Lesen und Schreiben waren nicht seine Stärke gewesen, und so hatte Sunes Großvater seinen Sohn gleich nach dessen Jugendweihe von der Schule und zu sich in die Schlachterlehre genommen. Sune hatte auch schon von einem Jungen gehört, der ein Flugticket nach irgendwohin ganz weit weg bekommen hatte, begleitet von der Ansage, er solle erst dann zurückkehren, wenn er nicht mehr an Mutters Rockzipfel hing. Er war nie wiedergekommen.

Sune hoffte, eine Silberkette mit einem Thorshammer zu bekommen, dem Symbol ihres nordischen Glaubens. Sein Vater hatte ihm vorgeschlagen, sich das zu wünschen. Als sie jetzt in den Waldweg abbogen und der Vater ihn fragte, ob er bereit sei, lächelte Sune und nickte.

Er sah die Fackeln und das Feuer schon von Weitem. Die Dämmerung war fortgeschritten, die hohen Bäume ragten dunkel über ihnen auf, und die goldenen Flammen wirkten einladend. Sune spürte ein Kribbeln im Bauch, als er sah, dass die anderen bereits da waren und alles für ihn vorbereitet hatten. Die Flammen der Fackeln tänzelten in der Dunkelheit.

Heute Abend war sein Blót. Endlich würde er in den Kreis der Männer aufgenommen. Solange Sune denken konnte, war er mit seinen Eltern in den Wald gefahren, um sich mit den anderen Asatrus zu treffen. Er liebte die Stimmung bei diesen Zusammenkünften und das große gemeinsame Mahl, das es gab, wenn die Erwachsenen mit der Gottesanbetung fertig waren. Bisher war er aber nie selbst ein Teil des Kreises gewesen. Bisher war er ihren Regeln nicht verpflichtet gewesen. Wenn er heute Abend Teil des Kreises der Männer und dieser Kreis mit ihm geschlossen wurde, war er für immer an seinen Eid gebunden. Der Kreis der Erwachsenen konnte nur von Kindern oder von Tieren gebrochen werden, die nicht begriffen, dass er heilig war. Sune und die anderen Kinder waren immer zum Spielen hinter den großen Feuerplatz geschickt und strengstens ermahnt worden, die Erwachsenen nur dann zu stören, wenn eins der Kinder sich ernsthaft verletzte.

Ab heute Abend würde er ein Teil des Kreises sein, wenn die Götter angerufen wurden. Er würde mitmachen dürfen, wenn das Trinkhorn die Runde machte, und zum Dank für seine Weihe würde er den Göttern das Huhn opfern und seinen nordischen Glauben bestätigen. In den letzten Monaten waren sein Vater und er sämtliche Rituale durchgegangen. Sein Vater hatte ihm vom Eidring erzählt und ihm eingeschärft, dass ein Gelöbnis bei diesem Ring ein Versprechen an die Götter war, das man niemals brechen durfte.

Sune dachte an das Schwein hinten im Lieferwagen. Es würde zum Schluss der Zeremonie getötet und sein Blut den Göttern geopfert werden, eine Dankesgabe der Familie für die Aufnahme ihres Sohnes.

Sein Vater ging ihm voraus Richtung Feuer. Mit zwei Metern Abstand standen die Fackeln rundherum, das Ganze sah fast wie eine Festung aus. Sune war die Stille plötzlich unangenehm, und auch, dass die Männer sich so feierlich in einer Reihe aufgestellt hatten und jetzt einer nach dem anderen hervortraten, um ihn in den Arm zu nehmen. Er wusste nicht, was er sagen sollte, und versuchte, sein stolzes Grinsen zu unterdrücken, schließlich wollte er nicht kindisch wirken. Da legte sich der Gode den Umhang um, und die Männer versammelten sich schweigend in einem Kreis rund um das Feuer.

Jetzt, dachte Sune. Jetzt ist es so weit. Gleich bin ich erwachsen.

Eigentlich war er davon ausgegangen, dass der

Gode das Wort ergreifen würde. Schließlich sprach er auch immer die Einführung, wenn die Erwachsenen sich in einem Kreis versammelten. Aber es war sein Vater, der hervortrat, den Kopf leicht zur Seite neigte und seinen Sohn mit einem Lächeln im Blick ansah.

»Sune, mein Sohn«, hob er etwas unbeholfen an. »Heute Abend fängt dein Leben als Erwachsener an. Ab sofort bist du kein Kind mehr, und du musst viel lernen.«

Ein paar der Männer räusperten sich oder husteten.

Sune musste an die Sage von Signe, der Tochter König Vølsungs, denken, die ihre Söhne in den Wald geschickt hatte, als der älteste gerade mal zehn war. Sie hatten furchtbare Angst gehabt. Er selbst war fünfzehn und fand den dunklen Wald auch ganz schön unheimlich. Er war nie besonders mutig gewesen, das wusste er selbst. Er musste an seine Mutter denken.

»Herzlichen Glückwunsch zum Geburtstag«, hatte sie gesagt, als er sich am Morgen mit seinem Frühstück zu ihr ans Bett gesetzt hatte. Sie selbst aß kaum noch, sie wurde hauptsächlich über eine Sonde ernährt. Aber sie hatte gelächelt und Sunes Hand genommen. »Freust du dich auf heute Abend?«

Jetzt schob Sunes Vater ihn in den Kreis hinein, und der Gode ging langsam um den Kreis herum und sang dabei. In jeder Himmelsrichtung blieb er stehen und rief eine Gottheit an. Im Norden Odin, den höchsten aller Götter. Thor, den Beschützer der Menschen, im Süden. Frey, den Gott der Fruchtbarkeit, im Osten, und im Westen Frigg, Odins Gemahlin, die für die Ehe und Stabilität in Beziehungen stand.

»Der Kreis ist geschlossen«, erklärte der Gode, als er wieder seinen Platz einnahm.

Sune bezweifelte, dass er später mal wiederholen

könnte, was während des Rituals gesagt wurde. Mehrmals nahm er das Trinkhorn entgegen, drehte es so, dass die Spitze des Horns auf seinen Bauch zeigte, und hob es vorsichtig an die Lippen, damit kein Unterdruck entstand und ihm der Met ins Gesicht spritzte. Sein Vater hatte ihm erklärt, daran könne man erkennen, wer neu im Kreis war und wer schon länger dazugehörte. Sunes Wangen glühten vom Feuer und vom Alkohol. Berauscht hörte er zu, als die Männer einer nach dem anderen hervortraten und ihm einen Vers vortrugen. Einige suchten Zeilen aus der Hávamál aus, während andere Verse aus der Völuspa stammen mussten, aber es dauerte nicht lange, da verschwammen alle Worte.

Nachdem alle ihre Verse gesagt hatten, sangen sie für ihn. Sune legte die Geschenke für die Götter auf die Erde, dann machte das Trinkhorn abermals die Runde. Schließlich wurde der Kreis geöffnet. Einige der Männer jubelten und hoben Sune hoch, und wieder nahmen sie ihn einer nach dem anderen in den Arm.

Woran Sune sich später aber bis ins letzte Detail erinnern würde, war jener magische Augenblick nach dem Blót, als er in die Eidbruderschaft der Männer eingeführt werden sollte. Er blieb beim Feuer stehen, während die Erwachsenen sich unter der großen Opfereiche versammelten. Der über tausend Jahre alte Baum stand einige Meter von der Feuerstelle entfernt. Als Sune kleiner gewesen war, hatte er sich die Wartezeit, bis die Erwachsenen mit dem Blót fertig waren, mit Begeisterung damit vertrieben, immer wieder durch das große Loch im Stamm zu springen. Heute Abend sah das Loch aus wie ein großes schwarzes Auge, das ihn im Halbdunkel anstarrte.

Ihm lief ein leichter Schauer über den Rücken, aber kein unangenehmer. Angst hatte er keine, im Gegenteil. Der Gode grub ein Stück Grasnarbe aus und platzierte sie so auf zwei Zweigen, dass eine Art Torbogen entstand. Die Sage von Odin und Loke und ihrer Blutsbrüderschaft hatte Sune schon immer fasziniert. Jetzt war er selbst Teil des Rituals: Mit ihnen unter der Grasnarbe hindurchzugehen symbolisierte ihre gemeinsame Wiedergeburt.

Ihm kam das alles wie in Zeitlupe vor, als sein Vater ihn bei der Hand nahm und der Gode direkt hinter ihm ging. Als er auf der anderen Seite herauskam, hatte er das Gefühl, der Mond würde allein ihn direkt anleuchten. Natürlich wusste er, dass er sich das nur einbildete, aber es fühlte sich wirklich so an. Er hatte sich etwas vor dem Teil des Rituals gefürchtet, bei dem sich jeder eine Ader aufschnitt und Blut auf die Stelle laufen ließ, an der die Grasnarbe fehlte. Aber das war dann alles gar nicht so schlimm.

Hinterher überreichten sie ihm einen langstieligen Bronzelöffel, der wie ein großer Kochlöffel aussah, nur schwerer und mit einem breiten, kantigen Stiel. Es erfüllte Sune mit Stolz, als die anderen ihn feierlich aufforderten, im Blut auf dem Erdboden zu rühren, und er kam sich richtig mutig vor, als er ihrer Aufforderung nachkam. Dann nahm der Gode die Grasnarbe von den Ästen und legte sie dahin zurück, wo er sie ausgegraben hatte, um das Ritual zu besiegeln. Die Erde wurde festgeklopft und Sune in den Kreis gezogen. Er fühlte sich erwachsen. Der Gode erklärte, von nun an sei er an den Pakt gebunden, nach dem sie einander ehren und behüten sollten.

»Wir passen aufeinander auf«, hatte Sunes Vater erklärt, als sein Sohn ihn einmal fragte, was das bedeutete.

Sune blieb stehen, als sein Vater sich in Richtung Auto entfernte. Am liebsten hätte er sich davongeschlichen. Er hatte keine Lust, dabei zuzusehen, wie sie gleich das Schwein schlachteten.

»Hilfst du eben beim Auspacken?«, fragte der Gode. Er hatte den Umhang abgelegt und zeigte zum Feuerplatz. Dort standen bereits einige der weißen Thermokisten aus der Schlachterei, in denen sich das Essen für das Fest befand. Zum Glück würden sie das Schwein jetzt nicht auch sofort essen, ging es Sune durch den Kopf. Es würde nur getötet und aufgehängt werden. Sein Blut sollte ins Erdreich sickern, den Göttern zu Ehren. Das Schwein selbst würden sie wieder mit nach Hause nehmen und am nächsten Tag zerlegen – obwohl das gegen die Vorschriften der Lebensmittelbehörde verstieß. Aber wie sagte sein Vater doch immer? »Was man nicht weiß, macht einen nicht heiß.«

»Ist der Haken bereit?«, rief Sunes Vater vom Lieferwagen her. Zwei Männer eilten mit drei schweren Eisenstangen herbei, die sie unter der Opfereiche aufstellten wie für ein Indianerzelt. Sie wurden oben mit einer massiven Eisenscheibe fixiert, an der ein großer Fleischerhaken befestigt wurde. Dann fuhr sein Vater mit dem Lieferwagen rückwärts an den Dreifuß heran, schaltete den Motor ab, bestieg den Laderaum und machte sich daran, das Tier hinauszuschieben. Er hatte die Sau betäubt, bevor er sie geladen hatte, und vorhin, als sie losgefahren waren, hatte er gesagt, sie sei scheißeschwer gewesen.

Sune verstand immer noch nicht, wieso sein Vater sie nicht gleich getötet hatte. Dann müsste sie das hier jetzt nicht miterleben. Sune gefiel die Vorstellung

gar nicht, dass das Tier lebend an den Haken gehängt wurde und die Kehle durchgeschnitten bekam.
Er wandte sich ab und packte weiter das Essen aus. Es gab mehrere Kisten Bier, aber keinen Met mehr. Die Männer hatten dem Honigwein während des Blót kräftig zugesprochen. Sune sah sich nach Cola oder Limonade um, aber daran hatte offenbar keiner gedacht.
»Soll der Junge jetzt nicht mal langsam sein Geschenk kriegen?«, grölte einer quer über den Feuerplatz.
Sune konnte in der Dunkelheit nicht erkennen, wer das war. Er sah sich nach seinem Vater um.
»Ja, los, her damit!«, johlte ein anderer.
Kurz darauf waren alle verschwunden, und Sune stand ganz allein am Feuer.
Er dachte nach. Musste er jetzt irgendetwas tun?
Aber da hörte er zwischen den Bäumen eine Autotür zuschlagen, und kurz darauf kamen die Männer in einer geschlossenen Gruppe zurück.
In der Dunkelheit erkannte Sune zunächst nur, dass sie eine Frau mit langen, offenen Haaren dabeihatten. Sune dachte, sie wollten ihn überraschen und hätten seine Mutter geholt. Doch als sie näher kamen, sah er, dass die Frau eine junge Frau war, viel jünger als seine Mutter, aber deutlich älter als er selbst. Sein Vater hatte die Hände in den Hosentaschen vergraben und stapfte hinter den anderen her. Da wurde Sune plötzlich unruhig und wollte auf ihn zugehen.
»Bleib da stehen«, sagte der Gode.
Die Männer hielten zwischen dem Feuer und der alten Eiche an, wo immer noch der weiße Lieferwagen mit geöffneter Heckklappe stand.
»Wir haben dir ein Geschenk mitgebracht.«

Sune sah die Frau an. Er hatte sie noch nie gesehen. Dann senkte er den Blick und spürte, wie er immer unsicherer wurde.

»Dein Vater hat uns erzählt, dass du deine Nase den lieben langen Tag immer nur in Bücher steckst«, sagte der Gode. »Das wollen wir gerne ändern.«
Einige der Männer lachten heiser.

Das, was den ganzen Abend ein gespanntes Kribbeln im Bauch gewesen war, verwandelte sich jetzt langsam in handfeste Bauchschmerzen.

»Heute Nacht wirst du Freja huldigen und das Fruchtbarkeitsritual zelebrieren.«

Der Gode nickte der Frau kurz zu, worauf sie sich auf Sune zubewegte. Die Männer bildeten einen Halbkreis.

»So wird deine Männlichkeit gestärkt«, fuhr der Gode fort. »Und genau das ist unser Geschenk für dich: Männlichkeit.«

Sune sah auf und schüttelte den Kopf. Er suchte den Blick seines Vaters, als die Frau anfing, ihre schwarze Bluse aufzuknöpfen. Sie lächelte Sune an, als sie die Bluse auf den Boden warf und ihm bedeutete, näher zu kommen. Aber Sune blieb stehen, wo er war. Wie angewurzelt.

Die langen Locken fielen ihr über die Schultern, die im Schein des Lagerfeuers schimmerten. Sune wollte wegsehen, konnte den Blick aber nicht von ihren nackten Brüsten abwenden. Zum ersten Mal in seinem Leben sah er nackte Brüste direkt vor sich, und er begann, auf ungewohnte Weise zu zittern. Sie öffnete ihren schwarzen Rock, trat einen Schritt auf Sune zu und ließ auch den Rock zu Boden fallen.

Sune starrte immer noch auf ihre Brust. Er konnte ihr einfach nicht in die Augen sehen, jetzt, da sie splitternackt vor ihm stand. Sune bemerkte, dass einige der Männer unruhig wurden. Die Frau strich sich mit beiden Händen über den nackten Körper und machte einen letzten Schritt auf Sune zu. Nun stand sie so dicht vor ihm, dass ihm ihr Geruch in die Nase stieg und in den Unterleib fuhr. Sie stand mit leicht gespreizten Beinen da und begann, sich zu wiegen, als würden sie tanzen. Er spürte ihre Hand an seinem Hosenknopf und hörte, wie sie den Reißverschluss aufzog. Da riss er sich los und taumelte rückwärts. Doch bevor er sich zu weit entfernen konnte, packte ihn jemand beim Arm.

»Du bleibst hier!«, hörte er jemanden hinter sich sagen.

Sune sah die Männer an, die gleichzeitig den Kreis um sie ein wenig enger werden ließen.

»Verdammt, jetzt mach schon!«, zischte der Gode.

Sune hatte das Gefühl, die Dunkelheit des Waldes würde sich tiefer auf ihn legen und ihn ganz umschließen. Es wurde kurz ganz still in seinem Kopf, als seien alle Geräusche um ihn herum verstummt. Verzweifelt sah er sich um, suchte nach einer Lücke in der Wand aus Männern, die nun ganz eng um ihn und die nackte Frau herumstanden.

Sunes Blick fiel auf seinen Vater. Er wollte zu ihm hinlaufen, aber sein Körper wollte sich nur in Zeitlupe bewegen, und da wurde er von hinten auch schon so heftig geschubst, dass er beinahe hingefallen wäre. Plötzlich waren die Stimmen der Männer wieder da. Sune wollte sich losreißen, aber der Griff um seinen Arm war eisern.

»Los! Fick sie!«, rief jemand.

»Ich will aber nicht!«, schrie Sune.

Die junge Frau wich schnell ein paar Schritte zurück und bückte sich nach ihren Kleidern.

Sofort stürzte sich einer der Männer auf sie.
»Du bleibst schön hier!«, herrschte er sie an.
»Wenn der Junge nicht will, will er nicht. Dann soll man ihn auch nicht zwingen.« Sie machte sich daran, ihren Rock anzuziehen, da schlug er ihr ins Gesicht. »Du tust gefälligst, wofür wir dich bezahlen!«, stellte er klar und schlug sie noch einmal.
Das Lächeln der jungen Frau war erstorben. Ihre Nase blutete.
Sune wusste gar nicht, wie ihm geschah, als ihm jemand unsanft die Hose herunterriss und ihn dann kurzerhand zu der Frau schleifte.
»Jetzt komm schon, du Schlappschwanz! Sieh zu, dass du ihn hochkriegst! Wird ja wohl nicht so schwer sein!«
»Ich will aber nicht«, jammerte Sune kopfschüttelnd. Er spürte, wie seine Lippen bebten, wie seine Wangen zuckten – und da verlor er auch schon die Beherrschung und fing an zu weinen. Verzweifelt biss er sich auf die Lippen, um sich wieder zu fangen. Da hörte er ganz dicht neben seinem Ohr die Stimme seines Vaters.
»Nun mach schon, Junge. Ich habe keine Lust, mich hier vor den anderen lächerlich zu machen!«
Die junge Frau herrschte Sunes Vater an und schubste ihn.
»Jetzt lasst doch den armen Jungen in Ruhe!«, schrie sie. »Wenn er nicht will, will er eben nicht! Ihr könnt ihn doch nicht zwingen!«
Kaum wurde sein Arm losgelassen, zog Sune die Hose hoch und rannte weg. Weg vom Lagerfeuer, weg von den Fackeln, weg von den Männern. Er rannte, so schnell er konnte. In den Wald hinein. In die Dunkelheit.

Er blieb erst stehen, als es in seinen Schläfen so heftig pochte, dass ihm schwindelig wurde. Er beugte sich vornüber, stützte sich mit den Händen auf den Knien ab und spuckte aus. Er keuchte und keuchte und spürte, wie der Schweiß unter seinem Sweatshirt abkühlte.

Während er so vornübergebeugt dastand, sah er wieder die nackten Brüste der Frau vor sich und spürte wieder das ungewohnte Zittern. Er kniff die Augen zu, aber das Bild von der blutenden Nase blieb. Auf einmal hörte er sie schreien. Abrupt richtete er sich auf, dann ging er ganz langsam und zögerlich zurück.

Erst, als er das Feuer zwischen den Bäumen hindurch wieder sehen konnte, ging ihm auf, dass die Angstschreie der Frau verstummt waren.

Und als er sah, warum, stützte er sich entsetzt an einem Baum ab. Man hatte ihr mit etwas Weißem den Mund zugebunden. Ihr Gesicht konnte er nicht sehen, aber sie schlug verzweifelt um sich. Sune wollte wegsehen, doch sein Blick verharrte auf den Männern, die die Frau festhielten. Er erkannte seinen Vater, der über dem Rücken der Frau zusammensackte, sich dann die Hose zumachte und den nächsten ranließ.

Die junge Frau versuchte sich zu wehren und zu entkommen, während die Männer sie einer nach dem anderen vergewaltigten. Jedes Mal, wenn sie wieder heftiger um sich schlug oder trat, kassierte sie noch mehr Schläge. Als der letzte mit ihr fertig war und die beiden, die sie festgehalten hatten, sie losließen, fiel sie zu Boden und blieb liegen.

Sune wollte schreien, aber der Schrei blieb ihm in der Kehle stecken. Auf einmal war ihm kalt. Er wollte zum Feuer gehen, aber er war wie gelähmt. Erstarrt stand er da und sah dabei zu, wie die Männer an den Armen der Frau zerrten und sie an den Schultern rüttelten. Schließlich bückte sich der Gode zu ihr hinunter, um ihren Puls zu spüren. Kurz darauf schüttelte er den Kopf und ließ ihren Arm los. Er bedeutete den Männern, sich um das Feuer zu versammeln. Sune hörte nur ihre Stimmen, aber nicht, was sie sagten. Dann gingen ein paar von ihnen um den weißen Lieferwagen herum und verschwanden im Wald. Die anderen fingen an, den Feuerplatz aufzuräumen.

Sune hatte keine Ahnung, wie lange er so dagestanden und bei alldem zugesehen hatte. Er wusste nur, dass die junge Frau, die vorhin noch lächelnd direkt vor ihm gestanden hatte, nun reglos auf dem Boden lag.

»Wir sind so weit!«, rief jemand aus der Richtung, in die die Männer zwischen den Bäumen verschwunden waren. Der Gode ging zu der Frau, hob sie hoch und trug sie in den Wald. Ihre Arme und Beine baumelten leblos herunter.

Erst jetzt bemerkte Sune, dass er zitterte. Sein rechter Fuß war eingeschlafen, das Bein knickte unter ihm weg, als er sich weiter in sein Versteck zurückziehen wollte. Es war, als weigere sich sein Gehirn zu kapieren, was er da gerade gesehen hatte. Sein Herz raste, und sein Körper war bleischwer vor Entsetzen – er wusste genau, dass die junge Frau tot war. Er hatte es schon vorher gewusst.

Er krabbelte ein Stück weg und versuchte, sein eingeschlafenes Bein zu wecken. Es schmerzte wie tausend Nadelstiche, als die Durchblutung endlich wieder einsetzte. Eigentlich sollte er jetzt weglaufen und sich verstecken – nur wo? Er blickte in den stockdunklen Wald. Unsicher richtete er sich auf und tastete sich voran. Unter seinen Füßen knackten ein paar Zweige. Da hörte er Stimmen. Sie riefen ihn. Sie waren zurückgekommen, und jetzt suchten sie ihn. Sune hielt die Luft an und ging in die Knie. Er kroch unter ein paar auf dem Waldboden liegende Zweige und kauerte sich dort zusammen. Da hörte er wieder die Stimmen. Sie waren näher gekommen.

»Sune! Wo bist du?«

Das war sein Vater.

»Jetzt komm schon raus. Du gehörst dazu. Du kannst nicht einfach weglaufen und dich verstecken!«

Schnellen Schrittes ging jemand an dem Unterholz vorbei, wo er kauerte. Nicht hautnah, aber doch so nah, dass Sune die Luft anhielt. Zweige knackten, dann entfernten sich die Schritte wieder.

Sune blieb liegen. Wagte nicht, sich zu rühren. Kurz darauf waren sie zurück. Wieder knackten Zweige, raschelte Laub. Sune hörte jemanden keuchen. Er duckte sich noch mehr, hielt abermals die Luft an. Spürte den feuchten Waldboden unter sich.

Offenbar kreisten sie um die Stelle, wo er sich versteckt hatte. Sie gaben nicht auf, bis plötzlich ein lauter Pfiff ertönte. Und noch einer. Wie eine Sirene in der nächtlichen Stille des Waldes. Die Männer kehrten zu der Lichtung am Feuerplatz zurück, als sei die Suche abgeblasen worden.

Erst als Sune keine Schritte mehr hören konnte, atmete er erleichtert auf. Er holte tief Luft und drehte sich so, dass er den Mond durch die Baumkronen sehen konnte. Sein Herz hämmerte, während er die Götter anflehte, die Männer nicht sein Versteck finden zu lassen.

Nach einer Weile, als sein Herz sich wieder etwas

beruhigt hatte, setzte er sich vorsichtig auf und reckte den Hals.

Drüben bei der Opfereiche war der Gode dabei, sich wieder den Umhang umzulegen, und die Männer versammelten sich abermals um das langsam erlöschende Feuer. Die Flammen züngelten unsicher, es wurde immer dunkler auf der Lichtung. Sune sah, wie sie einen Kreis bildeten. Hörte, wie der Gode den Kreis schloss. Versuchte zu erkennen, was da von einer Hand zur anderen wanderte.

Es war der Eidring, der die Runde machte. Sune wurde eiskalt, als er begriff. Der Eidring war der Grund dafür, dass sie nach ihm gesucht hatten.

Er war jetzt erwachsen. Ein Teil ihrer Gemeinschaft. Mit seinem Blut hatte er geschworen, jetzt zu ihnen zu gehören. Sie erwarteten von ihm, dass er Seite an Seite mit seinen Brüdern stand, wenn sie den Kreis schlossen und schworen, auf ewig zu schweigen.

LOUISE RICK SAH SICH in der Schrebergartenlaube um. Sie war früh aufgestanden, um alle ihre Sachen im Auto zu verstauen. Seit ihrer Krankmeldung hatte sie in dem kleinen, schwarz gestrichenen Holzhaus in Dragør gewohnt, das sie sich zusammen mit Melvin Pehrson, dem Mieter in der Wohnung unter ihr, gekauft hatte.

Doch jetzt war es Zeit, in die Wohnung in Frederiksberg und zu ihrer Arbeit im Kopenhagener Polizeipräsidium zurückzukehren. Der Alltag, den sie und ihr Pflegesohn Jonas sich hier draußen eingerichtet hatten, war angenehm eintönig gewesen. Er hatte gut zu ihrer gegenwärtigen Gemütslage gepasst.

Sie hatte sich jeden Morgen, nachdem sie Jonas in den Bus zur Schule gesetzt hatte, eine Kanne Tee gemacht, diese in ihren Fahrradkorb gepackt und war zum Strand hinuntergeradelt, während Dina neben ihr hergelaufen war. Der Hund begleitete sie sogar bei ihrer morgendlichen Schwimmrunde und sah sie immer fragend an, wenn sie sich wieder Richtung Ufer bewegte. Als wolle er sie überreden, doch noch ein bisschen länger im Wasser zu bleiben. Und ab und zu hatte Louise auch Lust dazu gehabt. Hin und wieder hatte sie Lust gehabt, ganz weit rauszuschwimmen, bis die Wellen sie verschluckten und sie einfach verschwand. Und doch hatte sie dem gehörlosen Hund jedes Mal irgendwann ein Zeichen gegeben, dass sie nun wieder an Land gingen.

Sie achtete auf ausreichenden Abstand, bevor der Vierbeiner sich schüttelte, und wenn es grau und regnerisch war, wickelte sie sich in das dicke Handtuch und verkroch sich zwischen den Dünenrosen. Dort saß sie, sah aufs Meer hinaus und trank ihren Tee, während Dina am Strand herumlief und angespülte Muscheln fraß.

Sie war nach der Schießerei beim Wildwächterhof krankgeschrieben worden. Ein Mann war ums Leben gekommen, als er versuchte, sie zu vergewaltigen. Aber es waren nicht die Bilder von ihrem eigenen entblößten Körper und dem Mann hinter ihr, die sie immer wieder vor sich sah. Und auch nicht die Schussverletzung an seinem Kopf und das Blut, das auf sie spritzte.

Nein, was sie nicht loswerden konnte, war das Bild von René Gamst. Dem Mann, der sie gerettet hatte. Von der Lüsternheit in seinem Blick, als er ein wenig länger als nötig damit gewartet hatte, den Schuss abzufeuern. Und den höhnischen Klang seiner Stimme, als er sagte, er habe doch deutlich gesehen, dass es ihr gefallen habe.

Aber das Schlimmste war, was er über Klaus gesagt hatte, Louises ersten festen Freund, der sich, einen Tag nachdem sie zusammengezogen waren, erhängt hatte.

»Dein Freund war ein Schlappschwanz«, so waren seine Worte. »Der hatte doch gar nicht den Mumm, sich den Strick selbst um den Hals zu legen.«

Dieser Satz hatte ihr immer wieder in den Ohren geklungen, seit sie mit dem Rettungswagen von dem Hof weggebracht worden war.

Im Krankenhaus hatte man drei Rippenbrüche links festgestellt, ansonsten nur oberflächliche Schrammen, und sie war bereits am selben Abend wieder entlassen worden. Den Vorschlag ihres Chefs, Rønholt, sich krankzumelden, hatte sie dennoch gerne angenommen, denn Renés Worte hatten etwas in ihr getroffen, das sie viele Jahre verdrängt hatte.

Sie und Klaus waren ein Paar gewesen, seit Louise sechzehn gewesen war. Sie waren zusammen in Hvalsø zur Schule gegangen, und zu ihrem 18. Geburtstag hatte Klaus ihr einen Verlobungsring geschenkt. Als er im Jahr darauf seine Lehre als Schlachter abschloss, mieteten sie sich ein altes Bauernhaus am Kisserup Krat, wo er sich in der zweiten Nacht nach ihrem Einzug erhängte.

So viele Jahre waren vergangen, seit sie in den Flur mit der niedrigen Decke getreten war und ihn von der Treppe baumeln sah. So viele Jahre hatte sie sich selbst Vorwürfe gemacht und schuldig gefühlt. Weil sie zu dem Konzert nach Roskilde gefahren war und hinterher bei ihrer Freundin Camilla übernachtet hatte. Weil sie ganz offenbar nicht gut genug gewesen war. Denn wenn sie wirklich liebenswert gewesen wäre, hätte er sich nicht das Leben genommen.

Sie hatte nie verstanden, was in jener Nacht vor so vielen Jahren wirklich geschehen war. Aber jetzt begriff sie.

Denn wenn das, was René gesagt hatte, der Wahrheit entsprach, dann hatte Klaus sich den Strick nicht selbst um den Hals gelegt.

Jetzt saß René Gamst in Holbæk in Untersuchungshaft und wartete auf sein Urteil. Er hatte bereits kurz nach der Festnahme eingeräumt, die beiden Schüsse abgefeuert zu haben. Und obwohl jeder wusste, dass er mit dem Vorsatz zu töten geschossen hatte, war das schwer zu beweisen. Zwar war der Täter kurz zuvor in Gamsts Haus eingedrungen und hatte dessen Frau vergewaltigt – aber Gamst hielt daran fest, dass er ausschließlich geschossen habe, um Louise zu retten.

Den gesamten gestrigen Tag hatte sie in Holbæk auf der Polizeiwache gesessen und war mit Vizepolizeikommissar Kim Rasmussen den gesamten Hergang noch einmal detailliert durchgegangen. Das war insgesamt nicht gerade angenehm gewesen. Besonders unangenehm wurde es aber, als sie erklären sollte, wie René Gamst sich in dem Tumult den Arm gebrochen hatte. Er selbst hatte sich dazu nicht geäußert, und Louises Erinnerung war undeutlich gewesen. Erst gestern hatte sie eingeräumt, dass sie René Gamst nach der Schießerei ziemlich hart angepackt hatte. Kim hatte sie daraufhin bei einer Tasse Kaffee mit Kaffeeweißer in seinem Büro kräftig in die Mangel genommen.

Vor einigen Jahren hatte Louise für kurze Zeit bei der Polizei in Holbæk gearbeitet, und anschließend waren sie und Kim eine ganze Weile ein Paar gewesen. Die Beziehung war immer schwieriger und hitziger geworden, bis Kim sie schließlich beendete. Und obwohl das alles schon länger her war, kannte er sie immer noch gut genug, um ihr anzumerken, wenn sie etwas verschwieg.

Und da kam sie endlich hoch. Die ganze Geschichte mit Klaus, ihre jahrelangen Schuldgefühle. Der Grund dafür, dass sie Kim eine so schlechte Freundin gewesen war. Die Bindungsangst, die dazu geführt hatte, dass sie sich seit Klaus immer nur halbherzig auf neue Beziehungen eingelassen hatte.

Kim versuchte, es sich nicht anmerken zu lassen, aber es entging Louise trotzdem nicht, dass ihre letzte Aussage ihn schmerzte. Gleichzeitig schien er sie jetzt besser verstehen zu können.

Dann erklärte sie, wie sie René nach dessen höhnischer Bemerkung über Klaus und dessen Tod das Gewehr aus den Händen getreten und ihm den Arm so gewaltsam auf den Rücken gedreht hatte, dass er laut schrie. Dann hatte sie ihn umgestoßen und ihm auf dem Boden liegend Handschellen angelegt.

»Aber ich habe seinen Arm nicht brechen gehört«, verteidigte sie sich und versuchte das Geräusch beim Festzurren der schmalen Kabelbinder zu vergessen. »Ich wollte nur, dass er sagte, was er wusste.«

Louise trug die letzten Sachen zum Auto und ging dann noch einmal zur Laube, um nachzusehen, ob sie etwas vergessen hatte. Melvin hatte sie ein paarmal dafür kritisiert, dass sie das Unkraut so hoch wachsen ließ, aber immerhin hatte sie doch den Rasen gemäht. Beziehungsweise Jonas hatte den Rasen gemäht. Aber auch nur, weil er den alten Handrasenmäher so lustig fand und die ganze Aktion nur zehn Minuten dauerte.

Sie war gerade vom Parkplatz gerollt, als eine SMS von ihm kam. Jonas hatte bei einem Kumpel geschlafen, wahrscheinlich waren sie jetzt auf dem Weg zur Schule, dachte Louise und merkte, wie sehr sie ihn vermisste. Heute Abend würden sie sich irgendwo etwas zu essen holen und es sich damit auf dem Sofa gemütlich machen.

Sie fuhr rechts ran.

»Geh nach der Schule mit zu Nico, wollen ins Kino, okay?«

Besonders viel sah sie ihren fünfzehnjährigen Pflegesohn nicht mehr, und obwohl Louise das niemals laut sagen würde, fühlte sie sich doch manchmal zurückgewiesen, wenn er seine Zeit lieber mit seinen Freunden verbrachte. Doch dann ging sie mit sich selbst so lange ins Gericht, bis der Anflug von Eifersucht wieder verschwand.

Sie war so froh, dass es ihm gut ging. Es war noch gar nicht so lange her, da hatte er es in der Schule nicht leicht gehabt, und sie hatte sich große Sorgen um ihn gemacht. Er hatte große Verluste erlitten. Jonas' Eltern waren beide tot, und vor nicht allzu langer Zeit hatte der Junge dann auch noch einen guten Freund verloren.

Sie musste also zusehen, dass sie allein mit ihrer Einsamkeit zurechtkam. Denn für die hatte sie sich ja bewusst entschieden, machte sie sich klar. Und dann schrieb sie: »Ja, okay!«, gefolgt von einem Smiley, einem Herzen und einem Thumbs-up.

Auf dem Weg Richtung Stadt dachte sie darüber nach, wie es wohl sein würde, ins Büro zurückzukommen. Nicht die Arbeit machte ihr Sorgen, sondern die fragenden, mitleidigen Blicke der Kollegen. Selbstverständlich wussten alle, was passiert war. Und sie hatte überhaupt keine Lust, darüber zu reden.

Und dann war da noch Eik.

»Wir bringen das zusammen zu Ende«, hatte ihr Kollege gesagt, als er zu ihr in den Rettungswagen steigen wollte. Aber sie hatte ihn abgewiesen und sich in ein Schneckenhaus zurückgezogen, in dem sie nur immer wieder Renés Worte hörte.

Eik hatte sie seither mehrfach angerufen, aber sie hatte nie zurückgerufen. Eines Tages war ein wattierter Umschlag mit einer Nick-Cave-CD für sie gekommen. Dafür hatte sie sich noch nicht mal bedankt.

Louise wusste, dass er es gut meinte, aber ihr stand nicht der Sinn danach, ihn zu sehen. Die Sache mit Klaus beschäftigte sie einfach viel zu sehr. So sehr, dass die Nacht, die sie und Eik zusammen verbracht hatten, kurz bevor alles über sie hereinbrach, ihr mehr wie ein ferner Traum vorkam als wie eine klare Erinnerung an wunderbaren Sex und frische Verliebtheit. Sie schaltete den Motor ab, blieb sitzen und sah zu den hohen Fenstern ihrer Abteilung hinauf. Auf einmal konnte sie sich doch erinnern. An Eiks Nähe. Und ihre Haut begann zu prickeln.

»NICHT VERGESSEN, INS POSTFACH ZU SEHEN!«, rief Hanne hinter ihr her, als sie am Sekretariat vorüberging. Louise blieb stehen, drehte sich auf dem Absatz um und marschierte mit einem steifen Lächeln im Gesicht zu ihrem Postfach, nur um festzustellen, dass es leer war.

Louise kannte Hanne Munk, seit diese einmal kurz an Louises früherem Arbeitsplatz im Morddezernat angestellt gewesen war. Damals hatte Louise gedacht, diese Sekretärin mit den ausladenden Armbewegungen, den wilden roten Haaren und den bunten Klamotten würde frischen Wind in die Abteilung bringen. Aber seit Louise in der Vermisstenabteilung arbeitete, fand sie die Sekretärin ihres Chefs Rønholt, gelinde gesagt, etwas anstrengend.

»Wie gut, dass Sie mich daran erinnert haben«, sagte sie und war schon wieder draußen. Und obwohl sie Hannes Art inzwischen kannte, stieß es ihr doch auf, dass sie Louises Rückkehr nach längerer krankheitsbedingter Abwesenheit mit keiner Silbe erwähnte.

Wechseljahre, zu wenig Schlaf oder zu wenig Sex, dachte Louise und beantwortete gleichzeitig eine weitere SMS von Jonas. Ob er nach dem Kino bei Nico übernachten könne, fragte er.

Zog der Junge sich eigentlich jemals frische Klamotten an?

Louise eilte den Flur hinunter zum »Rattenloch«, dem Zweierbüro, das man ihr zugewiesen hatte, als sie vor einigen Monaten die Leitung der neu eingerichteten Sondereinheit der Vermisstenstelle übernahm. Ihre Einheit sollte sich der Vermisstenfälle annehmen, die Anlass zu der Annahme gaben, es könne ein Verbrechen vorliegen.

In dem Zweierbüro war mehr als genug Platz für die neue Einheit, die bisher nur aus Louise und Eik Nordstrøm bestand. Trotzdem ärgerte es sie, dass Rønholt nichts Besseres als dieses heruntergekommene Büro für sie hatte finden können, das zu allem Überfluss direkt über der Küche lag, sodass es ständig nach Essen roch. Vor ihrem Einzug hatte es in dem Büro sogar Ratten gegeben, aber denen hatte der Kammerjäger den Garaus gemacht.

Kaum hatte sie die Tür geöffnet, hörte sie ein grimmiges Knurren. Als sie sah, dass es von einem großen, die Zähne fletschenden Schäferhund stammte, machte sie einen Satz zurück und knallte die Tür wieder zu. Von irgendwo weiter den Flur herunter hörte sie Eiks Stimme. Sie drehte sich um und sah ihn, sich eine zerknautschte Zigarettenschachtel in die Hosentasche stopfend, aus dem Kopierraum kommen.

Auf der gesamten Fahrt hierher hatte sie überlegt, wie es wohl sein würde, ihn wiederzusehen, und was sie wohl sagen sollte. Jetzt stand er plötzlich vor ihr. Sie spürte, wie ihr bis in die letzten Zellen warm wurde, und als er die Arme ausbreitete, um sie zu begrüßen, wusste sie überhaupt nicht mehr, warum sie ihn nicht hatte sehen wollen, solange sie im Schrebergarten gewesen war.

»Hallo, schöne Frau. Wie geht's dir?«

Er zog sie an sich und nahm sie in den Arm, musste dann aber vermutlich an ihre gebrochenen Rippen denken, denn er ließ sie rasch wieder los.

»Tut mir leid, dass ich nicht zurückgerufen habe«, murmelte sie unbeholfen und wechselte dann schnell das Thema. »Was ist denn das für ein Hund in unserem Büro?«
»Warte, ich gehe zuerst rein«, sagte er. »Das ist Charlie. Ich stelle euch am besten mal eben vor.«
»Ich hatte bereits das Vergnügen, danke«, klärte sie ihn auf. »Die Bestie wäre mir fast an die Gurgel gegangen.«
»Ach, Quatsch, Charlie tut niemandem was. Der muss dich nur erst kennenlernen. In seinen Augen bist du ein Eindringling, weil er das Büro nur ohne dich kennt.«
Eik öffnete die Tür zum Rattenloch und ging auf der Schwelle in die Hocke. Der Schäferhund sprang auf ihn zu. Louise bemerkte, dass er das rechte Hinterbein angezogen hatte. Er stürzte sich auf Eik und schleckte ihn so heftig ab, dass Eik fast nach hinten umfiel.
»Was hat er denn?«, fragte Louise und hielt sich weiter im Hintergrund. Ihr Kollege rappelte sich auf und packte den Hund beim Halsband.
»Der gute alte Charlie hat eine Kugel abbekommen, als er in Hvidovre einem Bankräuber hinterherjagte. Mitten in die Schenkelmuskulatur, aber der Tierarzt meint, das wird wieder. Nur in die Hundestaffel wird er nicht zurückkönnen.«
»Ach so, ein Polizeihund also«, schloss Louise. Eik nickte, legte dem Hund die Hand auf die Schnauze und kraulte ihn ein wenig.
»Und was ist mit dem dazugehörigen Hundeführer?«, wollte Louise wissen.
Eik nickte wieder, machte dabei aber ein trauriges Gesicht.
»Der hat den Täter erschossen.«

Den Fall aus Hvidovre kannte in den Reihen der Polizei jeder. Ein bewaffneter Raubüberfall, der zwei Monate zuvor stattgefunden hatte. Zwei maskierte Räuber waren mit abgesägten Jagdgewehren in die Bank eingedrungen, hatten die Angestellten bedroht und zwei Kunden befohlen, sich auf den Boden zu legen. Louise konnte sich nicht erinnern, wie hoch die Beute gewesen war, aber das war auch egal, weil die Sache leider vollkommen aus dem Ruder lief. Die Polizei war nämlich so schnell vor Ort, dass die Räuber es mit der Tasche voller Geld gerade mal auf den Parkplatz schafften – da waren sie schon umzingelt.

Der eine Räuber eröffnete das Feuer auf die Polizei, traf aber den Hund, und kurz darauf lag er selbst am Boden. Tot. Er war neunzehn Jahre alt gewesen, sein Komplize war sein Vater. Zwei Menschen mit blütenreinen polizeilichen Führungszeugnissen, die in einer so desolaten finanziellen Situation waren, dass sie keinen anderen Ausweg mehr gesehen haben.

Die Zeitungen überschlugen sich in ihrer Berichterstattung über den Vater, dessen Malerfirma in Konkurs gegangen war. Vor zwei Jahren hatte er noch zwölf Angestellte und ein großes Einfamilienhaus in Greve gehabt. Der Sohn war sein Lehrling gewesen. Und dann war alles den Bach heruntergegangen. Geblieben waren Schulden, von denen er nicht wusste, wie er sie begleichen sollte, und der Sohn war beruflich nicht weitergekommen, seit er seine Lehrstelle verloren hatte.

»Heutzutage überfällt doch niemand mehr eine Bank«, hörte sie Eik sagen. »Das weiß doch jeder, dass da erstens kaum was zu holen und zweitens alles super überwacht ist. Der Typ ist jedenfalls erledigt.«

»Der Vater?«

Louise wusste nicht, ob bereits ein Urteil gefallen

war. Der Strafrahmen für bewaffnete Raubüberfälle war ziemlich streng, daran änderte auch der Umstand nichts, dass einer der Täter erschossen worden war.

»Ja, der auch«, nickte Eik. »Aber ich meinte jetzt eigentlich Charlies Herrchen. Der sitzt nur noch zu Hause und starrt die Wand an. Ich glaube nicht, dass der in den Dienst zurückkehrt. Wir waren zusammen auf der Polizeischule. Die besten Kumpel waren wir nicht, aber ab und zu kam er mit Charlie mal im Südhafen vorbei. Ich habe Finn angeboten, dass ich mich um den Hund kümmere, während er zusieht, dass er wieder auf die Beine kommt.«

Tja, was sollte Louise dazu noch sagen? Was sollte sie dann noch dagegen haben? Sie nickte und wagte sich einen Schritt in Richtung Büro voraus.

Charlie saß bei Eiks Fuß.

»Komm einfach her und begrüß ihn.«

Louise nahm den Hundekeks, den er ihr reichte. Doch noch bevor sie das Leckerli dem Hund anbieten konnte, sprang dieser bereits wieder auf und fletschte die Zähne. Louise machte erneut einen Satz hinaus auf den Flur.

»Gut, dann heben wir uns die Vorstellungsrunde für später auf«, beschloss Eik. Er zerrte den großen Schäferhund zu seinem Schreibtisch und schimpfte mit ihm, als seien sie ein altes Ehepaar.

»Halt!«, meldete Louise sich zu Wort. »Der muss hier raus.«

»Kleinen Moment«, sagte Eik, nahm eine Leine zur Hand und wickelte sie ein paarmal um das Schreibtischbein, bevor er sie an Charlies Halsband klickte. Dann befahl er dem Hund, sich hinzulegen.

Begleitet von einem vernehmlichen Knurren, konnte Louise sich endlich ihrem Schreibtisch nähern.

»Also, echt«, sagte sie. »Kannst du ihn nicht nach

Hause bringen? Das ist doch lächerlich, dass er die ganze Zeit da liegt und mich anknurrt.«

»Er ist es gewohnt, überall mit dabei zu sein. Sonst müsste er in einen Zwinger, und so was besitze ich nicht.«

»Tja, dann weiß ich auch nicht. Aber hier kann er jedenfalls nicht bleiben«, befand Louise.

»Jetzt hör schon auf. Charlie ist völlig harmlos. Ihr müsst euch nur erst aneinander gewöhnen.«

Louise spürte Wut in sich aufsteigen. Erstens war sie die Leiterin ihrer Zweimanneinheit. Zweitens käme sie nicht im Traum darauf, Dina mit zur Arbeit zu nehmen, wenn andere sich an der Gegenwart des Hundes störten.

Aber bevor sie das alles sagen konnte, klingelte ihr Telefon.

»Vermisstenstelle, Louise Rick«, meldete sie sich und wandte dem immer noch auf den Hund einredenden Eik den Rücken zu.

Sie hörte Kims Stimme und spürte sofort einen Druck in der Magengegend. Er hatte kaum seine Begrüßung ausgesprochen, da ging sie bereits davon aus, er wolle sie darüber informieren, dass aufgrund ihrer unsanften Festnahme von René Gamst draußen beim Wildwächterhof ein Disziplinarverfahren gegen sie eingeleitet würde. Gleichzeitig wusste sie, dass sie den Vorfall nicht im Geringsten bereute, ganz gleich, welche Konsequenzen er für ihre Karriere haben würde.

»Hallo, Kim«, sagte sie ganz ruhig und setzte sich.

»Wir haben hier einen Fall, den ich gerne an euch weitergeben möchte«, erklärte er in einem Ton, der nicht im Geringsten darauf hindeutete, dass sie am Tag zuvor ihr gesamtes verkorkstes Privatleben vor ihm ausgebreitet hatte.

Louise fasste sich schnell und war wieder ganz die Leiterin der Sondereinheit der Vermisstenstelle.

»Und warum genau möchtest du einen Fall von deinem Schreibtisch auf meinen verschieben?«, fragte sie.

»Es geht um eine Vermisstenmeldung, die vor zwei Wochen bei uns eingegangen ist. Irgendetwas stimmt da nicht. Rønholt hat mich an dich verwiesen«, erklärte er schnell, als wolle er sich damit entschuldigen. »Es geht um einen Jungen aus Hvalsø.«

Louise blieb kurz die Luft weg. Sie brauchte nicht noch mehr Schatten der Vergangenheit in ihrem Leben, schon gar keine Fälle, in die Menschen verwickelt waren, die sie aus ihrem früheren Leben kannte.

»Der Junge heißt Sune Frandsen«, fuhr Kim fort. »Sohn des Schlachters Lars Frandsen. Der mit dem weißen Lieferwagen.«

Wieder schnappte Louise nach Luft. Das war der Schlachter, den sie wegen illegalen Fleischhandels und Schwarzgeld angezeigt hatte. Und das hatte sie in erster Linie deshalb getan, weil sie diesen Typen von Klaus' früherer Clique noch nie hatte leiden können. Wahrscheinlich war er mit einer Verwarnung und einem Bußgeld davongekommen, dachte sie.

»Okay«, sagte sie nur. »Ich wusste gar nicht, dass er einen Sohn hat.«

»Sune ist vor knapp drei Wochen an seinem fünfzehnten Geburtstag verschwunden«, hörte sie Kim sagen. »Seither gibt es keine Spur von ihm. Portemonnaie und Handy liegen in seinem Zimmer. Die Familie hat es ohnehin schon hart getroffen, weil die Mutter des Jungen im Sterben liegt. Krebs. Das hat dem Jungen sehr zugesetzt.«

Louise zog einen Block heran.

»Er geht in die achte Klasse«, berichtete Kim weiter.»Sowohl der Schulleiter als auch die Eltern des Jungen fürchten, er könne sich das Leben genommen haben. Der Vater sagt, sein Sohn sei in letzter Zeit ungewöhnlich still und verschlossen gewesen. Wie gesagt, die Krankheit der Mutter hat ihm sehr zu schaffen gemacht, und er wusste nicht, wohin mit seiner Trauer. Von der Schule hören wir, dass er in den letzten Monaten im Unterricht immer sehr unaufmerksam war und dass er nur selten Hausaufgaben gemacht hat. Das war wohl eigentlich gar nicht seine Art.«

Louise nickte. Ihr war bewusst, dass Jungen häufiger Selbstmord begingen als Mädchen. Vor allem, wenn sie derartige Lebenskrisen durchmachten.

»Und warum genau hast du jetzt mit Rønholt beschlossen, den Fall an uns abzugeben?«, fragte sie neugierig.

»Ich hatte gerade Besuch von Sunes Klassenlehrer«, antwortete Kim. »Er hatte eine Ausgabe von *Midtsjællands Folkeblad* mit. Das ist eine von diesen lokalen Wochenzeitungen, die gratis in jedem Briefkasten landen«, fügte er hinzu, als sei eine Erläuterung nötig.

Louise kannte die Zeitung. Ihre Eltern bekamen sie auch.

»Er zeigte mir ein Bild von ein paar Fuchsjungen, das neben einem Artikel auf der Naturseite abgedruckt war. Die Aufnahme hatte eine dieser Fotofallen gemacht, mit denen Naturfotografen arbeiten, wenn sie anders nicht nah genug an die Tiere herankommen können. Das ist eine Kamera, die durch einen Bewegungssensor ausgelöst wird, manchmal auch durch einen unsichtbaren Infrarotstrahl. Sie wird also nicht manuell bedient, das heißt, der Fotograf war nicht selbst dabei, als dieses Bild entstand.«

»Okay«, murmelte Louise und wartete gespannt.

»Die Fuchsjungen waren natürlich im Vordergrund des Bildes, aber ganz hinten rechts sitzt ein Junge auf dem Waldboden neben einer kleinen Feuerstelle. Und der Klassenlehrer ist sich hundertprozentig sicher, dass das Sune ist.«
»Na, dann müsst ihr doch nur noch herausfinden, wo genau das Bild gemacht wurde. Und dann könnt ihr hinfahren und den Jungen holen und nach Hause bringen.« Louise verstand immer noch nicht, wieso man ihr den Fall übertragen wollte.
»So einfach ist das nicht«, erklärte Kim. »Als die Zeitung gestern kam, ist der Klassenlehrer damit zu den Eltern gefahren, um ihnen das Bild zu zeigen. Die Eltern haben dem Mann die Tür gewiesen. Der Vater verbat sich ein für alle Mal, dass man sich in Familienangelegenheiten einmischte. Weder wollte er das Bild sehen, noch wollte er etwas darüber hören, dass sein Sohn sich vermutlich versteckte und womöglich Hilfe brauchte.«
»Wie sehr ähnelt der Junge auf dem Bild Schlachter Frandsens Sohn?«, fragte Louise und sah zu Eik, der ihr gegenüber am anderen Ende der beiden zusammengeschobenen Schreibtische saß.
Er hatte ganz offensichtlich nicht zugehört, denn sein Blick war fest auf den Computerbildschirm gerichtet. Louise fiel auf, dass sie keine Ahnung hatte, mit welchen Fällen er sich beschäftigt hatte, während sie krank gewesen war. Sie wusste nicht, ob etwas Aktuelles vorlag oder ob er einige der ihnen übertragenen alten Fälle durchging. Irgendwie war es ihr erfolgreich gelungen, während ihrer Abwesenheit jeden Gedanken an ihre Arbeit zu verdrängen.
»Sehr«, sagte Kim. »Deshalb handelt es sich meiner Meinung nach um einen Fall für die Vermisstenstelle. Auf unserem Tisch liegt er bereits seit zwei Wochen,

ohne dass wir nennenswert weitergekommen wären. Darum habe ich beschlossen, ihn an euch zu übergeben.«

Das war die ganz normale Verfahrensweise. Wenn eine vermisste Person nicht innerhalb der ersten zwei Wochen wieder auftauchte, leiteten die örtlichen Polizeidienststellen den Fall an die zentrale Vermisstenstelle in Kopenhagen weiter. Dort machte man sich an die Arbeit, man holte so viele Informationen wie möglich über die vermisste Person ein und durchleuchtete ihre Gewohnheiten.

Wirklich kurios, dass der Schlachter aus Hvalsø ausgerechnet auf ihrem Schreibtisch gelandet war, dachte Louise. Gut, Eik und sie bildeten in der Vermissten- und Fahndungsstelle die Einheit, die die meiste Ermittlungsarbeit draußen leistete, während die Kollegen eher damit befasst waren, Register abzugleichen und die internationalen Fahndungssysteme nach Informationen zu durchforsten. Aber sie war gerade mal seit zehn Minuten wieder im Büro, und prompt lag der Fall bei ihr. Hätte Kim ihnen den Fall am Freitag übertragen, wäre Eik oder ein anderer Kollege in den kleinen Ort mitten auf Seeland geschickt worden.

»Ich habe noch nie von Eltern gehört, die einfach so hinnehmen, dass ihr Kind verschwunden ist«, sagte sie und sah abermals zu Eik, der immer noch auf den Bildschirm starrte.

»Sonst erlebe ich immer eher das Gegenteil: dass die Eltern die Situation nicht wahrhaben wollen. Manchmal sogar, wenn überhaupt kein Zweifel besteht und die Leiche des Kindes bereits gefunden wurde.«

»Stimmt«, gab Kim ihr recht. »Mir kommt das auch komisch vor, ihr solltet der Sache unbedingt nachgehen.«

CAMILLA LIND LEGTE EINEN ZAHN ZU. Was nach einem kurzen Schauer aussah, als sie von zu Hause losjoggte, hatte sich in kräftigen, anhaltenden Regen verwandelt. Vielleicht sollte sie doch umkehren, dachte sie, sog aber gleichzeitig genüsslich den Duft von nassem Waldboden ein und freute sich über die Tropfen, die ihre schweißnasse Stirn trafen. Das mit dem Joggen hatte sie angefangen, nachdem sie auf Ingersminde, dem großen Anwesen ihrer Schwiegerfamilie in Boserup etwas außerhalb von Roskilde, eingezogen war. Weit lief sie nicht, aber immerhin lief sie, und jedes Mal lernte sie ein neues Stück des großen, zum Anwesen gehörenden Privatwaldes kennen.

Sie bog nach rechts ab, wo der Pfad vorübergehend etwas schmaler wurde und durch recht dichtes Unterholz führte. Während sie lief, versuchte sie, sich eine gute Überschrift für das Porträt auszudenken, an dem sie tagsüber gearbeitet hatte. Seit sie freiberuflich für die Zeitung in Roskilde schrieb, landeten manchmal etwas seltsame Aufträge bei ihr, aber es hatte ihr großen Spaß gemacht, Svend-Ole in seiner kleinen Werkstatt in Svogerlev zu interviewen. Seit fünfunddreißig Jahren leerte er die Spielautomaten im Tivoli, und in seiner Garage hatte er eine beträchtliche Sammlung einarmiger Banditen stehen, an denen er und seine Frau viel Freizeit verbrachten.

Camilla wollte eigentlich geradeaus weiterlaufen,

als sie aus dem Augenwinkel etwas zwischen den Bäumen sah. Unwillkürlich verlangsamte sie das Tempo. Der Regen behinderte die Sicht, aber sie konnte dennoch erkennen, dass dort unter einem großen Baum zusammengekauert ein Junge saß, der etwas vom Boden aufhob und sich in den Mund steckte. Selbst auf die Entfernung konnte sie sehen, dass er völlig durchnässt war und ihm die nassen Haare am Kopf klebten.

Sie bog ab und bewegte sich zwischen den Zweigen hindurch auf die Lichtung zu. Als sie sich näherte, stieg ihr der Geruch von verbranntem Holz in die Nase. Gleich darauf sah sie einen großen Feuerplatz. Sie staunte. Hier war sie noch nie gewesen.

»Hallo!«, rief sie. »Sag mal, frierst du nicht?«

Der Junge zuckte zusammen, sprang auf und rannte weg.

Überrascht sah Camilla ihm nach.

»Hey!«, schrie sie. »Warte!«

Doch der Junge rannte weiter, und das fand Camilla so seltsam, dass sie ihm hinterherlief.

Sie hatte den großen Baum, unter dem er gesessen hatte, fast erreicht, als sie ausrutschte und bäuchlings in einer Schlammpfütze landete. Sie fluchte, rappelte sich wieder auf und setzte sich vollkommen verdreckt an den mächtigen Stamm gelehnt auf den Boden, um wieder zu Puste zu kommen. Da, wo der Junge gesessen hatte, lag ein Haufen nasser Essensreste, vermutlich die Überreste von einem Grillfest. Davon hatte der Junge gegessen, als sie ihn störte, dachte Camilla traurig. Und auch die Tiere des Waldes hatten sich daran schon gütlich getan, vermutete sie, weil so einige abgeknabberte Knochen in der Gegend herumlagen. Aber die Tiere waren wohl auch gestört worden, sonst hätten sie aufgegessen. Vielleicht waren sie von dem Jungen vertrieben worden, dachte sie und schauderte.

Allmählich wurde ihr in den nassen Laufklamotten kalt. Aber der Gedanke an den Jungen, der in den Wald verschwunden war, ließ sie nicht los. Zwar war das hier ein Privatwald, aber zu Fuß durfte man sich gerne darin aufhalten, es bestand also gar kein Grund abzuhauen. Es gab auch Leute, die trotz Verbotes mit dem Auto in den Wald fuhren, aber die bekamen, wenn sie erwischt wurden, einen ordentlichen Anschiss von Frederik oder ihrem Verwalter.

Camilla stöhnte leise. Sie hatte sich bei ihrem Sturz am Knie wehgetan. Sie schüttelte das Bein ein wenig und wischte den Schlamm weg, um zu sehen, ob die Hose zerrissen war. Der Schlamm war mehr rot als braun, fiel ihr auf, und da begriff sie auch schon, dass sie nicht in eine Schlammpfütze gefallen war, sondern in eine Pfütze Blut.

Entsetzt richtete sie sich auf und wischte die Hände an der rauen Rinde des Baumes ab. Mit einem gewissen Unbehagen im ganzen Körper setzte sie sich wieder in Bewegung, lief auf einen kleinen Bach zu, den sie vorher bereits gesehen hatte. Unterwegs riss sie regennasse Blätter von Büschen und Sträuchern und versuchte, den Blutschlamm abzuwischen. Erst jetzt bemerkte sie, dass der Regen nachgelassen hatte.

Sie zitterte vor Kälte, als sie endlich den richtigen Weg hinunter zum Bach fand. Vorsichtig setzte sie einen Fuß vor den anderen auf die aus dem Wasser ragenden Steine. Dann ging sie in die Hocke und wusch sich das Gesicht. Mit Blättern als Lappen wischte sie sich die Arme ab, dann schöpfte sie eiskaltes Wasser über ihre Beine. Vom Blut rötlich verfärbt, rann es zurück in den Bach. Camilla spülte mit noch mehr Wasser nach, angewidert von der Vorstellung, von Kopf bis Fuß mit Blut besudelt zu sein. Plötzlich hörte sie hinter sich Zweige knacken. Erschrocken fuhr sie herum und verlor dabei fast das Gleichgewicht. Sie sah sich einer uralten Frau mit breitkrempigem Strohhut gegenüber, der ein langer Zopf über die rechte Schulter hing. Sie benutzte einen kräftigen Ast als Stock.

»Die Wagen rollen auf dem Todespfad«, sagte die Alte und sah Camilla aus ihren klaren wasserblauen Augen durchdringend an. Dann machte sie auf dem Absatz kehrt und verschwand erstaunlich behände und genauso lautlos, wie sie gekommen war, in Richtung Waldweg.

Camilla stand im Bach und brachte keinen Ton hervor. Sie hatte keine Ahnung, woher die Frau gekommen war. Hatte nichts gehört, bis die Alte direkt hinter ihr gestanden hatte. Sie wusste nicht einmal, ob es in der Nähe des Bachs auch einen Zugang zum Wald gab.

Ihr Herz hämmerte, als sie klatschnass durch die Dämmerung nach Hause eilte.

SUNE VERSUCHTE ES NOCH EINMAL. Er hatte seinen Kapuzenpulli zum Trocknen in den hohlen Baum gehängt und dort ein paar trockene Zweige gefunden. Mit dem Feuerzeug versuchte er, sie zu entzünden, aber es wollte ihm nicht recht gelingen. Er dachte an seine Mutter. Sie hatte ihn immer unterstützt, wie zum Beispiel damals, als er gerne zu den Pfadfindern wollte. Sein Vater fand, das sei Blödsinn. Er selbst hatte Handball gespielt, seit er sieben war, und konnte einfach nicht verstehen, wieso sein Sohn es nicht einmal damit versuchen wollte.

»Dein Sohn hat nun mal kein Ballgefühl«, hatte seine Mutter ihn in Schutz genommen, als er es dann doch mal versucht hatte. Aber dafür hatte er bei den Pfadfindern sämtliche Leistungsabzeichen erworben und sie jedes Mal, wenn er mit einem nach Hause kam, stolz selbst auf sein Fahrtenhemd genäht.

Er klapperte mit den Zähnen, und seine Finger waren ganz steif vor Kälte, obwohl es aufgehört hatte zu regnen. Über eine Stunde hatte er gewartet, bevor er es wagte, sich zu der Feuerstelle zurückzuschleichen und die Essensreste aufzusammeln, die er liegen gelassen hatte, als plötzlich die Frau auftauchte und ihm hinterherrief. Er wusste selbst, dass er besser nichts mehr davon essen sollte, sicher war es bereits verdorben. Aber er hatte solchen Hunger, dass es mehr sein Körper als sein Kopf war, der zu den Resten zurückwollte und ihn zwischen den Bäumen hindurch zur Feuerstelle lenkte.

Sune wusste, dass es noch eine andere Gruppe von Asatrus gab, die ihre Blóts ebenfalls an der Opfereiche abhielt. Es waren deren Essensreste, über die er sich hergemacht hatte. Von seinem Versteck aus hatte er gesehen, wie sie sich um das Feuer versammelt hatten. Er war ihnen noch nie direkt begegnet, weil sie es waren, die seinen Vater und die anderen Mitglieder seiner jetzigen Asatrugruppe ausgeschlossen hatten. Und jetzt war er selbst ein Ausgeschlossener, ging es ihm durch den Kopf. Sofort wurde ihm eng um die Brust, es fiel ihm schwer zu atmen.

Zuerst waren sein Vater und die anderen stinksauer gewesen, als die Asatrugemeinde entschied, sie auszuschließen, aber inzwischen schienen sie sich mächtig was darauf einzubilden, dass sie dem ursprünglichen Glauben viel näher waren als diese Hippies, die dauernd nur Joints qualmten und ihren selbst gebrauten Met soffen, wie sein Vater sich ausdrückte.

Seit jenem Abend, den er am liebsten vergessen würde, hatte er viele Nächte im Wald verbracht. Zweimal war er bei der Opfereiche gewesen und hatte Essensreste aufgesammelt. Die Überbleibsel seiner Jugendweihe hatten fast eine ganze Woche gereicht. Er hatte etwas davon in große Blätter gewickelt in der Hoffnung, es würde sich so länger halten.

Nach den Ereignissen an jenem schrecklichen Abend hatte es Stunden gedauert, bis er sich wieder auf die Lichtung getraut hatte. Die Autos waren weg gewesen, und Sune hatte die Luft angehalten, weil er die Stille und das Licht der Sterne am klaren Nachthimmel als bedrohlich empfand. Das Feuer hatte noch geglüht, aber Sune hatte sich nicht getraut, näher heranzugehen und sich aufzuwärmen. Er wusste ja nicht, ob vielleicht jemand dageblieben war, um auf ihn zu warten. Irgendwann war er dann im Schutz der Sträucher bis zu dem Baum gekrochen, wo die anderen sicher einiges von dem Essen, das sein Vater mitgebracht hatte, zurückgelassen hatten.

Er hatte versucht zu vergessen, was passiert war. Den Anblick der jungen, toten Frau zu vergessen, die ihn angelächelt hatte, bevor alles schiefgelaufen war. Nachdem die Männer ohne sie aus dem Wald zurückgekehrt waren und der Gode den Kreis geschlossen und den Eidring hatte herumgehen lassen, hatten sie alle sich um das Feuer herumgesetzt und gegessen und getrunken, als sei alles in bester Ordnung.

Aber für Sune war nichts in bester Ordnung. Gar nichts.

Er vermisste seine Mutter. Jede einzelne Nacht quälten ihn Albträume von ihrem Tod. Er sah weiße Särge und Friedhöfe. Wachte schweißgebadet auf. Er wusste, mit jedem Tag, den er im Wald verbrachte, wurde seine Mutter nur noch kränker und schwächer. Aber er wusste auch, dass er nicht nach Hause zurückkehren konnte, ohne sich mit seinem Vater und den anderen zu versöhnen. Und das wollte er nicht. Nicht nach dem, was er an jenem Abend miterlebt hatte. Er wollte damit nichts zu tun haben. Er wollte auf keinen Fall so werden wie sie.

Er zuckte zusammen, als er ein Auto auf dem Waldweg hörte, und zerstörte flugs das aufgebaute Lagerfeuer, bevor er sich eiligst im hohlen Baum versteckte. Jede Nacht kamen sie und suchten nach ihm. Wenn sie ihm zu nahe kamen, schnappte er sich seine Sachen und türmte. Wie ein gejagtes Tier, das aus seiner Höhle vertrieben wurde, verschwand er und suchte sich ein neues Versteck. Er wusste nicht, wer genau ihn suchte. Vielleicht wechselten sie sich ab, dachte er und schlang die Arme um die Knie.

Aus Angst, entdeckt zu werden, begann er zu zittern. Er musste zusehen, dass er weiterkam, sich ein völlig neues Versteck suchen, wo sie ihm nicht ständig auf den Fersen waren. Aber wo? Wenn es ihm doch bloß gelungen wäre, das Feuer anzumachen, dachte er, dann wären seine Sachen jetzt wenigstens trocken, und er müsste nicht frieren.

Er öffnete eins der Blattpäckchen und knabberte an einem kalten Kotelett. Dachte wieder an seine Mutter. Hoffentlich kümmerte sein Vater sich auch ordentlich um sie. Sune hatte sich, wenn er von der Schule nach Hause kam, immer zu ihr ans Bett gesetzt und ihr vorgelesen. Selbst hatte sie nicht mehr die Kraft, ein Buch zu halten. Immer wieder schlief sie zwischendurch ein und schnarchte leise mit halb offenem Mund, aber er las einfach weiter, und wenn sie wieder aufwachte, lächelte sie und sagte: »Bin wohl kurz eingenickt.«

Sein Vater las keine Bücher. Pure Zeitverschwendung, sagte er immer. Aber er wollte, dass sein Sohn gut in der Schule war, und darum sagte er nichts, wenn Sune Bücher las.

Die Schule, dachte Sune und sah den roten Rücklichtern des vorbeifahrenden Autos nach. Diese Woche wurden die letzten Klassenarbeiten geschrieben. Was seine Eltern wohl der Schule gesagt hatten, warum er nicht kam?

Er schluckte den letzten Bissen des Koteletts herunter. Er hatte es viel zu schnell gegessen, seine Speiseröhre tat richtig weh, und er hatte nichts zum Nachspülen. Normalerweise trank er Wasser aus dem Bach, aber da konnte er jetzt nicht hin.

Er hörte das Auto wieder näher kommen und hielt die Luft an. Es fuhr ganz langsam und hielt immer wieder an. Der Fahrer spähte hinaus in den Wald, dann rollte der Wagen weiter.

Sune hatte sich schon tausendmal gefragt, ob es nicht trotz allem das Beste wäre, nach Hause zu gehen, aber ihm war klar, dass das keine Option mehr war. Er hatte sich den Erwachsenen widersetzt und die Bruderschaft verraten, indem er den Eidring nicht angenommen und nicht gemeinsam mit den anderen geschworen hatte, für immer zu schweigen.

CAMILLA SCHLOSS DIE SCHWERE HAUSTÜR hinter sich, zog sich in Windesweile die Laufschuhe aus und platzte in ihren nassen Sachen in das Arbeitszimmer ihres Mannes.

»Wenn ihr das nächste Mal einen Bock aufbrecht oder wie das heißt, dann könntet ihr wenigstens mal die gröbste Sauerei wegmachen, ja? Der ganze Wald ist voller Blut!«

Frederik sah auf.

»Was ist denn mit dir passiert?«

»Ich bin in eine große Pfütze Blut gefallen.«

Viel wusste Camilla nicht über Jagd und Forstwirtschaft, aber ihr war immerhin bewusst, dass die Jagdsaison für Sommerböcke eröffnet war, schließlich war Frederik schon ein paar Mal draußen gewesen. Aber sie hatte keine Ahnung vom genauen Ablauf, nachdem ein Tier erlegt worden war. Nur, dass es an Ort und Stelle aufgeschlitzt und die Innereien entfernt werden mussten, damit der Mageninhalt nicht das Fleisch vergiftete.

»Ich weiß nichts davon, dass im Wald ein Bock aufgebrochen worden wäre«, verteidigte sich Frederik.

»Ist schon über eine Woche her, seit wir draußen waren. Wo war diese Pfütze?«

»Das weiß ich nicht genau. Aber es war gleich neben einem großen Baum mit hohlem Stamm, und ganz in der Nähe war auch eine Feuerstelle. Und da sah es aus, als wäre kürzlich jemand dort gewesen.«

Frederik erhob sich von seinem Schreibtisch. Oft arbeitete er nicht von zu Hause aus. Den größten Teil seiner wachen Stunden verbrachte er in der Chefetage der Fensterfabrik Termo-Lux. Er war der Geschäftsführer des Familienunternehmens und hatte gegenüber dem Vorstand gerade durchgesetzt, dass er einen Tag pro Woche freihatte, um wieder Drehbücher schreiben zu können. Und mehr von seiner Frau zu haben, hatte er hinzugefügt, als er Camilla erzählte, dass man seine Bedingungen dafür, den Job weiterzumachen, akzeptiert hatte.

Sie hatte Frederik Sachs-Smith kennengelernt, als er noch in Kalifornien lebte, wo er als gut beschäftigter Drehbuchautor arbeitete. Damals hatte er bereits an mehreren großen Hollywoodproduktionen mitgeschrieben, und Camilla hatte ihn als eine Art Mischung aus Oberklassebohemien und kühlem Geschäftsmann erlebt. Drehbücher schrieb er nämlich einfach nur so, zum Spaß. Als Camilla sich auf das Interview mit ihm vorbereitete, fand sie heraus, dass er das Erbe seiner Großeltern offenbar so klug angelegt hatte, dass er nun bequem von dem Vermögen leben konnte.

Als die beiden sich ineinander verliebten, war der Plan eigentlich gewesen, dass Camilla zusammen mit ihrem Sohn Markus zu Frederik nach Santa Barbara ziehen würde. Aber dann starb Frederiks Bruder, und seine Schwester gab den Posten als Geschäftsführerin des Familienunternehmens aus privaten Gründen auf. Darum hatten sie ihre Pläne geändert, und Frederik war stattdessen nach Dänemark zurückgekehrt.

Erst hatte Camilla nicht verstanden, warum er den Job seiner Schwester übernahm. Frederik hatte nie einen Hehl daraus gemacht, dass er ausgewandert war, weil er keine Lust hatte, Teil der Familiendynastie zu werden, und Camilla hatte mehrfach betont, dass es doch wohl genügend andere qualifizierte Kräfte für eine solche Topposition gäbe. Aber dann hatte sie begriffen, dass Frederik nicht der Familie zuliebe zugesagt hatte. Er hatte es seinem Vater zuliebe getan. Walther Sachs-Smith war im Jahr zuvor aus dem Vorstand seiner eigenen Firma herausgedrängt worden, als er anfing, den Generationswechsel vorzubereiten. Die Gier nach Geld und Macht hatte Frederiks zwei jüngere Geschwister dazu bewegt, ihren eigenen Vater auszubooten – und der hatte lange nicht durchschaut, welches Spiel sie spielten. Als er es endlich begriff, war es bereits zu spät.

Darum begab sich Frederik nun vier Tage die Woche in Anzug und Krawatte in die Firma, die sein Großvater vor vielen Jahren gegründet hatte und an deren Spitze er jetzt stand.

»Hört sich ganz so an, als wärst du draußen bei der Opfereiche gewesen«, sagte ihr Mann. »Dann ist das da bestimmt Schweineblut. Das kaufen die beim Schlachter.«

»Die? Und wer, bitte, sind ›die‹?« Camilla machte sich daran, die nasse Laufhose auszuziehen.

»Die, die den Göttern opfern. Die, die an Odin und Thor glauben und sich hin und wieder im Wald treffen, um irgendwelche Rituale abzuhalten.«

»Sind das Leute vom Wikingerschiffsmuseum?«

»Nein, nein«, lachte er und schüttelte den Kopf. »Ich rede von Leuten, die wirklich an die Asen glauben. Asatrus.«

»Dann, glaube ich, habe ich einen von denen gesehen.«

Nun warf sie auch ihr Oberteil auf den nassen Haufen auf dem Boden und legte sich ein Plaid vom Chesterfieldsofa um die Schultern. Das Arbeitszimmer sah noch genauso aus wie zu den Zeiten, als Frederiks Vater noch in diesem Haus gewohnt hatte. Als er auszog und es Frederik und Camilla überließ, wurde es zu Ehren von Walthers verstorbener Frau umbenannt in Ingersminde.

»Plötzlich stand da eine alte Frau und hat mich so merkwürdig angestarrt. Ich hätte fast einen Herzinfarkt bekommen. Ich hatte sie überhaupt nicht kommen hören. Die sah so aus, als könnte sie so eine sein. Hatte einen langen geflochtenen Zopf über die eine Schulter hängen.«

Jetzt lachte Frederik richtig.

»Das ist Elinor. Die wohnt schon seit Ewigkeiten im Schrankenwärterhäuschen und ist vollkommen harmlos. Und sie hat garantiert nichts mit den Asen oder Jötunen zu tun.«

»Wieso erlaubst du denen, in unserem Wald herumzurennen und Blut darin zu verteilen?« Camilla kauerte sich mit dem Plaid aufs Sofa. Sie fröstelte immer noch.

»Der alte nordische Glauben an die Asen ist in dieser Gegend tief verwurzelt – wobei meine Familie ihn nie gepflegt hat«, erklärte Frederik. »Und das zieht nun mal Leute an, die sich für nordische Gottheiten und Heldensagen interessieren. Viele der Geschichten haben hier ihren Ursprung.«

Er betrachtete Camilla, die versuchte, sich an ihren Geschichtsunterricht in der Schule zu erinnern.

»Skjold zum Beispiel soll hier als Baby ganz allein auf einem von den Göttern losgeschickten, unbemannten Schiff gestrandet sein«, erzählte Frederik weiter. »Als er erwachsen war, wurde er König von Lejre und hatte das stärkste und mutigste Heer von allen. Wusstest du das?«

Camilla nickte. Die Geschichte kannte man, wenn man in Roskilde auf die Oberstufe gegangen war. Da hatten sie sehr viel über Skjold und seine Nachfahren, die Skjoldunger, gehört. Und über König Skjolds Tod. Er starb in einem hohen Alter und wurde wieder in das Schiff gelegt, mit dem er nach Dänemark gekommen war. Man bettete ihn auf seinen eigenen Schild gleich neben den Mast und legte haufenweise Gold, Schmuck und kostbare Waffen bei. Dann stieß man das Schiff von Land. Und nur die Götter wissen, wohin es trieb.

»Ich habe da draußen auch einen Jungen gesehen. Ungefähr so alt wie Markus, schätze ich«, sagte Camilla. »Der saß da und hat von Essensresten gegessen, die neben dem Baum auf dem Boden lagen. Aber das kann natürlich auch einer von denen sein.«

Frederik runzelte die Stirn.

»Das wäre mir neu, dass so junge Leute von denen allein hierherkommen. Normalerweise treffen die sich alle am alten Bahnübergang, parken da die Autos und gehen dann zusammen in den Wald«, sagte er. »Dass sie Essensreste hinterlassen haben, ist schon öfter vorgekommen. Hat wohl irgendwas damit zu tun, dass sie ihre Mahlzeit mit den Göttern teilen oder so. Völlig in Ordnung, wenn du mich fragst. Dann freuen sich die Tiere – jedenfalls, solange kein Plastik oder so dabei ist.«

Camilla lächelte ihn an und hob ihre nassen Sachen auf.

»Solche Gottesanbeter haben wir zu Hause in Frederiksberg also nicht.« Sie küsste ihn. »Oder höchstens im Søndermarken-Park, da sind die Leute doch etwas freigeistiger als im Frederiksberg Have.«

KAUM KLOPFTE ES AN DER BÜROTÜR, sprang Charlie auch schon auf und knurrte, sodass Louise zusammenzuckte. Sie hatte vorübergehend vergessen, dass der große Schäferhund auf einer zusammengelegten grauen Hundedecke hinter Eiks Stuhl lag. Schnell bedeutete sie Rønholt, er solle besser draußen bleiben.

»Kommen Sie dann bitte mal eben?«, sagte er und zog sich einen Schritt auf den Flur zurück.

Der Hund knurrte immer noch, obwohl Eik ihn bereits am Halsband hielt und versuchte, ihn wieder auf die Decke zu bugsieren.

»Na, na, na. Die beiden dürfen gerne hier sein«, plauderte er auf den Vierbeiner ein. Louise verdrehte die Augen, stand auf und ging hinaus.

Auf dem Flur legte Rønholt ihr den Arm um die Schulter.

»Schön, dass Sie wieder da sind«, brummte er. »Sie haben uns gefehlt. Wie geht es Ihnen?«

»Sie müssen Eik bitte erklären, dass er den Hund nicht mit zur Arbeit bringen kann. Der hat doch einen an der Waffel«, wich sie seiner Frage aus. Sie marschierten zu Rønholts Büro. »Ich habe es schon ein paarmal versucht, aber es sieht nicht so aus, als würde Eik das beherzigen.«

»Das wird wohl auch nicht leicht«, murmelte Rønholt, den Blick auf den grauen Linoleumboden gerichtet.

»Was wollen Sie damit sagen?«, platzte es aus

Louise hervor. »Sie haben doch wohl nicht etwa vor, ihm zu erlauben, den Hund ständig mit zur Arbeit zu bringen?«

Rønholt sah sie immer noch nicht an. »Also, ich finde das sehr sympathisch«, sagte er dann.

»Was? Das Untier?« Ungläubig sah Louise ihn an. »Sie konnten nicht einmal unser Büro betreten. Wenn er den Hund unbedingt zur Arbeit mitbringen muss, dann kann er gerne sein ehemaliges Büro wieder beziehen.«

»Nein, nicht das Tier. Ich meinte, dass Eik angeboten hat, sich um ihn zu kümmern, bis sein Freund sich ein bisschen erholt hat.«

Ragner Rønholt schloss die Bürotür und bedeutete Louise, sie möge sich einen der Besucherstühle an den Schreibtisch heranziehen. Louise war klar, dass das Thema Hund von Rønholts Seite abgeschlossen war.

»Mir sind Zweifel gekommen«, sagte er und sah sie entschuldigend an. »Ich habe einen Vermisstenfall aus Hvalsø an Sie weitergeleitet.«

»Ich habe schon mit Kim gesprochen«, entgegnete sie schnell.

»Sie sind da zu dicht dran«, fuhr er fort, ohne ihrer Bemerkung Beachtung zu schenken. »Ich dachte einfach nur, es wäre gut für Sie, schnell wieder einen Fall zu haben. Von wegen Hinfallen, Aufstehen, Weitergehen und so.«

Louise ertappte sich dabei, wie sie die Hände ineinander verknotete, dass es wehtat.

»Aber Hvalsø geht natürlich nicht«, sprach er weiter. »Selbstverständlich schicke ich Sie da nicht wieder hin. Und schon gar nicht, wenn der Vater des vermissten Jungen einer von diesen... diesen...«

Ihm fehlte ganz offenkundig das richtige Wort. »Sie sind da zu dicht dran«, wiederholte er schließlich. »Ich habe Olle gebeten, den Fall zu übernehmen.«

Louise betrachtete ihre verknoteten Hände.

»Kommt gar nicht infrage!«, sagte sie. »Ich habe kein Problem damit, einen Fall in Hvalsø zu übernehmen.«

Es stimmte tatsächlich. Sie hatte Lars Frandsen seit zwanzig Jahren nicht gesehen und konnte sich überhaupt nicht vorstellen, wie er jetzt wohl aussehen mochte. Damals war er schlaksig gewesen, hatte dichtes blondes Haar gehabt, leichte Pausbacken und eine breite Nase, die immer vibrierte, wenn er lachte. Ein fröhlicher Junge, der hohes Ansehen genoss, weil er der Sohn des Schlachtermeisters war und im Præstegårdsvej in einem großen Einfamilienhaus mit Pool und Partykeller inklusive Flippern und einem Billardtisch wohnte.

All das wusste Louise nur, weil er derjenige aus der Clique gewesen war, mit dem Klaus sich am häufigsten getroffen hatte. Die beiden hatten gleichzeitig ihre Schlachterlehre abgeschlossen. Lars bei seinem Vater in Hvalsø, Klaus beim Schlachter in Tølløse. Immer, wenn sie zur Schlachterschule nach Roskilde mussten, fuhren sie zusammen mit dem Zug hin. So war Klaus überhaupt erst in die Clique rund um Ole Thomsen hineingekommen.

»Ich dachte bloß, es wäre sicher nicht besonders angenehm für Sie, einem von denen zu begegnen. Nach allem, was passiert ist«, fügte Rønholt fast schon väterlich hinzu. »Ich glaube, es ist besser, wenn ich einen von den anderen hinschicke, um mal ein bisschen an der Fassade zu kratzen.«

Louise schüttelte den Kopf.
»Wenn jemand in Hvalsø an der Fassade kratzt, dann ich«, sagte sie. »Es macht mir nichts aus, Lars Frandsen zu begegnen. Oder sonst irgendjemandem aus dem Ort.« Leicht trotzig sah sie ihn an.
»Wenn es mir etwas ausmachen würde, könnte ich mich auch nicht mehr in Kopenhagen bewegen, aus Angst, jemandem von der osteuropäischen Mafia zu begegnen. Oder den Bandenmitgliedern, die ich hinter Gitter gebracht habe. Wenn ich ängstlich oder konfliktscheu wäre, würde ich mich bei einer privaten Sicherheitsfirma bewerben und irgendwo gemütlich Wache schieben, statt mir weiter diesen schlecht dotierten Job hier anzutun.«
Sie schwieg einen Moment und lehnte sich nach vorn.
»Ich werde den Jungen finden«, sagte sie. »Sagen Sie Olle, dass der Fall bei mir bleibt.«

Sie traf Olle auf dem Flur, als er gerade von ihrem Büro zurückkam, in der Hand die ziemlich dünne Akte, die Kim ihnen gemailt hatte.
»Schön, dass du wieder da bist!«, begrüßte er sie herzlich und breitete die Arme aus.
Sie sah ihm an, dass er noch mehr sagen wollte, und beeilte sich, ihn darüber zu informieren, dass Rønholt es sich gerade doch noch mal anders überlegt habe. Der Fall verbleibe nun doch bei ihr.
»Aber es kann natürlich gut sein, dass wir später deine Hilfe brauchen«, fügte sie hinzu und lächelte ihren großen Kollegen mit der Halbglatze an. Dann ging sie weiter.
Louise wollte gerade die Tür zum Rattenloch öffnen, als sie sich an den Hund erinnerte.

»Kann ich reinkommen?«, rief sie und kam sich ziemlich bescheuert vor, weil sie erst auf grünes Licht warten musste, bevor sie ihr eigenes Büro betrat.

»Ja, alles klar«, rief Eik kurz darauf.

Schnellen Schrittes durchmaß sie das Büro und setzte sich an ihren Schreibtisch, während Eik mit der einen Hand den Hund am Halsband festhielt und mit der anderen drei Hundekuchen zu ihr hinschob.

»Gib ihm mal einen«, schlug er vor.

»Ich glaube, es geht los! Sieh zu, dass du den Hund in den Griff bekommst. Der hat hier überhaupt nichts zu suchen. Kann ja wohl nicht angehen, dass man nicht vernünftig arbeiten kann, weil man Angst haben muss, von einem Schäferhund angefallen zu werden!«

»Charlie ist nicht aggressiv. Er muss dich nur erst kennenlernen. Gib ihm doch wenigstens eine Chance.« Dann berichtete er, der Fotograf, dem die Wildkamera draußen im Boseruper Wald gehöre, habe gerade angerufen. »Er meldet sich gleich wieder.«

Unwillig nahm Louise einen der viereckigen Hundekuchen und hielt ihn dem Hund hin. Von dem ertönte ein tiefes Knurren. Schnell zog sie die Hand wieder zurück.

»Komm schon, jetzt musst du ihn ihm auch geben«, sagte Eik. »Sonst glaubt er ja, du bist so eine, die ihn nur heißmacht und dann doch nicht ranlässt.«

»Also, jetzt reicht's ja wohl!«, protestierte sie und sah, wie er in Gelächter ausbrach.

Es provozierte sie, dass er so verdammt gut aussah, wenn er lachte. Sie ignorierte, dass Charlie immer noch knurrte, und streckte die Hand wieder aus. Eine Sekunde später war der Hundekuchen vertilgt, und der Hund schleckte ihr freudig die Hand ab.

»Ich hab's doch gesagt!«, triumphierte Eik und bedeutete Louise, sie solle Charlie noch einen geben. Der Schäferhund hatte seinen großen Kopf inzwischen in Louises Schoß gelegt. Sie griff nach den anderen Leckerlis.

»So, mein Lieber.« Sie warf den Hundekuchen auf den Boden und schubste Charlie sanft an, um ihn loszuwerden, aber kaum hatte er den Kuchen verspeist, war er zurück.

»Er liebt dich«, sagte Eik.

Er verschränkte die Arme vor der Brust und sah zufrieden dabei zu, wie Louise dem Hund den letzten Hundekuchen gab.

Louise schüttelte den Kopf und wurde vom Klingeln des Telefons gerettet. Sie wischte ihre vom Hundespeichel feuchte Hand an der Hose ab, bevor sie nach dem Hörer griff.

»Ja, das wäre prima«, antwortete sie, als der Fotograf anbot, sich mit ihnen im Wald zu treffen und sie zu der Kamera zu führen, die das Foto mit dem Jungen im Hintergrund geschossen hatte. »Wir können in einer Stunde da sein.«

Sie sah zu Eik. Der bedeutete ihr, dass er etwas sagen wollte.

»Ist der Junge außer auf dem Bild, das wir gesehen haben, auch noch auf anderen Bildern mit drauf?«, fragte er über den Tisch hinweg.

Louise gab die Frage weiter und dankte dem Fotografen für sein Angebot, sich alle Bilder noch einmal genau anzusehen, bevor sie sich trafen.

CHARLIE LAG HINTEN IN EIKS RIESIGEM, klapprigem Jeep Cherokee und schlief, als sie eine Dreiviertelstunde später in den Wald westlich von Roskilde fuhren. Unterwegs hatten sie Camillas und Frederiks großzügiges Anwesen passiert, allerdings ohne viel davon zu sehen, weil die Bäume entlang der Allee allzu neugierige Blicke abwehrten.
»Meinst du, hier ist es?« Eik wollte in einen Waldweg abbiegen, auf dem ein roter Schlagbaum und ein Schild unmissverständlich darauf hinwiesen, dass motorisierte Fahrzeuge in diesem privaten Wald nicht erwünscht waren.
»Ich glaube, wir müssen noch ein Stück weiter.« Louise zog den Zettel mit der Wegbeschreibung aus der Tasche. »Zu einem Parkplatz und einem Fußweg, der zu einer Lichtung mit ein paar Bänken und Tischen führt.«
Wenige Hundert Meter weiter sahen sie das Parkplatzschild und bogen ab.
»Vergiss es«, blaffte Louise, als sie sah, dass Eik den Hund aus dem Wagen lassen wollte. Er ließ die Hand sinken, streckte sie dann nach Louise aus und zog sie an sich heran.
»Meinst du nicht, dass ihr Freunde werden könnt?« Er schloss sie in die Arme. Louise ließ es geschehen, sog seinen Geruch ein, schloss kurz die Augen und genoss einfach nur. Dann hörte sie, wie sich ein Auto näherte und die Fahrt verlangsamte. Sie löste sich von

Eik, noch bevor ein hellblauer Fiat 500 auf den Parkplatz bog und neben Eiks verdrecktem Geländewagen hielt.

Der Fotograf war Ende fünfzig und hatte dunkle Haare, die sich in einem dichten Kranz um die Halbglatze auf seinem kugelrunden Kopf legten.

»Sie sind früh dran«, sagte er und hob lächelnd die Hand mit der Armbanduhr. »Wir sind erst in zwei Minuten verabredet!«

»Ja, ja, keine Sorge. Sie sind nicht zu spät.« Eik ging auf ihn zu und stellte sich vor.

Der Fotograf hängte sich eine Kamera über die Schulter und verriegelte den Wagen. Irgendetwas an ihm erinnerte Louise an ihren Vater. Der war Ornithologe und hatte auch immer so einen energischen Blick, wenn er sich mit einem Fernglas um den Hals in die Natur begab.

»Man weiß nie, was einem begegnet, darum habe ich immer auch eine manuelle Kamera dabei«, sagte er, als sei er ihnen eine Erklärung schuldig.

Louise lächelte, dann ging er voraus und winkte sie und Eik nicht den Kiesweg entlang, sondern einen Hang hinunter.

»Wir schlagen uns hier durch«, sagte er und hielt ein paar Zweige zur Seite, damit Louise und Eik durchkamen. »Wir müssen am Waldrand entlanggehen, bis wir dahin kommen, wo der Wald an die Felder grenzt. Das ist der Weg zur Fotofalle«, erklärte er.

Louise hörte Eik hinter sich fluchen, als er über eine Wurzel stolperte.

»Ich habe drei Fotostationen im Wald«, fuhr der Fotograf fort. »Sie sind unterschiedlich eingestellt, je nachdem, von welchem Tier ich gerne Aufnahmen hätte. Die Fallen, mit denen ich Vögel einfangen möchte, stehen etwas weiter auf einer Lichtung und sitzen natürlich viel höher als zum Beispiel die, mit der die Fuchsjungen abgelichtet wurden.«

Er plauderte vor sich hin und erläuterte die verschiedenen Baumarten, während sie sich am Waldrand entlang vorwärtsarbeiteten.

»Können Sie eigentlich ungefähr sagen, wann das Bild gemacht wurde?«, fragte Eik, als er die beiden eingeholt hatte.

Der Fotograf zog einen Zettel aus der Hosentasche.

»Das kann ich sogar ganz genau sagen. Am 11. Juni um 6:47 Uhr. Datum und Uhrzeit werden immer registriert, wenn der Selbstauslöser aktiviert wird.«

Vor acht Tagen, dachte Louise.

»Und war der Junge auch noch auf anderen Bildern zu sehen? Sie wollten doch nachgucken?«, fragte sie.

»Ja, auf fünf.« Der Fotograf nickte. »Ich hab's Ihnen alles aufgeschrieben.«

Er reichte ihr einen zusammengefalteten Bogen Papier.

»Das erste Mal ist er schon am 6. Juni zu sehen, also knapp eine Woche vor dem Foto, das dann in der Zeitung war. Aber man muss schon ziemlich genau hingucken. Wir müssen hier runter.« Er bog auf einen Weg ab, der hinter dem Wurzelteller eines umgestürzten Baumes versteckt lag.

»Die Kamera ist gleich da drüben.«

Auf einem Baumstumpf stand eine Metallkiste. Aus der Nähe konnte Louise sehen, dass sie auf dem Stumpf festgeschraubt war und dass sie zur einen Seite eine Öffnung für die Kameralinse hatte.

»Die Kamera ist auf den Fuchsbau da drüben eingestellt«, erklärte der Fotograf und zeigte auf einen dicken, etwas schräg am Hang stehenden Stamm, an dessen Fuß sich der Eingang zum Bau befand. Links hinter dem Baum war eine Kuhle im Boden. Eik machte sich auf den Weg dorthin, während der Fotograf das Schloss der Kameraabdeckung überprüfte.

»Die Jungfüchse kamen im März zur Welt, sind jetzt also gut drei Monate alt«, erklärte er, aber Louise hörte gar nicht zu. Eik hatte sie herangewinkt, und sie erkannte bereits aus der Entfernung die Reste eines kleinen Lagerfeuers.

»Möchten Sie meine Bilder selbst mal durchsehen?«, fragte der Fotograf sie im Weggehen, und sie nahm sein Angebot, ihnen die Bilder zu mailen, gerne an.

»Und überhaupt vielen, vielen Dank, dass Sie sich so kurzfristig Zeit für uns genommen haben«, sagte sie und reichte ihm ihre Karte, damit er sie benachrichtigen konnte, falls der Junge wieder auftauchte.

»Was ist denn eigentlich mit ihm?«, fragte er. »Hat er was ausgefressen?«

Lächelnd schüttelte sie den Kopf. Erstaunlich, wie lange er sich mit dieser Frage zurückgehalten hatte.

»Wir müssen einfach nur herausfinden, warum er sich lieber hier im Wald aufhält als zu Hause bei seinen Eltern«, sagte sie.

»Er ist ganz bestimmt hier gewesen, aber scheint schon ein bisschen her zu sein.« Eik hockte neben der Feuerstelle. »Oder wenn nicht er, dann jemand anderes.«

Das Feuer war gelöscht worden, bevor es ganz heruntergebrannt war. Gleich daneben lag ein kleiner Haufen mit Zweigen und eine alte Konservendose, in die Eik gerade die Nase steckte.

»Ich glaube, da hatte jemand alles für eine Brennnesselsuppe vorbereitet.« Er stellte die Dose wieder auf den Boden. »Und hat sie dann nicht gekocht.«

»Vielleicht hat er hier geschlafen.« Louise war um den Baum herumgegangen. Auf der einen Seite brach der Stamm ziemlich weit auf, und als sie den Kopf hineinsteckte, entdeckte sie einen größeren Hohlraum. Gerade groß genug, dass ein Junge sich zusammengerollt hineinlegen konnte.

Louise ging in die Knie und kroch halb hinein. Mit bloßen Händen tastete sie den Boden ab. Vielleicht hatte der Junge ja etwas zurückgelassen. Sie fand noch mehr Zweige fürs Feuer, und dann berührten ihre Finger etwas Weiches. Erschrocken zog Louise die Hand zurück und schlug mit dem Hinterkopf gegen die Hohlraumöffnung.

»Da drin liegt was«, erzählte sie Eik, als sie wieder aus dem Baum hervorgekrochen war.

Er schob sie beiseite, kroch seinerseits in das Loch und machte sein Feuerzeug an. Als er wieder herauskam, breitete er ein dunkelblaues Sweatshirt auf dem Waldboden aus. In das Sweatshirt eingewickelt waren ein kleines Taschenmesser, ein Feuerzeug und ein Schlüsselbund.

»Ist kalt und feucht, weil es auf dem Boden gelegen hat«, stellte Eik fest. »Aber das kann auch nach einer einzigen Nacht der Fall sein. Hilft uns also nicht richtig weiter.«

Er untersuchte das Messer.

»Das ist seins.« Er reichte es Louise. »Sein Name ist eingraviert.«

Eik saß auf dem Waldboden und betrachtete die kleine, primitive Lagerstätte.

»Wir nehmen die Sachen mit«, sagte Louise und wollte gerade alles wieder in das Sweatshirt wickeln.

»Auf keinen Fall! Wir dürfen ihm nichts wegnehmen«, protestierte Eik. »Wenn er sich immer noch hier aufhält, braucht er sein Messer und einen warmen Pulli. Wir lassen alles hier. Sonst machen wir es ihm nur noch schwerer.«

Louise holte ihr Handy hervor und fotografierte die Namensgravur auf dem Messer, dann wickelte sie alles wieder in den Pulli und legte es zurück in den hohlen Baum.

»Komm, wir fahren zu seinen Eltern und sagen ihnen Bescheid, bevor wir die Sache den Behörden übergeben«, sagte sie.

AUF DER FAHRT NACH HVALSØ war es still im Auto.
»Warum, um alles in der Welt, will der Junge lieber da draußen im Matsch herumstreunen, als gemütlich in seinem Zimmer abzuhängen?«, fragte Eik, nachdem Louise ihn am Kreisverkehr nach links gelotst und ihm erklärt hatte, sie müssten wieder hinaus aus dem Ort und den Hügel hinauf, dann käme der Kiesweg namens Lodderne. Eins der letzten Häuser an diesem Weg war das von Schlachter Frandsen. Eine ihrer früheren Schulfreundinnen wohnte damals im ersten Haus, darum waren sie oft auf dem in den Wald führenden Kiesweg geritten.
Sie zuckte die Achseln. War ja nichts Ungewöhnliches, dass Jugendliche von zu Hause abhauten. Und auch nicht, dass sie wieder auftauchten. Entweder von selbst oder weil sie gefunden wurden. Dann bedeutete sie ihm, dass sie da seien.

Rechts der Einfahrt stand eine große Kastanie, die wie ein Regenschirm den größten Teil des Innenhofes überdachte. Der alte Dreiseithof hatte an jedem Giebel eine doppelflügelige Stalltür, das Reetdach endete wie Ponyhaare über den Fenstern. Gleich neben der grün gestrichenen Haustür stand ein weißer Lieferwagen.
Louise blieb einen Augenblick stehen, um die Atmosphäre in sich aufzunehmen, dann klopfte sie an. Sie war sich ziemlich sicher, dass Frandsen keine Ahnung hatte, wer ihn wegen der Sache mit dem ille-

galen Fleischverkauf angezeigt hatte – und trotzdem merkte sie ein leichtes Kribbeln im Bauch, als sie den Anklopfer hob und gegen die kleine Messingplatte fallen ließ.

Gleich darauf hörte sie, wie der Schlüssel im Schloss umgedreht wurde. Und dann stand er da. Kaum größer als sie. Schlaksig war er jetzt nicht mehr – eher hatte sich das Pausbäckige vom Gesicht auf den Rest des Körpers ausgebreitet. Er erkannte sie offenbar nicht, hatte jemand anderen erwartet. Seine offene Miene verschloss sich, reserviert trat er einen Schritt zurück und sah sie erwartungsvoll an, ohne etwas zu sagen.

Irgendetwas in seinem Blick bewirkte, dass um Louise herum alles stillstand. Sie wusste, dass Klaus den Abend vor seinem Tod mit ihm verbracht hatte. Als Louise damals nach Roskilde fuhr, um mit Camilla zum Gnags-Konzert zu gehen, wollte Lars vorbeikommen und Klaus dabei helfen, das Doppelbett in den ersten Stock zu bringen.

Daran hatte Louise seither nie wieder gedacht. Sie hatte es vergessen.

So, wie sie auch alle anderen Details verdrängt hatte, die einfach zu sehr wehtaten. Sie wusste nicht einmal, ob das Bett tatsächlich in die obere Etage gekommen war, denn seit sie Klaus am Strick hängend im Flur gefunden hatte, war sie nicht mehr im Haus gewesen.

Ihr jüngerer Bruder Mikkel, ihre Freundin Camilla und Louises Eltern hatten ihre Sachen geholt und zurück nach Lerbjerg gebracht. Klaus' Eltern hatten sich um die Sachen ihres Sohnes gekümmert. Sie hatten Louise gesagt, sie könne gerne alles haben, was sie gemeinsam mit Klaus gekauft hatte, doch sie lehnte dankend ab. Die Sachen landeten dann beim Roten Kreuz.

Sie sah einen Schatten über das Gesicht des Schlachters huschen, als er sie schließlich doch erkannte. Sein Blick wanderte zwanzig Zentimeter herunter auf ihren Hals, um ihr nicht in die Augen zu sehen. Er sagte immer noch nichts. Sie wusste auch nicht recht, wie sie anfangen sollte. Eik kam ihr zur Hilfe, er sagte, sie seien gekommen, um mit ihm und seiner Frau über den gemeinsamen Sohn zu sprechen.

»Die Polizei.« Der Schlachter nickte und trat einen Schritt zur Seite. »Ich weiß nicht, ob meine Frau wach ist. Es geht ihr nicht gut. Ich dachte, es wäre die Krankenschwester. Ich hab vor über einer Stunde angerufen.«

»Das tut mir leid«, sagte Eik.

»Habt ihr ihn gefunden?«

Der Schlachter sah zu Eik auf, der ihn um einen Kopf überragte und bereits halb im Flur stand. Aus seinem Blick sprach eine Mischung aus Angst und gespannter Erwartung.

»Nein, wir haben euren Sohn leider noch nicht gefunden«, sagte Louise und schlüpfte auch schnell durch die Tür. »Aber wir würden uns gerne mit euch über ihn unterhalten. Und darüber, was der Grund dafür sein könnte, dass er sich vermutlich im Wald bei Roskilde versteckt.«

»Jetzt hör mir mal gut zu«, sagte Frandsen und baute sich plötzlich direkt vor Louise auf. »Wenn das auf dem Mist von diesem beknackten Klassenlehrer gewachsen ist, dann könnt ihr mir damit gestohlen bleiben. Mein Sohn versteckt sich nicht. Wieso sollte er, verdammte Scheiße?«

Louise war angesichts seiner aufbrausenden Reaktion so perplex, dass es ihr kurzfristig die Sprache verschlug. Ihr Blick blieb an dem Thorshammer hängen, den der Schlachter an einer Silberkette um den Hals trug.

Eik war zur Küche durchgegangen und fragte, wo sie sich setzen und reden könnten. Frandsen wandte Louise den Rücken zu und führte sie ins Wohnzimmer, wo ein gigantischer Flatscreen-Fernseher den Raum beherrschte.

»Ich will keinen Scheißtratsch mehr hören«, sagte er. »Ganz Hvalsø redet. Sogar wenn die Leute bei mir im Laden stehen, tratschen sie. Und glotzen. Als wenn das alles meine Schuld wäre. Dass meine Frau krank ist, dass der Junge damit nicht klarkommt ... Aber ich kann auch bald nicht mehr. Und jetzt kommt ihr und ...«

Er ließ sich auf einen riesigen Sessel sinken, der mit dem Rücken zu den Fenstern stand, durch die man auf die Felder hinterm Haus sehen konnte.

»Ihr Sohn kommt besser klar, als viele andere in seiner Situation klarkommen würden.« Eik setzte sich ihm gegenüber aufs Sofa. »Wir haben Grund zu der Annahme, dass er am Leben und gesund ist. Aber wir müssen Ihnen ein paar Fragen stellen.«

»Haben Sie mit ihm gesprochen?« Der Schlachter richtete sich auf. Er war plötzlich ganz blass.

»Würden Sie bitte mal nachsehen, ob Ihre Frau wach ist und sich an unserem Gespräch beteiligen kann?«, fragte Eik. Louise schwieg, stellte sich ans Fenster hinter dem Esstisch und sah in den Garten hinaus, oder vielmehr auf die Wiese hinterm Haus, die mit einem schiefen Steinwall gegen die Felder abgegrenzt war.

Lars Frandsen erhob sich aus dem tiefen Sessel, ging quer durchs Wohnzimmer und klopfte leise an eine geschlossene Tür. Dann drückte er die Klinke herunter. Louise erkannte lediglich, dass es in dem Zimmer dunkel war – dann schloss er die Tür hinter sich. Louise wandte sich wieder der Aussicht zu, die Stimmung in diesem Haus bedrückte sie.

Sie kannte Hvalsø nur zu gut. Wusste genau, wie das war, wenn der ganze Ort über einen redete und tuschelte. Obwohl sie den Schlachter instinktiv unsympathisch fand, hatte sie auch irgendwie Mitleid mit ihm. Klaus hatte sicher nicht ohne Grund an ihm als Freund festgehalten.

»Sie können reinkommen«, erklang es von der nun wieder offenen Tür.

Das Erste, was Louise ins Auge fiel, waren der Tropfständer mit dem Infusionsbeutel daran und der Schlauch, der unter der dicken weißen Decke verschwand. Die Decke verbarg auch fast völlig die kleine, augenscheinlich abgemagerte Frau, die Sunes Mutter war.

Eik stand bereits am Bett und stellte sich vor. Louise näherte sich und wollte gerade die Hand ausstrecken, da erstarrte sie.

Zwischen den Kissen lag der Schatten eines Mädchens, das Louise mal gekannt hatte. Es war in ihre Parallelklasse gegangen, sie hatten zusammen Handball gespielt. Aber nachdem Louise mit Klaus zusammengekommen war, hatten sie nicht mehr viel miteinander zu tun gehabt.

»Jane«, sagte sie heiser und ging in die Hocke, um mit der Kranken auf Augenhöhe zu sein. »Bist du das?«

Diese drei Wörter brachte sie noch hervor, bevor ihr die Stimme brach. Warum, zum Teufel, hatte sie ihre Hausaufgaben nicht gründlich gemacht?, fragte sie sich und verfluchte sich selbst dafür, nicht überprüft zu haben, ob die Mutter des Jungen vielleicht jemand war, den sie kannte.

»Ja, ich bin's. Und ich würde deine Stimme jederzeit wiedererkennen, auch wenn ich dich nicht sehen könnte.«

Die Augen der Frau waren eingesunken, die Wangenknochen traten spitz hervor. Viel war nicht mehr übrig von der schmucken Tochter des Supermarktinhabers. Doch sie hob die Hand wenige Zentimeter über die Bettdecke und lächelte Louise an.

»Lars sagt, ihr habt Neuigkeiten von Sune.«

Ihr Blick wurde glasig, und schon lief ihr eine Träne über die Wange.

Louise nahm ihre Hand, strich ihr mit dem Daumen darüber und nickte.

»Wir glauben, wir haben ihn gefunden.«

Mit der freien Hand holte sie ihr Handy aus der Tasche und zeigte Jane das Bild von dem Taschenmesser, das sie in dem hohlen Baum gefunden hatten.

»Oder vielmehr wissen wir jetzt, wo er sich zumindest zeitweise aufgehalten haben muss, seit er verschwunden ist«, korrigierte sie sich und fragte, ob das das Messer ihres Sohnes sei.

Janes Erleichterung, als sie das Bild von dem Messer mit dem eingravierten Namen betrachtete, war ihr überdeutlich anzusehen. Die Reaktion des Vaters konnte Louise nicht so eindeutig zuordnen.

Erleichterung. Angst. Verwirrung.

»Das ist sein altes Messer«, sagte Jane an ihren Mann gewandt. Wieder füllten sich ihre tief eingesunkenen Augen mit Tränen, die aufs Kissen liefen, als Jane den Kopf zur Seite drehte. Dann schloss sie die Augen, und Louise hatte den Eindruck, sie würde sich in sich selbst zurückziehen.

Louise ließ sie in Ruhe. Traurige Stille legte sich auf das dunkle Zimmer.

»Ich versteh einfach nicht, wieso er sich da draußen versteckt«, wisperte Jane nach einer Weile, ohne die Augen zu öffnen. »Vor wem oder was hat er denn bloß Angst?«

»Das fragen wir uns alle, seit er einfach so verschwunden ist«, schaltete der Vater sich ein. »Inzwischen rechnen wir ja so ziemlich mit allem. Sein Messer könnte natürlich auch jemand geklaut haben«, gab er zu bedenken.

Louise und Eik wechselten einen schnellen Blick. Was ist bloß mit dem los?, fragte sich Louise und überlegte, ob es sich um eine Art Selbstschutzmechanismus handeln könnte. Ob er sich auf diese Weise gegen die familiären Probleme abschirmte.

»Wollen wir uns nicht setzen?«, fragte Eik und bat um ein paar Stühle.

»Ja, klar«, sagte Lars Frandsen und holte zwei aus dem Esszimmer.

Sie setzten sich neben das Bett, damit Sunes Mutter dem Gespräch besser folgen konnte. Ihre Hände lagen zu Fäusten geballt auf der Decke, den Blick richtete sie starr nach oben.

»Meine Krankheit macht unserem Sohn schon lange sehr zu schaffen«, sagte sie und wandte ihnen den Kopf zu. »Aber ich habe eigentlich nie daran geglaubt, dass er so weit gehen würde, sich das Leben zu nehmen.«

»Das sagt ja auch keiner«, fiel ihr ihr Mann in einem Ton ins Wort, der verriet, dass sie genau darüber bereits gesprochen und sich mehr oder weniger damit abgefunden hatten.

»Aber man liest das ja immer wieder, dass viele

Jugendliche mit dem Gedanken spielen«, fuhr er fort. »Weil das die ultimative Strafe für die Eltern ist. Genau das hat der Schulleiter auch gesagt, als er hier anrief.«

Er schnaubte.

»Man könnte meinen, die wollten uns die Schuld dafür geben, dass unser Sohn sich dafür entschieden hat.«

»Sch, sch«, machte die Mutter. »Jetzt reg dich nicht gleich wieder so auf.«

Da schlug ihr Mann die Hände vors Gesicht und senkte den Kopf.

»Ist nicht immer leicht, in einem so kleinen Ort zu wohnen, wo die Leute sich das Maul zerreißen«, sagte seine Frau wie zu seiner Verteidigung.

Louise wich dem Blick ihrer alten Schulfreundin aus.

»Und schon gar nicht, wenn man einen Laden hat und alle meinen, sie würden einen kennen«, fuhr Jane fort. »Lars hat recht. Man bekommt sehr leicht das Gefühl, dass die Leute meinen, Sune hat es wegen meiner Krankheit so schwer gehabt und sich womöglich deshalb...«

Sie schloss die Augen. Brachte das Wort »umgebracht« nicht über die Lippen, aber es war trotzdem da.

»Das steht ja nun glücklicherweise nicht mehr zu befürchten, dass Ihr Sohn diesen traurigen Weg beschritten hat«, schaltete Eik sich ein und wollte wissen, ob Sune bei den Pfadfindern gewesen sei.

»Ja«, antwortete seine Mutter und klang dabei ein bisschen stolz. »Und soweit ich weiß, hatte er so ziemlich alle Leistungsabzeichen, die es überhaupt gibt. Für Sport hat er sich nicht sonderlich interessiert.«

Louise sah Sunes Vater an, dass er etwas sagen wollte. Dann ließ er es doch bleiben.

»Heißt das, dass er nach Hause kommt?«, fragte die Mutter zaghaft, als habe sie Angst, sich zu früh zu freuen. »Ich denke die ganze Zeit an nichts anderes. Am meisten Angst habe ich davor, dass wir uns nicht voneinander verabschieden können. Ich habe mir das schon ganz genau ausgemalt, wie unser Abschied aussehen soll. Was ich meinem Sohn noch sagen, ihm noch mit auf den Weg geben möchte. Worte, die ihn begleiten, wenn ich nicht mehr bin. Aber dann war er auf einmal weg, und ich konnte ihm nichts von alldem sagen.«

Sie wandte sich Louise zu, die sich enorm beherrschen musste, um den Blick nicht zu senken. Sie fand es unerträglich, jemanden, den sie von früher kannte, in diesem Zustand zu sehen. Das ist unprofessionell, dachte sie verärgert und versuchte sich darauf zu konzentrieren, dass vor ihr eine Mutter im Sterben lag, die hoffte, ihren Sohn noch ein letztes Mal zu sehen.

»Wir haben draußen im Boseruper Wald ein kleines Lager gefunden und vermuten, dass Ihr Sohn sich seit seinem Verschwinden dort aufgehalten hat«, sagte Eik, und Louise richtete sich dankbar auf.

»Gut.« Schlachter Frandsen wollte schon aufstehen. »Dann fahre ich jetzt da raus und hole ihn.«

Doch Louise und Eik schwiegen, und Sunes Eltern begriffen, dass etwas nicht stimmte.

»Er ist da nicht mehr«, sagte Louise. »Das Lager ist verlassen.«

»Hatte er Geld bei sich, als er verschwand?«, fragte Eik. »Bares oder eine Kreditkarte?«

Sie wussten natürlich längst, dass Sunes Portemonnaie in seinem Zimmer lag. Wenn er Geld bei sich hatte, musste die Börse also leer sein.

Die Eltern schüttelten den Kopf.

»Ist alles noch in seinem Portemonnaie«, sagte der Vater, der wieder schwer auf seinem Stuhl saß.

»Wir werden die Polizei in Roskilde bitten, nach Sune zu fahnden«, sagte Louise, doch der Schlachter fiel ihr ins Wort.

»Ich fahre selbst raus und suche ihn. Der Junge hat schon genug durchgemacht. Jetzt soll er nicht auch noch von der Polizei gesucht und nach Hause gebracht werden.«

Louise nickte und reichte ihm ihre Karte.

»Ich weiß ja nicht, ob du jemanden hast, der dir beim Suchen helfen kann – aber ruft mich an, wenn ihr ihn nicht findet. Dann sage ich den Kollegen in Roskilde Bescheid.«

Jane streckte die Hand nach Louise aus.

»Vielen Dank für eure Hilfe«, sagte sie und lächelte, dass die Haut im Gesicht spannte. »Ich kann dir gar nicht sagen, wie erleichtert ich bin. Ich war so unglücklich. Zu wissen, dass ich nun wohl doch beruhigten Herzens gehen kann, bedeutet mir so unendlich viel. Ich bin sicher, du weißt, was ich meine. Sich ordentlich zu verabschieden ist das A und O.«

Louise nickte und drückte Janes Hand. Sie wusste nicht, ob sie ihrer ehemaligen Handballfreundin helfen konnte. Sie wusste nur, dass Janes Sohn sich im Wald aufgehalten hatte – und dass sie keine Ahnung hatte, wo er sich jetzt befand.

Sie spürte Lars Frandsens Blick im Rücken, als sie zurück zur Haustür gingen, und als sie sich umdrehte, um sich zu verabschieden, stand er direkt hinter ihr. Sie sah seinen Blick und ließ die Hand sinken.

»Wer hätte das gedacht, dass du so tief sinken würdest. Schickst René hinter Gitter«, sagte er leise. »Er hat dir geholfen, und der andere hat nur gekriegt, was er verdient hat.«
Louise straffte die Schultern.
»Er hat ihn umgebracht. Erschossen. Das wäre überhaupt nicht nötig gewesen«, entgegnete sie wütend.
»Sagst du.«
»Ach, ja? Und?«
Schlachter Frandsen trat einen Schritt zurück und betrachtete sie höhnisch.
»Ich habe gehört, dass er dich davor bewahrt hat, einmal ordentlich durchgevögelt zu werden.«
»Hat er dir das erzählt?«
Er schüttelte den Kopf.
»Man hört halt so einiges«, sagte er nur und fuhr dann fort: »Er kann ja nicht so viel erzählen, sitzt ja schließlich im Knast. Aber ich habe jetzt eine Besuchserlaubnis. Morgen fahre ich hin.«
Louise spürte, wie seine Worte sie provozierten. Sie konnte sich bereits lebhaft vorstellen, wie die beiden die Köpfe zusammenstecken und über sie herziehen würden. Gerade eben erst war sie kurz davor gewesen, ihre Meinung zu Lars Frandsen zu ändern – aber jetzt hatte er sie in aller Deutlichkeit daran erinnert, warum sie ihn und seine Clique noch nie hatte leiden können.

LOUISE WAR SCHWINDELIG, als sie wieder hinaustrat auf den Hofplatz. Eik hatte sich bereits eine Kippe angezündet und genoss die Aussicht zum Wald. Sie bat ihn, das Auto aufzuschließen, und als sie sich hineinsetzen wollte, tauchte Charlie direkt hinter dem Fahrersitz auf. Als er sie sah, drehte er die Ohren nach vorn und sah sie erwartungsvoll an.

»Du musst dich noch einen Moment gedulden«, sagte sie und spürte, dass die Wut noch nicht abgeebbt war. So ein Mist aber auch, dass sie sich hatte provozieren lassen. Sie hätte überhaupt nicht reagieren sollen, als Lars Frandsen René erwähnte.

»Scheiße aber auch«, murmelte sie wütend und schwor sich, in Zukunft besser vorbereitet zu sein.

»Na, was murmelst du vor dich hin?«

Eik war auch zum Auto gekommen.

»Ach, nichts«, winkte sie ab. »Du warst gut da drin. Tut mir leid, mich hat das ein bisschen umgehauen, als ich sah, wer da im Bett lag. Jane und ich kennen uns von früher.«

Eik legte den Arm um sie.

»Hab mir schon so was gedacht.«

Er küsste sie aufs Haar.

Durch das Wiedersehen mit Jane waren viele Bilder aus der Vergangenheit wieder aufgetaucht. Schöne Bilder, sodass sie sich trotz ihrer Wut auf einmal daran erinnerte, wie es war, sechzehn und frisch verliebt zu sein.

Sie war vollkommen verrückt nach Klaus gewesen. Bei Wind und Wetter hatte sie am Rand des Handballplatzes gestanden, um ihn spielen zu sehen. Sie hatte im Klubhaus des Sportplatzes abgehangen und gewartet, bis er aus der Umkleide kam – nur, um ihn zu treffen. Im Rückblick hatte sie sich wahrscheinlich ganz schön lächerlich gemacht, aber damals war es überhaupt nicht anders gegangen. Diese jugendliche Verliebtheit war eine übermächtige Kraft gewesen, der sie hilflos ausgeliefert war, sosehr sie auch dagegen ankämpfte. Sie wusste noch genau, wie sich alles um ihr Herz herum zusammenzog, wenn er sie ansah und lächelte.

Bei einer Dorfparty kamen sie dann zusammen. Die Wheels hatten gespielt, und vielleicht hatte sie ein bisschen mehr als üblich getrunken, als sie allen Mut zusammennahm, zu ihm hinging und sich einfach neben ihn stellte. Und als sei es die natürlichste Sache der Welt, legte Klaus den Arm um sie und flüsterte ihr ins Ohr: »Da bist du ja.«

Eik fuhr rückwärts aus der Einfahrt und folgte dann dem holprigen Kiesweg zur Straße.

»Hast du Lust, heute Abend essen zu gehen? Natürlich auch gerne mit Jonas. Wir könnten ins Tea gehen, da gibt es Kopenhagens beste Pekingente.«

Sie lächelte und erklärte, Jonas wolle mit einem Kumpel ins Kino und dann bei ihm übernachten.

Eik lachte.

»Ich hab auch nichts dagegen, mit dir allein essen zu gehen.« Er lehnte sich ein wenig zu ihr hinüber. »Wenn du mich hinterher noch auf einen Kaffee einlädst?«

Sie legte die Hand an seine Wange und spürte seine Bartstoppeln in der Handfläche.

»Ich muss erst noch was erledigen«, sagte sie und bat ihn, vor dem Kreisverkehr rechts abzubiegen.
»Wir haben Zeit. Es ist gerade mal fünf.«
»Aber das hier muss ich alleine machen.« Sie zeigte auf eine Seitenstraße.
»Hältst du da bitte an?«
Eik machte nun eine ernste Miene. Nachdem er angehalten hatte, wandte er sich Louise zu.
»Hältst du das für eine gute Idee?«, fragte er, ohne zu wissen, was sie eigentlich vorhatte.
Aber er ist ja nicht dumm, dachte Louise. Sie hatte ihm von ihrer Jugendliebe erzählt und davon, wie sie Klaus verloren hatte. Sie sah den Zweifel in seinem Blick und legte wieder die Hand an seine Wange. Sie nickte.
»Seit Klaus tot ist, habe ich nicht mit seinen Eltern gesprochen. Jetzt muss ich. Ich muss ihnen erzählen, was René Gamst draußen beim Wildwächterhof gesagt hat. Wenn ihr Sohn nicht Selbstmord begangen hat, dann müssen sie das wissen. Aber morgen oder am Wochenende möchte ich sehr gerne mit dir Pekingente essen gehen.«
Sie liebte die dünnen Pfannkuchen und die kräftige Hoisinsoße. Pekingente war eins von Jonas' Leibgerichten, er hatte es oft zusammen mit seinem Vater zubereitet. Jonas war dafür zuständig gewesen, die Gurken und Frühjahrszwiebeln fein zu schneiden, und sein Vater hatte dafür gesorgt, dass die Ente genauso schön knusprig wurde, wie sie sein musste. Auf einmal vermisste Louise ihren Pflegesohn schmerzhaft. Sein ruhiges Gesicht und das schwere, dunkle Ponyhaar, hinter dem seine Augen manchmal verschwanden.
»Kein Problem«, sagte Eik und bremste damit den

Wirbelwind aus Gefühlen, der sich in ihr erhoben hatte.

Vergangenheit und Gegenwart und jede Menge Verdrängtes hatte sich in diesem Sturm losgerissen und flog wild durcheinander.

Louise wusste nicht mal, ob Lissy und Ernst immer noch in dem weißen Haus am Skovvej wohnten. Damals, in der neunten Klasse, war Louise immer ganz besonders langsam daran vorbeigeradelt, wenn sie durch den Wald nach Lerbjerg fuhr, vor allem, um zu sehen, ob Klaus' Moped in der Einfahrt stand oder ob er vielleicht seinem Vater hinter dem Haus mit etwas zur Hand ging.

Louise betrachtete Eik im Profil. Dann öffnete sie die Tür und schüttelte den Kopf, als er fragte, ob er auf sie warten solle.

»Ich fahr mit dem Zug nach Hause«, sagte sie und lächelte.

»Wollen wir nicht erst mal gucken, ob sie noch da wohnen?«

»Ich muss das hier alleine machen«, wiederholte sie und bekam plötzlich Zweifel, ob das eine so gute Idee war.

Eik sah sie an, dann nickte er und warf ihr einen Kuss zu.

Sie blieb noch kurz an der Straßenecke stehen und sah ihm nach, bis er gewendet hatte und Richtung Kopenhagen verschwunden war.

DAS LETZTE STÜCK GING LOUISE mit in den Jackentaschen vergrabenen Händen, den Blick auf die Linien im Bürgersteig gerichtet.
»Ruriratsch, mach nur keinen Quatsch. Raruritsch, tritt nicht auf den Strich. Rirarutsch, sonst ist alles futsch!«, ging es ihr monoton in Endlosschleife durch den Kopf. Ihr war, als sei das Vorhängeschloss zu einer der alten Verdrängungskisten, die sie in die hinterste Ecke ihres Gedächtnisses geschoben hatte, aufgesprungen. Der alte Kinderreim begleitete den Takt ihres Schrittes.
Das Spiel hatte sie immer mit den anderen Mädchen aus ihrer Klasse gespielt. Als sie älter wurden, hatten sie sich neue Spielregeln ausgedacht: Wer auf die Striche trat, musste den anderen ein Geheimnis verraten. Louise hatte erzählt, dass sie heimlich in Klaus verliebt war, und den anderen sofort ihr Entsetzen angesehen. Natürlich war sie nicht die Einzige gewesen, die ein Auge auf ihn geworfen hatte.
Und dann stand sie plötzlich da. Vor dem weißen Haus. Der gut gepflegte Lattenzaun und das Haus sahen immer noch genauso aus wie damals. Gut in Schuss, wenn auch nicht modernisiert. Im Küchenfenster hing immer noch eine Halbgardine. Louise holte tief Luft. Dann war das Haus vermutlich noch nicht von einer jüngeren Generation übernommen worden. Junge Leute hatten nicht solche Gardinen, dachte sie, als sie die Straße überquerte und das Gartentörchen

ansteuerte. Aber dann blieb sie abrupt stehen. Louise versuchte sich zusammenzureißen. Sie sah den Namen am Briefkasten. Ja, sie wohnten immer noch da. Und doch schaffte sie es nicht, das Törchen zu öffnen und hindurchzugehen.

Sie sah förmlich Klaus' Moped vor sich und die Nistkästen, die sein Vater immer gebaut hatte. Ein Hobby, über das er sich mit Louises Vater hervorragend austauschen konnte. Die beiden Vogelliebhaber mussten einander immer irgendetwas zeigen oder erzählen, was sie jetzt wieder erlebt hatten. Louise hatte das mit Ernst und den Nistkästen ganz vergessen. Aber jetzt hingen sie da, und es waren noch mehr hinzugekommen. Kein einziger Baum im Vorgarten, an dessen Stamm kein Nistkasten montiert war – manche von ihnen äußerst kunstvoll und detailreich, mit Gesimsen und so weiter. Am großen Baum mitten im Rasen hing der naturgetreue Nachbau einer Schweizerhütte. Er hatte sein Hobby offensichtlich kultiviert. Louise konnte sich nicht vorstellen, dass er damals, als er noch im Sägewerk arbeitete, Zeit für derlei Spielereien gehabt hat.

»Ja, wenn das mal nicht die Louise ist!«, hörte sie da eine Stimme vom Holzschuppen her – und sah dann auch schon ihren ehemaligen Quasi-Schwiegervater auf sich zukommen.

Louise wollte auf ihn zugehen, aber ihre Füße schienen auf den Bürgersteigfliesen festzukleben.

Ernst lächelte und öffnete ihr das Törchen.

»Komm doch rein.«

Sie versuchte sein Lächeln zu erwidern. Überlegte, was sie sagen sollte. Über zwanzig Jahre war das jetzt alles her, und Louise hatte sich nicht ein einziges Mal bei ihnen gemeldet. Aber sie sich auch nicht bei ihr, ging ihr durch den Kopf, und da konnte sie endlich die Füße vom Bürgersteig lösen.

»Ich glaube nicht, dass Klaus damals Selbstmord begangen hat.«

Die Worte purzelten ihr einfach so aus dem Mund, und das war nicht gut. Sie hätte sagen müssen, dass sie sich freut, ihn zu sehen, und dass es sie noch mehr freut, dass es ihm offenbar gut geht. Aber alle Floskeln wurden von dem verdrängt, was sie fast pausenlos beschäftigt hatte, seit der Rettungswagen sie vom Wildwächterhof weggebracht hatte.

Ernst versteifte sich kurz, dann streckte er den Arm aus und legte die Hand auf ihre Schulter.

»Komm doch mit rein. Lissy hat bestimmt eine Tasse Kaffee für dich.«

Louise folgte ihm ums Haus. Unter einem Vordach standen eine alte Hobelbank und ein halb fertiger Nistkasten. Ernst öffnete die Tür zum Hauswirtschaftsraum, und Louise erkannte den Duft nach Wäsche und frischem Kaffee wieder. Sie zog die Schuhe aus und folgte Ernst in die Küche.

Sie konnte sich nicht im Detail erinnern, wie es damals in dem Haus ausgesehen hatte, und doch fühlte sie sich gleich wieder zu Hause und geborgen. Das machte es ihr nur noch schwerer. Sie wusste nicht, wie sie das Thema anpacken sollte.

Aber das machte auch gar nichts, denn bevor sie überhaupt etwas sagen konnte, tauchte Klaus' Mutter in der Tür auf und breitete die Arme aus, als sei Louise ihr nach langem Verschwinden endlich zurückgekehrtes, schmerzlich vermisstes Kind.

»Na, das ist ja mal eine Überraschung!«, sagte Lissy. Ihre Haare waren grau geworden und sie selbst etwas fülliger, aber ihre Augen blitzten gewohnt lebendig, und sie wischte sich immer noch genau wie damals die Hände an der Schürze ab, die sie über der Bluse und der langen Hose trug. Ohne weiteren Kommentar, ohne jede Frage zum Anlass ihres Besuches machte sie sich daran, Tassen aus dem Schrank zu holen.

»Wie trinkst du deinen Kaffee?«, fragte sie auf dem Weg zum Kühlschrank.

»Mit Milch, bitte«, sagte Louise und folgte Ernst ins Wohnzimmer, als Lissy sie bat, sich zu setzen.

Sofort fielen Louise die Bilder auf dem Sekretär auf. Klaus und seine zwei Jahre jüngere Schwester. Auf einigen der Fotos waren sie zusammen zu sehen, dann gab es ein paar Bilder von Heidi alleine, und auf dem, das am neuesten aussah, saß sie mit einem kleinen Jungen auf dem Schoß.

»Unser Enkel«, sagte Ernst, der ihrem Blick gefolgt war. »Jonathan. Er ist gerade drei geworden.«

Ganz links stand ein versilberter Rahmen mit einem Foto von Louise und Klaus. Sie hatte lange Pudellocken, das Ergebnis einer missglückten Dauerwelle vom Salon Connie. Das Bild hatte sie ganz vergessen.

Louise versuchte zu lächeln und sagte schnell, was für ein niedliches Enkelkind das doch sei. Aber sie spürte, wie sich ihr Gesicht verzog und sich dann ihr Hals zusammenschnürte vor Trauer.

Sie setzten sich und schwiegen, bis Lissy dazukam. Kaum hatte sie das Wohnzimmer betreten, erzählte ihr ihr Mann auch schon, was Louise draußen am Gartentor zu ihm gesagt hatte.

»Du meinst also, dass es womöglich kein Selbstmord gewesen ist?«, wiederholte er und hakte dann nach: »Aber wie willst du das nach so vielen Jahren wissen?«

Louise wollte es ihm gerade erklären, aber da meldete sich Klaus' Mutter zu Wort. »Ich habe nie daran geglaubt, dass er sich das selbst angetan hat«, sagte sie und sah ihren Mann an. »Und darüber haben wir auch oft genug gesprochen.« Ernst nickte kaum merklich und sah auf seine Hände. Louise stellte die Kaffeetasse ab.

»Soll das heißen, ihr habt es die ganze Zeit gewusst?«

»Ach, was heißt schon gewusst...«, murmelte er.

»Wir haben uns unseren Teil gedacht«, sagte Lissy mit etwas festerer Stimme.

»Aber ihr habt nichts unternommen?« Louise staunte. »Warum habt ihr denn nie etwas gesagt?«

»Niemand weiß hundertprozentig, was in jener Nacht da draußen in eurem Häuschen passiert ist, da ist es nicht leicht, mit so einer schwerwiegenden Behauptung anzukommen. Zumal Eltern wohl nie besonders glücklich darüber sind, wenn ihr Kind sich das Leben nimmt«, versuchte Ernst sich zu erklären.

»Du kennst Hvalsø«, sagte Lissy und studierte die Fingernägel ihrer rechten Hand, bevor sie wieder aufsah. »Du weißt, wie das ist, wenn der ganze Ort sich gegen einen wendet. Natürlich, Ernst hat recht, wir wussten ja auch nicht, was genau geschehen war. Aber irgendwie passte das alles nicht zusammen. Er war so glücklich, er hat praktisch von nichts anderem mehr geredet als von euch und eurem Haus. Er hat sich so darauf gefreut, war bereit, ein neues Kapitel im Leben anzufangen, zumal er ja auch endlich die Schulden los war.«

»Schulden?«, fragte Louise.

»Er schuldete Ole Thomsen Geld für das Motorrad, das er ihm abgekauft hatte. Als Klaus das bezahlt hatte, wollte Ole plötzlich auch Zinsen haben. Und zwar so viele, dass Klaus Schwierigkeiten hatte, seine Schulden von seinem Lehrlingsgehalt zu bezahlen.«

Ja, klar, dachte Louise. Das sah Thomsen ähnlich, seine Freunde so hereinzulegen und auszunehmen.

»Wir haben ihm unter die Arme gegriffen und Thomsen gezahlt, was er haben wollte, damit Klaus nicht mehr mit ihm und seinen Kumpels zu tun haben musste.«

Das hörte Louise zum ersten Mal.

»Ist aber nicht immer so leicht, sich von seinen alten Freunden zu lösen«, sagte Klaus' Vater. Als schulde er eine Erklärung dafür, dass es seinem Sohn schwergefallen war, sich von der Clique zu trennen. Louise hatte nie verstanden, was er mit denen eigentlich gemeinsam hatte.

Und auch jetzt verstand sie so einiges nicht. Warum hatten seine Eltern nicht reagiert, wenn sie doch den Verdacht hatten, etwas sei nicht ganz koscher? Sie selbst hatte nie daran gezweifelt, dass Klaus Selbstmord begangen hatte. Sie hatte nur nie verstanden, warum.

»Ich weiß nicht, ob ihr gehört habt, was letzten Monat draußen beim Wildwächterhof passiert ist?«, setzte sie an.

Beide nickten, und Louise erzählte ihnen, was René Gamst gesagt hatte, kurz bevor er festgenommen wurde.

»Er hat das nicht selbst gemacht. Jemand anderes hat ihm den Strick um den Hals gelegt.«

Sie saßen da und schwiegen.

»Sie haben sich zu mehreren draußen in eurem Haus getroffen an dem Abend«, sagte Ernst dann.

Unter Louises Haut fing es an zu beben. Sie hatte nie erfahren, was man über den Verlauf jenes Abends eigentlich wusste, aber sie hatte auch nie gefragt. Sie hatte keine Bilder von seinen letzten Stunden im Kopf haben wollen.

Sie wusste, dass im Wohnzimmer Bier getrunken worden war, weil ihr Bruder ihr von leeren Bierflaschen erzählt hatte. Offenbar hatten die auf dem umgedrehten Bierkasten gestanden, der Louise und Klaus bei ihrem ersten Frühstück im gemeinsamen Haus als Tisch gedient hatte. Klaus hatte eine Zeitung als Tischdecke darübergebreitet und mit Papptellern und Plastikbesteck aufgedeckt, die sie an der Tankstelle gekauft hatten, als sie mit ihren Möbeln zum Haus fuhren.

»Die anderen haben alle gesagt, dass sie so gegen halb zwei nachts gefahren sind«, fuhr Ernst fort.

»Ach, die sagen viel, wenn der Tag lang ist«, fiel seine Frau ihm ins Wort. »Das weißt du doch genau. Auf die Typen ist kein Verlass, die reden sich immer irgendwie raus. Genau wie damals in Såby.«

»Såby?«, hakte Louise verwirrt nach.

»Schluss jetzt«, fuhr Ernst dazwischen. »Das eine hat mit dem anderen überhaupt nichts zu tun.«

»Und ob es das hat!«, trotzte Lissy ihm. »Und auch die Sache mit Gudrun vom Tante-Emma-Laden, die so schlimm zugerichtet war. Das hat doch wohl nie wirklich jemand geglaubt, dass sie nachts auf dem Weg zur Toilette gestürzt ist. Warum sollte sie auch mitten in der Nacht zur Kundentoilette neben dem Laden gehen, wenn sie doch ein Klo gleich neben dem Schlafzimmer hatte?«

Ernst hatte die Hände gefaltet in den Schoß gelegt. Louise sah, wie die Haut sich über den Knöcheln spannte.

»Wir wissen nicht, was mit Gudrun passiert ist. Laut

dem damaligen Polizeimeister war es ein Unfall. Sie ist gestürzt.«

»Und was ist mit den Sachen, die aus ihrem Warenlager verschwunden waren?«, bohrte seine Frau weiter. »Zigaretten und Alkohol?«

»Moment mal«, unterbrach Louise sie und hob die Hand. »Redet ihr gerade von der Gudrun, der der kleine Lebensmittelladen gehört hat? Von der, die gestorben ist?«

In Hvalsø wusste damals jeder, dass man, wenn die Tankstelle schon zu war, jederzeit Gudrun aus dem Bett klingeln und an ihrer Hintertür Bier und Zigaretten kaufen konnte. Louise war selbst ein paarmal mit dabei gewesen, wenn ihnen bei einer Party der Alkohol ausgegangen war. Gudrun war eine ältere Dame gewesen, unglaublich liebenswürdig und allseits beliebt. Darum hatte auch ganz Hvalsø getrauert, nachdem Gudruns älteste Tochter am Sonntag zum Mittagessen bei ihrer Mutter aufgetaucht war und sie im Hinterzimmer des Ladens tot auf dem Boden gefunden hatte.

Erst wurde geredet, sie sei niedergeschlagen und beraubt worden. Aber laut Polizeibericht hatte es keine Anzeichen auf einen Überfall gegeben. Zwar fehlte etwas in ihrem Lager, aber das waren laut Polizeibericht vermutlich Waren gewesen, die sie an der Hintertür verkauft und nicht registriert hatte. Eine Behauptung, gegen die sich die Tote naturgemäß nicht mehr wehren konnte. Niemand konnte mit Sicherheit sagen, ob die fehlenden Waren in der verhängnisvollen Nacht oder schon früher verschwunden waren.

»Als ich beim Arzt war, hörte ich, dass sie einen Schädelbruch und mehrere gebrochene Rippen hatte«, fuhr Lissy beharrlich fort. »Und im Gesicht hatte sie auch Verletzungen.«

»Die Polizei hat ja auch gesagt, dass sie so unglücklich gefallen war, dass sie mit dem Kopf auf der Ecke des Verkaufstresens aufschlug«, rief Ernst ihr in Erinnerung.

»Sie ist niedergeschlagen worden«, behauptete Lissy unbeirrt und sah ihren Mann verärgert an. »Oder meinst du im Ernst, sie ist hinten mit dem Kopf aufgeschlagen und hat sich gleichzeitig vorne das Gesicht verletzt und die Rippen gebrochen? Es hieß, sie hätte wohl ziemlich schnell das Bewusstsein verloren.«

»Ja, schon, aber wissen tun wir im Grunde nichts«, hielt er dagegen.

»Wer war eigentlich damals für den Fall zuständig?«, wollte Louise wissen.

»Also, der Polizeimeister hat gesagt, was los war, aber wer eigentlich ermittelt und den Fundort untersucht hat und so weiter, das weiß ich nicht.« Lissy nickte.

Damals war der Vater von Ole Thomsen, der alte Roed Thomsen, Polizeimeister gewesen. Er war gerade in den Ruhestand gegangen, als Louise die Polizeischule abschloss, und genoss in Hvalsø hohes Ansehen. Soweit Louise sich erinnerte, war er Vorsitzender des Sportvereins gewesen und auch sonst einer der aktivsten Bürger im Ort. Daran hatte sich bestimmt nichts geändert.

Louise hatte eigentlich nie etwas mit ihm zu tun gehabt, weil ihre Eltern nicht zu den »echten Hvalsøern« gehörten. Sie würden immer Zugezogene bleiben, ganz gleich, wie lange sie inzwischen in Hvalsø lebten.

»Und was ist in Såby passiert?« Louise war neugierig.

»Der Hallenwart wurde von einem Auto totgefahren. Unfallflucht. Der Fahrer wurde nie gefasst.«

»Ach, Lissy!«, schaltete ihr Mann sich ein. »Was musst du denn in Sachen wühlen, über die wir nicht genau Bescheid wissen?«

»Hast du ihn gekannt?«, fuhr seine Frau unbeirrt fort und sah Louise an.

Sie schüttelte den Kopf.

»Nein. Aber du hast ja auch nicht Handball gespielt, oder?«

»Doch.« Louise nickte. »Aber an den Hallenwart kann ich mich nicht erinnern.«

»Er hat mit seiner Frau und zwei kleinen Kindern in Vestre Såby gewohnt. Am Wochenende sollte ein Handballturnier stattfinden, und er war auf dem Weg, um alles vorzubereiten. Soweit ich mich erinnere, war er ganz früh morgens zu Hause losgefahren, als es noch dunkel war. Am Freitagabend war in der Halle eine große Party gewesen, er musste die Putzkolonne reinlassen. Die kam aus Roskilde.«

»Das ist doch jetzt alles vollkommen egal«, fiel Ernst ihr ins Wort und sah Louise an. »Ein Zeitungsbote hat ihn am Straßenrand gefunden, der flüchtige Autofahrer wurde nie gefunden, obwohl die Polizei sämtliche Bewohner in der Gegend befragt hat, ob sie etwas gesehen hätten. Am Ende musste der Polizeimeister den Fall abschließen, ohne dass jemand zur Rechenschaft gezogen wurde.«

»War doch klar, dass er ein Interesse daran hatte, den Fall zu den Akten zu legen. Er wusste nämlich ganz genau, wer da mitten in der Nacht ohne Licht über die Kreuzung gerast war«, sagte Lissy und klang ziemlich trotzig.

Ernst seufzte.

»Ich weiß wirklich nicht, wieso du auf einmal diese ganzen alten Geschichten ausgräbst.«

»Das mache ich deshalb, weil doch in Wirklichkeit auf der Hand liegt, was da jeweils passiert ist.«
Jetzt wirkte Lissy plötzlich müde. »Du hast bloß immer Angst gehabt, es dir mit den wichtigen Leuten hier im Ort zu verscherzen, und da hast du lieber mitgemacht beim Totschweigen. Aber ich will nicht mehr. Ich werde niemanden mehr decken, der möglicherweise mit Klaus' Tod zu tun hat, damit du's nur weißt. Jetzt, wo Louise da ist.«
Louise lief es kalt den Rücken herunter. Auf einmal hatte sie das Gefühl, schon viel zu lange in derselben Stellung gesessen zu haben. Ihre Gelenke waren ganz steif und schmerzten. Aber sie konnte sich nicht rühren.
»Wer ist mitten in der Nacht ohne Licht über die Såby-Kreuzung gerast?«, fragte sie und sah ihre früheren Schwiegereltern abwechselnd an. Sie ahnte, dass sie die Antwort bereits kannte.
Lissy sah nach unten, Ernst faltete die Hände im Schoß und schien zu überlegen. Dann sah er sie an.
»Thomsen und seine Clique. Klaus war auch dabei, als der Hallenwart starb«, sagte er und hielt ihrem Blick stand, als wolle er unterstreichen, dass er dazu stand, die Katze aus dem Sack gelassen zu haben.
Louise machte den Mund auf, brachte aber keinen Ton hervor.
»Das war so eine Art Mutprobe«, erklärte Ernst.
Louise kannte die Kreuzung gut. Wenn man die Landstraße Richtung Holbæk überquerte, ging die Straße weiter nach Torkilstrup. Links der Straße lag ein großes Gebäude, das die Sicht behinderte. Wenn man an der Kreuzung nicht anhielt, konnte man nicht sehen, ob von Roskilde her ein Auto kam. Auf der anderen Seite konnte man wegen einer Tankstelle nur schlecht sehen, ob Autos von Holbæk her kamen.

»Sie sind einfach drübergefahren und haben gehofft, dass keiner kommt«, sagte Lissy leise.

»Damals, als es passiert ist, hat Klaus uns nichts davon erzählt«, erklärte Ernst. »Er ist erst viel später damit herausgerückt und hat immer wieder beteuert, dass er nichts gesehen hatte. Ich bin dann zum Polizeimeister, um ihm zu erzählen, was die jungen Leute für einen Blödsinn machten, aber er wollte nichts davon hören, dass das vielleicht mit dem Unfall zu tun gehabt haben könnte. Er hat gesagt, das eine seien doch relativ harmlose Lausbubenstreiche, die ja wohl kaum was damit zu tun haben könnten, dass ein Mann zu Tode gefahren wurde. Und er hat auch gesagt, dass der Hallenwart womöglich betrunken gewesen und es somit fraglich war, ob überhaupt ein zweites Auto involviert war. Womöglich habe er den Unfall ganz alleine gebaut.«

»Und zwei Tage später hat man dir im Sägewerk gekündigt.« Lissy sah ihren Mann an, der nickte. Dann richtete sie den Blick auf Louise.

»Ja, so läuft das hier. Das weißt du doch sicher auch. Der Polizeimeister spielt mit dem Besitzer des Sägewerks Karten.«

»Ist ja gut. Ich hab den Job ja wiedergekriegt«, sagte ihr Mann. Lissy nickte.

»Aber erst, als er sicher sein konnte, dass du nicht doch noch unbequemer werden würdest.«

»Das können wir doch gar nicht wissen.« Missbilligend schüttelte er den Kopf. »Und darum sollte man diese Art von Vermutungen auch besser für sich behalten. Wir wissen gar nichts. Wir raten bloß.«

»Nein«, sagte seine Frau. »Wir zählen eins und eins zusammen, das ist etwas anderes.«

»Wir wissen nichts, solange nicht einer von denen

selbst redet«, entschied Ernst. »Und das wird wohl kaum einer von denen wagen.«

Lissy hatte die gefalteten Hände in den Schoß gelegt und war etwas in sich zusammengesunken. Louise hatte das Gefühl, sie sollte das Gespräch jetzt besser abbrechen. Sie war hergekommen und hatte Geister der Vergangenheit heraufbeschworen, hatte alte Wunden aufgerissen und war vielleicht die Einzige, der überhaupt geholfen war, wenn alles aufgeklärt würde.

Ernst nickte vor sich hin.

Louise wandte sich ihm zu.

»Wenn du mit ›denen‹ Thomsen und seine Clique meinst, dann verspreche ich dir, dass ich alles in meiner Macht Stehende tun werde, um René Gamst zum Reden zu bringen. Wenn es rund um Klaus' Tod Sachen gibt, von denen wir nichts wissen, werde ich das jetzt herausfinden.« Sie stand auf und verabschiedete sich von beiden mit einer Umarmung.

Als sie fünf Minuten später wieder draußen auf dem Skovvej stand, konnte sie sich kaum noch erinnern, was genau sie mit Klaus' Eltern abgesprochen hatte. Das Einzige, woran sie denken konnte, war die Spur des Todes, die Ole Thomsen und seine Clique offenbar hinterließen. Wie dichter Nebel legte sich die Vergangenheit auf sie, und Louise fröstelte, obwohl die Junisonne noch hoch am Himmel stand.

Eigentlich hatte sie zum Bahnhof laufen und mit dem Zug zurück nach Kopenhagen fahren wollen, aber jetzt scheute sie die Strecke über Hvalsøs Hauptstraße. Stattdessen bewegte sie sich in Richtung des alten Sportplatzes.

Warum hatte er ihr nie etwas von seinen Schulden erzählt? Louises Lippen begannen, die Worte zu formulieren. Klaus hatte Schulden bei Thomsen gehabt. Schulden, von denen sie nicht wusste und die nicht getilgt waren, nachdem er den geliehenen Betrag zurückgezahlt hatte.

Sie blieb stehen und schloss kurz die Augen, um sich das alte Bauernhaus draußen am Kisserup Krat in Erinnerung zu rufen. Sie sah die Balkendecke vor sich und die niedrigen Türen. Klaus hatte immer ein wenig den Kopf einziehen müssen, wenn er hindurchging. Wie viele waren an dem Abend wohl in dem Haus gewesen?

Die Gedanken entzogen ihr jede Kraft. Auf wackligen Beinen, fast torkelnd schleppte sie sich zu einem großen Stein am Ende der Straße und setzte sich.

Immer mehr Bilder tauchten vor ihrem inneren Auge auf. Sie wusste, dass sie sich auf den verschwundenen Jungen konzentrieren musste, und nichts wäre ihr lieber gewesen, als ihn mit seiner kranken Mutter vereint zu sehen. Im Moment war es sicher das Klügste, zum Bahnhof zu gehen und in die Stadt zurückzufahren. Und zu Eik.

Entschlossen hob sie ihre Tasche vom Boden auf und wollte sie sich gerade über die Schulter hängen, als ihr aufging, dass sie in diesen Minuten nicht mit ihrer Trauer und ihren verletzten Gefühle kämpfte, sondern dass sich in ihr ein enormer Zorn zusammenbraute, der sie überwältigen würde, wenn sie den Stier nicht bei den Hörnern packte. Sie blieb mit der Tasche auf dem Schoß sitzen, dachte nach und kam zu einem Entschluss.

Sie würde Janes Sohn finden. Und wenn irgendjemand an Klaus' Tod schuld war, dann würde sie auch ihn – oder sie – finden.

CAMILLA VERLANGSAMTE DIE FAHRT, als sie in den Skovvej einbog.
Sie erkannte ihre Freundin schon auf einige Entfernung, wie sie auf dem großen Stein saß und der Wind ihr langes, dunkles Haar umspielte.
»Hey, wie nett!«, sagte sie, als Louise die Beifahrertür öffnete und sich in den Wagen setzte. »Übernachtest du bei uns?«
Camilla war etwas überrascht gewesen, als ihre Freundin sie anrief und fragte, ob sie sie in Hvalsø abholen könnte. Frederik war in Kopenhagen, sie hatten verabredet, dass er etwas zu essen mitbringen würde, und sie hatte gerade an einem Artikel gearbeitet, den sie am nächsten Tag abliefern musste. Einen Bericht über ein Ponyreitturnier in Roskilde am letzten Wochenende. Ihr früherer Chefredakteur Terkel Høyer, Morgenavisen, würde sich totlachen, wenn er hörte, worüber sie als Freiberuflerin so schreiben musste. Und als Louise anrief, dachte Camilla, der Artikel würde wohl weder besser noch schlechter werden, wenn sie ihn erst am späten Abend oder früh am nächsten Morgen fertig schrieb.
Sie wendete den Wagen in einer äußerst gepflegten Einfahrt und blinkte nach rechts, um den Weg über Lejre zurück Richtung Roskilde einzuschlagen.
»Hättest du was dagegen, mich nach Holbæk zu fahren?«, fragte Louise.
»Nach Holbæk? Was willst du denn da?«

»Ich muss zum Gefängnis.«
»Zum Gefängnis! Wieso das denn?« Camilla bog nun doch Richtung Hauptstraße ab und fuhr unter dem Viadukt hindurch.
»Hast du da ein Verhör?«, bohrte sie neugierig nach, als Louise ihr eine Antwort schuldig blieb.
Aber das war nichts Neues. So war es schon damals gewesen, als ihre Freundin beim Morddezernat gearbeitet und sie selbst für *Morgenavisen* über Mord und Totschlag geschrieben hatte. Es gab Dinge, über die man nicht redete.
Doch dann drehte Louise sich zu ihrer Freundin um und erzählte ihr von ihrem Besuch bei Klaus' Eltern und dem, was René draußen beim Wildwächterhof gesagt hatte.
»Ach, komm!«, sagte Camilla, als Louise fertig war. »Das hat er bestimmt einfach nur so gesagt. Im Eifer des Gefechts.«
Camilla war erschüttert, dass ihre Freundin den Eltern ihres verstorbenen Freundes von Renés Kommentar erzählt hatte, obwohl sie doch gar nicht sicher sein konnte, ob da etwas Wahres dran war. Gleichzeitig war sie auch ein klein wenig beleidigt, weil Louise sich seit der Sache am Wildwächterhof vollkommen eingeigelt hatte und ihr erst jetzt erzählte, was da draußen eigentlich passiert war.
»Das glaube ich nicht«, sagte Louise leise.
»Vielleicht wollte er dich bloß verletzen«, mutmaßte Camilla weiter und warf einen kurzen Blick auf ihre Freundin, bevor sie wieder auf die Straße sah. In der Stimme ihrer Freundin schwang etwas Trauriges mit, und sie hätte am liebsten den Arm um sie gelegt. Aber Louise glotzte bloß auf das Display ihres Smartphones und schwieg.

»Darfst du ihn um diese Zeit überhaupt besuchen?«, fragte sie dann und überlegte, ob Louises gesunder Menschenverstand womöglich unter dem Vergewaltigungsversuch gelitten hatte.

»Kim hat mir grünes Licht gegeben. Ich darf mit ihm über einen Jungen sprechen, der seit einiger Zeit vermisst wird und der sich im Übrigen in eurem Wald versteckt.« Sie nickte in Richtung ihres Telefons, auf dem eine SMS eingegangen war.

»Und was, bitte, hat das eine mit dem anderen zu tun?« Camilla verstand zunächst gar nichts, aber dann ging ihr zumindest auf, dass Louise wohl von dem verwahrlosten Jungen sprach, den sie im Wald gesehen hatte. Sie dachte an seine nassen Haare und daran, wie er Hals über Kopf getürmt war.

»Nichts«, antwortete Louise. »Aber der Vater des Jungen hat für morgen eine Besuchserlaubnis, und wenn ich herausfinden will, ob es in der Familie Meinungsverschiedenheiten gegeben hat, muss ich mit René sprechen, bevor der Vater ihn besucht.«

»Und bei der Gelegenheit willst du auch gleich aus ihm herausquetschen, was damals in eurem Haus passiert ist«, schlussfolgerte Camilla und nickte. Jetzt erkannte sie ihre Freundin doch wieder.

»Ich will es wenigstens versuchen«, räumte Louise ein.

»Und was ist mit dem Jungen?«, fragte Camilla, als sie von der Autobahn abfuhr. »Und was hat er mit denen aus Hvalsø zu tun?«

»Er ist der Sohn von Schlachter Frandsen. Sag mal, du scheinst ja nicht sonderlich überrascht zu sein, dass er sich in eurem Wald versteckt. Hast du ihn gesehen?«

Camilla nickte.

»Aber gesprochen habe ich nicht mit ihm, er ist nämlich sofort abgehauen. Hat er was ausgefressen?«
Louise schüttelte den Kopf.
»Das glaube ich nicht. Aber er ist wahrscheinlich psychisch etwas unstabil, weil seine Mutter im Sterben liegt. Das belastet ihn schon seit einiger Zeit sehr, wahrscheinlich kann er mit der Trauer nicht richtig umgehen und ist deswegen abgehauen. Wie sah er denn aus? Geht's ihm gut?«
Camilla versuchte sich zu erinnern.
»Er wirkte ziemlich mitgenommen. Es hat geregnet, und er saß einfach da und hat gefroren. Ich habe mir da schon gedacht, dass mit ihm irgendwas nicht stimmt. Ich hatte auch überlegt, bei der Polizei in Roskilde anzurufen, aber dann kam das Blut dazwischen, und das hat mich völlig durcheinandergebracht.«
»Blut?«
»Das war so eklig, Louise. Als ich dem Jungen nachgerannt bin, um ihn zu fragen, warum er abhaut, bin ich hingefallen und war hinterher über und über mit Blut verschmiert. Frederik meint, das sei eine Opfergabe von so Asentreuen, die sich immer mal wieder im Wald aufhalten.«
Sie sah zu Louise, deren Mund ein leises Lächeln umspielte.
»Du brauchst gar nicht zu lachen! Ich dachte, das wäre von dem Tier, das sie da erlegt hatten. Das war so hammerwiderlich.«
»Wann war das?«
»Vorgestern.«
Camilla fiel ein, dass die nassen Laufsachen immer noch in der Tüte steckten, in die sie sie gestopft hatte. Vielleicht sollte sie die Tüte so, wie sie war, wegwerfen.

Sie fuhren am Bahnhof vorbei.

»Wo soll ich dich absetzen?«

»Vor der Polizei. Ich treffe mich da mit Kim.«

»Ich kann gerne auf dich warten, aber ich muss kurz Frederik Bescheid geben, wenn du mit uns essen möchtest.«

Ihre Freundin schüttelte den Kopf, öffnete die Tür und bedankte sich.

»Ich fahre zurück in die Stadt. Hoffentlich habe ich deinen Tag nicht völlig durcheinandergebracht.«

»Ach, was«, winkte Camilla schnell ab.

»Könntest du den Jungen beschreiben?«, fragte Louise, als sie bereits auf dem Bürgersteig stand.

Camilla überlegte.

»Blond, aber in Richtung Straßenköter. Eher dünn, glaube ich. Schlaksig, würde ich sagen. Ich war nicht besonders nah dran. Glatte Haare, etwas zu lang. Müsste mal zum Friseur. Jeans und ein dunkles T-Shirt. Dunkelblau vielleicht, oder schwarz, und vorn war was draufgedruckt.«

»Das hört sich ganz nach ihm an.« Louise nickte. Sie drehte sich um, als Kim sie von der Glastür her rief.

»Vielen, vielen Dank, dass du mich hergefahren hast«, sagte sie. »Bis bald. Ich ruf dich am Wochenende mal an.«

»Stets zu Diensten, Miss Daisy. Sag einfach Bescheid, wenn du wieder mal einen Chauffeur brauchst«, sagte Camilla und winkte.

Sie blieb noch kurz mit dem Wagen stehen und sah ihrer Freundin nach, wie sie die Straße überquerte und auf den Haupteingang des Polizeigebäudes zuging.

In Louises Stimme waren Verletztheit und Wut mitgeschwungen, und das beunruhigte Camilla.

»SOLL ICH DICH BEGLEITEN?«, fragte Kim.

Louise war im Auto eigentlich ein wenig hungrig gewesen – jetzt lag ihr die Vorstellung, gleich René Gamst gegenüberzustehen, schwer im Magen. Sie hatte ihn nicht mehr gesehen, seit er im Streifenwagen vom Wildwächterhof weggefahren worden war.

»Nein danke«, lehnte sie schnell ab. »Geht schon. Hauptsache, die wissen, dass ich komme.«

Sie ließ sich von ihm in den Arm nehmen, wusste aber nicht recht, ob sie das nun schön fand oder ob sie es nur geschehen ließ. Sie fühlte sich irgendwie wohl in seiner Nähe. Früher hatte er mal gerne auf sie aufpassen wollen. Und das wollte er wohl immer noch, obwohl alles andere weg war.

»Warum lässt du mich das nicht machen? Ich kann ihn doch genauso gut zum Verhältnis des Jungen zu seinen Eltern befragen.« Er sah sie sehr ernst an. »Du bist so streng mit dir selbst. Du machst es dir doch nur selbst unnötig schwer. Du musst nicht mit ihm reden.«

»Das ist mein Fall«, unterbrach sie ihn. »Und ich führe meine Verhöre immer noch selbst.«

Dann senkte sie den Blick. Der letzte Satz wäre nicht nötig gewesen.

»Danke«, schlug sie dann einen sanfteren Ton an. »Ist wirklich lieb von dir, aber es geht schon. Mir geht's gut.«

»Ich warte oben im Büro«, sagte er und wedelte mit seinem Handy. »Ruf einfach an, wenn was ist.«

»Du brauchst nicht zu warten.«
Louise wusste, dass er sich hin und wieder mit einer Krankenschwester namens Lone traf. Das hatte Jonas ihr erzählt.

Ihr Pflegesohn und Kim standen immer noch in ziemlich engem Kontakt. Den tauben Labrador hatte der Junge – gegen Louises Willen – von Kim bekommen, und jetzt sprachen Jonas und er mindestens einmal pro Woche miteinander, angeblich, um Kim darüber auf dem Laufenden zu halten, wie es Dina ging. Aber nach allem, was Louise so mitbekam, drehten sich die Gespräche auch genauso viel um Jonas und darum, wie es ihm ging. Jetzt, wo sie sich damit abgefunden hatte, dass Kim sie in die Wüste geschickt hatte, weil sie ihm einfach keine gute Freundin sein konnte, war sie ihm für den Kontakt, den er zu dem Jungen beibehielt, zutiefst dankbar. Jonas hatte niemanden außer ihr und Melvin. Sie waren die Einzigen, die sich nach seinen Hausaufgaben, seiner Musik und den Mädchen in der Schule erkundigten.

Sie nahm Kims Hand und drückte sie, dann setzte sie sich in Richtung Gefängnis in Bewegung.

Das Holbæker Arresthaus hatte Platz für dreiundzwanzig Insassen. René Gamst wartete dort auf sein Urteil, von dem niemand wusste, wann es fallen würde. Erst danach würde er in ein größeres Gefängnis überführt werden.

Louise kam sich ein bisschen lächerlich vor, als sie die Schultern straffte, bevor sie die Tür aufschob und sich darauf einstellte, sich auszuweisen.

Es war halb acht. Von irgendwo hörte sie einen Fernseher, aber Menschen sah sie nicht. Reiß dich zusammen!, schalt sie sich selbst. Wenn sie ihre Gefühle nicht im Griff hatte, wäre sie angreifbar, wenn René in den Verhörraum geführt würde.

»Bitte hier unterschreiben«, sagte der wachhabende Beamte, als sie direkt den Flur hinuntermarschieren wollte, an den Besuchszimmern vorbei. Bett, Stühle und Kondome.

»Natürlich«, sagte sie, machte auf dem Absatz kehrt und unterschrieb über ihrem Namen und ihrer Ankunftszeit.

»Ist er da drin?« Sie nickte in Richtung des letzten Raumes am Ende des Flures.

»Nein, ich hole ihn jetzt«, sagte der junge Beamte, der heute die Spätschicht hatte. »Aber die Tür ist auf. Sie können schon reingehen.«

Louise ging zum Verhörraum und schloss die Tür hinter sich.

Ein Tisch und zwei Stühle, mehr war da nicht. Zwei Neonröhren verbreiteten weißes Licht, das Fenster war hinter heruntergelassenen Jalousien versteckt.

Die Beleuchtung erinnerte sie sofort an den Stall des Wildwächterhofs. Mit einem Mal war sie wieder in dem Stallgang, wo sie überrumpelt worden war. Spürte die groben Hände auf ihrer nackten Haut und den Schmerz, als ihre Rippen brachen. Und als sie den Stuhl unter dem Tisch hervorzog, hörte sie den schweren Atem, mit dem er ihr wie mit einem Blasebalg in den Nacken gepustet hatte. In dem Moment war René Gamst in den Stall gekommen. Erst hatte sie nur seine Umrisse gesehen, doch als er näher kam, erkannte sie ihn. Mit seinem Jagdgewehr war er nur wenige Meter von ihnen entfernt stehen geblieben.

Sie war so erleichtert gewesen, als sie sich kurz in die Augen sahen, aber dann richtete er den Blick auf ihren nackten Unterleib, und sie sah die Beule in seiner Hose. Er hätte sofort eingreifen können, aber er hatte gewartet und die Erniedrigung perfekt gemacht. Louise schloss die Augen und konzentrierte sich darauf, ruhig zu bleiben. Da hörte sie Schritte auf dem Flur. Sie blinzelte ein paarmal, um das Bild von Renés Blick auf ihren nackten Körper abzuschütteln. Dann richtete sie sich auf, legte die Arme auf den Tisch und versuchte eine Miene aufzusetzen, die die Risse in ihrer Seele verbarg.

Im ersten Moment sah René Gamst sie verblüfft an. Dann schienen sich seine Gesichtszüge zu entspannen. Er sagte nichts, glotzte sie nur an. Am liebsten hätte sie einfach zurückgeglotzt, aber sie konnte nicht. Stattdessen senkte sich ihr Blick auf die Tischplatte und ihre gefalteten Hände. Ihr Magen zog sich zusammen. Ganz kurz streifte sie die Angst, dieses Verhör doch nicht durchziehen zu können. Ganz kurz fürchtete sie, sich wieder erheben und den Raum verlassen zu müssen, ohne mit ihm gesprochen zu haben.

René setzte sich ihr gegenüber an den Tisch und verschränkte die Arme vor der Brust. Seine Körperhaltung signalisierte Herablassung.

Keiner sagte etwas. Louise hatte sich inzwischen so weit gesammelt, dass sie aufsehen und seinem Blick begegnen konnte. Sie sah, wie er vor Selbstvertrauen strotzte.

Sie musste an den Hallenwart der Såbyer Sporthallen denken und an Gudrun mit ihrem Tante-Emma-Laden. Sie zuckte leicht zusammen, als er das Schweigen brach.

»Keine Ursache«, sagte er heiser.

Louise sah etwas in seinem Blick. Etwas, das ver-

riet, dass er den Anblick aus dem Stall nicht vergessen hatte.
»Wie bitte?«, fragte sie scharf.
»Na, bist du nicht hier, um dich bei mir zu bedanken? Dafür, dass ich das Schwein abgeknallt habe?« Sein Blick glitt über ihre Brüste. »Mir wurde gesagt, mein Anwalt bräuchte nicht extra zu kommen, weil du mit mir nicht über meinen Fall reden willst.«
»Entschuldige bitte, aber – du erwartest, dass ich mich bei dir bedanke?«
Mit einem Mal war das Lachen zurück in seinem Blick. Seine Mundwinkel zuckten, als er den Kopf zur Seite neigte. Er schien die Situation zu genießen.
»Ja, wäre das nicht angebracht?«
»Du bist so ziemlich das größte Arschloch, das mir je begegnet ist, René. Du hast erst geschossen, nachdem du gesehen hattest, was du sehen wolltest. Und du hast nicht geschossen, um mir zu helfen.«
In ihr stieg eine so heftige Wut auf, dass sie plötzlich das Gefühl hatte, Oberwasser zu haben.
»Du hast geschossen, weil er deine Frau vergewaltigt hatte«, fuhr sie fort. »Aus Rache.«
Sein Lächeln war weg, aber besonders betroffen sah er nicht aus. Er zuckte die Achseln und fragte, ob sie eine Zigarette für ihn habe. Louise schüttelte den Kopf. Bei jedem anderen Verhör hätte sie möglicherweise Zigaretten beschafft und für eine Thermoskanne Kaffee gesorgt, um die Stimmung ein bisschen aufzulockern und leichter ins Gespräch zu kommen. Aber René Gamst war kein Häftling wie jeder andere, und sie war auch nicht daran interessiert, ihn für sich zu gewinnen. Er sollte ihr nur ein paar Fragen beantworten.
»Was habt ihr mit ihm gemacht?«, fragte sie und sah ihm dabei direkt in seine braunen Augen.

»Mit wem? Wovon, zum Teufel, redest du?«, fragte er Unschuld heuchelnd.

»Was habt ihr mit Klaus gemacht? Damals? In unserem Haus?«

Er lächelte wieder. Süffisant. Erst nur mit dem Blick, dann zogen die Lippen nach.

»Ich dachte, du bist bei der Polizei? Ist die Polizei nicht dazu da, solche Sachen herauszufinden?«

Die Wut hatte sich wie ein Panzer um ihre Brust gelegt, und sie merkte zu ihrer Erleichterung, dass René sie nicht mehr erniedrigen konnte. Was er sagte, prallte an ihr ab. Sie würde ihn schon noch zum Reden bringen.

»Was ist damals in dem Haus passiert?«

»Was da passiert ist? Was da passiert ist! Wer sagt denn, dass da überhaupt was passiert ist?«, höhnte er.

»Du. Du hast gesagt, dass Klaus sich den Strick nicht selbst um den Hals gelegt hat.«

»Der war ein Weichei! Hat doch schon gejammert, wenn ihm nur ein Furz quer im Arsch hing.«

Er zuckte zusammen, als sie mit beiden Händen flach auf den Tisch schlug und aufsprang.

»Dann erzähl jetzt endlich, was passiert ist, verdammt noch mal!«, herrschte sie ihn an.

»Wieso sollte ich?« Er tat, als ließe ihn ihr Wutausbruch völlig kalt.

»Gut«, sagte sie. »Wenn du nichts sagen willst, fahre ich zu deiner Frau und nehme die in die Zange, bis ich jedes einzelne Geheimnis über euer elendes Scheißleben aus ihr herausgequetscht habe.«

Kaum hatte sie Bitten erwähnt, konnte sie ihm ansehen, dass ihre Worte anfingen wehzutun. Das zeigte sich nicht in seiner Mimik, sondern an seiner Körpersprache: Er lehnte sich auf seinem Stuhl zurück und zog dabei die Schultern leicht hoch. Aber er sagte immer noch nichts. Louise machte eine kleine Pause, dann schlug sie einen neuen Kurs ein.

»Ich interessiere mich für Lars Frandsen und seinen Sohn«, sagte sie und verschränkte die Arme vor der Brust. »Wie kommen die so miteinander aus?«

»Was soll die Frage denn jetzt auf einmal?«

Zum ersten Mal, seit er den Raum betreten hatte, wirkte er ein klein wenig verwirrt.

»Ich möchte gerne wissen, wie die beiden miteinander auskommen. Ob es zwischen ihnen irgendwelche Konflikte gibt.«

»Nicht, dass ich wüsste«, sagte er, aber Louise hatte nicht das Gefühl, dass er die Wahrheit sagte. Sein Blick war so merkwürdig schnell zur Seite geglitten, bevor er antwortete. Sie wusste natürlich, dass man solche Sachen nicht überinterpretieren durfte – manche sagten, ging der Blick zu der einen Seite, begleitete er eine Lüge, ging er zur anderen, begleitete er die Wahrheit. Aber sein Blick war unruhig geworden, und das fiel ihr auf.

»Bei denen gibt's keine Probleme – abgesehen von der Mutter natürlich, die stirbt nämlich gerade.«

Das Letzte sagte er ziemlich spitz.

»Wieso fragst du?«

Er versuchte locker zu sein, um seine Neugier zu verbergen, aber das gelang ihm nicht ganz. Sie entging Louise nicht. Also wusste er nicht, dass der Junge weg war.

»Und darüber hinaus weißt du nichts über irgendwelche Probleme?«

Er schüttelte kurz den Kopf, dann setzte er wieder einen sicheren Blick auf.

»Gut«, wiederholte Louise. »Darüber werde ich

dann auch noch mit Bitten sprechen. Sie wird mir sicher erzählen, wenn es zwischen Vater und Sohn zu Streitereien gekommen sein sollte. Kann sein, dass ich sie ein bisschen unter Druck setzen muss, und dazu eignet sich ihre Affäre mit Ole Thomsen hervorragend. Über die redet sie ja nur ungern.«

Sie drückte auf den Rufknopf bei der Tür.

»Du lässt gefälligst meine Frau in Ruhe, hast du verstanden?«, hörte sie hinter sich.

Louise konnte spüren, dass er aufgestanden war.

In aller Seelenruhe drehte sie sich zu ihm um und lehnte sich an die Tür.

»Sonst?«, fragte sie und genoss die Sekunden, in denen René Gamst nicht wusste, was er sagen sollte.

»Lass sie in Ruhe!«, wiederholte er bloß.

»Dann rede! Erzähl mir, was damals in unserem Haus passiert ist!«

Er schwieg. Hatte den Blick gesenkt.

Hinter ihr wurde die Tür aufgeschlossen.

»Erzähl mir, was passiert ist«, wiederholte Louise ruhig.

Als er wiederum schwieg, wandte sie sich ab und ging.

Kaum hatte die Wache die Tür wieder hinter ihnen geschlossen, schlug Louise mit der Faust gegen die Wand im Flur, und auf dem kurzen Stück bis zur Pforte wurde sie fast erschlagen von einer bleiernen Müdigkeit. Fast fürchtete sie, die Beine würden unter ihr wegknicken. Sie war wütend und körperlich vollkommen erschöpft, als sie ihre Unterschrift neben die Uhrzeit setzte, die der Beamte als Ende des Verhörs notiert hatte.

Aber sie hatte auch das Gefühl, einen Sieg errungen zu haben. Obwohl René nicht geredet hatte, ging die erste Runde an sie. Kein besonders eleganter Sieg, aber ein Sieg.

CAMILLA LEGTE ALLES in eine große Ikea-Tasche: eine Wolldecke, eine große Wasserflasche, ein Sturmfeuerzeug von Ronson, das sie Frederik abgeluchst hatte, eine Tüte mit Schokokeksen, einen Laib Brot, etwas Leberpastete, eine Salami, diverse Sachen aus Markus' Süßigkeitenlager, einen halben Liter Cola, eine Tafel Schokolade und einen warmen Pulli, den sie ganz unten im Schrank ihres Sohnes gefunden hatte.

Von allem etwas und wahrscheinlich überhaupt nichts von dem, was der Junge am dringendsten brauchte, um draußen in der Natur zurechtzukommen, dachte Camilla, als sie später mit der schweren Tasche in den Wald ging.

Sie wusste sehr wohl, dass es vielleicht nicht das Schlaueste war, ihm dabei zu helfen, seine Flucht zu verlängern. Aber wenn er wirklich abgehauen war, weil er mit der Trauer um den Zustand seiner Mutter nicht zurechtkam, dann musste Camilla ihm einfach helfen. Sie konnte den Gedanken nicht ertragen, dass der Junge zusätzlich zu seinem Kummer auch noch Hunger und Kälte ausgesetzt war. Sie wurde das Bild von ihm nicht los, wie er klitschnass auf dem Waldboden saß und an kalten Essensresten nagte.

Als sie ein gutes Stück in den Wald hineingegangen war, begann sie, Ausschau zu halten. Sie hatte eigentlich keine Ahnung, wo sie nach ihm suchen sollte, darum wollte sie als Erstes dorthin zurückfinden, wo sie ihn neulich gesehen hatte. Bei dem großen Baum.

Die Abendsonne lag knapp über den Baumwipfeln, es wurde kühl. Camilla blieb stehen. Sollte sie sich ab hier quer durch die Bäume schlagen? Ein Weg war dort nicht gewesen. Sie war einfach losgelaufen, als sie ihn gesehen hatte. Jetzt kamen ihr Zweifel. Das Licht war heute ganz anders, sie konnte sich kaum orientieren.

Camilla schulterte die Ikea-Tasche und marschierte weiter. Dachte an Louise und hätte sie am liebsten angerufen und gefragt, wie das Gespräch mit René Gamst gelaufen war. Aber da fiel ihr auf, dass sie ihr Handy zu Hause vergessen hatte.

Der Weg machte eine Kurve nach links. Sie blieb stehen und war sich ziemlich sicher, dass sie schon vor einiger Zeit rechts hätte abbiegen müssen.

Genervt drehte sie sich um und ging ein Stück zurück. Sie schlug sich durch die Bäume, blieb mit der Tasche an einem Zweig hängen, zerrte daran und fluchte, als der Zweig ihr dann gegen die Schulter peitschte. Sie kämpfte sich weiter durch und schrie erschrocken auf, als sie beinahe über jemanden gestolpert wäre, der am Boden saß.

Sie ließ die Tasche fallen und stützte sich an einem Baumstamm ab, um sich zu beruhigen.

»Entschuldigung«, sagte sie dann.

Auf der Erde saß eine dunkelhaarige Frau in einem langen, braunen Leinenkleid. Auf ihren Schultern lag ein wollener, bestickter, blauer Umhang, der von breiten Bronzespangen zusammengehalten wurde.

»Sie brauchen keine Angst zu haben«, sagte die Frau ganz ruhig. »Ich hätte mich bemerkbar machen sollen, aber ich dachte erst, Sie wären ein Tier, und das wollte ich nicht verjagen.«

»Was machen Sie hier?« Camilla fiel auf, dass vor der Frau ein Päckchen aus Alufolie und ein Stock auf dem Boden lagen.

Hinter sich hatte sie einen Schlafsack ausgebreitet, und in einem Korb stand eine Thermoskanne.

»Ich bereite meine Visionssuche vor«, antwortete die Frau ganz ruhig.

Camilla schätzte sie auf Mitte fünfzig. Sie hatte kurze Haare und Augen, die freundlich und lebendig wirkten, als die Frau Camilla einlud, sich zu setzen.

»Visionssuche? Was ist das denn?«

Und dann begriff sie auch schon.

»Gehören Sie zu den Asatrus?«

Die Frau nickte, streckte die Hand nach hinten nach dem Korb aus und holte die Thermoskanne heraus.

»Und Sie sind die neue Frau auf dem Gut, vermute ich?«

Camilla nickte und setzte sich ihr gegenüber auf den Boden.

»Gut ist vielleicht ein bisschen viel gesagt, aber ja. Wir haben Ingersminde von den Eltern meines Mannes übernommen.«

Die Frau wirkte plötzlich kurz abwesend, sie ließ den Blick zwischen den Bäumen schweifen.

»Ich komme schon seit achtzehn Jahren hier in den Wald«, erzählte sie und sah sich um, als befänden sie sich zu Hause in ihrem Wohnzimmer. »Ich wohne im Schleusenhaus. Das kleine gelbe Häuschen, an dem man auf dem Weg nach Roskilde vorbeikommt. Sie können mich jederzeit fragen, wenn Sie wissen wollen, wo man die besten Walderdbeeren oder Pfifferlinge findet.«

Sie lächelte.
»Ich bin schon seit vielen Jahren Mitlied der hiesigen Asatrugemeinde. Zweimal im Monat treffen wir uns hier draußen. Aber in den letzten Jahren ist das Böse wieder aufgetaucht.«

Camilla schwieg. Auf einmal dachte sie, die Frau sei vielleicht ein bisschen plemplem. Nicht so sehr, weil sie merkwürdige Dinge sagte, sondern vielmehr aufgrund der Art, wie sie es sagte. Sie sprach so geheimnisvoll, dass es Camilla kalt den Rücken hinunterlief. Von hier war es nicht weit bis zur Sankt-Hans-Klinik. Vielleicht war sie eine der geisteskranken Patientinnen, die sich hin und wieder von dort absetzten.

Aber dann war die Frau wieder ganz da.

»Entschuldigung. Ich dachte, ich hätte etwas gehört.« Sie bot Camilla einen Becher heißen Met an.

»Und was machen Sie und die anderen hier draußen im Wald?«, fragte Camilla neugierig und nahm den Becher entgegen.

»Wir huldigen den Kräften der Natur«, antwortete die Frau lächelnd und hob ihren eigenen Becher gen Himmel. »Und wir bringen den Göttern Opfer, wenn wir ein Blót feiern.«

Schlürfend trank sie einen Schluck, dann stellte sie den Becher vorsichtig in eine kleine Vertiefung im Boden.

»Das müssen Sie mir erklären, bitte.«

Die Frau lächelte.

»Wenn man möchte, dass die Götter einem bei etwas helfen, opfert man ihnen etwas. Oder wenn man Kraft braucht. Man kann alles Mögliche opfern. Beten Sie denn nie? Zu Gott?«

Camilla zuckte die Achseln. Betete sie?

»Doch, schon.« Sie nickte. »Wenn ich mir etwas

ganz doll wünsche. Oder wenn ich richtig traurig bin.« Da ging Camilla auf, dass sie eigentlich ziemlich regelmäßig ein kleines Stoßgebet abschickte.
»Na, dann kennen Sie das ja«, sagte die Frau. »Nur, dass wir dazu eben noch ein kleines Geschenk mitbringen.«
»Zum Beispiel?«, fragte Camilla und dachte an die Blutpfütze.
»Zum Beispiel eine Silbermünze.« Die Frau fischte ein paar aus der Tasche ihres Kleides. »Oder selbst gebrauten Met.«
»Und Blut?«
Die Frau machte ein ernstes Gesicht und nickte.
»Man kann auch Blut opfern, ja. Das eigene Blut ist die größte Opfergabe, die man bringen kann.«
Camilla hatte kurz das Gefühl, die Stille des Waldes würde sie vollständig umschließen.
»Sie haben gerade gesagt, das Böse sei wieder aufgetaucht. Was meinen Sie damit?«, fragte sie, nachdem sie eine Weile geschwiegen hatten.
Der Blick der Frau wanderte wieder in die Ferne, in den Wald, und sie ließ die Schultern ein wenig hängen.
»Früher«, hob sie an und sah zu Boden, »fuhren die Priester mit einer nackten Frau auf einem offenen Wagen herum, um die Fruchtbarkeit in der Gegend zu erhöhen. Die Zeiten sind vorbei.«
Sie zog den Umhang etwas enger um die Schultern, bevor sie leise fortfuhr: »Jetzt bringen sie die Frauen mit hier raus, um ihrer eigenen Fruchtbarkeit zu huldigen.«
»Wer? Doch wohl nicht die Priester?«, fragte Camilla aufgebracht nach.
Die Frau schüttelte schnell den Kopf.

»Die anderen«, sagte sie und schwieg dann.
Camilla zog eine Augenbraue hoch. Sie verstand überhaupt nichts.
»Früher waren wir hier im Wald mal eine große Gruppe Asatrus. Aber nachdem unsere Religion offiziell als eine Glaubensrichtung anerkannt wurde, teilten wir uns auf in eine Asatru- und eine Ungläubigengemeinde. Plötzlich war man sich nicht mehr einig, wofür wir eigentlich standen und wie wir unseren Glauben leben sollten«, erklärte sie.
Camilla nickte, um sie zum Weiterreden zu bewegen.
»Eine kleine Gruppe wurde aus unserer Gilde ausgeschlossen, weil deren Glaube ungesund geworden war«, sagte sie und sah ganz so aus, als würde sie sich dafür schämen, dass jemand, der an die nordischen Gottheiten glaubte, sich so aufführen konnte. »Sie huldigten Loki und ehrten das Böse. Sie missbrauchten das, was wir alle als heilig ansehen, indem sie es bis ins Extrem betrieben. Schoben den Glauben vor, benutzten ihn als Ausrede dafür, sich primitiv und bestialisch aufführen zu können.«
Sie schüttelte sich, als würde sie plötzlich frieren.
»Wie meinen Sie das?«, hakte Camilla neugierig nach.
Die Frau gestikulierte, während sie erklärte.
»Diese Leute gehen in ihrem Bestreben, die alten Geschichten der nordischen Mythologie wieder aufleben zu lassen, sehr, sehr weit und halten sich übertrieben präzis an die Rituale.«
Camilla wollte gerade ihren heißen Met auf den Boden abstellen, da rief die Frau laut: »Vorsicht!«
Camilla zuckte erschrocken zusammen.
»Was ist?«

»Passen Sie auf, dass Sie nichts Heißes auf den Boden gießen. Die Wichte haben nichts gegen ein bisschen Bier oder etwas Essbares, aber sie möchten sich nicht gerne verbrennen.«

»Was für Wichte?«

Camillas Herz klopfte wie wild, als sie den Becher abstellte.

»Die kleinen Wesen, die auf die Natur aufpassen und dafür sorgen, dass alles wächst und gedeiht. Man muss gut zu ihnen sein und zum Beispiel auch immer erst um Erlaubnis fragen, bevor man eine Blume pflückt.« Sie zeigte auf den Waldboden.

Okay, also doch eine aus der Sankt-Hans-Klinik, dachte Camilla und stand auf, bevor sie sich negativ auf die Waldgesundheit auswirken konnte.

»Wenn ich den Weg hier weitergehe, komme ich dann zur Opfereiche?«, fragte sie und zeigte in die entsprechende Richtung.

Die Frau nickte, blieb aber auf der Erde sitzen, und noch bevor Camilla sich zum Gehen abwandte, hatte sie bereits die Augen geschlossen. Als sei sie vollkommen in sich selbst versunken.

Die Dämmerung war inzwischen so weit fortgeschritten, dass Camilla zwischen den Bäumen kaum noch etwas erkennen konnte. Das Abendlicht verwandelte sich in dunkle Schatten, die sich auf den gesamten Wald legten.

Camilla lief weiter zwischen den Bäumen hindurch auf die Lichtung zu. Sie wusste nicht recht, was sie von der Frau halten sollte, aber wenigstens tat sie ja niemandem etwas zuleide, wenn man davon absah, dass sie Camilla fast zu Tode erschrocken hätte. Richtig ernst nehmen konnte sie die seltsame Frau ja nicht mit ihrem Vorhaben, die liebe lange Nacht im Wald zu sitzen, um eins mit der Natur zu werden und Zeichen von den altnordischen Gottheiten entgegenzunehmen. Aber sollte sie doch, dachte Camilla, als sie die Lichtung erreichte und direkt auf den großen Baum mit dem Loch im Stamm zuging.

Sie sah sich um und dachte kurz, ein Auto zu hören, aber als sie stehen blieb, um zu lauschen, war es ganz still im Wald. Von den Vögeln war nichts mehr zu hören, und der Wind hatte sich gelegt. Sie stellte die blaue Tasche ab und überlegte, ob sie einige der Sachen herausnehmen sollte, damit der Junge auch aus sicherer Entfernung sehen konnte, dass sie ihm etwas mitgebracht hatte. Aber der Himmel hatte sich zugezogen, und von einer regendurchnässten Wolldecke hätte er nicht viel. Sie band die Tasche mit den Tragegriffen zu und hoffte, er wäre so neugierig, dass er hineinschauen würde.

Vielleicht sollte sie ihm einen kleinen Brief schreiben?, überlegte sie, als sie zu dem Weg zurückging, von dem sie vermutete, dass er zum Haus zurückführte.

Die Gedanken an den Jungen und die Asatrus, die ihren Glauben in diesem Wald lebten, schwirrten ihr unablässig durch den Kopf, während sie zwischen den Bäumen herumstapfte und schließlich einen Querweg erreichte, der ihr bekannt vorkam. Sie folgte ihm ein paar Meter und blieb dann stehen. War es das Motorengeräusch oder das Licht, das sie als Erstes wahrgenommen hatte? Wie dem auch sei, jetzt hörte sie zweifelsfrei ein Auto im Wald.

Sie bekam kurz Herzklopfen, doch dann fiel ihr ein, dass das Frederik sein musste. Sicher war er losgefahren, um sie zu suchen. Ihr Spaziergang dauerte ja nun schon etwas länger als gewöhnlich, und er zog sie immer damit auf, sie sei der einzige Mensch in seinem Bekanntenkreis, der sich in einer Flasche verirren konnte.

Sie sah das Licht näher kommen und hörte den schweren Motor. Abwartend blieb sie stehen. Das Auto erschien auf einem kleinen Hügel, den es dann herunterrollte. Camilla hörte kein Motorengeräusch mehr, der Wagen musste also im Leerlauf sein. Als er leise auf sie zurollte, hob sie die Hand und winkte.

Da sprang der Motor plötzlich wieder an, es wurde Gas gegeben und das Fernlicht eingeschaltet. Camilla wurde so davon geblendet, dass sie in der Dunkelheit so gut wie gar nichts mehr sah.

Sie winkte noch einmal, obwohl der Wagen keine fünfzig Meter mehr von ihr entfernt war. Doch statt die Fahrt zu verlangsamen, schoss der Wagen wie ein dunkler Schatten auf sie zu.

»Hey, du Arsch...!«, schrie sie noch, doch da rammte das Auto sie bereits und schleuderte sie zur Seite.

Dann wurde es dunkel um sie.

VOLLKOMMENE FINSTERNIS hatte sich auf den Wald gelegt, als Sune sich endlich aus seinem Versteck hinter dem Baumstumpf bei der Feuerstelle traute. Zusammengekauert hatte er dort ausgeharrt, seit die dunkelhaarige Frau mit dem Korb und dem Schlafsack unter dem Arm auf der Lichtung aufgekreuzt war. Kurz war in ihm die Hoffnung aufgeblitzt, sie sei gekommen, um ein Blót zu feiern, und sein Magen hatte sich beim Gedanken an die in Aussicht stehenden Essensreste sofort verkrampft. Aber dann war sie an der Feuerstelle vorbeimarschiert und im Wald verschwunden, und er hatte sich nicht getraut, ihr nachzugehen.

Er hatte solchen Hunger, dass es sich manchmal anfühlte, als würden sich Würmer in seinem Körper tummeln und ihm jeden Funken Energie entziehen. Er war am Bach gewesen und hatte aus ihm getrunken, aber er sehnte sich danach, mal wieder ein Glas an die Lippen zu setzen und in einem Zug zu leeren. Das war etwas ganz anderes als die kleinen Schlucke, die er aus der hohlen Hand trinken konnte. Er hatte versucht, direkt aus dem Bach zu trinken, fand es aber unangenehm, weil dann immer noch andere Sachen in seinem Mund landeten und er hinterher immer alles Mögliche wieder ausspucken musste.

Ewigkeiten hatte er jetzt schon hinter dem Stumpf gekauert. Zwischendurch war sogar schon ein Reh so nah an ihn herangekommen, dass er das dreizackige weiße Mal auf seiner Brust deutlich erkennen konnte.

Ihm gefiel die Vorstellung, mit der Natur eins zu werden, dachte an die alten Göttersagen von dem Jungen, der in den Wald geschickt wurde, um dort mit seinem Vater zu leben...

Nur leider war *sein* Vater nicht hier. Er war ganz alleine.

Erst hatte er gedacht, das Tier habe sich abgewandt und sei mit langen Sprüngen verschwunden, weil es ihn doch gewittert hatte. Aber dann war plötzlich die blonde Frau aufgetaucht. Die, die ihm nachgelaufen war, als er die Essensreste vom letzten Blót der Asatrus einsammelte.

Mit einer großen Tasche über der Schulter war sie zur Opfereiche gegangen und hatte die Tasche abgesetzt, genau dort, wo er sie das letzte Mal gesehen hatte. Dann hatte sie eine Weile herumgestanden, als wartete sie auf jemanden. Einen Augenblick kam es ihm so vor, als sähe sie direkt zu ihm, und er hielt die Luft an. Aber dann war sie doch wieder gegangen und hatte die Tasche stehen lassen.

Wer war das?, fragte er sich, als sein Herzschlag sich beruhigt hatte und er wieder hören konnte, was er dachte.

Er hatte ein paar Minuten gewartet, dann schlich er sich hinüber zum Baum. Er war fast da, als er das Auto hörte. Ganz in der Nähe. Sune warf sich ins Gestrüpp und wurde dabei ganz nass vom Abendtau, der sich wie ein Film auf die langen, schmalen Blätter gelegt hatte. Das Gesicht ganz nah am Waldboden, hörte er, wie das Auto langsam auf dem Waldweg vorbeifuhr. Dann blieb es stehen, und eine Autotür wurde geöffnet.

Sune machte sich noch kleiner und hielt die Luft an. Eine Nacktschnecke kroch über seine Hand. Kurz darauf wurde die Tür wieder zugeworfen, und das Auto fuhr weiter. Sune stützte sich auf die Ellbogen und robbte zu dem großen Baum und der Tasche.

Auf einmal waren sie wieder da. Die Lichtkegel der Scheinwerfer huschten kreuz und quer zwischen den Bäumen hindurch. Wenn sie dort ausstiegen, würden sie finden, was die Frau dort abgestellt hatte.

Sie kamen fast jede Nacht und suchten nach ihm. Tagsüber, wenn man sie sehen konnte, kamen sie nie. Sune wusste sehr wohl, dass er sich nicht ewig hier verstecken konnte. Er hatte nur keine Ahnung, wo er sonst hinsollte.

Er vermisste seine Mutter so sehr, dass er darüber manchmal sogar den Hunger vergaß. Er vermisste die Abende, an denen sie zusammen im Wohnzimmer saßen und lasen. Jeder für sich, ohne miteinander zu reden. Und doch zusammen. Das war, bevor sie krank wurde. Damals hatte sie sich zu Hause um alles gekümmert, keinen einzigen Termin vergessen und seine Hausaufgaben kontrolliert.

Aber so war das leider nicht mehr.

Er wusste nicht, ob sie immer noch mit den vielen Kissen im Bett lag. Er wusste nicht einmal, ob sie noch lebte. Der Kloß im Hals wollte einfach nicht verschwinden, ganz gleich, wie oft er schluckte. Er blinzelte die Tränen weg. Wenn er zusammengerollt in dem hohlen Baum lag und versuchte einzuschlafen, betete er zu den Göttern. Er betete, seine Mutter möge verstehen, dass er sich verstecken musste. Wenn sie wüsste, was im Wald passiert war, würde sie es ganz sicher verstehen.

Er hatte keine Angst mehr davor, mit dem konfrontiert zu werden, was passiert war. Er hatte auch keine Angst davor, zur Verantwortung gezogen zu werden, obwohl er nicht an der Ermordung der jungen Frau beteiligt gewesen war. Er wusste, dass er für das würde büßen müssen, was mit ihr geschehen war. So war nun mal die Regel. Wenn man aus der Gemeinschaft ausbrach, trug man die Schuld an dem, was passierte. Die anderen würden zusammenhalten und sich gegen ihn wenden.

Die Scheinwerfer waren wieder weg, der Wald lag abermals im Dunklen. Nur die Sterne tauchten die Lichtung in ein gespenstisches, unwirkliches Licht. Die Opfereiche sah aus wie ein Riese, der sich aus dem Waldboden erhob. Sune musste an Odin denken, den Gott, der neun Tage lang am Weltbaum Yggdrasil hing, um alle seine Kraft zu sammeln.

Sune kroch weiter auf die Tasche zu.

Was wollte die blonde Frau?, dachte er, und dabei war er sich durchaus darüber im Klaren, dass es sich um eine Falle handeln konnte. Vielleicht steckte sie mit ihnen unter einer Decke? Aber sein Magen schrie nach Essen, Sune war nicht mehr Herr seiner selbst, der Hunger regierte ihn.

Da hörte er abermals den Automotor, dieses Mal jedoch etwas weiter entfernt. Es wurde Gas gegeben, der Lärm zerschnitt die Stille des Waldes. Sune lief, so schnell er konnte, zur Opfereiche, schnappte sich die Tasche und verschwand damit im Unterholz. Es klang, als würde immer weiter Gas gegeben, und dann meinte Sune, jemanden rufen zu hören. Das war bestimmt ein Tier, dachte Sune. Kurz darauf hörte er einen dumpfen Schlag.

Er dachte an das Reh mit dem dreizackigen weißen Flecken auf der Brust.

Dann wurde es still. Sune drückte die große Tasche an sich und versuchte, ruhiger zu atmen.

Ziemlich weit weg sah er zwischen den Bäumen hindurch das Licht von Autoscheinwerfern. Es entfernte sich, und kurz darauf war es dunkel. Sune tastete sich zurück zu dem großen Baumstumpf und ging in die Knie.

Seine Finger waren ganz steif, als er die Keksrolle zu fassen bekam und aufriss. Gierig stopfte er sich die Kekse in den Mund, die Krümel flogen in alle Richtungen. Mit der freien Hand fand er die Decke und zog sie aus der Tasche.

Er wickelte sich in die warme Wolle ein, setzte sich im Schneidersitz vor die Tasche und sah nach, was sonst noch darin war.

LOUISE HATTE KEINE AHNUNG, wo sie war, als die Weckfunktion ihres Handys sie aus dem Schlaf riss. Sie lag kurz verwirrt da und sah an eine dunkelgraue Dachschräge. Dann begriff sie, dass sie in ihrem alten Zimmer im Elternhaus in Lerbjerg war, und auch an den Rest erinnerte sie sich langsam wieder. Sie hatte vor Wut gekocht, als sie nach ihrem Gespräch mit René Gamst in der U-Haft die Tür zum Verhörraum zugeknallt hatte. Aber dann hatte sie die Müdigkeit übermannt. Sie war zum Holbæker Bahnhof gegangen und hatte sich in den Zug nach Kopenhagen gesetzt. In Vipperød hatte sie ihren Vater angerufen und ihn gebeten, sie am Bahnhof Hvalsø abzuholen. Sie konnte einfach noch nicht wieder nach Hause. Erst musste sie mit Renés Frau im Starenhaus reden.

Louise schwang die Beine über die Bettkante, stellte die Füße auf den weiß gestrichenen Holzboden und blieb eine Weile so sitzen. Ihren Eltern hatte sie nur gesagt, dass Jonas bei einem Kumpel übernachtete, weil sie am nächsten Morgen in der Nähe von Hvalsø ein Verhör zu führen hatte und es für sie bequemer war, schon gleich in der Nähe zu übernachten.

Sie duschte schnell und hoffte, dass Bitten Gamst noch nicht losgefahren war, um ihre Tochter in den Kindergarten zu bringen. Renés Frau arbeitete als Sekretärin in der Finanzverwaltung der Stadt Hvalsø.

Als sie aus der Dusche kam, war es zwanzig nach acht.

Aber es konnte durchaus sein, dass Bitten noch zu Hause war, dachte Louise und holte das grüne Damenrad ihrer Mutter aus dem ehemaligen Pferdestall. Wütend trat sie in die Pedale, in Gedanken immer bei Renés höhnischem Kommentar. Sicher sagte er so einiges nur, um sie zu verletzen, dachte sie, während sie mit dem Fahrrad über die Schlaglöcher des Waldweges jagte. Da konnte Camilla schon recht haben. Aber das war nicht die ganze Wahrheit. Denn Klaus' Eltern glaubten ja auch nicht daran, dass ihr Sohn Selbstmord begangen hatte. Und wenn sich herausstellte, dass andere hinter seinem Tod steckten, dann mussten sie dafür zur Verantwortung gezogen werden.

Louise stieg ab und lehnte das Fahrrad gegen einen Baum, dann folgte sie einem holprigen Steinweg zum ehemaligen Waldarbeiterhaus. Stockrosen säumten die Außenmauer mit den Bauernfenstern und reckten sich der Unterkante des Reetdaches entgegen. Louise klopfte an die doppelflügelige Stalltür und sah sich um, aber außer einem rosa Kinderfahrrad, das auf dem Rasen lag, sah sie keinen Hinweis auf die Anwesenheit von Menschen.

Sie klopfte noch einmal und trat einen Schritt zurück, als sie von drinnen etwas hörte. Bitten öffnete die Tür und sah sie überrascht an. Sie war in ein Handtuch gewickelt und rubbelte sich mit einem weiteren die Haare trocken.

»Ja?« Der unangemeldete morgendliche Besuch schien ihr ungelegen.

»Ich möchte gerne kurz mit Ihnen sprechen«, sagte Louise.

Als die beiden das letzte Mal miteinander geredet hatten, war eigentlich eine gewisse Vertraulichkeit zwischen ihnen entstanden. Aber das war natürlich gewesen, bevor Louise ihren Mann hinter Gitter gebracht hatte.

»Das ist jetzt ungünstig«, wollte Bitten Gamst sie abwimmeln, aber Louise stand bereits halb im Flur. Sie schob Bitten weiter ins Wohnzimmer und wollte das Sofa ansteuern, als ihr ein Schatten in der Tür zum Badezimmer auffiel. Noch bevor sie weiter darüber nachdenken konnte, erkannte sie, dass das Ole Thomsen war. Er kam ganz offensichtlich gerade aus der Dusche, denn während er den dunkelblauen Bademantel zuband, bildete sich eine kleine Pfütze unter ihm.

Es war ganz offensichtlich Renés Bademantel, denn er war Thomsen um die Schultern und den Bauch deutlich zu klein.

»Was willst du?«, fragte er und stellte sich mit einer Attitüde hinter Bitten, als sei er der Herr im Haus.

»Ich wollte nur mal sehen, wie es Bitten geht«, improvisierte Louise.

»Gut geht's ihr«, sagte er, legte die Hände auf Bittens schmale Hüften, zog sie an sich und fing an, ihr den Po zu kneten. Dabei sah er Louise pausenlos provozierend in die Augen. »Ich sorg schon dafür, dass sie sich nicht zu einsam fühlt.«

Renés Frau war blass geworden, ihr Blick huschte unruhig über die Möbel und die vielen anderen Sachen, die herumlagen.

Louise folgte ihrem Blick und sah einige Männersachen, die letztes Mal nicht da gewesen waren. Neben dem Kaminofen stand eine Reisetasche, und der große, breite Ledersessel mit Schemel und der riesige Flachbildfernseher waren auch neu hier.

Mit großem Unbehagen begriff Louise, dass Ole Thomsen eingezogen war und René Gamsts Platz eingenommen hatte, während sein Freund in Holbæk im Knast saß. Schweigend fixierte sie Bitten Gamst mit dem Blick und versuchte ihr anzusehen, was sie dachte.

»Ihr könnt gerne auch in meiner Anwesenheit miteinander reden.« Er ließ Bitten los und ging zum Couchtisch, um sein Mobiltelefon zu holen. »Du siehst ja, dass es ihr gut geht.«

Bitten Gamst schwieg. Mit gesenktem Blick stand sie da.

Louise ignorierte Thomsen und ließ Bitten nicht aus den Augen. Sie hoffte, sie würde irgendwann aufsehen. Louise konnte einfach nicht glauben, dass Renés Frau Ole Thomsen freiwillig hereingelassen hatte. Andererseits sah es ganz so aus, als hätte sie sich mit der Situation abgefunden. Aber irgendetwas musste sie doch zu sagen haben, dachte Louise. Sie wusste, dass Bitten schon länger eine Affäre mit Ole Thomsen hatte, aber sie hatte den Eindruck gehabt, das sei nicht ganz freiwillig gewesen. Sie hatte sich darauf eingelassen, damit Thomsen ihren Mann nicht feuerte.

Ole Thomsen war Waldarbeiter im Waldbezirk Bistrup. Nebenher betrieb er ein Transportunternehmen mit drei großen Wagen, und René Gamst war einer seiner Fahrer. Louise hatte sich anfangs gewundert, warum Thomsen im Wald arbeitete, wenn er doch seine eigene Firma hatte, aber Bitten Gamst hatte ihr erklärt, im Wald würde er einfach nur eine ruhige Kugel schieben. Sein Geld verdiente er mit den Lastwagen, aber er war zu faul, um selbst lange hinterm Steuer zu sitzen.

»Können Sie mich heute im Laufe des Tages bitte mal anrufen?«, fragte sie, da Bitten Gamst nicht den Eindruck machte, irgendetwas sagen zu wollen, und bewegte sich Richtung Ausgangstür.

»Wieso sollte sie?«, herrschte Thomsen sie an. »Dir schuldet verdammt noch mal keiner was!«
»Halt du dich da raus, ja!?« Louise wirbelte herum und funkelte ihn wütend an. »Bitten kann für sich selbst reden, du brauchst nicht für sie zu antworten.« Höhnisch grinste er sie an.
»Du hast hier draußen gar nichts zu suchen«, schnarrte er. »Sind wir uns da einig?«
Bitten Gamst verzog keine Miene. Mit herunterhängenden Armen stand sie mitten im Wohnzimmer.
»Nein!«, antwortete Louise zornig. Ihr Herz raste. »Wir zwei sind uns überhaupt nicht einig. Über gar nichts. Halt dich gefälligst aus meiner Arbeit heraus, und hör auf, meine Ermittlungen zu stören! Und eins kann ich dir sagen: Mir ist es scheißegal, an welchen Fäden zu ziehst und wem du den Mund verbietest.«

Nachdem sie die Haustür hinter sich zugeknallt hatte, blieb sie einen Moment keuchend unter den Bäumen stehen. Sie versuchte, die frische Morgenluft tief einzuatmen, und verfluchte sich selbst.
So ein Mist aber auch, dass sie sich von ihm hatte provozieren lassen. Nicht, dass sie es bereute, aber sie hatte die Sache dadurch für sich nicht einfacher gemacht. Insbesondere, als Thomsen sie fragte, welche Ermittlungen er nicht stören sollte. Außerdem konnte Louise Bitten jetzt nicht mehr so einfach zu Sune befragen. Dazu, ob sie vielleicht wüsste, warum er sich im Wald versteckte.
Die Morgensonne stieg langsam über die Baumwipfel rund um das kleine Waldarbeiterhaus. Louise war sicher, dass Thomsen ihr nachsah. Wahrscheinlich telefonierte er bereits.
Sie nahm das Fahrrad, aber ihre Beine waren so

schwer, als habe sich ihre ganze Ablehnung gegen Thomsen wie Blei in ihnen abgesetzt. Als sie einen riesigen Stapel Brennholz umrundet hatte, lehnte sie sich an die rauen Scheitenden und schloss die Augen.

Was, zum Teufel, war bloß mit Bitten Gamst los?, fragte sie sich. Renés Frau war einunddreißig und Mutter einer kleinen Tochter. Trotzdem schien sie nicht zu wissen, dass sie Nein sagen durfte. Oder sah Louise Gespenster?

Und was war überhaupt los?, fragte Louise sich dann. Nicht nur mit Bitten. Sondern mit der ganzen kleinen Gemeinschaft, in der jeder mit jedem verflochten war. Offenbar galten hier ganz eigene Spielregeln. Louise kapierte es einfach nicht. Und sie musste herausfinden, ob es zwischen Schlachter Frandsen und seinem Sohn Konflikte gegeben hatte. Dafür würde sie Bitten in die Zange nehmen müssen, zur Not an ihrem Arbeitsplatz. Und wenn Renés Frau etwas über Klaus' Tod wusste, würde sie das auch noch aus ihr herauskitzeln.

Louise versuchte Thomsens höhnischen Blick abzuschütteln und warf einen Blick auf ihr Handy, um zu sehen, wie sehr sie sich verspäten würde. Und dann sollte sie Eik wohl am besten anrufen, dachte sie. Es ärgerte sie, dass er sich standhaft weigerte, per SMS zu kommunizieren. Wenn man etwas von ihm wollte, sollte man ihn anrufen.

Drei Nachrichten. Zwei waren von Jonas, der pflichtbewusst nach Hause zu Dina gegangen war, statt bei seinem Freund zu übernachten, nachdem Louise ihm geschrieben hatte, dass sie in Hvalsø bleiben würde. Er war mit dem Hund draußen gewesen und jetzt auf dem Weg zur Schule.

Louise wurde warm ums Herz. Sie vermisste ihn. Er

war auf dem besten Wege, sich von einem angehenden in einen richtigen Teenager zu verwandeln. Sie wusste, es würde nicht mehr lange dauern, dann interessierten ihn Partys und seine Freunde mehr als der Labrador, um den er sich entgegen ihrer Erwartungen wie versprochen gekümmert hatte, seit er ihn bekommen hatte.

Die dritte Nachricht war von einer Nummer, die Louise nicht gespeichert hatte.

»C ist angefahren worden. Ruf an. LG Frederik.«

»DAS HAT DER ARSCH mit voller Absicht gemacht«, wiederholte Camilla an Frederik gewandt im Auto auf dem Weg nach Hause. Das Röntgen hatte ewig gedauert, und danach hatte sie noch bis spät in die Nacht warten müssen, bis der Assistenzarzt endlich Zeit hatte, sie zu untersuchen. Erst im Anschluss daran stand fest, dass sie mit Verdacht auf Gehirnerschütterung noch bis zum nächsten Tag zur Beobachtung bleiben sollte. Camilla hatte viel zu heftige Schmerzen gehabt, als dass sie sich über die lange Wartezeit hätte aufregen können. Schließlich war sie nicht die Einzige. Um sie herum hingen so einige schief auf den Stühlen im Wartezimmer und schliefen, und eine Mutter hatte die Warterei ganz aufgegeben, obwohl ihr Sohn nach einem Sturz mit seinem Cityroller deutliche Blessuren davongetragen hatte. Acht Stunden hatte sie geduldig im Wartezimmer gesessen, während das Blut die Hosenbeine ihres Jungen an den Knien immer dunkler färbte und Tränen die von Akne geplagten Wangen überströmten.

Die sich in der Notaufnahme bewegenden Krankenschwestern hatten den Blick stets auf den grauen Linoleumboden gerichtet, um den vielen Wartenden nicht in die Augen sehen zu müssen. »Die Ärmsten«, hatte Frederik resigniert gesagt, nachdem er mehrmals versucht hatte, eine von ihnen auf sich aufmerksam zu machen.

»Meine Frau ist mit Blaulicht hier eingeliefert worden. Aber keiner hat Zeit, sie zu untersuchen. Irgendwas läuft da doch falsch, oder?«

Aber nichts tat sich. Nur eine ältere Dame mit sorgfältig um den Hals geknotetem Kopftuch sah von ihrer Zeitschrift auf und erzählte, ihr Mann sei am Bahnhof die Treppe hinuntergestürzt.

»Er ist auch mit dem Rettungswagen eingeliefert worden, und wir haben fast drei Stunden hier gesessen, bis jemandem auffiel, dass unsere Ankunft überhaupt noch nicht registriert worden war.«

Das war bestimmt nicht lustig, jeden Tag unter solch einem Druck zu arbeiten, hatte Camilla gedacht, nachdem sie Frederik im Anschluss an das Gespräch mit dem Arzt nach Hause schickte. Er sollte sie nach der Visite am nächsten Morgen abholen, aber jetzt wartete sie bereits den ganzen Vormittag auf den Arzt. Die Proteste gegen die Sparmaßnahmen im Krankenhauswesen hatten wohl durchaus ihre Berechtigung.

»Das kannst du doch nicht mit Sicherheit wissen«, entgegnete Frederik. Er hatte es zwar nicht ausgesprochen, aber im Grunde machte er ihr Vorwürfe, weil sie ganz ohne Reflektoren unterwegs gewesen war. Das brachte Camilla nur noch mehr auf die Palme.

»Und ob ich das kann!«, regte sie sich auf. »Der hat aufgeblendet, mir direkt ins Gesicht! Ich stand mitten auf dem Weg, und er hat einfach nur das Gaspedal durchgetreten!«

Frederik nickte und konzentrierte sich auf den Verkehr.

»Ganz gleich, ob er dich nun mit Absicht angefahren hat oder nicht, bin ich mir absolut sicher, dass er viel zu schnell gefahren ist«, sagte er. »Und außerdem haben Kraftfahrzeuge im Wald sowieso nichts zu

suchen. Aber jetzt bin ich erst mal einfach nur froh, dass dir nicht mehr passiert ist.«
Camilla beruhigte sich wieder etwas. Er hatte ja recht. Der Arzt hatte gesagt, es grenze an ein Wunder, dass ihr nicht mehr zugestoßen war. In den nächsten Tagen werde sie sich sicher fühlen, als habe sie zwölf Runden gegen Mikkel Kessler im Boxring gestanden, aber gebrochen sei nichts. Sie hatte wirklich Schwein gehabt. Aber ihr Auge sah kriminell aus. Der Arzt vermutete, sie sei mit der rechten Gesichtshälfte auf einen Baumstumpf gefallen, als sie vom Weg durch die Luft geschleudert worden war und zwischen den Bäumen landete. Jedenfalls war alles dick, das Auge komplett zugeschwollen und blau. Camilla hatte sich beim Blick in den Spiegel ganz schön erschrocken.

»Tønnesen war im Wald und hat alle Zufahrtswege mit Ketten versperrt. Manchmal gibt es ja Leute, die die Schilder ignorieren und doch durchfahren, weil sie runter zum Wasser wollen. Aber die Sache mit dir ist auf einem der kleineren Waldwege passiert, darum könnte ich mir vorstellen, dass wir es mit einem Wilderer zu tun haben. Wie sah das Auto aus?«

Camilla überlegte und schüttelte dann den Kopf.

»Es war größer als ein normaler PKW, aber ich könnte jetzt nicht sagen, ob es ein Lieferwagen oder ein Geländewagen war. Ich habe einfach nur einen großen, dunklen Schatten gesehen.«

An mehr konnte sich Camilla nicht erinnern. Sie hatte keine Ahnung, wie lange sie im Wald gelegen hatte. Wusste nicht, ob das Erste, was sie gehört hatte, Frederiks Stimme gewesen war oder die Sirene des Rettungswagens. Als sie zu sich kam, hatte sie vor lauter Schmerzen kaum etwas anderes wahrgenommen. Sie weinte, als sie auf die Trage gehoben wurde.

»Wie hast du mich eigentlich gefunden?«, fragte sie Frederik.
»Das war ich nicht. Elinor hat dich gefunden. Sie stand plötzlich vor der Tür und wollte unbedingt, dass ich mitkomme. Ließ sich überhaupt nicht abwimmeln. Erst draußen im Wald habe ich dann begriffen, dass ein Unfall passiert war.«
Camilla sah die alte Frau mit dem langen grauen Zopf vor sich. Ein Schauer lief ihr über den Rücken. Sie legte die Hand auf Frederiks Oberschenkel und stöhnte, als er hinter dem Wikingerschiffsmuseum scharf rechts abbog.
»Gut, dass du mit ihr mitgegangen bist«, sagte sie und erkundigte sich, ob er mit Louise gesprochen hatte?
»Ja. Sie und Eik sind schon vor Ort gewesen, um sich alles anzusehen«, antwortete Frederik. »Dann sind sie wieder ins Büro gefahren. Aber sie hat darauf bestanden, später wiederzukommen und übers Wochenende zu bleiben. Muss aber erst noch Jonas und den Hund holen.«
Camilla nickte. Sie fand es völlig in Ordnung, dass ihre Freundin es für wichtiger befunden hatte, die Unfallstelle zu inspizieren, statt ihr Blumen und Schokolade ins Krankenhaus zu bringen.
»Ach, stimmt! Eik! Was ist mit dem? Kommt er auch mit?«, fragte sie.
Camilla war nicht ganz klar, ob Louise immer noch etwas mit ihrem Kollegen hatte. Camilla hatte ihn sehr sympathisch gefunden. Zwar waren Louise und Eik in ihren Augen nicht unmittelbar das perfekte Paar, aber irgendwie passten sie doch gut zusammen. Allerdings hatte Louise seit dem Zwischenfall am Wildwächterhof nicht mehr von ihm gesprochen. Vielleicht wäre es

gar keine dumme Idee, ihn wieder mit einzubeziehen, jetzt, wo so viele Dinge aus Louises Vergangenheit an die Oberfläche kamen.

»Ich ruf ihn an und frag ihn«, verkündete sie nahtlos.

»Meinst du nicht, es wäre besser...«, wollte Frederik einwenden, doch Camilla hatte bereits bei der Kopenhagener Polizei angerufen und darum gebeten, mit der Vermisstenstelle verbunden zu werden.

»Ich glaube, Eik hat sich über die Einladung gefreut«, sagte sie kurz darauf. »Er hat gesagt, er will versuchen, dass sie beide etwas früher loskommen heute.«

»Was ist mit Markus?«, fragte sie, als sie die Allee zum Haus hochfuhren. »Ist er am Wochenende zu Hause?«

»Keine Ahnung.« Frederik zuckte die Achseln.

Offenbar wussten sie beide kaum noch, was Camillas Sohn mit seinen fünfzehn Jahren so trieb. Die meiste Zeit war er mit seinen Freunden unterwegs, und wenn er ausnahmsweise mal zu Hause war, lag er bei laufendem Fernseher auf seinem Bett, trieb sich auf Facebook herum und ließ niemanden an sich heran. Oder zumindest seine Mutter nicht.

Sie hielten vor der großen Treppe zur Haustür, und Camilla schwang die Beine aus der Wagentür.

»Aua, Scheiße«, stöhnte sie.

Auf Frederik gestützt humpelte sie die ersten Stufen hinauf.

»Ich bring dich am besten direkt ins Bett«, sagte er und trug sie unter schwachem Protest den Rest der Treppe hinauf.

»Wenn du ein paar von den Schmerztabletten nimmst, die der Arzt dir mitgegeben hat, und dich eine

Weile hinlegst, bist du vielleicht schon deutlich fitter, wenn Louise kommt.«

Camilla ließ alles mit sich geschehen, es tat einfach zu sehr weh, selbst zu gehen. Frederik trug sie bis hinauf ins Schlafzimmer. Sie strich ihm über die Wange, nachdem er ihr beim Ausziehen geholfen und sie zugedeckt hatte. Dann holte er ihr ein Glas Wasser, damit sie die Schmerztabletten nehmen konnte.

»Danke«, flüstere sie und küsste ihn. Sein halblanges Haar fiel ihr ins Gesicht, als er sich zu ihr herunterbeugte, und die Bartstoppeln kitzelten sie am Kinn.

Sie schluckte die Tabletten und nickte, als er sagte, er werde später wieder hochkommen und nach ihr sehen.

SCHLAF, SCHMERZ, WACH. Schlaf, Schmerz, wach. So ging es in einer Tour. Mit geschlossenen Augen lag Camilla da und wartete darauf, dass die Tabletten wirkten. Vielleicht hatte sie gerade ein wenig geschlafen, als sie plötzlich das Gefühl hatte, jemand würde neben ihr stehen und sie ansehen.

Sie schlug die Augen auf und sah in ein verrunzeltes Gesicht. Die alte Frau aus dem Wald hatte sich über sie gebeugt.

»Die Wagen rollen auf dem Todespfad«, sagte sie mit derselben merkwürdigen Mädchenstimme, über die sich Camilla schon unten am Bach fast zu Tode erschrocken hatte.

Auch jetzt erschrak sie fürchterlich und war kurz davor zu weinen. Wie gelähmt lag sie da und starrte auf den schmalen Mund, der immer wieder die gleichen Worte murmelte. Dann endlich zog die alte Frau sich zurück. Aber sie ging nicht zur Tür und hinaus auf den Flur, sondern zum Fenster, zu der kleinen Nische, in der Camillas große Kommode stand.

Camilla bemerkte, dass sie die Luft angehalten hatte. Langsam atmete sie aus und spürte, wie das Herz in ihrer Brust hämmerte. Entsetzt lag sie da und starrte auf den krummen Rücken, dann schlug sie die Bettdecke zur Seite. In T-Shirt und Schlüpfer humpelte sie den Schmerzen zum Trotz, so schnell sie konnte, aus dem Zimmer. Erst, als sie auf einem Stuhl in der Küche saß, stöhnte sie laut.

Frederik musste sie die Treppe herunterkommen gehört haben, denn er stand jetzt in der Tür und sah seine Frau besorgt an.

»Kannst du nicht schlafen?«

»Sie steht oben im Schlafzimmer«, stammelte sie und machte sich klein. »Wie ist sie da hochgekommen?«

»Wer? Wovon redest du?« Frederik kam auf sie zu und legte die Arme um sie. Camilla sah ihm an, dass er glaubte, sie habe geträumt.

»Die alte Frau aus dem Wald. Sie steht oben im Schlafzimmer!«

»Elinor?« Frederik wirkte nicht sonderlich überrascht. »Och, nee. Nicht schon wieder.«

»Was, zum Teufel, meinst du mit ›schon wieder‹?«

»Willst du eine Decke?«

Frederik war bereits auf dem Weg ins Wohnzimmer und kam mit einem Plaid wieder, das er ihr um die Schultern legte.

»Was meinst du mit ›schon wieder‹?«, wiederholte Camilla und zog sich die Decke eng um die Schultern.

Frederik ging kurz zur Treppe und kam dann zurück.

»Elinor hat hier gewohnt, als das Haus ein Mädchenheim war«, sagte er. »Meine Mutter hat erzählt, sie sei kaum älter als zwei Jahre gewesen, als sie herkam. Und manchmal vergisst sie einfach, dass sie inzwischen im Schrankenwärterhaus wohnt. Sie ist vollkommen harmlos und ein Teil der Geschichte des Hauses. Von daher ist es eigentlich auch irgendwie schön, wenn sie hier hin und wieder auftaucht.«

Letzterem konnte Camilla nun wirklich nicht zustimmen.

»Ich ruf schnell bei Tønnesen an«, fuhr Frederik fort. »Er soll sie nach Hause bringen.«

Camilla kuschelte sich in die Decke und schloss die Augen, während ihr Mann mit dem Verwalter sprach.

»Sie hat dauernd gesagt, dass die Wagen auf dem Todespfad rollen«, erzählte sie, als er aufgelegt hatte. »Was meint sie damit?«

Ihr Mann zuckte die Achseln.

»Keine Ahnung. Todespfad nennen die Leute den schmalen Weg, der vom Haus an den Mädchengräbern vorbei bis zur Opfereiche führt. Der heißt schon immer so.«

»Mädchengräber?« Camilla setzte sich auf.

Aber Frederik war bereits auf dem Weg nach oben, um Elinor zu holen.

Im selben Augenblick hörte sie, wie die Haustür aufging, und Camilla wollte dem Verwalter schon eine Begrüßung zurufen, als sie Hundepfoten auf den Fliesen im Eingangsbereich hörte. Sekunden später beschnüffelten zwei Hundeschnauzen ihre nackten Beine.

»Was ist das denn für ein Riesenköter, den mein Lieblingshund da im Schlepptau hat?«, rief sie und versuchte, ganz in dem Plaid zu verschwinden, bevor der Schäferhund sie komplett vollsabberte.

»Schaff die Hunde hier raus«, hörte sie Louise kommandieren, und nach einem kurzen Pfiff drehte der Schäferhund sich um und verschwand dicht gefolgt von Dina aus der Küche. Dann erschien ihre Freundin in der Tür.

Camilla sah ihr an, dass Louise beim Anblick ihrer ramponierten Freundin etwas auf der Zunge lag, was sie dann aber doch herunterschluckte.

»Ach, du Scheiße«, murmelte sie bloß und nahm

Camilla vorsichtig in den Arm. »Na, das wird ja eine Weile dauern, bis du wieder für Miss Roskilde kandidieren kannst.«

»Na komm, so schlimm ist es nun auch wieder nicht«, wehrte Camilla ab, wohl wissend, dass ihre Freundin recht hatte. Alles um ihr Auge herum spannte, und ihr liefen konstant die Tränen.

Louise strich ihr übers Haar.

»Der muss ja einen ganz schönen Zahn draufgehabt haben«, sagte sie. »Ich hab im Krankenhaus angerufen, und die haben gesagt, du seist sicher mehrere Meter durch die Luft geschleudert worden.«

»Du hast mit denen geredet?« Camilla wollte lächeln, aber für sie fühlte es sich eher so an, als würde sie eine Grimasse schneiden.

»Ja, natürlich. Ich musste doch wissen, was passiert war. Aber ich musste denen erzählen, dass ich im Rahmen einer Anzeige ermittele, sonst hätten die mir nichts gesagt.«

»Hast du Anzeige erstattet?«, fragte Eik, der die Hunde ins Auto gesperrt hatte und sich jetzt auf einem Küchenstuhl niederließ.

»Louise und ich waren draußen im Wald, haben aber nichts gefunden außer Reifenspuren. Die sprechen dafür aber eine ziemlich deutliche Sprache. Da wurde richtig Gas gegeben.«

Camilla nickte.

Sie hörten Frederiks Stimme von der Treppe. Kurz darauf erschien er mit Elinor am Arm in der Küche. Louise und Eik erhoben sich, um der alten Frau ihren Platz anzubieten.

Aber Elinor wollte nicht sitzen. Sie blieb neben Camilla stehen, und ihre Lippen bewegten sich, als würde sie lautlos mit sich selbst reden. Ihre Hände steckten in den Taschen ihres weiten Sommermantels, und sie sah niemanden an. Stand einfach nur da und murmelte.

Camilla wusste nicht, wohin mit sich selbst. Sie hatte das seltsame Gefühl, von der alten Frau beobachtet zu werden, und das behagte ihr gar nicht.

Sie schloss die Augen und lehnte den Kopf an den hohen Rücken des Küchenstuhls. Sie hörte Louise fragen, was der Arzt bei der Visite gesagt hatte. Endlich zeigten die Tabletten ihre Wirkung. Die Schmerzen ließen langsam nach, stattdessen spürte Camilla ein angenehmes Kribbeln im ganzen Körper.

Als der Verwalter kurz darauf hereinkam und ihren Anblick mit einem entsetzten Blick quittierte, versuchte sie zu lächeln. Elinor strahlte regelrecht, nahm, ohne die anderen eines Blickes zu würdigen, den von Tønnesen angebotenen Arm an und ließ sich von ihm aus dem Haus führen.

Lächelnd schüttelte Frederik den Kopf. Dann gab er Eik die Hand, und dann ging er zu Louise und nahm sie in den Arm.

»Wo ist Jonas?« Suchend sah er sich um.

»Schon nach oben geflitzt.« Louise nickte in Richtung Treppe und Markus' Zimmer. Camilla fragte, wie es sein konnte, dass Ingersmindes Verwalter so eine Art Babysitter für die uralte Dame war.

»Elinor ist 1922 hierhergekommen – damals war das hier ein Heim für elternlose Mädchen«, erzählte Frederik.» Als das Kinderheim geschlossen wurde, wollte die Stadt Elinor in eine geschlossene Anstalt stecken, weil man nicht wusste, was man sonst mit ihr machen sollte. Der damalige Verwalter und seine Frau haben dagegen Einspruch erhoben und sie bei sich aufgenommen, bis meine Großeltern einige Jahre später das

Anwesen kauften und Elinor gestatteten, im Schrankenwärterhäuschen zu wohnen. Seither gehört es zu den Aufgaben des hiesigen Verwalters, sich um sie zu kümmern, und ich glaube, Tønnesen macht das sogar ziemlich gerne.«

Die alte Frau musste also bereits über neunzig sein, rechnete sich Camilla aus. Frederik bot Eik und Louise ein Bier an.

»Oder lieber eine Tasse Kaffee?«, fragte er, als er bereits am Kühlschrank stand.

Sie schüttelten beide den Kopf. Frederik bot Camilla Holunderblütensaft an, und sie nickte.

»Dir geben wir mal besser noch nichts Alkoholisches«, sagte er und lächelte sie an.

Jetzt, da die Tabletten wirkten, ging es Camilla schon viel besser. Sie wollte mehr über Elinor und die Geschichte des Anwesens wissen.

»Was weißt du eigentlich über das Haus und das Heim damals?«, fragte sie neugierig, nachdem sie aufs Sofa gebettet worden war.

»Ich habe ein paar Bilder.« Frederik ging zu dem großen Bücherregal und öffnete die unteren Schranktüren. »Meine Eltern haben das Anwesen 1972 von meinen Großeltern übernommen. Die hatten es 1954 gekauft, als das alte Mädchenheim geschlossen wurde. Meine Mutter hat sich sehr für die Geschichte des Hauses und seiner Umgebung interessiert. Manchmal hat sie uns mit den Geschichten, die sie ausgrub, regelrecht Angst eingejagt. Ich habe mal eine ganze Woche lang Albträume gehabt. Nacht für Nacht hat der große Baum auf dem Hofplatz gebrannt.«

»Und warum?« Camilla hatte ihre Schwiegermutter nie kennengelernt. Inger Sachs-Schmidt starb kurz bevor Camilla und Frederik sich kennenlernten.

»Weil das ein Schutzbaum ist«, sagte Frederik, als würde das alles erklären.

»Ach. Und was, bitte, ist ein Schutzbaum?« Camilla setzte sich auf und reckte den Hals, um hinauszusehen.

»Manche sagen auch Feuerbaum«, erklärte ihr Mann. »Der Volksglaube besagt, dass der Hof abbrennt, wenn man Äste von dem Baum abschneidet oder ihn ganz fällt. Meine Mutter hat sich sehr dafür interessiert. Und für die Opfereiche.«

Er erzählte Louise und Eik von der großen Eiche mit dem Loch im Stamm.

»Der Baum ist heilig. Er kommt in mehreren alten Helden- und Göttersagen dieser Gegend vor. Der damalige Heimleiter liebte diese alten Geschichten und nahm einige der Traditionen wieder auf, als er hierherkam. So wurden sie ein Teil der Geschichte des Anwesens.«

»Sind Schutzbäume nicht Bäume, auf die man Stücke des Fachwerks des Hauses gepfropft hat?« Eik stand jetzt am Fenster und sah hinaus auf den Hofplatz.

»Meine Mutter hat erzählt, man hat ein Loch in den Stamm gebohrt und mit einem passenden Zapfen aus dem Fachwerk wieder geschlossen«, sagte Frederik. »Dann hat man die Rinde wieder darübergelegt und festgebunden, und alles ist miteinander verwachsen. Das ist jetzt wohl schon hundertzwanzig Jahre her, und ich bin mir ziemlich sicher, dass seither niemand dem Baum auch nur einen Zweig gekrümmt hat. Solange ich mich erinnern kann, wurden der Baum und der Aberglaube stets respektiert. Als Kind hatte ich immer Angst, der Blitz könnte in den Baum einschlagen oder sonst etwas könnte mit ihm passieren, worauf wir keinen Einfluss hatten. Ich habe wirklich richtig fest daran geglaubt, dass wir dann alles verlieren würden«, erzählte Frederik lachend.

Er schlug das alte Fotoalbum auf. Sofort erkannte Camilla das alte Anwesen. Majestätisch und weiß lag es noch ziemlich ungeschützt da. Im Hintergrund war natürlich der Wald, aber die hohen Bäume rund um das Haus gab es noch nicht.

»Ist das der Todespfad?« Sie zeigte auf einen Weg, der vom Giebel des Hauses in den Wald führte.

Frederik nickte.

»So wurde er damals genannt, weil man auf ihm die Sterbenden zur Opfereiche fuhr. Der Leiter des Mädchenheims hat diesen alten Brauch wiederbelebt. Damals waren viele der jungen Waisen so schwach und anfällig, dass sie schnell starben. Sie liegen da hinten begraben.«

Er zeigte auf dem Bild auf die Stelle, an der der Weg in den Wald verschwand. Camilla zog die Schultern immer weiter hoch. Sie fand den Gedanken gruselig, obwohl das alles schon so lange her war.

»Wenn eins der Mädchen im Sterben lag, holte der Heimleiter den Wagen, packte die Kranke gut ein und fuhr sie über diesen Weg an den Mädchengräbern vorbei zur Opfereiche. Dort opferte er alten Traditionen folgend den Göttern etwas von dem Blut des kranken Mädchens, damit sie es gut aufnahmen, wenn es starb.«

»Ist das da der Heimleiter?« Louise zeigte auf einen Mann am Rand des Fotos. Er stand so stramm und gerade, als hätte er einen Besenstiel verschluckt.

Wieder nickte Frederik.

Auf einem anderen Bild war der Heimleiter von diversen Mädchen in identischen Kleidern umgeben.

Ganz offenkundig waren sie für den Fotografen so ausstaffiert worden. Das Ganze wirkte sehr steif, aber die Mädchen strahlten. Eine von ihnen musste Elinor sein, dachte Camilla.

»Kurz nachdem Elinor ins Heim gekommen war, wurde eines der Mädchen sehr krank«, fuhr Frederik fort. »Der Heimleiter legte sie auf den Wagen und fuhr zur Opfereiche, wo für sie gebetet wurde. Die folgenden Nächte wurde an ihrem Bett Wache gehalten, weil man fest mit ihrem Ende rechnete. Aber das Mädchen starb nicht. Kurz darauf brach im Heim die Spanische Grippe aus und wütete über ein Jahr lang. Ganz viele der Waisen starben, besonders die jüngsten. Es hieß, das sei die Strafe der Götter dafür gewesen, dass sie das kranke Mädchen nicht bekommen hatten.«

Er lächelte leise.

»Das war eine der Lieblingsgeschichten meiner Mutter. Die hat sie uns erzählt, als wir noch klein waren, und meine Schwester hat sie immer wieder nachgespielt. Sie hatte immer die Rolle des Mädchens, das nicht starb und das bis ans Ende seiner Tage schief angesehen wurde, weil es schuld war am Tod so vieler anderer Mädchen.«

Camilla konnte sich ihre Schwägerin nur schwer in dieser Rolle vorstellen. Als sie Rebecca Sachs-Smith kennenlernte, begegnete sie einer beinharten Geschäftsfrau mit einem Herz aus Stein. Das änderte sich natürlich, als ihre Tochter entführt wurde, aber selbst da wäre es Camilla schwergefallen, Frederiks Schwester in der Opferrolle zu sehen.

»Meine Mutter hat erzählt, das Ende der traurigen Geschichte sei gewesen, dass das Mädchen, das nicht gestorben war, ins Wasser ging. Sie hat felsenfest behauptet, man könne das Mädchen hin und

wieder im Haus herumgehen oder draußen auf dem Rasen stehen sehen – klitschnass, als sei es gerade wieder herausgekommen aus dem Wasser.«
Im Wohnzimmer war es kurz mucksmäuschenstill.
»Sag mal, wo hast du dich denn hier niedergelassen?«, fragte Louise und zwinkerte ihrer Freundin zu, die sich flach auf das Sofa hatte sinken lassen und jetzt ganz unter der Decke verschwand.

SCHWEIGEND SASSEN SIE BEISAMMEN, während sie die Geschichten des Hauses verdauten.

»Wie kommt man dahin, zu den alten Mädchengräbern?«, fragte Eik schließlich und erhob sich. »Ich glaube, die Hunde brauchen mal ein bisschen Auslauf, und wer weiß, vielleicht treffen wir ja das Mädchen, das nicht starb. Willst du mit?«

Er streckte die Hand nach Louise aus.

»Wie sieht es eigentlich mit Abendessen aus?« Louise sah von Camilla zu Frederik. »Ich kann gerne eben nach Roskilde fahren und was holen. Wird es zu spät, wenn wir jetzt erst noch einen Spaziergang machen?«

Es war fast acht.

»Wir kümmern uns ums Essen, während ihr unterwegs seid«, sagte Frederik. »Ich sag den Jungs, sie sollen einen Salat machen, und dann schmeißen wir den Grill an.«

Er holte eine Umgebungskarte und breitete sie aus.

»Der Todespfad führt von unserem Garten in den Wald, ist aber am Anfang ziemlich zugewachsen. Wahrscheinlich findet ihr die Mädchengräber leichter, wenn ihr von der Opfereiche losgeht.«

Er zeichnete den Weg mit einem roten Stift ein und machte einen Kringel.

»Die steht hier auf einer Lichtung. Mitten auf der kleinen Waldwiese liegt der Feuerplatz der Asatrus, aber wenn ihr hinten um die Eiche herumgeht, stoßt ihr automatisch auf den Todespfad, und der führt euch zu den Mädchengräbern. Das schafft ihr in zehn Minuten.«

»Okay«, sagte Louise. »Das werden wir schon finden.«

Eik stand bereits mit den beiden Hunden auf dem Hofplatz, und die beiden Vierbeiner sprangen fröhlich herum. Louise lächelte, als der pensionierte Polizeihund davonschoss, als habe er vollkommen vergessen, dass das eine Hinterbein nicht funktionierte. Der Schäferhund war jetzt, da er nicht mehr im Büro saß und meinte, ein Territorium verteidigen zu müssen, die Freundlichkeit in Person. Er hatte Camilla, Frederik und Markus gegenüber nicht eine Sekunde geknurrt und keinen einzigen Zahn gefletscht. Und mit Jonas und Dina war es Liebe auf den ersten Blick gewesen.

Schlendernd setzten sie sich in Richtung Opfereiche in Bewegung, und Louise gefiel das Gefühl von Eiks warmer Hand in ihrer. Sie mochte es, wie er ihre Finger hielt und ihr mit dem Daumen über die Haut strich. Sie genoss die friedliche Stille des Waldes, das Licht und die Laute von den ihnen vorauslaufenden Hunden. Ab und zu blieben Louise und Eik stehen und küssten sich. Sie legte die Wange an seine Lederjacke und er schloss die Arme um sie.

Es war so schön. So ruhig. So friedvoll. Louise hatte Lust, alles andere um sich herum zu vergessen.

Sie gingen den Waldweg weiter und fanden ohne Probleme sowohl die Opfereiche als auch den Pfad. Louise ließ Eiks Hand los und legte den Kopf in den Nacken, um die alte Eiche zu betrachten. Der Stamm war so mächtig, dass selbst vier Erwachsene mit ausgebreiteten Armen sie nicht hätten umfassen können.

»Wenn du irgendwelche Zipperlein hast, musst du

nur einmal durch das Loch springen.« Eik zeigte auf den Stamm. »Solche Bäume besitzen Heilkräfte. Es heißt sogar, dass diese alten Hohlbäume die Fruchtbarkeit von Frauen erhöhen, wenn sie Schwierigkeiten haben, schwanger zu werden.«
»Danke, ich muss durch keinen Baum springen«, sagte Louise und steuerte den Pfad an. »Woher weißt du so was?«
»Hab mich für so 'n Kram interessiert, als ich jünger war.« Er ließ ihre Hand los, als der Pfad zu schmal wurde.

Wieso überraschte Louise das nicht?
Eik ging voran und hielt die ersten Zweige beiseite. Dennoch blieb Louise immer wieder mit ihren Haaren im Gestrüpp hängen. Das Unterholz über den beiden Wagenspuren, die der Todespfad sein mussten, war ziemlich dicht.

Die Hunde liefen ihnen voraus. In dem Dickicht waren sie kaum noch zu sehen.

Und dann wurde es plötzlich wieder lichter. Mitten auf einer Wiese vor ihnen erhob sich ein knorriger Baum mit knotigem Stamm und einer sich wie ein Pilz ausbreitenden Krone. Die hinter dem Wald verschwindende Sonne tauchte alles in ein rötliches Licht. Rund um den Baum wuchs eine niedrige Hecke.

Hinter der wilden Hecke befanden sich die Gräber. Im Abstand von zwei, drei Metern lagen sie um den Baum herum. Schlicht und unheimlich. Alle Grabsteine sahen gleich aus und gaben Louise das Gefühl, eine andere Welt betreten zu haben. Eine Welt, in der die Zeit stehen geblieben war.

Auch Louise war stehen geblieben. Jetzt bewegte sie sich weiter, auf Eik zu, der bereits vor dem ersten Grabstein hockte.

»Ellen Sofie Mathilde Jensen«, las er vor. »Geboren 1908, gestorben 1920. Zwölf Jahre ist sie geworden.« Louise ging langsam die Grabreihe entlang und las die auf den Steinen eingemeißelten Jahreszahlen und Namen. Die Mädchen waren alle sehr jung gewesen, als sie starben, keines von ihnen über sechzehn. Ihr lief ein Schauer über den Rücken, und sie schüttelte den Kopf über sich selbst. Da hörte sie auf einmal Dina heftig fiepen, und Charlie fing an zu bellen. Louise wusste, dass Polizeihunde mit Bellen auf etwas aufmerksam machen wollten, und sie wollte Eik gerade bitten, Charlie zu sich zu rufen, als auch Dina anfing zu bellen. Genervt näherte sich Louise den Hunden und sah, dass Charlie in der Erde buddelte. Gleichzeitig knurrte er, um Dina auf Abstand zu halten.

»Eik! Scheiße, komm mal her!«, rief Louise und hatte bereits die Leine aus der Tasche gezogen, mit der sie die taube Labradorhündin bändigen wollte.

Da bellte Charlie wieder. Er hatte aufgehört zu buddeln und sich auf die Erde gelegt, aber Dina sprang immer noch herum.

»Was hat er denn gefunden?«, fragte Eik, der einmal andersherum um die Gräber gegangen war.

»Ich weiß es nicht, aber wenn er auf hundert Jahre alte Mädchenleichen anspringt, dann bieten sich ihm hier ja schlappe zweiundvierzig Gelegenheiten dazu«, entgegnete Louise gereizt und leinte Dina an, während Eik auf Charlie zuging und ihm befahl, liegen zu bleiben. »Ist das so eine Art Berufskrankheit bei ihm, dass er nicht mal mehr auf einen Friedhof gehen kann, ohne komplett auszuflippen?«

»Quatsch. Er war immerhin ein Gruppe-1-Hund. Das schaffen nicht viele Hunde.« Eik klang etwas beleidigt. Er wollte noch etwas sagen, erstarrte dann aber plötzlich.

»Was, zum Henker!«, rief er. Dann ging er in die Hocke und machte sich daran, die schwere Erde beiseitezuschraben.

Louise band Dina an einem Baum an.

»Was hat er gefunden?«, rief sie und lief zu Eik.

»Eine Leiche.«

Charlie hatte eine Mulde in den lehmigen Waldboden gegraben. Jetzt lag er neben der Vertiefung und beobachtete sie aufmerksam.

Eiks Stimme war düster. Der warme Klang, über den Louise sich gerade noch gefreut hatte, war verschwunden. Vorsichtig schob er noch mehr Erde beiseite.

»Diese Hand hier ist keine Kinderhand«, sagte er. »Und die liegt hier auch noch keine hundert Jahre.«

Schlagartig wurde Louise kalt. Eik hatte eine weißliche Hand freigelegt. Mehr brauchte sie nicht zu sehen. Die leicht aufgedunsenen Weichteile und das Leichenwachs auf dem Handrücken sprachen eine deutliche Sprache: Diese Leiche konnte unmöglich bereits seit dem Anfang des 20. Jahrhunderts in der Erde gelegen haben.

Louises Puls raste, als sie neben Eik in die Hocke ging. Ihr Kollege grub vorsichtig weiter, bis der ganze Arm zum Vorschein kam. Die Leiche war nicht frisch, stellenweise waren nur noch Knochen und Sehnen übrig.

Sie sah auf den Grabstein. Klara Sofie Erna Hermansen. Geboren 1916, gestorben 1918.

Sie hockten eine Weile schweigend da. Louise stützte sich an Eiks Knie ab, während sie die Hautreste am Oberarm näher betrachtete. Sie wollte sich gerade aufrichten, als er sie festhielt und auf etwas zeigte.

Er schob noch mehr Erde beiseite, und Louise sah, dass einige der Finger noch intakt waren. An einem saß ein viel zu großer Goldring.

»Eine Frau?«, riet er, richtete sich auf und wischte sich die Hände an der Hose ab. »Oder eine Jugendliche. Jedenfalls kein erwachsener Mann.«

»Schwer zu sagen.« Louise richtete sich ebenfalls auf. »Scheint ja schon eine Weile hier zu liegen. Die Kleidung ist praktisch verrottet.«

In der Erde lagen hier und da dunkle Stoffreste, wie von einem Ärmel.

»Ich würde sagen, fünf, maximal zehn Jahre.« Eik entfernte sich ein paar Schritte, um eine Zigarette anzuzünden. Louise suchte in ihrem Handy nach Frederiks Nummer. »Besonders tief ist das Grab nicht.«

»Ich glaube nicht, dass das ein Grab ist«, sagte Louise. »Ich glaube, da hat jemand versucht, eine Leiche zu verscharren.«

»Na, könnt ihr's nicht finden?«, meldete Frederik sich am Telefon.

»Doch, schon...«, sagte Louise und wusste nicht recht, wie sie es ihm sagen sollte. »Und wir haben eine Leiche gefunden, die unserer Meinung nach nicht von dem ehemaligen Mädchenheim stammen kann.«

In der Leitung wurde es still.

»Was meinst du damit?«, fragte er dann.

»Es sieht ganz so aus, als sei hier jemand direkt über einem der alten Mädchengräber vergraben worden.«

Sie erzählte ihm von Charlies Fund.

»Die Leiche liegt ungefähr einen halben Meter unter der Erdoberfläche, also tief genug, um nicht von den Tieren des Waldes ausgegraben zu werden. Aber der pensionierte Polizeihund hat sie trotzdem gewittert.«

»Und ihr seid euch ganz sicher, dass es kein Tier ist?« Louise hörte ihm an, dass er fassungslos war.

»Ja. Das sind Menschenknochen, gar kein Zweifel«, sagte Louise und bereitete ihn direkt schon darauf vor, dass die Roskilder Polizei ganz sicher mit ihm würde reden wollen.

»Ich komme sofort.« Louise meinte, ihn über Kies laufen zu hören. Also war er schon draußen auf dem Hofplatz.

»Würdest du bitte dafür sorgen, dass die Polizei irgendwo in den Wald hinein kann?«, sagte Louise. »Und bitte erzählt Jonas und Markus noch nichts von der Sache. Es reicht, wenn sie das später erfahren.«

Frederik war einverstanden und versprach, Tønnesen zu bitten, die Absperrkette zur Straße hin zu entfernen.

»Sag der Polizei, dass sie vom Waldparkplatz aus reinfahren und immer geradeaus weiterfahren sollen. Da stehe ich dann irgendwann und nehme sie in Empfang. Aber sag mal, wollen die wirklich jetzt noch kommen? Wäre es nicht besser, bis morgen zu warten, dann kann man doch auch mehr sehen?«

»Die kommen bestimmt sofort.« Sie nickte Eik zu, der bereits dabei war, die Polizei in Roskilde anzurufen. In der Zwischenzeit erklärte Louise Frederik, dass außer der Polizei auch ein Trupp Kriminaltechniker kommen würde, obwohl es bereits dunkel wurde.

»Wahrscheinlich wird die Fundstelle abgeschirmt und mit Scheinwerfern ausgeleuchtet«, sagte sie und fügte hinzu, dass selbstverständlich auch ein Rechtsmediziner kommen und sich die Leiche ansehen würde, bevor sie vorsichtig ausgegraben und zur eingehenden Untersuchung in die Forensik gebracht wurde.

Keine zehn Minuten später trat Frederik aus dem Wald auf den kleinen Friedhof. Er blieb kurz stehen, um sich in der Abenddämmerung zu orientieren, dann eilte er auf Louise und Eik zu.

Louise ging ihm entgegen. Sie wollte ihn aufhalten, kam aber zu spät und sah, wie er zusammenzuckte, als er den aus der Erde ragenden Arm sah.

»Oh Gott!« Entsetzt schlug er sich die Hand vor den Mund, starrte unverwandt auf die Fundstelle und schüttelte den Kopf. »Wie kann das denn bloß sein?«

Er schien nicht recht zu wissen, ob er weitergehen oder zurückweichen sollte.

»Wer kommt denn auf die Idee, in unserem Wald eine Leiche zu verbuddeln?«

Er entfernte sich ein paar Schritte, den Blick immer noch fest auf die Stelle gerichtet.

Wenn du wüsstest, auf was für Ideen die Leute sonst so kommen, dachte Louise, sagte aber nichts. Er war schon erschüttert genug.

»Solche Fragen wird die Polizei dir sicher auch stellen«, sagte sie stattdessen. »Kann praktisch jeder in den Wald?«

Frederik nickte und löste endlich den Blick von dem leblosen Arm.

»Der Wald gehört uns, und wir haben Schilder aufgestellt, dass man nicht mit dem Auto hineinfahren darf. Aber wie wir jetzt wissen, halten sich nicht alle daran.«

Eiks Handy klingelte. Er nahm ab und nickte Frederik dann zu.

»Sie sind gleich hier. Zeigst du ihnen den Weg?«

Als Frederik weg war, ging Eik auf Louise zu und zog sie an sich.

»Ist wohl besser, wenn wir mit den Hunden zurück

zum Haus gehen, sonst gibt es zu viel Trubel, wenn die Polizei kommt.«

Louise hatte Dina vom Baum losgebunden und hielt sie an der Leine, aber die blonde Labradorin schien das Interesse an der Leiche verloren zu haben. Charlie lag immer noch da, wo Eik ihn hinbeordert hatte. Der mächtige Schäferhund rührte sich nicht vom Fleck, obwohl Dina ihn mehrfach zum Spielen aufforderte.

Louise schauderte. Gleich würde der still stehende Wald dicht bevölkert und hell erleuchtet sein. Die üblichen Untersuchungen würden angestellt werden. Aus den alten Mädchengräbern würde ein Leichenfundort werden. Sie dachte an den Jungen, der sich irgendwo hier draußen versteckte. Vielleicht war er gar nicht mehr da, aber wenn er noch da war, dann würde das Licht ihn vielleicht aus seinem Versteck locken. Oder ihn erst recht abschrecken.

»WAS IST DAS DENN BITTE?«, platzte es aus Nymand heraus, nachdem er ausgestiegen war und die Reihen mit den identischen Grabsteinen gesehen hatte.

»Das ist ein Privatfriedhof«, erklärte Louise, während sie den Polizeidirektor aus Roskilde zum Fundort führte. »Noch aus der Zeit, als der Wald zu dem alten Waisenheim für Mädchen gehörte.«

Nymand hatte die Ermittlungen geleitet, als Frederiks kleine Nichte entführt worden war, eine Familientragödie sondergleichen. Louise hatte nicht mehr mit ihm gesprochen, seit sie den Fall abgeschlossen hatten, aber in seinem Blick erkannte sie etwas, das ihr verriet, dass er über den Zwischenfall beim Wildwächterhof im Bilde war.

»Die Techniker und die Bereitschaft sind wohl erst in einer halben Stunde hier«, informierte er sie und bat sie, zu erzählen, wie sie die Leiche gefunden hatten.

Eik stand etwas abseits von ihnen und wollte sich gerade eine Zigarette anzünden.

»Der Schäferhund hat angefangen zu graben. Aber Charlie ist ja ein alter Hase, der weiß, wann er aufhören muss.« Eik klang fast ein bisschen stolz. Er steckte die Zigarettenschachtel wieder weg und blies Rauch in die Luft.

»Mit anderen Worten, er hat am Fundort Spuren verwischt«, stellte Nymand mürrisch fest. »Warum haben Sie den Hund nicht an der Leine, verdammt?«

Louise fürchtete, ihr Kollege würde jetzt aufbrausen. Wie sie inzwischen wusste, kam man nicht besonders weit bei ihm, wenn man seinen neuen vierbeinigen Freund kritisierte. Doch Eik neigte bloß den Kopf ein wenig zur Seite und sah Nymand an.

»Wenn wir die Hunde an der Leine gehabt hätten, gäbe es jetzt keinen Fundort«, teilte er trocken mit. »Und wenn Sie sich das Grab da drüben mal ansehen, werden Sie feststellen, dass noch alles intakt ist. Charlie hat nämlich nur die Hand ausgegraben. Und ich habe dann den Arm freigelegt. Den Rest haben wir nicht angerührt.«

Nymand schnaubte.

»Charlie ist Profi. Er ist ein ausgebildeter Polizeihund, Gruppe 1«, fuhr Eik fort, und Louise musste sich abwenden, um nicht zu lächeln.

»Na, so viele Spuren werden ohnehin nicht mehr übrig sein«, räumte der Polizeidirektor ein und ging auf seine Leute zu.

Louise folgte ihm und fragte, ob er noch mehr wissen müsse, bevor sie und Eik mit den Hunden zum Haus zurückgingen.

Nymand schüttelte den Kopf.

»Aber wir müssen wohl eben kurz mit dem Eigentümer reden.« Er sah zu Frederik, der sich mit in den Taschen vergrabenen Händen im Hintergrund gehalten hatte.

»Ich könnte mir vorstellen, dass ein Gespräch mit dem Verwalter ergiebiger wäre«, merkte Louise an.

»Tønnesen arbeitet schon seit Ewigkeiten hier, Frederik Sachs-Smith ist erst vor Kurzem wieder hergezogen, nachdem er fast zwanzig Jahre weg war.«

»Mit der etwas großräumigeren Spurensuche werden wir wohl bis morgen warten«, sagte Nymand, als habe er gar nicht gehört, was Louise gesagt hatte. Sie nickte und sah zum Grab.

»Aber den Fundort sichern wir natürlich jetzt schon«, fuhr er fort. »Wenn die Techniker irgendwann morgen fertig sind, bringen wir die Reste in die Rechtsmedizin.« Er sah sich um. »Und dann sperren wir wohl auch besser alles ab.« Als würden hier jede Menge Schaulustige vorbeikommen, dachte Louise. Sie kündigte an, sie würde übers Wochenende bei Camilla bleiben, und erwähnte auch kurz, dass ihre Freundin im Wald angefahren wurde und dass ein vermisster Junge im Wald gesehen worden war.

»Herr Sachs-Smith!«, rief Nymand, als stünde Louise nicht gerade direkt neben ihm und würde ihm etwas erzählen. »Können wir uns morgen mal unterhalten?«

»Ich kann gerne noch hierbleiben. Ich möchte gerne helfen, wenn ich kann.«

Nymand schüttelte entschieden den Kopf. Er hatte ganz offensichtlich kein Interesse an einer Verunreinigung des Fundortes durch Außenstehende.

»Nein, nein, gehen Sie ruhig. Ich rufe an, falls etwas ist.«

Louise sah Frederik an, wie er zögerte.

»Wir gehen mit den Hunden zu Fuß zurück«, rief Eik. »Fahr doch vor und mach schon mal ein paar Bier auf. Ich könnte jetzt ganz gut eins vertragen.«

Camilla lag auf dem Sofa und schlief, als sie kamen. In der Zwischenzeit waren ganz offenkundig die Jungs in der Küche aktiv gewesen und hatten sich Sandwiches getoastet. Sandwichbrot, Schinken und Käse lagen noch neben dem nach geschmolzenem Käse riechenden Toaster herum. Aber kaum hörten sie, dass die Erwachsenen zurück waren, kamen sie die Treppe hinuntergestürzt.

»Wo wart ihr?«, rief Markus, noch bevor er die Küche erreichte.

Louise und Frederik wechselten schnelle Blicke. Sie hatten sich bereits darauf verständigt, den Jungen zu sagen, was passiert war, aber ohne ein großes Theater darum zu machen.

»Eik und Louise haben im Wald eine Leiche gefunden«, sagte Frederik.

»Womöglich jemand, der sich das Leben genommen hat.«

Louise log, um die Sache zu entdramatisieren, aber sie sah, dass ihr Einwurf an den Jungs abprallte.

»Jetzt ist die Polizei da draußen. Mehr wissen wir im Moment auch nicht.«

»Heißt das, dass da ein Mörder im Wald rumläuft?« Markus sah mit vor Aufregung weit aufgerissenen Augen von Eik zu Louise und dann zu Frederik.

»Nein, das heißt es hundertprozentig nicht«, antwortete Eik ruhig und nahm das Bier entgegen, das Frederik ihm reichte.

»Aber dann *war* irgendwann ein Mörder im Wald?« Jonas nahm Louise offenbar auch nicht die Verharmlosung ab.

Sie machte eine hilflose Handbewegung.

»Es ist noch zu früh, irgendetwas zu sagen«, versuchte sie es noch einmal.

»Aber ja, es könnte sein, dass jemand die Leiche im Wald versteckt hat. Was nicht heißen muss, dass der Mord im Wald stattgefunden hat.«

Jonas sank etwas in sich zusammen, und Markus zog einen Stuhl an sich heran, dass die Beine über den

Fußboden kratzten. Den Jungs war anzusehen, dass ihnen einiges durch den Kopf ging. Die Sache beschäftigte sie.

Camillas Sohn sah Louise an.

»Kann das was mit Mamas Unfall zu tun haben?«

Schnell schüttelte Louise den Kopf.

»Auf gar keinen Fall«, sagte sie und ging zu ihm. Sie legte den Arm um seine Schultern und strich ihm übers Haar. »Das hier muss vor langer, langer Zeit passiert sein. Lange bevor ihr hier eingezogen seid. Und es ist auch gar nicht sicher, dass es hier passiert ist.«

Stille kehrte ein, während alle die Neuigkeiten verdauten.

»Dürfen wir die große Colaflasche mit nach oben nehmen?«, fragte Markus Frederik – und damit war die Sache durch. Als hätte das alles nichts mit ihnen zu tun, weil es ja vor ihrem Einzug passiert war.

Louise lächelte, als die Jungs sich zwei Gläser aus dem Schrank holten und Frederik überredeten, ihnen auch die ganz oben im Regal liegende Tüte Chips zu überlassen.

»Wie sieht es mit euch aus?«, fragte er, als die Jungs wieder nach oben gegangen waren. »Habt ihr Hunger?«

Louise schüttelte den Kopf und schlug vor, einfach nur ein paar Scheiben Brot zu essen. In ihrem Kopf drehte sich alles, darum setzte sie sich, während Frederik den Tisch deckte.

Erst der Besuch bei Bitten Gamst und Ole Thomsens Drohgebärde, als er ihr sagte, sie solle sich nicht einmischen. Dann Camillas Unfall im Wald und jetzt das. Die Ereignisse jagten einander in Endlosschleife in Louises Kopf. Nach zwei Bissen schob sie den Teller von sich.

»Ich glaube, ich gehe ins Bett«, sagte sie, obwohl es erst kurz nach elf war. »Fährst du zurück in die Stadt?« Sie sah Eik an.
»Du kannst gerne auch bleiben«, bot Frederik schnell an.
»Wäre vielleicht das Beste, falls die Polizei euch braucht.«
Eik musste nicht großartig überredet werden.
»Danke, gerne. Ich muss nur eben für den Hund was zu fressen organisieren. Ich bin nicht so gut organisiert wie Jonas, der für Dina was von zu Hause mitgebracht hat.«
Frederik zeigte auf den Kühlschrank.
»Das Fleisch ist da drin. Wenn Charlie kein Vegetarier ist, darfst du es ihm gerne geben.«

Louise hatte ihre eigene Kommodenschublade im Gästezimmer mit allem darin, was sie brauchte, wenn sie mal spontan übernachten wollte. Das war Camillas Idee gewesen. Sie hatte sich ein bisschen in der Pflicht gefühlt, seit sie von Frederiksberg weggezogen war.

Das einzige Mal, das Louise mit Eik geschlafen hatte, war in ebendiesem Gästezimmer gewesen, in der Nacht nach Camillas und Frederiks Hochzeit. An dem Abend hatten sie gläserweise Champagner getrunken und sich zum ersten Mal geküsst. Louise hatte keine Ahnung mehr, wie sie die Treppe hoch- und ins Bett gekommen war, aber jetzt erinnerte sie sich auf einmal an jede Einzelheit ihrer gemeinsam verbrachten Nacht. Sie spürte förmlich seine Haut unter ihren Fingern, seine Bartstoppeln und seine Hände.

Im Badezimmer durchlief sie beim Gedanken an seine Zärtlichkeiten ein wohliges Kribbeln. Sie wusch sich das Gesicht, als sie ihn die Treppe heraufkommen hörte.

Eik hatte sich ihr in jener Nacht geöffnet und ihr von der Frau erzählt, die er verloren hatte. Von ihrem gemeinsamen Segeltörn mit zwei Freunden auf dem Mittelmeer. Davon, dass er und seine Freundin sich kurz vor Rom gestritten hatten, weshalb er von Bord gegangen und nach Kopenhagen zurückgekehrt war. Er hatte erst zu Hause von dem Unfall gehört. Andere Segler hatten ihr gemietetes Boot herrenlos vor einem kleinen Hafen gefunden. Die beiden Freunde waren ertrunken, aber Eiks Freundin war spurlos verschwunden, genau wie ihre Sachen. Seither hatte niemand sie mehr gesehen, und Eiks Seele hatte sich verdunkelt. Manchmal rutschte er so weit ab, dass er kaum aus eigener Kraft wieder aus dem Loch herauskam.

Es klopfte.

»Alles okay?«, fragte Eik vom Flur.

Louise drehte den Hahn zu.

»Ich komme!«, rief sie und trocknete sich das Gesicht ab.

Louise hatte bereits eine Weile wach gelegen, als ihr Handy brummte. Viel hatte sie nicht geschlafen.

Sie schämte sich. Eik war sehr verständnisvoll gewesen, als sie sich mitten in den Streicheleien und anderen Zärtlichkeiten umgedreht, sich klein zusammengerollt und plötzlich geweint hatte. Erst viel später, als sie keine Tränen mehr hatte, waren Worte gefolgt. Sie hatte ihm den Rest der Geschichte erzählt. Von der Trauer und den Schuldgefühlen, mit denen sie seither gelebt hatte. Eik hatte dagelegen und ihr immer wieder sanft über den Rücken gestrichen, während sie von Ole Thomsen und der Clique erzählte, die Klaus festgehalten hatte, obwohl er nicht mehr dabei sein wollte.

Irgendwann hatte sie sich wieder zu ihm umgedreht und die Hand über seine Brust, die Rippen, die Hüftknochen und die Leiste wandern lassen. Aber als sie spürte, wie sein Glied sich regte, war sie mit einem Mal wieder im Stall des Wildwächterhofes gewesen. Abrupt wandte sie sich ab.

»Meinst du nicht, dass du irgendwann mal mit jemanden darüber reden solltest, was da draußen passiert ist?«, hatte er geflüstert.

Louise hatte schon selbst darüber nachgedacht, mal bei Jakobsen einen Termin zu machen. Jakobsen war der Polizeipsychologe. Er hatte Louise bereits bei anderer Gelegenheit sehr geholfen. Sie wusste, dass Eik recht hatte, und beschloss nun, sich an ihn zu wenden – aber erst musste sie den Jungen finden und endlich herausfinden, was in der Nacht, in der Klaus starb, wirklich passiert war.

Sie streckte den Arm nach dem auf dem Boden liegenden brummenden Handy aus.

»Hier steht eine alte Frau und behindert unsere Arbeit. Frederik Sachs-Smith kann ich nicht erreichen«, sagte Nymand ohne jede Begrüßung. »Sie müssen sich was überlegen, wie wir die Alte loswerden.«

Louise setzte sich auf. Es war kurz vor halb acht, sie war also letztlich doch noch eingeschlafen.

»Wo sind Sie?«, fragte sie und sah, dass Eik sich rührte.

»Bei den Mädchengräbern. Das war in der Tat eine Leiche, die Sie gestern hier gefunden haben, wahrscheinlich eine Frau, und jetzt müssen wir die Gegend durchkämmen. Da können wir keine Schaulustigen gebrauchen, die uns im Weg herumstehen.«

»Was wissen Sie über die Leiche?«, fragte Louise.

»Na, gar nichts, solange die Alte da steht und uns nicht arbeiten lässt!«

»Wir sind gleich da.«

Camilla saß in der Küche und starrte aus dem Fenster. Sie hielt eine Tasse Kaffee mit beiden Händen fest und dachte an den Jungen im Wald, der nicht nach Hause wollte.

Zusätzlich zu den Schmerzen durch den Unfall hatte sie jetzt auch noch einen steifen Nacken, weil Frederik sie die ganze Nacht auf dem Sofa hatte liegen lassen. Als er hereinkam, ihr einen guten Morgen wünschte und ihr ihre Tabletten reichte, hatte sie die so schnell wie möglich geschluckt. Frederik erzählte ihr von der alten Leiche, die Eiks Hund bei den Mädchengräbern aufgespürt hatte, und sie beschwerte sich sofort, weil er sie nicht geweckt und mitgenommen hatte. Es habe zu dem Zeitpunkt ja niemand mit Sicherheit gewusst, was genau der Hund da gefunden hatte, verteidigte sich Frederik, und außerdem hätte sie eine Mütze Schlaf dringend nötig gehabt.

Sie drehte sich um, als sie Schritte auf der Treppe hörte, doch ihr schlemisches Lächeln erstarb, kaum dass Louise die Küche betrat. Camilla war natürlich klar, dass ihre Freundin und Eik das Bett geteilt hatten – aber Louise strahlte nicht aus, Sex gehabt zu haben. Sie wirkte eher gehetzt und hatte dunkle Ringe unter den Augen.

»Was ist los?«, fragte Camilla und stöhnte, als sie aufstand, um noch eine Tasse zu holen. »Ihr hättet mich ruhig wecken können. Ich wäre gerne mit raus in den Wald gekommen.«

»Kannst du bitte euren Verwalter anrufen?« Louise schenkte den Vorwürfen ihrer Freundin keine Beachtung. »Die Polizei ist jetzt da und will die Gegend absuchen, aber Elinor ist aufgetaucht und behindert die Arbeit. Sie möchten, dass Elinor verschwindet.«

»Was, zum Teufel, macht Elinor denn da? Und was ist gestern überhaupt passiert?«

Louise zuckte die Achseln.

»Die Hunde sind frei herumgelaufen, und ehe wir uns versahen, hatte Charlie eine Hand ausgebuddelt.«

»Himmel! Wo bin ich denn da bloß hingezogen? Wenn ich gewusst hätte, dass es hier Unfallflüchtige, Wikinger, Gespenster und Doppelgräber gibt, hätte Frederik zu mir in die Stadt ziehen dürfen!«

»Wir wissen nicht, ob es sich um ein Doppelgrab handelt«, wandte Louise ein. »Wir wissen überhaupt noch nicht besonders viel. Nur, dass dort Knochen liegen, die nicht dorthin gehören.«

Mit zerzausten Haaren tauchte Eik hinter ihr auf und steuerte sofort die Nespressomaschine an.

»Ist noch Zeit für 'ne Tasse?«

»Aber nur *to go*«, sagte Louise und war schon auf dem Weg in den Flur, um ihre Schuhe anzuziehen.

»Ich komme mit!«, rief Camilla, nachdem sie vergeblich versucht hatte, Tønnesen telefonisch zu erreichen. »Ich kümmere mich um Elinor.«

Sie sah hinüber zum Garten, wo Dina sich unter einen Baum gelegt hatte und Charlie schwanzwedelnd und mit der Schnauze im Gras über die Wiese spazierte.

»Nehmen wir sie mit?«, fragte sie.

»Nymands Leute haben bestimmt ihre eigenen Hunde dabei, von daher ist es wohl besser, wenn unsere hierbleiben.« Louise sah zu Eik.

»Klar, natürlich.«

Mit der Kaffeetasse in der Hand rief er die Hunde zu sich.

»Man lässt ein Zirkuspferd im Ruhestand schließlich nicht an den Sägespänen riechen, wenn es nicht mittanzen darf.«

ELINOR WIRKTE WIE EIN WINZIGER STEIN auf einem großen Spielbrett. Mit krummem Rücken auf ihren Stock gestützt, stand sie wie festgenagelt auf einem der Gräber.

»Hallo, Elinor!«, grüßte Camilla sie.

Das Gras der Lichtung war noch nass vom Morgentau. Die Gräber waren von dunklem Kies umgeben, Büsche wucherten in alle Richtungen. Wahrscheinlich war das alles mal sorgsam gepflegt worden, dachte Camilla, aber jetzt wirkte alles ziemlich vernachlässigt und so, als würde es langsam eins werden mit der Natur. Das, was wohl mal eine Windschutzhecke gewesen war, wuchs vollkommen formlos, und auf den Gräbern standen hohe Grasbüschel.

»Die Polizei möchte, dass Elinor hier verschwindet«, wiederholte Louise. Sie war bereits auf dem Weg zu Nymand und den Leuten vom Erkennungsdienst.

Sie hatten mit großer Sorgfalt neben der Leiche etwas Erde abgetragen und waren nun dabei, eine Platte unter die Gebeine zu schieben, um sie mitsamt dem Erdbett anzuheben und alles zur Untersuchung in die Rechtsmedizin zu bringen.

Die Schatten der Baumkronen warfen tanzende Muster auf den Boden vor Camillas Füßen, und Nebel stieg von einer Senke am Waldrand jenseits der knorrigen Weide auf. Camilla schauderte in der frischen Morgenbrise.

»Die Wagen rollen auf dem Todespfad«, murmelte die alte Frau.

»Und wieso steht sie Ihnen im Weg?«, fragte Camilla den wenige Meter entfernt stehenden Hundeführer. »Sie sind doch mit den Gräbern auf der anderen Seite beschäftigt.«

»Sie muss hier weg, damit wir unsere Arbeit machen können«, sagte der nur und begaffte unverhohlen Camillas ramponiertes Gesicht.

Elinor murmelte immer noch vor sich hin und ignorierte Camillas ausgestreckte Hand. Camilla ließ sie wieder sinken und trat ein paar Schritte zurück. Da, wo Elinor stand, war die Erde dunkel und nicht grasbewachsen. Als hätte jemand sie umgegraben.

»Also hören Sie, die Frau steht doch nicht aus Jux und Tollerei hier. Und auch nicht, um Sie an Ihrer Arbeit zu hindern«, rief Camilla und humpelte zu dem Polizisten. »Wie wäre es, wenn Sie sich die Stelle, an der sie steht, mal genauer ansehen würden, statt hier herumzupoltern. Die Erde da sieht ganz anders aus als auf den anderen Gräbern.«

»Kann schon sein. Ist aber schwer zu sehen, solange die Dame da steht«, konterte er.

Camilla sah sich nach Nymand um.

In dem Augenblick setzte sich Elinor in Bewegung. Vornübergebeugt, den Blick auf den Boden gerichtet, drehte sie sich um und entfernte sich vom Grab. Camilla folgte ihr. Sie war plötzlich sicher, dass Elinor speziell auf dieses Grab aufmerksam machen wollte. Und jetzt, da Camilla das begriffen hatte, ging sie ihres Wegs.

Camilla eilte der alten Frau hinterher. Nun war es nicht mehr die Kühle des Morgens, die sie frösteln ließ. Sie hatte das unbestimmte Gefühl, dass sich da etwas zusammenbraute.

Elinor passierte zwei Grabsteine und blieb vor dem dritten stehen. Das Grab sah genauso aus wie alle anderen, die gleiche graue, schlichte Steinplatte stand etwas schief darauf. Camilla ging in die Hocke und wollte die Inschrift lesen, als hinter ihr eine Männerstimme so laut rief, dass sie zusammenzuckte.

»Hier ist was!« Es war die Stimme eines hünenhaften Polizisten, und Camilla fiel auf, dass der Hundeführer praktisch um einige Zentimeter gewachsen war, jetzt, wo sein Hund an genau der Stelle angeschlagen hatte, die Elinor gerade verlassen hatte. Nymand und seine Leute trabten von der anderen Seite des Baumes auf sie zu.

»Was ist los?«, rief sie und legte eine Hand auf Elinors Arm. »Ich gehe eben rüber und frag mal nach.«

Doch Elinor packte sie und hielt sie fest.

»Die Wagen rollen auf dem Todespfad.«

Die Techniker fuhren mit ihrem blauen Lieferwagen rückwärts an das Grab heran, auf dem Elinor gestanden hatte. Zwei Männer in weißen Schutzanzügen machten sich daran, vorsichtig Erde abzutragen.

»Positiv!«, riefen sie.

Camilla humpelte, so gut sie konnte, auf die Männer zu, als sie eine starke Hand auf ihrer Schulter spürte.

»Sie bleiben hier!«, kommandierte ein Polizeibeamter.

»Was ist da los? Und nehmen Sie Ihre Hand weg«, zischte sie.

»Es sieht ganz so aus, als hätten wir noch eine Leiche gefunden«, sagte er und ließ ihre Schulter wieder los.

»Eine Leiche? Da, wo Elinor die ganze Zeit gestanden hat?«

»Sieht so aus, ja.«

Camilla fuhr herum und sah zu Elinor, die immer noch auf einem der Gräber hinter ihnen stand. Sie hatten kurz Blickkontakt, dann wandte die alte Frau sich ab und ging Richtung Wald.

Camilla rief ihr hinterher. Wollte ihr nachlaufen, wurde aber von dem Hünen und den Schmerzen im Bein aufgehalten.

»Was ist das denn für eine Hexe?«, fragte er und sah zu dem Dickicht, in dem Elinor bereits verschwunden war.

Camilla sank in sich zusammen, den Blick auf das Grab gerichtet, auf dem Elinor zuletzt gestanden hatte. Sie hörte den Hundeführer seinen Hund loben, hörte den Vierbeiner nach dem Leckerchen schnappen, das ihm zugeworfen wurde. Ihr wurde überdeutlich bewusst, wie still der Wald war, während um sie herum alles in Bewegung war. Sie kam sich vor wie in einem Film, in dem gerade vor ihren Augen ein Massengrab entdeckt wurde.

»Ich glaube, da ist noch ein Grab, das Sie sich ansehen sollten«, sagte sie und streckte den Zeigefinger aus.

»Nymand!«, rief jemand quer über die Lichtung.

Camilla konnte sich nicht einen Millimeter rühren, als der Polizist den Hundeführer zu dem Grab bat, auf das Camilla gerade gezeigt hatte. Ihr war, als wüsste sie bereits, was jetzt kommen würde.

Wie in Zeitlupe beobachtete sie den Mann und seinen Hund. Sie blieben an dem Grab stehen. Der Hund schnüffelte, gab aber keinen Laut von sich, als er zu seinem Herrchen aufsah. Der Hundeführer sagte etwas zu dem neben Camilla stehenden Polizeibeamten, aber sie hörte nicht, was. Sah nur seine Mundbewegungen, bevor sie den Blick wieder dorthin wandern ließ, wo Elinor gestanden hatte.

»Negativ«, sagte der Polizist. Er wollte gerade gehen, als Camilla ihn beim Arm packte.

»Da muss etwas sein. Sonst hätte sie uns das Grab nicht gezeigt«, sagte sie und ignorierte seine Bemerkung, an Fundorten tummelten sich immer alle möglichen Verwirrten, die sich wichtigtun wollten.

»Aber mit dem Grab da hatte sie doch recht«, beharrte Camilla und zeigte hinüber zu der ersten von Elinor markierten Stelle, um die jetzt dicht gedrängt Fachleute standen. Es herrschte plötzlich eine sehr gespannte Stimmung. Es wurde schnell gearbeitet und leise gesprochen, und alles konzentrierte sich auf das, was da gerade ausgehoben wurde.

Louise kam auf Camilla zu.

»Das ist eine junge Frau«, sagte sie. »Hat anscheinend noch nicht lange da gelegen. Die Leiche ist ziemlich frisch und wird nicht schwer zu identifizieren sein, wenn wir jemanden finden, auf den die Beschreibung passt.«

»Aber wie kann das alles sein?«, flüsterte Camilla.

Ihr wurde eng um die Brust. Zwar hatte sie seinerzeit bei *Morgenavisen* oft über solche Geschichten geschrieben, aber an den Anblick von Toten hatte sie sich nie gewöhnt.

»Warum tauchen hier so viele Leichen auf?«

Sie musste sich setzen. Ihre Kopfhaut prickelte, und sie merkte selbst, wie jede Farbe aus ihrem Gesicht gewichen war.

Louise schüttelte den Kopf, ohne zu antworten.

»Ihr müsst euch unbedingt noch das letzte Grab ansehen, das Elinor mir eben gezeigt hat.« Camilla sah ihre Freundin eindringlich an. »Gut, der Hund hat nicht angeschlagen, aber ich bin mir sicher, dass da etwas ist. Elinor wollte, dass wir uns das ansehen.«

»Ich vermute, dass das Gebiet weiträumig abgesperrt werden wird und Nymand einen Spezialisten herbestellt, der was zur Vegetation und der Bodenbeschaffenheit sagen kann. Dann wird es leichter, zu sehen, wo in den letzten Jahren gegraben wurde.« Louise ging wieder zurück zu dem anderen Grab.

»Was wisst ihr über die Frau, die ihr gerade gefunden habt?«, fragte Camilla und folgte ihr.

»Noch nicht viel. Wie gesagt, noch ziemlich jung. Anfang zwanzig vielleicht.«

»Wie sieht sie aus?«

»Zierlich, fast nackt, lange blonde Haare«, listete Louise auf. »Mit einer Tätowierung rund um das eine Handgelenk und einer weiteren an der Hüfte. Was genau, konnte ich nicht erkennen.«

Camilla hielt sich im Hintergrund, während Louise zum Kriminaltechniker ging, mit ihm sprach und zu dem Grab deutete, auf dem Elinor zuletzt gestanden hatte.

»Kannst du sehen, wie die junge Frau gestorben ist?«, fragte Camilla, als Louise zurückkam, aber da wurden sie von Nymand unterbrochen, der alle Unbeteiligten wegschickte.

»Wir müssen jetzt erst mal alles sichern, was zu sichern ist, bevor hier tausend Leute herumtrampeln«, rief er und sah dabei Camilla an.

Als Journalistin war sie in den vergangenen Jahren mehrmals ungelöste Kriminalfälle der Polizei durchgegangen. Einige davon gingen ihr jetzt durch den Kopf, aber keiner der ungeklärten Morde an Frauen war in der Gegend um Roskilde passiert.

»Das hier wird noch eine Weile dauern«, sagte Louise. Camilla spürte den Arm ihrer Freundin um ihre Schultern, als sie anfing zu schwanken. »Nymand wird das Gebiet jetzt sichern, bis es genauer inspiziert wurde. Er will sich auch noch das letzte Grab ansehen, das Elinor dir gezeigt hat. Wenn da in jüngerer Zeit gebuddelt wurde, wird man das höchstwahrscheinlich an der Vegetation sehen.«

Da kam der Hüne und bat Camilla zu gehen.

»Wir müssen hier jetzt alles absperren«, sagte er und nickte in Richtung Wald, als erwarte er, sie würde jetzt einfach dorthin verduften.

»Unser Auto steht da drüben.« Camilla zeigte auf einen Punkt jenseits des knorrigen Baums.

»Dann muss ich Sie bitten, außenrum zu gehen«, sagte er und schob sie bereits an.

Da wurde es Camilla schlagartig zu viel. Sie fror, ihr Bein tat weh und das ganze Szenario um sie herum war komplett surreal. Das Letzte, was sie jetzt gebrauchen konnte, war ein kahl rasierter junger Polizist, der sie herumkommandierte wie einen Hund.

»Es reicht!«, fuhr sie ihn an. »Das hier ist mein Wald!«

»Das mag sein, aber jetzt ist Ihr Wald in erster Linie ein Fundort. Darum muss ich Sie bitten, sich zu entfernen.«

Sie hatte gute Lust, ihm tausend Sachen an den Kopf zu werfen – doch dann kapitulierte sie seufzend. Eigentlich wollte sie selbst ja auch gerne nach Hause und sich ein bisschen hinlegen.

»Eik und ich fahren zurück in die Stadt«, sagte Louise auf dem Weg zum Auto. »Wir wollen in der Dienststelle die Vermisstenlisten für ganz Dänemark durchgehen.«

SIE HATTEN SIE GEFUNDEN. Sie hatten sie gefunden! Sune platzte fast vor Freude und Erleichterung.

Von seinem Versteck aus hatte er in den letzten Tagen die Autos der Polizei beobachtet, ihre Hunde und lautes Rufen gehört. Überall hatten sie gegraben, auf einigen der alten Mädchengräber lag die Erde in unregelmäßigen schwarzen Haufen.

Er hatte zwischen den Bäumen gestanden, als zwei Männer in weißen Schutzanzügen einen Leichensack ausbreiteten. Selbst auf die Entfernung hatte er ihr langes, blondes Haar erkannt, als sie sie in den Sack hoben und ihn schlossen. Dann trugen sie sie zu dem Auto mit den verdunkelten Scheiben.

Jetzt waren endlich alle wieder weg, und Sune ging zurück in den Wald. Weg von der Lichtung und den geöffneten Gräbern.

Sein Herz hämmerte, und das Blut rauschte durch seine Schläfen, dass ihm schwindelig wurde. Er hatte die ganze Zeit recht gehabt! Insgeheim hatte er ja gehofft, er hätte bloß Gespenster gesehen, sich irgendetwas eingebildet. Aber sie hatte so reglos am Boden gelegen, als er sie im Schein des Feuers zum letzten Mal sah.

Unheimliche Schatten bevölkerten den Wald, aber Sune hatte noch nie Angst vor Bäumen oder dem dunklen Wald gehabt. Die Natur machte ihm keine Angst. Aber alles andere.

Er blieb stehen, um zu verschnaufen, und fuhr

herum, als er hinter sich etwas hörte. Zweige knackten, schwere Schritte tönten. Er hatte nicht aufgepasst und wollte gerade losrennen, als er in der Dunkelheit die Stimme seines Vaters erkannte.

»Halt! Warte! Du musst mir zuhören! Deine Mutter will dich sehen!«

Die Gedanken überschlugen sich in seinem Kopf. Flucht und Verzweiflung. Strafe und Eidring. Seine Beine wollten rennen, aber die Sehnsucht nach seiner Mutter lähmte sie. Sein Herz schlug so laut, dass es die Vögel aufgescheucht hätte, wenn sie nicht bereits schliefen. Er war mit seinem Vater allein.

»Sune«, sagte der Vater und ging auf ihn zu. Er breitete die Arme aus, und Sune fühlte sich wie magnetisch von ihnen angezogen. Trotzdem blieb er, wo er war, und sah, wie sein Vater die Arme wieder sinken ließ.

»Die Polizei war bei uns und hat nach dir gefragt. Wir wussten gar nicht, was wir sagen sollten. Die Leute meinen, du hättest dich umgebracht. Alle reden über dich.«

Sune wusste nicht, was er darauf antworten sollte. Er wollte so gerne, dass alles vorbei wäre. Sein Vater wirkte jetzt ganz anders als an jenem Abend, als er ihm ins Ohr zischte, er solle sich zusammenreißen und ihm keine Schande machen.

»Deiner Mutter geht es gar nicht gut. Sie ist so traurig. Komm mit nach Hause, ihr zuliebe. Dann können wir uns auch um die andere Sache kümmern. Du bist jetzt ein großer Junge, das heißt, du hast auch eine Verantwortung.«

»Ich will aber nicht«, flüsterte er. Seine Stimme gehorchte ihm nicht.

»Du musst. Hier draußen kann ich nicht auf dich aufpassen.«

»Ich kann auf mich selbst aufpassen«, sagte Sune nun etwas lauter und sicherer.
»Nein, nicht mehr. Hier ist es zu gefährlich. Komm mit nach Hause, und nimm den Eidring an. Du bist in das hier hineingeboren, daran lässt sich nichts ändern.«
Sie standen sich gegenüber und starrten einander durch die Dunkelheit an. Dann schüttelte Sune den Kopf. Er hatte begriffen, dass sein Vater immer noch dasselbe wollte. Und das hatte mit seiner Mutter überhaupt nichts zu tun.
»Ich will dir doch nur helfen. Du bist ein Teil der Gemeinschaft, wir kümmern uns um dich«, drängelte er.
Sune konnte es förmlich sehen, das Band der Gemeinschaft, das sein Vater um ihn wickeln wollte. Es saß stramm, es schnitt ein und es knurrte wie Midgårdsormen, der sich um die Erde schlang und sich selbst in den Schwanz biss. Doch dann sah es aus, als würde sein Vater die Schultern hängen lassen. Seine Augen bekamen einen anderen Ausdruck, und er seufzte.
»Du musst dich nicht jetzt sofort entscheiden. Wir können ja verabreden, dass ich morgen wiederkomme. Aber eins musst du wissen: Wenn du dann immer noch nicht willst, stehst du alleine da. Ganz alleine. Wie ein Kind, das nicht angenommen wurde.«
Sune wusste, was das bedeutete. Ein Kind, das nicht angenommen wurde, gehörte zu niemandem. Es konnte ausgesetzt und den Wölfen überlassen werden, wenn die Eltern meinten, sich nicht ausreichend um es kümmern zu können.
Sune wurde angenommen, als er bei einem Blót seinen Namen bekam und seine Eltern ihn offiziell zu sich nahmen. Er war damals so klein gewesen, dass

er sich überhaupt nicht an das Ritual erinnern konnte. Bisher hatte ihm aber nie jemand erzählt, dass eine solche Annahme auch wieder rückgängig gemacht werden konnte.

»Morgen nach Sonnenuntergang bei der Opfereiche«, sagte der Vater. »Noch steht meine Tür dir offen. Aber wenn du morgen immer noch nicht willst, kann ich dich nicht länger beschützen.«

Damit drehte er sich um und ging.

»Sag mal, ist eure Einheit ausgezogen: oder seid ihr jetzt nur noch im Außendienst unterwegs?«, fragte Olle, als sie ihn Montagmorgen auf dem Flur traf.

Sie wollte gerade erklären, dass sie am Wochenende sehr wohl im Büro gewesen waren, ließ es dann aber doch bleiben. Stattdessen sagte sie nur, dass sie den Kollegen in Roskilde assistiert hätten und dass jetzt drei unbekannte Tote zu identifizieren seien. Der Kollege fragte, ob es sich um Nymands Fall handele, und Louise nickte.

»Rønholt hat uns bei der Dienstbesprechung heute Morgen davon erzählt«, sagte er. »Er hat gesagt, es sind drei Doppelgräber gefunden worden, und er hat uns schon mal darauf vorbereitet, dass ihr vielleicht unsere Hilfe brauchen werdet, falls Kontakt zu Interpol aufgenommen werden muss und auch Vermisstenlisten aus dem Ausland überprüft werden müssen.«

»Ja, das könnte durchaus aktuell werden«, sagte Louise. »Nymand hat in der Rechtsmedizin Druck gemacht, jetzt werden wohl alle drei Leichen noch heute Vormittag obduziert. Sobald die Gebisse analysiert sind, kommen wir hoffentlich mit der Identifizierung weiter. Die jüngste Leiche hat außer dem Gebiss noch ein paar andere Merkmale, die uns weiterbringen könnten. Sie hat zwei Tätowierungen, die haben wir bereits fotografiert. Ich sammle alles und bringe es dann mit zum Briefing.«

Sie lächelte den Kollegen an und eilte zum Rattenloch.

»Ich dachte, du trinkst bestimmt am liebsten deinen eigenen Tee«, sagte Eik, als er fünf Minuten später hereinkam und ein Tablett auf seinem Schreibtisch abstellte. Er schob einen Teller mit zwei belegten Brötchenhälften zu ihr hinüber.

Auf seinem Teller türmte sich ein ganzer Haufen Brote. Zwei Scheiben Weißbrot mit Käse und vier Scheiben dunkles Brot mit Leberpastete.

»Ist das die frische Landluft, die dir so einen gesegneten Appetit beschert?«, fragte sie überrascht. Aber als er anfing, die Gewürzgurkenscheiben und den Aspikrand von den Leberpastetenbroten zu pulen, begriff sie.

»Nein! Das ist nicht dein Ernst. Du gibst ihm nicht wirklich die Brote!?« Louise sah zum Schäferhund, der bereits den Kopf hob und konzentriert in die Richtung schaute, aus der der Duft kam. »Davon muss er so übel furzen, dass wir hier drinnen eingehen!«

»Keine Sorge, ich geh nachher rüber zu Netto und kaufe eine Tüte Hundefutter«, versprach Eik und stellte den Teller auf den Boden.

Louise seufzte. Ihr war jetzt schon klar, wer am Ende bei der Tierhandlung vorbeifahren und vernünftiges Futter für den Polizeihund im Ruhestand kaufen würde. Aber sie sagte nichts, weil es in dem Augenblick an der Tür klopfte und Olle den Kopf hereinsteckte. Etwas ängstlich betrachtete er den Hund.

»Hier, die Bilder müsst ihr euch ansehen«, sagte er und reichte ihnen eine Akte herein. »Vor ungefähr drei Wochen ist eine Vierundzwanzigjährige aus Tårnby verschwunden. Ihre Schwester hat sie als vermisst gemeldet. Sie hat einen kleinen Sohn, ist in der

Nacht zu seinem dritten Geburtstag verschwunden. Und sie hat zwei Tätowierungen.«

Der Vorgang war von den Kollegen im Zentrum angelegt worden. Die junge Frau war Prostituierte, da konnte Louise sich schon ausrechnen, dass der Fall sicher nicht oberste Priorität hatte. Man wartete ja ohnehin in der Regel erst mal ein bisschen ab, bevor man anfing, sich ernsthaft Sorgen zu machen.

»Lisa Maria Nielsen«, las sie vor.

»Wann verschwunden?« Eik wischte sich ein paar Brotkrümel vom T-Shirt.

»31. Mai oder 1. Juni«, las Louise weiter, dann stutzte sie. »Also am selben Tag wie der Junge, der sich im Wald versteckt.«

»Dürfen wir die mal eben leihen?«, fragte sie den immer noch in der Tür stehenden Olle. »Wir müssen ganz sichergehen. Aber vielen Dank.«

Als er weg war, bat Eik sie, weiter vorzulesen.

»Lisa Maria hat einen Sohn, der am 1. Juni drei Jahre alt wurde. Und darum hat die Schwester auch sofort reagiert, als sie nicht nach Hause kam. Hier steht, Lisa hätte niemals den Geburtstag ihres Sohnes versäumt. Er ist ihr Ein und Alles, und sie hatte seine Freunde aus dem Kindergarten nach Hause eingeladen. Um die durfte sich dann ihre Schwester kümmern – und sie musste ihrem kleinen Neffen irgendwie erklären, wieso seine Mutter nicht da war.«

»So was kommt in den Kreisen ja leider öfter vor«, murmelte Eik. »Wer kümmert sich jetzt um den Jungen?«

»Die Schwester. Sie wohnen ohnehin zusammen, und die Schwester hat eine vierjährige Tochter.«

Sie betrachtete die Fotos von Lisa Maria, die deren Schwester der Polizei überlassen hatte, und erkannte beide Tätowierungen. Sie griff zum Hörer und rief Olle an.

»Kannst du bitte bei der Schwester anrufen und sie bitten, zur Identifizierung zu kommen? Ich weiß nicht, wann die in der Rechtsmedizin so weit sind. Frag mal Flemming Larsen. Der hatte am Wochenende Dienst und hat die Leichen entgegengenommen.«

Als sie aufgelegt hatte, schob sie die Akte über den Tisch zu Eik und zog den grünen Ordner heran, den sie angelegt hatte, als sie die Vermisstensache Sune Frandsen übernahmen.

»Die beiden sind seit genau demselben Zeitpunkt verschwunden«, stellte sie dann fest.

»Aber wir wissen nicht, ob sie auch am selben Ort verschwunden sind«, betonte Eik und warf dem Hund das letzte Stück Weißbrot zu.

»Jetzt hör schon auf damit, das macht ihn doch krank«, regte Louise sich auf. »Nein, wir wissen nicht, ob sie am selben Ort verschwunden sind, aber sie wurde da verscharrt, wo der Junge sich versteckt.«

»Du meinst also, er könnte etwas gesehen haben?« Eik nickte. »Und das könnte der Grund dafür sein, dass er sich versteckt. Er ist Zeuge eines Verbrechens geworden und traut sich nicht mehr nach Hause?«

Mit einem Mal passte so einiges zusammen.

»Oder vielleicht hat er sie sogar umgebracht! Mordverdächtiger oder Mordzeuge. Zwei ziemlich gute Gründe, sich zu verstecken«, meinte Louise.

»Könnte sein. Aber er ist erst fünfzehn. Würde er so etwas wirklich tun?«, hakte Eik nach.

»Wenn er etwas gesehen hat, was ihm furchtbare Angst eingejagt hat, reagiert er wie er verwundetes Tier.«

»Es verschwinden jeden Tag Teenager«, gab Eik zu bedenken.

Louise nickte. Üblicherweise suchte man gleich am Anfang sehr intensiv, überprüfte Gewässer, Routen und Handydaten. Wenn das nichts brachte, richtete man nach einer Weile das Augenmerk darauf, ob der oder die Verschwundene vielleicht in Christiania oder einem Jugendzentrum aufgetaucht war. Die meisten dieser Vermisstensachen wurden eingestellt, weil Hunger, mangelnder Komfort oder der zunehmende eigene Schweißgeruch der jugendlichen Rebellion ein Ende bereiteten.

»Aber das Muster passt hier nicht«, sagte sie.

»Wir sollten uns das auf jeden Fall näher ansehen«, meinte auch Eik. Er fragte, ob Sunes Vater nicht nach seinem Sohn hatte suchen wollen, jetzt, wo man wusste, wo er sich zumindest zeitweise aufgehalten hatte?

Louise nickte.

»Er hat gesagt, er würde anrufen, wenn er ihn findet«, sagte sie. »Und ich rufe jetzt bei Nymand an. Wenn der Junge irgendwie mit dem Mord in Zusammenhang gebracht werden kann, landet der Fall bei ihm.«

Kaum durchgestellt zum Polizeidirektor, erzählte sie ihm als Erstes, dass sie die junge Frau vermutlich bereits identifiziert hatten. Dann berichtete sie, Sune Frandsen halte sich seit genau dem Tag, an dem Lisa Maria verschwand, im Wald auf. Sie skizzierte beide Fälle und gab ihm das Aktenzeichen der Vermisstensache durch, damit er sie im System aufrufen und ein Bild des Jungen sehen konnte.

»Ich werde meine Leute jeden Stein umdrehen lassen«, beschloss Nymand. »Wenn er da draußen ist, finden wir ihn. Und dann will ich hoffen, dass er mit meinem Fall zu tun hat. Wir haben nämlich keine Zeit, für euch im Wald rumzurennen und nach abgehauenen Jugendlichen zu suchen.«

»Natürlich nicht«, sagte Louise nur, und sie stellte fest, dass sie verdammt müde war. Normalerweise würde sie sich über eine so herablassende Bemerkung von ihm richtig aufregen.

»Ich rufe den Vater an und informiere ihn, dass die Polizei in Roskilde einen Suchtrupp losschickt«, sagte Eik.

Louise biss von ihrem Brötchen ab, aber es war so trocken, dass ihr fast die Krümel im Hals stecken blieben. Auf einmal bekam sie Hunger, packte die kleine Butterportion aus, schmierte alles aufs Brötchen und verschlang es gierig. Als Eik mit seinem Telefonat fertig war, hatte sie den Teller leer geputzt, ohne es recht zu merken.

»Kannst Nymand zurückpfeifen. Sune ist wieder zu Hause«, sagte er.

»Und der Vollhorst hat uns nicht angerufen?« Louise war wütend.

»Er hat sich tausendmal entschuldigt und damit herausgeredet, dass sie alle so von ihren Gefühlen überwältigt waren, als der Junge und seine Mutter sich endlich wieder in den Arm nehmen konnten. Sie brauchten dringend Ruhe, und da hat er es dann völlig vergessen, uns Bescheid zu geben. Angeblich ist der Junge schon wieder in der Schule, was ich aber etwas seltsam finde – ich meine, er galt schließlich mehrere Wochen als vermisst!«

»So ist das nun mal in einer Kleinstadt«, erklärte Louise traurig. »Alle wollen so schnell wie möglich wieder zur Tagesordnung übergehen.«

Eik schüttelte den Kopf.

»Hoffentlich kümmert sich jemand um den Jungen. Erkundigt sich mal, wie es ihm geht und so. Macht man das in einer Kleinstadt? Oder schweigt man lieber alles tot?«

Letzteres klang fast wie ein gegen Louise gerichteter Vorwurf.

»Natürlich kümmert sich jemand um ihn«, sagte sie schnell. »Wir. Bevor wir die Sache abschließen und zu den Akten legen, fahren wir hin und reden mit ihm. Ich möchte gerne wissen, warum jemand für drei Wochen in einen Wald verschwindet. Und außerdem müssen wir dafür sorgen, dass jemand ihn ein bisschen im Auge behält, wenn wir nicht mehr am Ball sind.«

»Gut, dann machen wir das doch.« Eik legte die Hände auf den Tisch, als sei er im Begriff aufzustehen.

»Du meinst, jetzt? In der Schule?«

Er nickte.

»Ist doch bestimmt leichter für ihn, uns zu erzählen, warum er nicht nach Hause wollte, wenn seine Eltern nicht dabei sind, oder?«

Louise nickte. Gute Idee. Sie mussten nur dafür sorgen, dass noch ein Erwachsener bei dem Gespräch dabei war. Sunes Klassenlehrer zum Beispiel. Oder der Schulleiter.

»Auf geht's«, sagte sie und war schon auf halbem Weg zur Tür.

ALS SIE AM SCHULTEICH VORBEIFUHREN, fiel Louise auf, dass sie seit dem Abschluss der neunten Klasse nie wieder an ihrer alten Schule in Hvalsø gewesen war. Das einst so wichtige Kapitel war auf einmal abgeschlossen gewesen. Aber wieso hätte sie auch zurückkehren sollen?, dachte sie. Wenn man mit der Schule fertig war, hatte man dort schließlich nichts mehr zu schaffen. Sie sagte Eik, er könne bei der Halle parken, dann gingen sie an den Fahrradschuppen vorbei. Der Weg war kürzer und ersparte ihnen, die Schule durch den Haupteingang zu betreten. Allerdings würden sie so an der Kantine vorbeikommen, aus der neugierige Blicke ihnen bis zum Büro des Schulleiters folgen würden.

Die Schule hatte sich sehr verändert, stellte Louise fest. Das Gefühl, sich auszukennen, das sie gerade im Auto noch gehabt hatte, verlor sich, als sie feststellte, dass die Kantine gar nicht mehr da war, wo sie sie verortet hatte. Ihr war natürlich klar, dass es heutzutage auch nicht mehr die gute alte Ellen sein konnte, die den älteren Schülern belegte Brote und Süßigkeiten verkaufte – trotzdem war sie ein klein wenig indigniert angesichts der vielen Veränderungen, die ihre alte Schule durchgemacht hatte.

Die Vorzimmerdame runzelte die Stirn, als Louise und Eik baten, mit Sune Frandsen sprechen zu dürfen, und sich dafür entschuldigten, während der Unterrichtszeit zu stören, wo er doch gerade erst wiedergekommen war.

»Ich weiß nichts davon, dass er wieder da ist.« Die Sekretärin war sichtlich überrascht, dann lächelte sie. »Wie schön! So ein lieber Junge, das konnte wirklich keiner so recht glauben, dass er sich das angetan haben sollte. Setzen Sie sich doch, dann hole ich ihn.«

Sie deutete auf zwei Stühle, die unter einem großen Foto der Schule standen. Grauer Beton mit rostroten, viereckigen Fenstern. Davor mehrere Reihen Schüler. Louise konnte sich noch daran erinnern, wie das Foto gemacht wurde. Sie war selbst mit drauf.

Da kam der Rektor aus seinem Büro. Louise und Eik stellten sich vor, erklärten, weshalb sie da seien, und nickten, als er sagte, er habe die ganze Zeit so gehofft, dass diese traurige Sache ein glückliches Ende nehmen würde.

»Letzte Woche haben wir alle neunten Klassen in der Aula versammelt und mit ihnen darüber gesprochen, dass das Leben manchmal sehr schwer und unüberschaubar sein kann und dass man auch mal Lust haben kann, alles hinzuschmeißen und aufzugeben.«

Die Sekretärin kehrte zurück – allerdings nicht mit Sune, sondern mit seinem Klassenlehrer.

»Wer hat gesagt, dass Sune wieder da ist?«, fragte er und sah abwechselnd zu Louise und Eik. »Das stimmt nämlich nicht. Hier ist er jedenfalls nicht. Und seine Klassenkameraden haben ihn auch nirgends gesehen. Also, wo haben Sie das her?«

»Wir haben gerade mit seinem Vater gesprochen«, sagte Eik. »Der hat uns erzählt, Sune sei wieder in der Schule.«

Der Klassenlehrer wurde sichtlich wütend.

»Ich habe schon öfter gesagt, dass wir das Jugendamt einschalten müssen. Bei Sune zu Hause stimmt doch irgendwas nicht«, sagte er. »Aber kein Mensch reagiert. Ich habe bei der Stadt angerufen und die Leute aufgefordert, Sunes Eltern aufzusuchen. Aber nichts passiert. Da wundert es einen natürlich nicht, dass es immer wieder zu jahrelangen Missbrauchs- und Vernachlässigungsfällen kommt – hat ja keiner mehr Zeit, sich ernsthaft um das Wohl der Kinder zu kümmern. Alles dreht sich nur noch ums Geld, jeder versucht, so viel Arbeit wie möglich an andere abzugeben, damit man selbst jeden Abend einen aufgeräumten Schreibtisch hinterlässt.«

»Jetzt mal sachte! Sollten wir nicht vielleicht...«, versuchte der Rektor ihn zu beruhigen. »Ich rufe bei den Eltern an, die haben sicher eine Erklärung.«

»Ich sage ja nicht, dass Sune missbraucht oder vernachlässigt wird«, fuhr der Klassenlehrer fort. »Aber wenn ein Fünzehnjähriger unter diesen Umständen verschwindet, dann stimmt da hinten und vorne was nicht. Das habe ich von Anfang an gesagt, und als er dann auf diesem Foto zu sehen war, wollte das auch keiner hören.«

»Seit Sie die Holbæker Polizei auf das Zeitungsfoto aufmerksam machten, haben wir unter Hochdruck an diesem Fall – und nur an diesem Fall – gearbeitet«, mischte Eik sich ein und richtete sich auf, sodass er Sunes Klassenlehrer um einen Kopf überragte. Louises stets ganz in Schwarz gekleideter Kollege mit den etwas zu langen, zurückgekämmten Haaren und der Lederjacke wirkte eigentlich nicht sonderlich bedrohlich. Aber der Lehrer ging ihm offenbar ein klein wenig auf den Zeiger.

»Es ist überhaupt nicht gesagt, dass an der Familie etwas auszusetzen ist«, belehrte er den Pädagogen.

»Wir glauben vielmehr, dass Sune Augenzeuge eines Gewaltverbrechens geworden sein könnte und dass er sich womöglich deshalb versteckt. Dafür kann man wohl kaum seine Eltern verantwortlich machen.«
Louise sah, wie der junge Lehrer sich in sich zurückzog.
»Ist er in Gefahr?«, fragte der Rektor.
»Das ist nicht auszuschließen«, sagte Louise und unterstrich, dass sie dringend mit Sune reden wollten. »Sollte er hier aufkreuzen, rufen Sie uns bitte sofort an. Jetzt fahren wir erst mal zu seinen Eltern. Vielleicht ist er ja da.«
Sie warf einen letzten Blick auf das Foto an der Wand über den Besucherstühlen. Klaus war da sicher auch mit drauf.

VON DER SCHULE BIS ZUM HOF von Sunes Eltern brauchten sie keine fünf Minuten. Der Hofplatz war ganz leer, als Eik mit seinem alten Jeep Cherokee daraufrollte und ihn neben dem großen Walnussbaum parkte.

Er klopfte ein paarmal an, dann öffnete er die Tür und rief: »Hallo?«

Louise folgte ihm in die Diele. Eik rief noch einmal, bekam aber keine Antwort. Sie blieben kurz stehen und warteten, dann gingen sie weiter hinein. Im Wohnzimmer riefen sie nach Jane. Louise klopfte an die geschlossene Schlafzimmertür.

»Jane? Ich bin's, Louise. Darf ich reinkommen?«

Sie meinte, von drinnen etwas zu hören, und öffnete leise die Tür. Die Vorhänge waren zugezogen, nur durch einen schmalen Spalt fiel Licht herein.

»Jane?«, sagte sie leise.

»Louise! Habt ihr ihn gefunden?«

Louise ging zum Bett und sah ihre frühere Freundin an.

»Jane«, sagte sie, zog einen Stuhl heran und winkte dann Eik herein. »Wir sind wegen Sune hier. Mein Kollege hat vorhin mit Lars gesprochen und erfahren, dass euer Sohn wieder zu Hause ist. Wir möchten gerne mit ihm reden. Im Zusammenhang mit einem Verbrechen, dessen Augenzeuge er möglicherweise ist.«

Jane presste die Lippen aufeinander und wandte

den Kopf ab. Sie atmete tief ein, dann sah sie Louise aus tränenvollen Augen an. Sie schüttelte den Kopf.

»Er ist nicht wieder zu Hause«, sagte sie leise. »Das stimmt nicht. Er ist nicht wieder zu Hause.«

Sie nahm Louises Hand und drückte sie erstaunlich fest.

»Du musst meinen Sohn finden, bevor die ihn finden! Du musst mir helfen...«

Die letzten Worte wurden in einem langen Schluchzer erstickt. Louise reichte ihr ein Taschentuch vom Nachttisch.

»Meine Eltern kommen heute Nachmittag und holen mich«, erzählte sie, als sie wieder sprechen konnte. »Ich werde die mir verbleibende Zeit wieder bei ihnen wohnen. Lars weiß nichts davon, und er soll es auch nicht erfahren, bevor ich weg bin.«

Louise hatte automatisch begonnen, ihre Hand zu streicheln.

»Mein einziger Wunsch ist, meinen Sohn noch einmal zu sehen, bevor ich sterbe.«

Flehend sah sie zu Louise auf.

»Nacht für Nacht fahren die da draußen rum und suchen ihn. Er ist doch bloß ein Junge. Er versteht überhaupt nicht, was für ihn auf dem Spiel steht!«

»Jane!« Louise lehnte sich nach vorn, ohne Janes Hand loszulassen. »Du musst uns erzählen, was passiert ist. Gibt es etwas, wovon wir nichts wissen?«

Louises Handballfreundin nickte langsam, Tränen rollten ihr über die eingefallenen Wangen, aber ihre Stimme klang fest, als sie anfing zu sprechen. Ganz ruhig erzählte sie ihnen von der Jugendweihe im Wald und dem Ritual, auf das sich alle so gefreut hatten.

»Aber irgendetwas ist an dem Abend passiert, und keiner sagt mir, was. Lars sagt nur, dass Sune plötzlich verschwunden war. Aber ich merke ihm an, dass da irgendetwas ganz Schlimmes passiert sein muss, und ich habe Angst, dass sie Sune etwas antun.«

Louise wurde immer unruhiger und rückte ein wenig zur Seite, als Eik nun auch neben das Bett trat und sich auf den Stuhl neben sie setzte.

»Sie erzählen uns jetzt alles, was Sie wissen, und zwar schön eins nach dem anderen, damit wir das auch alles verstehen«, sagte er. Als Louise seine tiefe, sanfte Stimme hörte, ärgerte sie sich, ihm nicht den Platz direkt am Kopfende von Janes Bett überlassen zu haben.

Jane sah Eik an. Ihr schien eine Menge durch den Kopf zu gehen. Dann richtete sie den Blick auf Louise.

»Ich weiß nicht, ob du irgendetwas über all das hier weißt«, fing sie an. »Reicht ja alles verdammt lange zurück. Bis in unsere Jugend. Klaus war auch dabei.«

Überrascht zog Louise eine Augenbraue hoch und schüttelte den Kopf.

»Was reicht lange zurück?«

»Die Bruderschaft. Sie haben alle einen Eid abgelegt, dass sie zusammenhalten und aufeinander aufpassen. So wie Odin und Loki. Sie sind Eidbrüder.«

»Wovon redest du? Von den Asatrus?«

Louise war, als hätte sich eine Eisschicht um ihr Herz gelegt, als Jane auf einmal Klaus erwähnte und von Dingen redete, von denen Louise keine Ahnung hatte.

»Sie meinen Blutsbrüderschaft?« Eik übernahm wieder die Führung. »Mit dazugehörigem allerheiligstem Versprechen?«

Jane nickte.

»So was in der Art. Aber doch mehr. Das ist etwas ganz Besonderes an unserer Gilde, und sie nehmen das sehr ernst.« Sie verstummte kurz. »Wohl ernster, als mir bewusst war.«

»Und was hat Ihr Sohn damit zu tun?«, fragte Eik.

»Ich weiß nicht genau, wie das abläuft. Das ist ein heimliches Ritual, an dem nur die Männer teilnehmen. Mannwerdung nennen die das. Man muss etwas opfern und bekommt dafür etwas wieder. Sie nennen sich Eidbrüder. Der Begriff stammt aus der nordischen Mythologie, um die herum unser Glaube aufgebaut ist.«

Die zwischen den Zeilen mitschwingende Angst war nicht zu überhören.

»Die Jungen werden im Rahmen ihrer Jugendweihe in die Bruderschaft aufgenommen«, erklärte sie. »Bei Mädchen läuft das anders ab. Da ist das Ganze mehr wie eine Konfirmation, nur ohne Pfarrer. Man bestätigt seinen Glauben an die nordischen Götter und wird aufgenommen in die Reihen der Erwachsenen. Aber die Jungen werden noch dazu in eine ganz besondere Gemeinschaft aufgenommen, in den inneren Kreis. Dazu legen sie einen Eid ab und schwören, immer füreinander da zu sein und zusammenzuhalten. Das ist irgend so ein Männerding. Sune hatte sich ein ganzes Jahr lang darauf gefreut, und an dem Abend, an dem er verschwand, war seine Jugendweihe.«

In Louises Ohren klang das mehr nach den besonderen Regeln eines Rockerklubs, aber so in etwa sahen Thomsen und seine Clique sich ja wohl auch.

»Versprechen sie auch, füreinander Rache zu nehmen?«, fragte Eik.

Janes Miene verdunkelte sich.

»Ja«, sagte sie. »Sie schwören, füreinander Rache zu nehmen. Aber was mir schlaflose Nächte bereitet, ist der Teil des Eids, der besagt, dass man verstoßen wird, wenn man die Regeln der Bruderschaft verletzt. Ich weiß nicht, was passiert ist, aber seit ihr hier wart und erzählt habt, dass mein Sohn sich im Wald versteckt, befürchte ich das Schlimmste.«

Sie schwiegen. Dann nahm Louise sich zusammen und fragte, wer diesem inneren Kreis angehörte und wer an dem Abend, an dem Sune verschwand, mit im Wald gewesen war. Sie fürchtete, die Antwort bereits zu kennen.

Jane lag kurz da, den Blick leer in den Raum gerichtet. Dann sah sie wieder zu Louise und sagte verzweifelt:

»Na, Ole Thomsen natürlich und John Knudsen aus Særløse. Kannst du dich an den erinnern? Den haben sie immer nur Kussen genannt.«

Louise nickte.

»Außerdem Lars Hemmingsen«, fuhr Jane fort. »Der hing auch damals schon immer mit Ole ab, obwohl er draußen in Såby wohnte.«

»Der Maurer?« Louise war sich ziemlich sicher, dass das genau der Mann war, der Ingersminde renovieren sollte und den Camilla mittendrin gefeuert hatte.

Frederik hatte nämlich abgelehnt, die Arbeit schwarz zu bezahlen, und da hatte Hemmingsen sich mit allem deutlich mehr Zeit gelassen und deutlich mehr Stunden aufgewendet als ursprünglich veranschlagt.

»Und natürlich mein Lars. Und René Gamst, aber der konnte an dem Abend ja nicht dabei sein«, fügte Jane hinzu. »Ich weiß nicht, ob noch mehr dazugehören. Ich habe das einfach immer so hingenommen, dass mein Mann eine enge Freundschaft zu seinen Kumpels aus der Schulzeit pflegte.«

Louise wollte gerade die Leiche der jungen Prostituierten erwähnen, als Eik das Wort ergriff.

»Wieso haben Sie das nicht schon früher der Polizei erzählt?«

Wieder sah Louise schweigend Löcher in die Luft.

»Ich habe mich nicht getraut«, antwortete sie schließlich. »Ich hatte nicht den Mut, ihren Zorn auf uns zu ziehen, jetzt, wo ich so hier liege.«

Sie hielt inne.

»Aber was habe ich denn noch zu verlieren?«, murmelte sie wie zu sich selbst. »Jedenfalls nichts, das wichtiger wäre als mein Sohn.«

Plötzlich wirkte sie unendlich erschöpft. Louise konnte sich ausrechnen, wer die größten Schwierigkeiten bekommen würde, nachdem sie der Polizei erzählt hatte, was sie wusste: ihr eigener Mann.

»Ich kenne Sune gut genug, um zu wissen, dass er nach Hause kommen und meine letzten Stunden an meiner Seite verbringen würde, wenn er nur irgend könnte. Fast jede Nacht höre ich, wie Lars aufsteht, und sehe die Autolichter, wenn er vom Hof fährt. Sune ist irgendwo da draußen, und ich glaube, er hat Angst.«

»In dem Bereich des Waldes, wo Sune sich versteckt hält oder hielt, haben wir die Leiche einer jungen Prostituierten gefunden«, sagte Eik. »Sie ist in derselben Nacht verschwunden wie Ihr Sohn, und wir vermuten, er könnte etwas gesehen haben, weswegen er jetzt Angst hat, nach Hause zu kommen. Wissen Sie irgendetwas?«

Jane sah aus, als sei sie eingeschlafen. Doch dann schüttelte sie den Kopf und schlug die Augen auf.

»Ist sie in der Nacht gestorben?«, fragte sie.

»Das wissen wir noch nicht. Aber sie wurde nicht mehr gesehen, seit sie ihren kleinen Sohn bei ihrer Schwester abgegeben hat, bevor sie zur Arbeit musste.«

Jane legte ihre mageren Hände vors Gesicht.

»Die Männer zelebrieren ein Fruchtbarkeitsritual.«

Sie schwieg, die Hände immer noch vor dem Gesicht.

»Und wie läuft das ab?«, fragte Eik.

»Das läuft so ab, dass eine Prostituierte angeheuert wird...«

Mehr sagte sie nicht. Ihre Schultern begannen zu beben.

»Die teilen sich eine Hure?«, fragte Louise mit sehr lauter Stimme. Sofort spürte sie Eiks Hand auf ihrem Arm.

Jane nahm die Hände vom Gesicht.

»Ich weiß es nicht, aber ich glaube schon, ja. Lars hat nie darüber gesprochen. Ich habe das von Ditte Hemmingsen, Lars Hemmingsens Frau. Als die beiden sich mal stritten, warf er ihr an den Kopf, die Prostituierte sei zwar jung und er müsse sie sich mit den anderen teilen, aber der Fick sei immer noch besser als alles, was er zu Hause bekam, denn da bekäme er ja gar nichts.«

»Ach, du Scheiße«, flüsterte Louise.

In dem Augenblick hörten sie ein Auto auf den Hofplatz rollen.

»Ihr müsst Sune finden.«

Jane griff nach Louises Arm.

»Ihr müsst ihn finden, bevor sie ihn finden.«

Louise war bereits aufgestanden und auf dem Weg zum Schlafzimmer hinaus, als die Haustür geöffnet wurde. Sie begegnete Schlachter Frandsen auf der Schwelle zur Küche.

»Dein Sohn ist gar nicht wieder aufgetaucht«, sagte sie und trat ganz dicht an ihn heran. »Erzählst du uns jetzt, was an dem Abend passiert ist, als Sune verschwand?«

»Hört auf, euch einzumischen, darum haben wir euch nicht gebeten. Wir regeln unsere Angelegenheiten selbst.« Frandsen verzog keine Miene.

»Ich finde es schon ein starkes Stück, dass du uns so offen ins Gesicht lügst«, sprach Louise unbeirrt weiter. »Aber dass du der Polizei Informationen vorenthältst und damit ihre Arbeit behinderst, dafür werde ich dich anzeigen, wenn du dich nicht bald ein bisschen kooperativer zeigst.«

Seine Miene verhärtete sich, doch Louise gab nicht nach.

»Und sollte sich herausstellen, dass du oder deine Freunde irgendetwas mit dem Mord an einer jungen Prostituierten zu tun haben, die soeben im Wald ausgegraben wurde, dann werde ich persönlich dafür sorgen, dass du in Hvalsø und Umgebung den Rest deines Lebens keinen Fuß mehr auf den Boden bekommst. Kapiert?«

Louise wusste sehr wohl, dass das bereits eine Drohung war, die eine Dienstaufsichtsbeschwerde nach sich ziehen konnte, wenn der Schlachter so schlau war, sie bei ihren Vorgesetzten anzuschwärzen. Aber das Risiko schätzte Louise eher gering ein.

»Wir müssen den Jungen so schnell wie irgend möglich finden«, sagte Louise, als sie wieder im Auto saßen. »Wenn Sune gesehen hat, wie Thomsen und die anderen Lisa Maria umgebracht haben, werden die nicht zimperlich mit ihm umgehen, damit er schweigt.«

»Was ist dieser Schlachter Frandsen bloß für ein Vater?« Eik klang wütender, als Louise ihn je erlebt hatte. Er bretterte so schnell über den schmalen Kiesweg, dass Louise eine Hand auf seinen Arm legte, um ihn zu beruhigen. Er schien seinen ganzen Zorn in das Gaspedal kanalisieren zu wollen und drosselte erst wieder die Geschwindigkeit, als er durch ein Schlagloch holperte und dabei selbst mit dem Kopf an die Wagendecke knallte. »So geht man doch nicht mit seinem Kind um!«

»Doch«, sagte Louise leise. »Genau so werden die Menschen, wenn sie zu viel mit Ole Thomsen zu tun haben. In seinem Kreis gelten andere Regeln, und leider sind viel zu viele Menschen gezwungen, sich an diese Regeln zu halten.«

Von der Bruderschaft hatte sie heute zum ersten Mal gehört, und doch überraschte sie das Ganze nicht. Schon gar nicht mit den Geschichten von dem Hallenwart und Gudrun im Hinterkopf, die Klaus' Eltern ihr erzählt hatten. Die Clique hielt zusammen wie Pech und Schwefel, so war das schon immer gewesen. Was Louise betraf, so konnten sie sich nennen, wie sie wollten, aber dafür, dass sie einen Fünfzehnjährigen in eine solche kranke Gemeinschaft gezwungen hatten, sollten sie nicht ungeschoren davonkommen.

»Fahr mal eben rechts ran, bis wir wissen, wo wir jetzt überhaupt hinsollen.«

Louise hatte bereits das Handy in der Hand und rief nun bei Nymand an, um die Suchaktion doch wieder in Gang zu setzen.

»Ich glaube, der Mord an der jungen Prostituierten wurde von einer Gruppe von Männern aus Hvalsø und Umgebung begangen«, sagte sie und erklärte, der vermisste Fünfzehnjährige sei vermutlich Zeuge des Verbrechens geworden. »Wir fürchten, dass die Täter ihn suchen, weil er gegen sie aussagen könnte. Darum müssen wir schnellstens dafür sorgen, dass der Junge in Sicherheit kommt.«

Als Nymand fragte, worauf sie ihren Verdacht begründete, erzählte sie ihm von der Jugendweihe, die an dem Abend im Wald stattgefunden hatte, als die junge Prostituierte verschwand.

»Selbst wenn die Männer nicht selbst mit dem Mord in Verbindung gebracht werden können, sollten wir uns mit ihnen unterhalten, weil sie sich im fraglichen Zeitraum in der Nähe des Tatorts aufgehalten haben.«

Nymand räusperte sich.

»Den vorläufigen Untersuchungen zufolge gibt es keine Hinweise darauf, dass die Frau im Wald ermordet wurde«, sagte er. »Wir warten also besser noch ab.«

»Nein!«, rutschte es Louise heraus. Dann brachte sie sich selbst zur Räson, als ihr aufging, dass sie die Geschichte vielleicht aufbauschte, weil sie selbst größte Lust hatte, Ole Thomsen endlich dranzukriegen.

»Okay«, korrigierte sie. »Aber ich empfehle Ihnen,

die Spusi auch auf die Lichtung hinter den Mädchengräbern anzusetzen. Da sind ein Feuerplatz und eine große alte Eiche mit einem Loch im Stamm. Wenn sie da was finden, reden wir weiter.«

Louise war sich im Klaren darüber, was für einen Ton sie da anschlug und dass sie ihm quasi vorschreiben wollte, wie er seine Leute einzusetzen hatte, obwohl sie mit dem Mordfall überhaupt nichts zu tun hatte. Aber sie musste es riskieren.

»Eik und ich klappern jetzt die vier Männer ab, die an dem Abend dabei waren, und befragen sie«, fuhr sie fort.

»Kommt gar nicht infrage!«, rief Nymand so laut, dass Louise das Handy vom Ohr weghielt. »Wenn Sie Namen von Personen haben, die mit dem Mord zu tun haben könnten, reden meine Leute mit denen!«

»Ich habe Namen von Personen, die mit meiner Vermisstensache zu tun haben und mit dem Mord zu tun haben *könnten*«, gab sie zurück.

Sie wusste, dass es Wasser auf seine Mühlen wäre, wenn er schon heute der Presse mitteilen könnte, dass die Polizei in dem Mordfall erste Vernehmungen angestellt hatte. Sie gab ihm die vier Namen und erwähnte, dass sie bereits mit den Eltern des Jungen geredet hätten. Sie versprach ihm, ihm den Bericht über alles, was Jane erzählt hatte, zu schicken, sobald er fertig war.

»Wir sind immer noch in Hvalsø, zwei der Männer wohnen also quasi um die Ecke, da fahren wir hin. Aber der letzte wohnt draußen in Kr. Såby.«

Das wusste sie von Camilla. Sie selbst hatte den Maurer nicht mehr gesehen, seit sie aus Hvalsø weggezogen war.

»Den dürfen Sie gerne ein bisschen härter anpacken«, sagte sie und erzählte, dass Lars Hemmingsen seiner Frau gegenüber mal erwähnt hatte, dass seine Kumpels und er einmal im Jahr eine Prostituierte in den Wald bestellten, um ein Fruchtbarkeitsritual zu zelebrieren.»Mit anderen Worten, die Herren vögeln nacheinander dieselbe Frau, um Freja zu huldigen.« Darauf sagte Nymand nichts mehr.

»Dahinten nach rechts«, dirigierte sie, als Eik wieder im Auto saß. Während sie mit Nymand telefonierte, hatte er Charlie rausgelassen und eine geraucht.

»Wo fangen wir an?«, fragte er.

»Bei Ole Thomsen in Skov Hastrup. Und wenn wir da feststellen, dass er tatsächlich komplett bei Bitten Gamst eingezogen ist, fahren wir raus in den Wald.«

Zu ihrer großen Verwunderung stellte Louise fest, dass sie auf einmal überhaupt keine Angst mehr davor hatte, ihren alten Dämonen zu begegnen. Sie war bereit.

»Ich finde, wir sollten erst mal nichts von Jane sagen«, schlug sie vor, als sie fast da waren.»Wir fragen einfach, was sie selbst zu der Jugendweihe zu sagen haben. Dauert vielleicht gar nicht lange. Ich will sehen, wie sie reagieren, wenn sie erfahren, dass wir über ihre Bruderschaft Bescheid wissen. Und wenn wir hier fertig sind, machen wir einen Ausflug nach Holbæk.«

Sie sah, dass Eik etwas fragen wollte, doch dann nickte er nur.

Sie bogen von der Hauptstraße ab und fuhren über eine schmale Straße mit breiten Rabatten. Thomsens weiß gekalkter Hof lag direkt hinter einer sanften Kurve. Schon aus einiger Entfernung sah Louise seinen Toyota Landcruiser auf dem Hofplatz stehen und daneben einen älteren dunklen Mercedes.

Während Eik parkte, entdeckte sie bereits Ole Thomsen, der mit einem weißhaarigen Mann in blauem Overall und mit Kettensäge in der Hand beim Brennholzstapel herumstand. Louise erkannte den ehemaligen Polizeimeister sofort.

»Mist!«, sagte sie. »Sein Vater ist hier. Dann sagt Thomsen unter Garantie gar nichts.«

Als würde er etwas sagen, wenn er allein wäre!, dachte sie und öffnete die Beifahrertür.

Noch bevor ihre Füße den Boden des Hofplatzes berührten, standen Thomsen und sein Vater bereits Schulter an Schulter und mit vor der Brust verschränkten Armen da. Sie beäugten die Angekommenen ohne jede Spur einer Begrüßung, aber als Louise und Eik sich ihnen näherten, trat Roed Thomsen einen Schritt nach vorn.

Regelrecht bedrohlich gebärdeten die beiden Männer sich nicht, dachte Louise, aber sie konnte sich auch nicht erinnern, je einer abweisenderen Haltung begegnet zu sein. Dennoch bemühte sie sich, einen leichten Ton anzuschlagen, als sie sagte, wie schön es sei, Ole Thomsen zu Hause anzutreffen. Sie unterließ es aber, ihm die Hand zu reichen, weil sie instinktiv wusste, dass er sie ohnehin ignorieren würde.

»Wir würden gerne mit dir über Sunes Jugendweihe sprechen. Soweit wir wissen, wart ihr an dem Abend zusammen draußen im Wald. Und du weißt ja sicher, dass der Junge seither nicht mehr gesehen wurde.«

Der alte Roed Thomsen drehte langsam den Kopf zur Seite und sah seinen Sohn an.

Ole Thomsen hatte sich ein wenig zurückgelehnt, um auf Louise herabsehen zu können.

»Das war eine private Feier«, sagte er.

»Wir möchten trotzdem gerne wissen, was passiert ist«, beharrte Louise. Dieses Mal würde sie sich nicht von ihm provozieren lassen. Sie erwiderte seinen starren Blick, ohne zu blinzeln.

Er sah aus, als würde er überlegen, was er sagen sollte, doch dann schüttelte er den Kopf.

»Wir haben den Geburtstag des Jungen gefeiert und es uns gut gehen lassen«, antwortete er dann. »Sein Vater hatte Leckereien aus dem Laden mit, und wir haben ein paar Bier getrunken.«

Eik trat hervor. Er war genauso groß wie Ole Thomsen, und dem übergewichtigen Mann im Overall fiel es gleich viel schwerer, seine herablassende Haltung beizubehalten, als sich der Großstadtbulle in der schwarzen Lederjacke direkt vor ihm eine Zigarette anzündete und das Streichholz auf den Hofplatz warf.

»Was sind das eigentlich für Rituale, die vollzogen werden, wenn man in Ihre Bruderschaft aufgenommen wird?«, fragte Eik und blies den Rauch in Richtung der beiden Männer. »Also, das eine ist, dass man beim Eidring ewige Treue schwört. Und Verschwiegenheit.«

Louise hätte ihn auf den Mond schießen können.

»Aber was genau ist die Mutprobe, mit denen Jungs in die Reihe der Männer aufgenommen werden? Wie beweist man seinen Mut? Wie beweist man, dass man ein Mann ist?«

Jetzt war es Eik, der den Kopf leicht zurücklehnte und auf Ole Thomsen herabsah. Dieser blickte schnell zu seinem Vater.

Der alte Polizeimeister lachte trocken.

»Das Problem ist ja, dass keiner von den Jungs heutzutage überhaupt Mut hat! Ich weiß auch nicht, was da los ist. Ist das die Schule, die alles verdirbt? Das war jedenfalls noch ganz anders, als ich jung war«, sagte er und fragte dann, was das für eine Mutprobe sei, von der Eik da redete?

Ein Muskel unter Ole Thomsens rechtem Auge zuckte leicht, doch Ole schwieg.

»Sie haben sich draußen im Wald getroffen«, fuhr Eik unbeirrt fort. »Und haben dort ein Blót abgehalten, vermute ich?«

»Was wissen Sie schon über all das?«

Abermals war es Roed Thomsen, der das Wort ergriff. Selbst wenn Louise den ehemaligen Polizeimeister nicht aus ihrer Kindheit und Jugend in Hvalsø gekannt hätte, wäre es ihr nicht schwergefallen zu durchschauen, dass er daran gewöhnt war, die Gesprächsführung innezuhaben. Er war es, der andere verhörte – nicht umgekehrt.

»Nicht viel, aber ein bisschen schon«, entgegnete Eik ruhig. »Ich hab mich in meiner Jugend ein bisschen damit beschäftigt.«

»Das ist nichts, womit man sich *ein bisschen beschäftigt!*«, schnaubte Ole Thomsen. Feindselig sah er Eik an und trat einen Schritt hervor.

»Vor zehn Jahren ist Asatru vom Kirchenministerium als Glaubensgemeinschaft anerkannt worden. Also hören Sie gefälligst auf, hierherzukommen und uns in den Dreck zu ziehen!«

»Wir wollen überhaupt niemanden in den Dreck ziehen«, hielt Eik dagegen und schnickte seine Kippe in einem großen Bogen über den Kies, sodass sie direkt neben dem linken Vorderreifen von Ole Thomsens Landcruiser landete.

»Warum sollte ich Ihnen etwas erzählen über eine Sache, die Sie nicht mal richtig ernst nehmen?« Aus Ole Thomsens Stimme sprach Verachtung.

Eik ließ sich nicht aus der Ruhe bringen. »Weil wir die Leiche einer jungen Frau gefunden haben, die in der Nacht verschwand, als Sie im Wald Sunes Jugendweihe feierten. Darum interessiert uns, was Sie so gesehen und gehört haben.«

»Gar nichts«, sagte Ole Thomsen nur.

»Im Moment wird das gesamte Gebiet von der Polizei und Spürhunden durchkämmt. Jeder Stein wird umgedreht, und Sie können sich drauf verlassen, dass unsere Kollegen entsprechende Spuren finden werden, wenn auch nur der geringste Zusammenhang besteht zwischen Ihrem Fest und dem Tod der jungen Frau.« Eik nickte, um seine Worte zu unterstreichen.

»Sie haben immer noch kein Recht, einfach hier aufzukreuzen und uns zu beschuldigen, nur weil unser Glaube in der Natur verankert ist statt in der Kirche«, sagte Roed Thomsen wütend.

Der alte Mann hatte die Hände in die Taschen seines Overalls gesteckt und die Brust herausgestreckt. Es war nicht zu übersehen, woher der Sohn seine Attitüde hatte, dachte Louise.

Eik trat einen Schritt zurück.

»Wir beschuldigen Sie doch gar nicht«, sagte er entwaffnend. »Wir bitten Sie lediglich, uns zu erzählen, was Sie so machen, wenn Sie sich versammeln. Welche Rituale Teil Ihres Blót sind.«

»Bitte verlassen Sie jetzt das Grundstück meines Sohnes, bevor ich Sie wegen Verleumdung anzeige«, sagte der alte Polizeimeister und machte Anstalten, sie zum Auto zurückzuscheuchen.

»Ich glaube, wir haben auch so schon genug erfahren«, sagte Louise. Sie sah Ole Thomsen an. »Wir fahren jetzt sowieso nach Holbæk und unterhalten uns mit René. Soll ich ihn von dir grüßen?«

Sie sah, wie seine Augen schlagartig funkelten vor Zorn, und genoss – so primitiv das war – einen kurzen Moment ihre Überlegenheit. Sie wussten beide, dass er keine Chance hatte, René einzuschärfen, wie viel oder wie wenig er sagen durfte.

»WAS WAR DAS DENN BITTE GERADE?«, fragte Eik und kurbelte das Fenster herunter, bevor er sich eine weitere Zigarette anzündete.

Louise wollte protestieren, ließ es dann aber doch. Sie hatte eigentlich selbst gerade große Lust, eine zu rauchen. Nicht so sehr aufgrund dessen, was die beiden Männer gesagt hatten, sondern eher aufgrund der Atmosphäre. Ihr war, als hätten sie genauso gut mit einer Mauer reden können. Traurig schüttelte sie den Kopf.

»Willkommen in Hvalsø«, sagte sie, obwohl sie wusste, dass sie gegenüber den meisten der Einwohner ungerecht war. »Wo Angriff die beste Verteidigung ist.«

So war das schon immer gewesen, dachte sie. Nur so konnte man sich selbst schützen, aber es dauerte eine Weile, bis man herausgefunden hatte, wie das funktionierte. Als sie damals ein Pferd bekam, hatte ihr Vater auf der anderen Seite der Straße einen Misthaufen angelegt, und es dauerte nicht lange, bis einer der Nachbarn aus Lerbjerg aufkreuzte und sich beschwerte. Dabei war das nicht einmal der nächste Nachbar. Aber damals hatte Louises Vater die Spielregeln bereits gelernt. Er verschränkte lediglich die Arme vor der Brust und sagte, man könne sich ja über so vieles beschweren. Und man könnte auch den Behörden mitteilen, dass jemand den Inhalt seiner Klärgrube in die städtischen Entwässerungsrohre leitete, sodass der Wasserlauf mit menschlichen Fäkalien verunreinigt war. Seither hatte sich niemand mehr über den Misthaufen beklagt.

»Wirklich unglaublich«, sagte sie und musste lachen, als ihr noch weitere der Lieblingsgeschichten ihres Vaters einfielen.

»Was denn?«

»Damals, als meine Eltern den Hof in Lerbjerg übernahmen, gab es auf beiden Seiten der Straße Getreidefelder, und die mussten natürlich irgendwann abgeerntet werden. Mein Vater hatte keinen blassen Schimmer von Landwirtschaft, er kam ja aus Kopenhagen. Also hat er einen der Nachbarn mitsamt dessen Mähdrescher angeheuert und stand dann selbst mit oben auf der fahrenden, erntenden Maschine und band Säcke zu. Die vollen und zugebundenen Säcke wurden einfach aufs Feld geworfen und mussten dann regelmäßig gewendet werden, damit das Getreide darin nicht gammelte.«

»Das muss lange her sein«, merkte Eik an, obwohl er sicher selbst nicht besonders viel über Landwirtschaft wusste.

»Jedes Mal, wenn mein Vater losging, um die Säcke zu wenden, setzte sich einer der Nachbarn mit einer Tasse Kaffee vors Haus und sah dem Großstädter dabei zu, wie er sich damit abrackerte, die fünfzig Kilo schweren Getreidesäcke zu wenden. Nicht im Traum wäre er daraufgekommen, mit anzupacken, nein, er saß lieber da und amüsierte sich mehr oder weniger öffentlich darüber, dass mein Vater ins Schwitzen geriet. So begegnete man den Zugezogenen damals. Heute ist das wahrscheinlich anders, inzwischen sind ja viele Familien mit Kindern aus der Stadt hier herausgezogen, aber Hohn und Spott anderen gegenüber ist hier immer Teil der Attitüde gewesen. Kussen wohnt gleich da oben hinter der Kirche«, sagte sie und zeigte den Hügel hinauf.

John Knudsen hatte den Hof seiner Eltern in Særløse übernommen. Er war mit Ole Thomsen in einer Klasse gewesen, und der hatte ihm damals den Spitznamen verpasst, den er offenbar bis heute nicht wieder losgeworden war.

Eik bog ab und fuhr über einen schmalen Schotterweg am Friedhof entlang. Die langen Grashalme des Mittelstreifens kratzten an der Unterseite des Wagens. Am Ende des Wegs lag ein verfallener Hof mit einem großen Stallgebäude, dem eine grüne, schon leicht zerfetzte Plane als Tor diente. Es stand nicht gut um den Hof, der sich seit mehreren Generationen in den Händen der Familie Knudsen befand, stellte Louise fest. Sie war damals fast täglich hier vorbeigekommen, wenn der Schulbus seine Runde machte und die Kinder einsammelte.

Ganz im Gegensatz zu Ole Thomsens Hof, dachte Louise. Der war nämlich so gut in Schuss, da lag die Vermutung nahe, dass Ole die meisten Hvalsøer Handwerker schwarz für sich arbeiten ließ. Es fiel Louise nicht schwer, sich vorzustellen, dass so einige ihm irgendwelche Gefallen schuldeten, die sie einlösten, indem sie sein Haus instandsetzten.

Auf Kussens Hofplatz lief eine Schar Hühner frei herum und pickte zwischen den Kopfsteinen, während zwei Kinder damit beschäftigt waren, den Sand aus einem roten Plastiksandkasten vor der Küchentreppe auf die Erde zu häufen.

»Bleib einfach hier stehen«, sagte Louise und betrachtete die Szene.

Eine füllige Frau in Leggings und mit einer Kippe

im Mund war auf den Hofplatz getreten und stand abwartend auf der Treppe, während sich ein drittes Kind an ihr Bein klammerte und sie wieder mit ins Haus ziehen wollte.

Eik war bereits ausgestiegen und hatte John Knudsens Frau begrüßt, die nickte und zur Scheune hinter dem Haus zeigte. Unmittelbar kam Louise die Frau nicht bekannt vor, aber die überflüssigen Kilos hatte sie sich vielleicht auch erst im Laufe der Schwangerschaften angeeignet.

Louise ging auf sie zu und reichte ihr die Hand. Sie war sich jetzt sicher, dass sie sich noch nie begegnet waren.

»Er ist hinten in der Scheune, einen Wurf Katzenjunge ersäufen«, sagte die Frau, als handele es sich um etwas ganz Alltägliches. »Aber er muss die Große gleich von der Springgymnastik abholen, von daher wird er gleich hier sein.«

Eine grau gestreifte Katze kam maunzend aus der Tür und wurde mit einem sanften Tritt wieder ins Haus befördert. John Knudsens Frau schob die Tür zu, das eine Kind immer noch am Bein.

»Wie viele Kinder haben Sie?«, fragte Eik und sah zum Sandkasten.

Der Blick der Frau wurde weich, und Louise ging durch den Kopf, dass sie vermutlich jünger war, als sie aussah.

»Vier«, sagte sie und legte eine Hand auf den Bauch. »Und Nummer fünf ist unterwegs. Das kommt zu Weihnachten.«

Eik lächelte und beglückwünschte sie. Louise musste an die Zigarette denken, die die Frau gerade noch im Mund gehabt hatte.

Vom Sandkasten her gab es Geschrei, und der eine

Junge fing an zu weinen, während der andere den Sandhaufen vor der Treppe glatt zu klopfen begann, bis er wie ein spitzer Berg aussah.
»Sie begraben gerade eine Maus. Tjalfe wollte sie auf einem richtigen Scheiterhaufen verbrennen, aber ihr Vater möchte nicht, dass sie mit Feuer spielen, wenn er nicht da ist.«
»Was für ein schöner Name«, sagte Eik. »Haben alle Ihre Kinder Namen aus der nordischen Mythologie?«
Die Frau lächelte so breit, dass zwei tiefe Grübchen zum Vorschein kamen. »Wenn es nach meinem Mann gegangen wäre, hätten sie Odin, Thor und Loki geheißen, aber ich habe versucht, das ein bisschen abzuschwächen.«
Eik nickte und erzählte, die Tochter seiner Schwester heiße Sigrun.
Eik hatte eine Schwester? Das hatte Louise gar nicht gewusst. Überhaupt wusste sie eigentlich ziemlich wenig über seine Kindheit und Jugend. Er hatte bloß mal erwähnt, dass er in Hillerød aufgewachsen und mit siebzehn von zu Hause ausgezogen war.

Da hörten sie Schritte, und ein paar Kinder riefen: »Guck mal, Papa!«

John Knudsen war ergraut. Mit dem aber immer noch dichten, glatten Haar hätte er ein Zwilling seines eigenen Vaters sein können, so wie Louise sich an ihn erinnerte. Er hatte immer an der Straße gestanden und dem Schulbus nachgewunken.

Er wandte sich zunächst den Kindern zu. Louise hörte, wie er ihren Grabhügel bewunderte, und erst dann kam er auf sie und Eik zu. Louise begriff sofort, dass er sie wiedererkannte. Er nickte ihr nämlich nur kurz zu und schüttelte dann Eiks ausgestreckte Hand. Insgesamt wirkte er nicht so abweisend wie Vater und

Sohn Thomsen, aber besonders freundlich war er auch nicht.
»Kannst reingehen«, sagte er zu seiner Frau. »Ich komme gleich.«
Sie verabschiedete sich höflich. Die Grübchen waren immer noch da und vertieften sich, als Eik versprach, sie würden es kurz machen.
Kaum hatte sie die Tür hinter sich geschlossen, sagte John Knudsen, er wisse, warum sie da seien. Thomsen habe bereits angerufen.
Louise ärgerte sich, dass sie nicht sofort in die Scheune gegangen waren und genau das verhindert hatten.
»Ich habe zu dem Abend nichts zu erzählen«, sagte er in breitem Dialekt. »Was wollt ihr denn wissen?«
»Wir möchten nur gerne wissen, was im Wald passiert ist«, sagte Louise. »Was genau Sune solche Angst macht, dass er sich nicht traut, nach Hause zu kommen.«
Kussen lachte.
»Das kann ich euch sagen! Der Junge kriegt ja schon Schiss, wenn nur jemand laut furzt. Also hat wohl einer von den anderen laut gefurzt.«
Louise spürte Wut in sich aufkommen, doch Eik war schneller. John Knudsens Lachen war noch nicht ganz erstorben, da packte Eik ihn am Kragen und drängte ihn gegen die Hauswand.
»Wir möchten auch gerne wissen, was mit der jungen Prostituierten passiert ist, die Sie gezwungen haben, mit in den Wald zu kommen«, zischte er, worauf Kussen keuchte, dass sie niemanden zu irgendetwas gezwungen hätten.
»Sie hat Geld dafür gekriegt«, röchelte er, als Eik den Kragen des blau karierten Holzfällerhemdes noch fester packte.

»Und nachdem ihr euch an ihr vergangen habt, musste sie sterben!«, sagte er, ohne den Griff zu lockern. Dann ließ er los, und John Knudsen japste nach Luft.

Louise sah seine Frau am Wohnzimmerfenster.
»Haben Sie sie getötet?«, fragte Eik.
John Knudsen fasste sich mit beiden Händen an den Hals. Sein Blick war unsicher, und er schüttelte schnell den Kopf.
»Wir haben niemanden umgebracht«, sagte er und schüttelte weiter den Kopf.
»Ihre Leiche wurde da draußen gefunden«, sagte Eik.
Kussen sah zu Boden.
»Habt ihr draußen im Boseruper Wald eine junge Frau getötet?«, fragte nun Louise und sah im selben Augenblick, dass die Kinder im Sandkasten mit weit aufgerissenen Augen zu ihnen starrten.
Kussen schüttelte heftig den Kopf und hatte sich so weit erholt, dass er sich wieder aufplustern konnte.
»Sag mal, wovon redest du eigentlich? Natürlich nicht!«
»Wer war an dem Abend alles mit im Wald?«, fragte sie dann und sah, wie sich seine Miene verschloss.
»Ich muss jetzt meine Tochter abholen«, sagte er und marschierte los Richtung Auto.
Louise nickte. Sie sah zu Eik, um abzustimmen, ob sie fürs Erste genug Informationen hatten. Sie fand, es reichte. Der Mann hatte zugegeben, dass sie Lisa Maria dafür bezahlt hatten, in den Wald zu kommen, und diese Aussage würde er so schnell nicht wieder rückgängig machen können. Louise hatte nämlich mit ihrem Handy das ganze Gespräch aufgenommen.

René Gamst hatte die Hände in den Taschen seiner weiten Häftlingshose vergraben und lehnte sich auf seinem Stuhl zurück, als Louise den Besuchsraum betrat. Seine Haare waren frisch gewaschen und noch nicht ganz trocken, vor ihm stand eine Colaflasche, von der wenige Schlucke fehlten.

»Ich hab dir nichts mehr zu sagen«, verkündete er abweisend, noch bevor Louise ganz eingetreten war. Sie sah ihm an, dass er noch etwas sagen wollte, aber als er bemerkte, dass sie nicht alleine war, richtete er sich stattdessen auf.

»Wir glauben, dass Sie uns noch eine ganze Menge zu sagen haben«, widersprach Eik und warf seine Zigarettenschachtel auf den Tisch. »Wollen Sie eine?«

»Wer, zum Henker, sind Sie?« Er griff nach den Zigaretten, dann lachte er. »Ach, ich weiß! Sie waren auch draußen beim Wildwächterhof, als Ihre Kollegin sich in den Schlamassel brachte. Aus dem ich ihr dann herausgeholfen habe.«

»Stimmt.« Eik nickte. »Ich war auch da draußen, und darum weiß ich auch ganz genau, was für ein Riesenarschloch Sie sind. Und darum habe ich auch nicht das geringste Mitleid mit Ihnen, wenn wir Ihnen jetzt erzählen, dass einer Ihrer besten Freunde zu Hause Ihre Frau vögelt, während Sie hier sitzen und Strichmännchen malen.«

Gamst warf Louise einen schnellen Blick zu.

»Was soll das? Wovon redet der?«

»Tut mir leid«, sagte Louise. »Er kommt vom Südhafen. Darum ist er vielleicht etwas schwer zu verstehen. Was mein Kollege dir sagen will, René, ist, dass Ole Thomsen bei Bitten eingezogen ist. Er hat deinen Platz eingenommen.«

»Was erzählst du denn da für eine Scheiße?«, zischte Gamst.

Er wollte sich gerade erheben, aber Eik war schnell bei ihm und legte ihm die Hand auf die Schulter.

»Ach, du glaubst das nicht?«, fuhr Louise ruhig fort. »Dann würde ich jetzt gerne von dir wissen, ob du einen blauen Frotteebademantel hast? Der sieht an einem Mann, der zwei Köpfe größer und insgesamt eine Ecke breiter ist als du, echt peinlich aus.«

René sank in sich zusammen.

»Du bist aus dem Rennen«, sagte sie. »Schachmatt. Angeschmiert. Gehörnt. Nenn es, wie du willst. Ich habe Verständnis dafür, dass das kein schönes Gefühl ist.«

Eigentlich hatte sie erwartet, dass sie diesen Augenblick seiner Niederlage mehr auskosten würde. Doch das Triumphgefühl wollte sich nicht recht einstellen, als René Gamst sie nur anglotzte, dann die Hände faltete und den Kopf bis auf die Fingerknöchel sinken ließ.

»Wir waren gerade bei Jane. Interessiert dich bestimmt nicht, aber ich habe früher mal mit ihr Handball gespielt. Ich fand das schrecklich, sie so krank zu sehen. Hast du sie in letzter Zeit mal gesehen?«

Louise wartete auf eine Antwort, und als die nicht kam, machte sie weiter.

»Die Ärzte geben ihr nicht mehr lang. Eine Woche vielleicht noch. Zwei, wenn sie Glück hat. Das ist in etwa der Zeithorizont.«

»Warum erzählst du mir das?« René Gamst sah zu ihr auf. Blass starrte er sie an. »Ich weiß noch, dass ihr Freundinnen wart.«

»Weil sie uns von der Jugendweihe erzählt hat. Ihr Sohn hatte sich auf den Abend gefreut. Er war so stolz, hat sie gesagt. Aber weißt du, was sie am allermeisten quält? Jede einzelne Minute? Vierundzwanzig Stunden am Tag?«

Wortlos starrte er sie an. Sein Blick war leer.

»Ob du weißt, was sie am allermeisten quält?«, herrschte Louise ihn an und lehnte sich über den Tisch. »Die Vorstellung, dass sie ihren Sohn vielleicht nie wieder sieht. Kannst du dir vorstellen, wie sich das anfühlen muss?«

»Also, dass Ihre Frau Sie mit einem Ihrer besten Freunde betrügt, ist natürlich so 'ne Sache«, erklang Eiks Stimme von der Pritsche, auf der er sich niedergelassen hatte. »Aber wenigstens lebt sie. Sie können wieder zusammenfinden. Wenn sie Sie noch will.«

»Jane hat von den Ritualen und eurem Glauben an die Asen erzählt«, schaltete Louise sich wieder ein. »Und jetzt erzählst du uns ganz genau, was am Abend von Sunes fünfzehntem Geburtstag passieren sollte.«

Er sah sie an.

»Und woher soll ich das bitte wissen? Ich hab schließlich hier gesessen, das weißt du ganz genau, du blöde Schlampe!«

Sie spürte, wie es in Eik hochkochte, konnte ihn aber stoppen. Sie schlug mit der Hand direkt vor René so heftig auf den Tisch, dass seine Colaflasche umfiel und der Inhalt unter dem Schraubdeckel kräftig zu schäumen begann.

»Ich glaube, dass du bis in alle Einzelheiten darüber Bescheid weißt, was geplant war«, sagte sie.

»Und warum sollte ich dir das erzählen?«

»Weil es deine einzige Möglichkeit ist, Thomsen aus deinem Ehebett rauszuschmeißen. Und weil deine Freunde bereits geredet haben. Du müsstest sie doch gut genug kennen, um zu wissen, dass sie dich jetzt, wo du dich nicht wehren kannst, als Kopf des Ganzen darstellen werden.«

Louise konnte spüren, dass sie jetzt Oberwasser hatte. Sie log, ohne eine Miene zu verziehen, und hatte nicht mal ein schlechtes Gewissen dabei. René Gamst wurde mit jedem Wort aus ihrem Mund ein bisschen kleiner, und sie beschloss, ihn noch weiter schrumpfen zu lassen.

»Du glaubst doch nicht im Ernst, dass Thomsen ein Interesse daran hat, dass du hier herauskommst und zu Bitten zurückkehrst«, machte sie weiter.

Sie sah ihm an, wie weh ihm ihre Worte taten. Dann plagten ihn Zweifel, und dann erkannte er wohl, dass sie recht hatte. Er hatte was von einem geprügelten Hund.

»Er ist bei ihr eingezogen?«, fragte er, und Verzweiflung spiegelte sich auf seinem ansonsten verschlossenen Gesicht.

»Als ich vorbeischaute, wollte er gerade deine Tochter in den Kindergarten bringen.« Sie wusste, dass das der Todesstoß war. »Von daher nehme ich an, dass er bei ihr wohnt, ja.«

»Dieses Schwein!«, schrie Réne Gamst wütend, aber dann war irgendwie die Luft raus. Er sank in sich zusammen und schlug die Hände vors Gesicht.

»Ganz in der Nähe der Stelle, an der ihr eure Blóts feiert, haben wir die Leiche einer jungen Frau gefunden«, fuhr sie fort, als er sich wieder ein wenig gefangen hatte. »Wir haben den Verdacht, dass die beiden Dinge zusammenhängen. Wir wissen, dass ihr die Prostituierte dafür bezahlt habt, an dem Abend in den Wald zu kommen. Wer von euch hatte den Kontakt zu ihr?«

René rührte sich nicht.

»Ich habe von eurem Fruchtbarkeitsritual gehört, und ich möchte wissen, was geplant war. Im Gegenzug kann ich dir versprechen, dass es Thomsen nicht gelingen wird, dir alles in die Schuhe zu schieben, falls er es war, der den Kontakt zu der Frau hatte«, lockte sie.

Er ließ die Hände sinken, saß eine Weile schweigend da und starrte vor sich hin.

»Das macht immer Thomsen«, sagte er dann. »Wenn eine Frau mit in den Wald soll, ist es immer Ole, der das regelt.«

Er sprach, ohne sie oder Eik anzusehen. Es fiel ihm offenkundig nicht leicht, seinen Freund zu verpfeifen.

»Was springt für mich dabei raus?«, fragte er dann plötzlich und schlug einen ganz anderen Ton an.

»Wenn du Glück hast, musst du deine Frau bald nicht mehr mit ihm teilen«, sagte Louise.

Darüber dachte er ein wenig nach.

»Gut«, kam es dann heiser. »Ich rede, wenn du mir versprichst, dass er sich dann von meiner Familie fernhält.«

Er sah Louise bohrend an.

»Ich verspreche überhaupt nichts«, entgegnete sie, ohne mit der Wimper zu zucken. »Aber wenn wir genügend Beweise haben, wird sich das schon ganz von allein regeln.«

René griff nach Eiks Zigaretten und bat um ein Feuerzeug.

»Alle wussten, dass Lars' Sohn es noch nie gemacht

hatte, und wir waren uns einig, dass es langsam Zeit wurde. Schließlich wollen wir in unserer Bruderschaft nur richtige Männer haben.«

»Und ein richtiger Mann wird man, indem man Sex mit einer Prostituierten hat?«, platzte es aus Louise hervor.

Auf einmal erinnerte sie sich an einen Abend vor vielen Jahren im Hvalsøer Krug. An einen Freitagabend mit Discobetrieb, an dem sie hinterm Tresen gestanden und genau diesen Satz von ein paar der Halbstarken gehört hatte: Man ist erst ein richtiger Mann, wenn man es mit einer Nutte getrieben hat.

»Ja«, sagte René. »Irgendwann ist immer das erste Mal.«

»Und ihr hattet geplant, dass er vor euren Augen, vor den Augen seines Vaters zum ersten Mal mit einer Frau schlafen sollte? Damit ihr alle seine Manneskraft beurteilen konntet? Na, toll! Wirklich, großartig!«

Sie kochte vor Wut.

René senkte den Blick und nickte.

»Und? Was ist schiefgelaufen?«, fragte Louise.

»Weiß ich nicht«, antwortete René schnell. »Aber das ganze Ritual ist natürlich ein sehr eindrückliches Erlebnis, und der Junge ist zartbesaitet. Vielleicht ist ihm schlecht geworden, als sie ihm eine Ader aufschnitten.«

Louise musste an Jane denken, die so stolz auf ihren Sohn war, und an Lars, der ihn für einen Waschlappen hielt.

»Nach der Weihe sollte er sein Geschenk bekommen«, fuhr René fort.

»Und das Geschenk war eine Prostituierte«, schlussfolgerte Louise und nickte. Die große Mutprobe, die ihn zu einem richtigen Mann machen sollte.

»Ich habe gehört, dass er nicht wollte«, sagte René und faltete die Hände vor sich auf dem Tisch. »Dass er mit heruntergelassener Hose abgehauen ist.«
»Und dann haben Ihre Freunde notgedrungen übernommen?«, riet Eik.
»Ich weiß nicht, was passiert ist«, beteuerte er schnell, doch Louise rückte ihm jetzt verdammt nah auf die Pelle.
»Wie ist sie gestorben?«, zischte sie.
»Ich weiß es nicht! Die anderen haben gesagt, sie ist auch abgehauen.«
»Nachdem sie sie gebumst hatten?«
Er zögerte kurz, dann nickte er.
Louise überlegte, ihm von den beiden anderen Leichen zu erzählen, die die Polizei im Wald gefunden hatte, beschloss dann aber, das erst mal für sich zu behalten. Vielleicht konnten sie diese Information später besser gebrauchen, um ihn noch mehr unter Druck zu setzen.
»Wer war an dem Abend mit im Wald?«, fragte sie stattdessen.
Sie sah, wie er die Wangen einsog und die Zähne zusammenbiss, dass die gesamte Kiefermuskulatur sich anspannte. Er schüttelte den Kopf.
»Ich weiß es nicht.«
»Ach, komm, dann rate halt!« Louise schäumte vor Wut.
Er sah weg, während sie aufzählte:
»Thomsen, Kussen, Lars Hemmingsen und Lars Frandsen. Wer noch?«
Er reagierte nicht. Seine Miene war wie versteinert.
»Wer noch?«, fragte Eik von hinten.
»Vielleicht der Sohn von Hemmingsen, Roar«, schlug René vor. »Der hatte letztes Jahr seine Jugendweihe,

aber er ist ja im Internat, und sein Vater wusste nicht, ob er zu Sunes Blót nach Hause kommen würde.«

»Wer gehört sonst noch zum inneren Kreis?«, drängte Louise und versuchte, dabei ganz ruhig zu klingen.

René sah sie mit einen Blick an, den sie nur schwer deuten konnte.

»Klaus«, antwortete er dann. »Aber der konnte an dem Abend ja leider nicht dabei sein.«

Louise war, als hätte er ihr eine Ohrfeige verpasst.

»Woher sollte ich das denn wissen?«, platzte es aus ihm hervor. »Ich war nicht dabei, als der Eidring herumgereicht wurde. Ich weiß nicht, was da draußen passiert ist, und ich werde es wohl auch nie erfahren, weil du mich ja hier eingebuchtet hast!«

»Du hast Besuch gehabt«, rief sie ihm in Erinnerung. »Ich nehme mal an, ihr habt miteinander geredet?«

Er schwieg.

»Der Eidring«, sagte sie. »Erklär uns das mal.«

Er rutschte etwas unruhig auf dem Stuhl herum, dann richtete er sich auf.

»Wenn der Eidring die Runde macht, legt man ein Schweigegelübde ab. Damit verspricht man, niemals zu erzählen, was passiert ist. Das kann man natürlich irgendwann mal bereuen – aber entbunden wird man nie von seinem Versprechen.«

In dem dunklen Besuchsraum wurde es still. Letzte Rauchreste der ausgedrückten Zigaretten hingen unter der Decke.

»Ging der Eidring auch in der Nacht herum, in der Klaus starb?«, fragte Louise leise.

Sie bemerkte, dass Eik sich rührte, doch René verzog keine Miene, als er kurz darauf nickte.

Dann sah er sie an.

»Hatte er wirklich meinen blauen Bademantel an?«, fragte er, und Louise sah die Verzweiflung in seinen Augen. »Den hat Bitten mir zum Geburtstag geschenkt.«

»Erzähl mir, was damals in unserem Haus passiert ist.« Louise signalierte Eik, er könne draußen warten, wenn er wollte, doch ihr Kollege schüttelte den Kopf.

René hatte angefangen zu weinen. Tränen liefen ihm übers gefängnisblasse Gesicht, seine Schultern bebten. Louise fand eine halb volle Packung Papiertaschentücher in ihrer Tasche und warf sie vor ihm auf den Tisch.

Geräuschvoll putzte er sich die Nase, dann saß er eine Weile da und versuchte, wieder ruhig zu atmen. Als er sich ihr wieder zuwandte, waren seine Augen gerötet.

»Wir waren alle draußen bei euch«, fing er an zu erzählen, und Louise spürte, wie ihr eiskalt wurde. Plötzlich war sie sich nicht sicher, ob sie die Geschichte wirklich hören wollte. Sie wusste nicht, ob es ihr besser gehen würde, wenn sie die Wahrheit kannte. Ob das neue Wissen irgendetwas von dem reparieren könnte, was in ihr zerbrochen war. Oder ob einfach zu viel Zeit vergangen war und sie bleibende Schäden davongetragen hatte.

»Du warst nicht da«, sagte er, als hätte Louise das vergessen. »Wir hatten unser eigenes Bier mit, wollten das Haus einweihen. Erst hat er versucht, uns rauszuschmeißen, aber dann hat jemand gesagt, man schmeißt doch nicht seine Brüder raus, und dann sind wir rein.«

Zornig sah er Louise an.

»Was bildet ihr Weiber euch eigentlich immer ein?

Meint, ihr könntet hergehen und alles umkrempeln, wenn ihr plötzlich Mutter, Vater, Kind spielen wollt!«

Louise wollte sich verteidigen, sah aber im selben Moment ein, dass er irgendwie recht hatte. Sie hatte nicht viel von den Freunden ihres Freundes gehalten. Aber auch er selbst hatte sich mit den Jahren immer mehr von ihnen entfernt.

»Mit Bitten genau dasselbe«, fuhr René fort. »Kaum war sie eingezogen, wollte sie nicht mehr, dass ich mit den Jungs abhänge. Aber die Flausen hab ich ihr schnell ausgetrieben.«

Er schwieg, als ihm aufging, dass es im Moment Bitten war, die mehr mit den Jungs – oder zumindest einem von ihnen – abhing, als ihm lieb war.

»Was ist passiert?«, flüsterte Louise.

René holte tief Luft, faltete abermals die Hände und sah weg.

»Wir hatten die Bierkisten in die Waschküche hinter der Küche gestellt.«

Er sprach, als habe sich ihm das alles tief eingeprägt, als sähe er es auch zwanzig Jahre später immer noch ganz deutlich vor sich.

»Damit man sich direkt wieder eins mitnehmen konnte, wenn man zum Pinkeln nach draußen musste«, sagte er, als erfordere die Platzierung eine besondere Erklärung. »Irgendwann standen wir alle da draußen, und dann kam Klaus und hat gesagt, wir sollten jetzt mal gehen. Hat was gelabert davon, dass er verabredet war und losmüsste. Und dann hieß es plötzlich, du würdest bald nach Hause kommen, und er hätte keinen Bock auf Stress, wo ihr doch gerade erst zusammengezogen wart.«

Es tat Louise weh zu hören, wie ihr Freund versucht hatte, die Typen loszuwerden.

»Die nächste Ausrede war dann, sein Vater würde mit seiner Bohrmaschine vorbeikommen, und da hat Thomsen ihn geschubst und gesagt, er solle mal schön die Fresse halten und noch ein paar Bier aufmachen. Da wurde Klaus dann sauer. Irgendwas war da zwischen den beiden gewesen, seit Klaus gesagt hatte, dass er nicht mehr mitmachen wollte. Er hatte mehrmals damit gedroht, zu erzählen, was passiert war, wenn er nicht aus der Bruderschaft entlassen wurde.«

Es wurde mucksmäuschenstill im Besuchsraum.

»Und was genau wollte er da erzählen?«, hakte Louise nach und sprach dann selbst weiter: »Von dem Unfall mit dem Hallenwart aus Såby? Von Gudrun und ihrem Tante-Emma-Laden?«

Überrascht sah René sie an, und sein Blick flackerte, während er schnell überlegte, was jetzt für ihn das Günstigste war. Dann nickte er.

»Glaube ich. Wissen kann ich es ja nicht. Damals dachte ich, das sei einfach seine Art zu sagen, er würde reden, wenn wir ihn nicht entließen.«

So langsam durchschaute Louise, wieso René auf einmal so redselig war. Er wusste, dass das, was er ihnen über die Jugendweihe im Wald erzählt hatte, nicht genug war, um Thomsen aus seinem Ehebett zu bugsieren.

Aber mit der Geschichte von Klaus' Tod würde er Thomsen das Leben richtig schwer machen können, und Louise war mehr als willens, ihm dabei zu helfen.

»Klaus wollte einfach nicht mehr«, sagte er und wandte sich Louise zu. »Ich schätze, so ist es uns allen im Laufe der Jahre mal gegangen, aber außer ihm hat keiner je den Mumm gehabt, es auch zu sagen. Bis jetzt.«

Der Nachsatz kam sehr leise und klang, als sei er an ihn selbst gerichtet.

In Louise kam alles zum Stillstand. Einerseits wollte sie noch mehr hören, andererseits wäre sie am liebsten weggelaufen.

»Immer wieder hat er gesagt, wir sollten gehen und unser Bier mitnehmen. Und Thomsen hat ihn immer wieder geschubst. Bis Klaus das Gleichgewicht verlor und über den einen Bierkasten fiel. Er blieb liegen, bis Hemmingsen und ich ihn auf den Sessel packten.«

Louise musste an den schwarzen Ledersessel mit der hohen Rückenlehne denken, den Klaus von seinen Eltern mitgenommen hatte. Wahrscheinlich meinte René den.

»Keine Ahnung, wie spät es war. Wir haben laut Musik gehört, und irgendwann war das Bier alle, also mussten wir ja Nachschub besorgen, und da haben wir es dann gemerkt. Als wir Klaus fragten, ob er er mitwill, hat er nicht reagiert. Hat einfach nur dagesessen, Augen zu, als würde er schlafen. Frandsen hat ihn gerüttelt, und da ist er einfach seitlich umgekippt und war tot.«

René hielt inne.

»Man stirbt doch nicht davon, über einen Bierkasten zu stolpern«, sagte er. »Damit hat keiner von uns gerechnet. Das war ein Unfall.«

Wieder hielt er inne.

»Ein ganz beschissener Unfall«, schob er dann noch hinterher.

»Warum habt ihr denn nicht den Notarzt gerufen?«, fragte Louise. »Wer hat sich das mit dem Strick ausgedacht? Und warum sollte es wie Selbstmord aussehen?«

René hatte die Hände vor sich auf dem Tisch gefaltet, senkte den Blick und zuckte die Achseln.

»Wir wollten da einfach nicht mit reingezogen werden«, sagte er dann. »Darum war es besser, es so aussehen zu lassen, als hätte er sich umgebracht.«

Mit einem Mal war Louise, als lichte sich der Nebel in ihrem Kopf.

Während sie so dasaß und René beobachtete, der wie ein kleines Kind weinte, fühlte sie sich, als stünde sie an einem frostig klaren Wintertag ganz oben auf einem Hügel. Ungeschützt und durchgefroren bis auf die Knochen.

Mit einem Mal verstand sie, dass die gesamte Clique über zwanzig Jahre lang ein Geheimnis für sich behalten hatte, das ihre Wunden geheilt hätte. In Louise tat sich ein Zwiespalt auf. Ein Teil von ihr zerfloss förmlich, während der andere sich auftürmte wie eine schwarze Gewitterwolke.

Sie straffte die Schultern. Diese Scheißkerle hatten damals beschlossen, zu einem Unfall zu schweigen, für den ohnehin niemand zur Rechenschaft hätte gezogen werden können. Wenn sie ihr Versprechen gehalten und wirklich aufeinander aufgepasst hätten, wäre Klaus jetzt vielleicht am Leben, dachte sie. Denn dann hätten sie den Notarzt gerufen, statt einfach weiterzusaufen. Aber nein. Sie hatten Klaus dafür bestraft, dass er lieber mit Louise als mit der Clique zusammensein wollte. Und sie hatten sie bestraft, indem sie sie glauben ließen, dass Klaus sich gegen sie entschieden hatte. Dass sie seine Liebe nicht wert gewesen wäre.

»Du hast also nichts gesagt, obwohl du genau wusstest, dass er sich nicht selbst das Leben genommen hatte«, stellte sie kalt fest.

»Es war ja ein Unfall.«

»Und der Hallenwart? Und Gudrun? Waren das auch Unfälle? Oder habt ihr sie absichtlich umgebracht?«

»Wir haben niemanden umgebracht!«

Er senkte den Blick.

»Du hättest etwas sagen müssen.«

»Ein Versprechen bricht man nicht.«

»Hast du doch gerade getan.«

»Jetzt ist es was anderes.« Trotzig sah er sie an.

»Du hast gewusst, dass Janes Sohn Angst hatte, und dass er sich nicht traute, nach Hause zu kommen, aber du hast nichts gesagt. Jedenfalls nicht, bevor du nicht für dich selbst einen Vorteil darin sehen konntest, Thomsen ans Messer zu liefern. Was bist du bloß für ein Mensch?«

Sie beugte sich nach vorn.

»Du weißt, wozu die imstande sind. Der Junge ist fünfzehn! Wenn Sune etwas passiert, werde ich höchstpersönlich dafür sorgen, dass du eine Mitschuld bekommst!«

Den letzten Satz schrie sie ihm direkt ins Gesicht.

»Ich verstehe nicht, was du eigentlich von mir willst?«, versuchte er sich herauszuwinden.

»Ich will, dass du uns alles erzählst, was du über Ole Thomsen weißt, und darüber, was du und deine sauberen Freunde auf dem Gewissen habt. Du erzählst der Polizei alles. Über Klaus und den ganzen anderen Scheiß, den ihr gebaut habt.«

Louise war mit ihrer Geduld am Ende. Jetzt musste endlich die Wahrheit ans Licht. Die ganze Wahrheit.

Sie wusste, dass sie zu weit gegangen war, und verfluchte sich selbst dafür. So durfte man nicht herumschreien. Aber René schien nicht zu glauben, dass sie die Besinnung verloren hatte.

»Ich kann die anderen nicht verraten«, jammerte er.
»Weißt du, was sonst mit mir passiert?«
»Selbstverständlich kannst du das! Ihr seid doch erwachsene Menschen, verdammt noch mal! Wann zeigst du endlich mal wenigstens ansatzweise Verantwortungsgefühl?«
Wütend funkelte sie ihn an.
»Meinst du nicht, dass ich gerade genug eigene Sorgen habe?«, jammerte er und schlug wieder die Hände vors Gesicht.
»Du hast überhaupt gar nichts!«, schrie Louise und spürte Eiks Blick. »Dir wurde alles genommen. Deine Frau. Deine Tochter. Deine Freiheit. Du steckst in deiner eigenen Scheiße und eurer lächerlichen Bruderschaft fest. Diese Sache hier wird dir das Genick brechen, egal, was noch kommt. Du wirst mit Pauken und Trompeten untergehen, und wenn ich du wäre, würde ich zusehen, dass Thomsen mit untergeht. Ich will dir gerne helfen. Aber im Gegenzug musst du mir versprechen, dass du vor Gericht gegen ihn aussagst.«
Wieder saß René eine Weile schweigend da. Dann nickte er langsam.
»Gut«, sagte er leise, wischte sich die Tränen vom Gesicht und wandte sich wieder Louise zu. »Ich werde gegen ihn aussagen.«
Plötzlich konnte Louise seinen Anblick nicht mehr ertragen. Die Luft in dem kleinen Raum war verbraucht, und Louise wurde schwindelig, als sie sich zu Eik umdrehte, der bereits aufgestanden war und die Wache gerufen hatte. Wie ferngesteuert ging sie mit, als er sie durch den Flur und hinaus in die Abenddämmerung führte.
Erst, als sie sich ein Stück vom Gefängnis entfernt hatten, zog er sie an sich heran, schlang die Arme um

sie und ließ sie weinen. Ließ sie all ihren alten Schmerz herausweinen.

Sie spürte Eiks Hände, die ihr über die Haare strichen und sich zärtlich auf ihren Rücken legten, während er sie festhielt. So standen sie, bis Louise sich die Augen wischte, ihn auf die Wange küsste und sich aus seiner Umarmung befreite.

»Danke«, murmelte sie, ohne zu ihm aufzusehen. »Danke, dass du mit dringeblieben bist.«

Sune hatte Bauchschmerzen, aber ausnahmsweise nicht vor Hunger, sondern weil er sich bei der Opfereiche mit seinem Vater treffen sollte. Den ganzen Tag hatte er daran gedacht, aber er wusste nicht, was er ihm antworten sollte.

Tränen liefen ihm über die Wangen. Er war so einsam, und die Sehnsucht nach seiner Mutter drohte ihn zu übermannen. Er hatte keine Kraft mehr zu kämpfen.

Die Sonne war hinter den Bäumen verschwunden, als er sich dem Treffpunkt näherte. Sein Vater saß mit dem Rücken zur alten Eiche, die großen Hände vor sich auf den Knien gefaltet. Er sah nicht aus, als sei er wütend. Eher traurig. Sofort kam Sune ein Gedanke, der alle seine Gefühle in Alarmbereitschaft versetzte.

Seine Mutter war tot.

Zögernd ging er auf seinen Vater zu.

»Ist irgendwas?«, flüsterte er. »Mit Mama?«

Sein Vater schüttelte den Kopf.

»Wie geht es ihr?«

»Schlecht. Aber sie kämpft. Die Hoffnung, dich noch mal wiederzusehen, hält sie am Leben.«

Sune spürte die Trauer in sich aufsteigen. Schwarz und undurchdringlich legte sie sich um sein Herz.

»Die Polizei ist bei uns gewesen«, sagte sein Vater und klang müde. »Bitte komm mit nach Hause.«

Sune sagte nichts. Nur das Rauschen der Bäume war zu hören.

»Sie haben sie gefunden«, sagte er dann.

»Ich weiß, und genau darum bitte ich dich ja auch, jetzt endlich nach Hause zu kommen«, sagte sein Vater. »Du bist da hineingeboren. So ist das nun mal, daran ist nichts zu ändern.«

»Sie ist ermordet worden!« Die Worte blieben Sune fast im Hals stecken. »Die Polizei findet das bestimmt raus«, würgte er dann hervor.

»Und genau deshalb musst du jetzt endlich hier weg. Sonst glauben die noch, dass du es warst.«

»Aber ich war's nicht!«, rief Sune entsetzt.

»Aber das ist es, was alle glauben werden«, wiederholte der Vater.

»Wenn du den Eidring nicht annimmst und mit uns anderen den Eid ablegst, dann warst du es, der sie umgebracht hat«, erklang eine tiefe Stimme hinter ihm.

Erschrocken drehte Sune sich um und sah den Goden aus der Dunkelheit auftauchen. Sein Vater stand auf, zog Sune an sich heran und legte schützend die Arme um ihn.

»Wir können dich nicht beschützen, wenn du nicht einer von uns bist«, sagte der Gode und kam auf sie zu. »Dann müssen wir der Polizei sagen, dass du für das, was hier passiert ist, verantwortlich bist.«

»Und ich sage der Polizei, was ihr mit ihr gemacht habt!«

Der Gode streckte die Hand nach Sune aus. Der Junge spürte, wie sein Vater ihn verzweifelt an sich drückte.

»Lass meinen Sohn in Ruhe!«, rief er. »Ich regel das schon.«

Sune sah, wie der Gode das Stück Feuerholz aufhob, und hörte, wie es seinen Vater am Kopf traf. Sein

Vater sackte zusammen und zog ihn mit zu Boden. Doch noch bevor Sune recht begriff, was ihm geschah, wurde er brutal wieder auf die Füße gerissen und stolpernd vom Feuerplatz weggeführt.

»Der Junge gehört den Göttern, ob er will oder nicht.«

»Neeeeeiiin!«, rief sein Vater ihnen heiser hinterher.

»WAS WAR DAS?« Camilla packte Frederik beim Arm.

Ihr Mann blieb stehen und versuchte die Richtung auszumachen, aus der sie die Schreie gehört hatten. Dann rannte er los. Camilla ließ die Tüte, die sie für den Jungen mithatten, fallen und humpelte ihm hinterher.

Die Schreie waren sehr eindringlich gewesen, und es folgten weitere. Frederik war bereits zwischen den Bäumen unterwegs, da blieb er unvermittelt stehen. Camilla sah eine große Gestalt in dunkelgrünem Jagdpullover den Jungen aus dem Wald mit sich zerren. Es war der Junge, der so schrie. Camilla sah ganz kurz Panik im Gesicht des Jungen, und sofort krampfte ihr Herz sich zusammen.

»Was, zum Teufel, ist hier los?«, rief Frederik und lief auf die beiden zu.

Camilla sah, wie ihr Mann den Jungen packen wollte, aber im selben Moment niedergeschlagen wurde. Er ging zu Boden, als hätte ein Bär ihm einen Tatzenschlag verpasst. Der große Mann schwankte. Camilla vermutete, dass Frederik ihn an den Beinen festhielt, sah aber nichts als einen breiten, ihr zugewandten Rücken. Und das Bein, das jetzt nach Frederik trat. Der Mann bückte sich, der Junge riss sich los und rannte das kurze Stück auf Camilla zu, als wäre er hinter ihrem Rücken in Sicherheit.

Durch die Bäume erhaschte sie einen Blick auf Frederik, der wieder auf die Beine gekommen war. Er schwankte etwas und stützte sich kurz an einem Baum ab, doch dann rannte er dem dunkelgrünen Jagdpullover hinterher, der den Waldweg hinunter aus Camillas Blickfeld verschwunden war.

»Frederik!«, rief sie. »Halt!«

Kaum war ihr Ruf verhallt, war es plötzlich ganz still. Sie hörte nichts außer ihrem eigenen beschleunigten Atem und dem leisen Weinen des Jungen. Seine Schultern bebten. Er hatte sich wieder ein kleines Stück von ihr entfernt, als schäme er sich dafür, bei ihr Zuflucht gesucht zu haben. Er war mager und verwahrlost, seine Hände ganz schwarz und seine Kleidung verdreckt. Camilla streckte die Hand nach ihm aus.

»Komm, ist alles gut«, sagte sie leise, aber verstummte, als neuerlich Schreie die Stille des Waldes durchschnitten. Sie erkannte Frederiks Stimme, dann hörte sie eine Autotür zuschlagen und einen Motor aufheulen. Regungslos standen sie und der Junge nebeneinander, als der Wagen mit quietschenden Reifen davonfuhr.

»Mein Vater«, flüsterte der Junge. »Ich muss meinen Vater finden.«

»Wo ist er?« Camilla überlegte, ob sie mit dem Jungen gehen oder Frederik suchen sollte. Sie entschied sich für den Jungen und folgte ihm durchs Unterholz, vorbei an einem Haufen Brennholz und einigen Farnen. Er ging immer weiter in den Wald hinein, drückte Zweige beiseite und trat wilde Himbeerranken auf den Boden.

»Papa!«, rief er mit belegter Stimme und rannte los.

Camilla lief hinterher, blieb aber stehen, als sie die Opfereiche erreichten. Der Junge hatte sich hinter ein paar niedrigen Büschen und einigen dicken Baumstämmen ein Lager eingerichtet: Neben einem kleinen Feuerplatz lag Markus' blauer Pulli. Davon abgesehen sah das Lager aber ziemlich verlassen aus.

»Er ist weg«, sagte der Junge mit tränenerstickter Stimme.

»Ja, aber bist du denn nicht eben noch vor ihm weggelaufen?« Camilla sah sich um. Nichts rührte sich.

»Nein«, heulte der Junge. »Mein Vater wollte mich holen. Er wollte mir helfen.«

Er sank zu Boden und verbarg das Gesicht mit seinen Händen. Seine Schultern fingen wieder an zu beben. Camilla setzte sich unter Schmerzen neben ihn und legte ihm die Hand auf den Rücken.

»Wir werden ihn schon finden«, versprach sie. »Ich kann dich nach Hause fahren.«

Fast unmerklich schüttelte er den Kopf.

»Ich kann nicht nach Hause«, flüsterte er und wirkte völlig verstört. »Sie haben sich gegen meinen Vater gewandt.«

»Meinst du nicht, dass sich da eine Lösung findet?«

»Sie verstehen das nicht«, sagte er in seine Hände. »Die bringen mich um.«

»Man bringt doch keine Kinder um«, wehrte Camilla instinktiv ab, doch dann musste sie an die Leichen in den Mädchengräbern denken, keinen halben Kilometer von ihnen entfernt.

»Hallo?!«, rief eine Männerstimme, und der Junge zuckte zusammen.

»Das ist bloß mein Mann«, beruhigte Camilla ihn und rief: »Wir sind hier!«

»Ach, du Scheiße, was ist denn mit dir passiert?«, fragte sie erschrocken, als sie Frederik sah. Er war von Kopf bis Fuß schlammverschmiert und blutete an der Schläfe.

»Er hat versucht, mich mit dem Auto zu erwischen, da bin ich in den Graben gesprungen.«

»Vielleicht war das derselbe, der mich angefahren hat!« Wut stieg in Camilla auf. »Der hat doch nicht alle Tassen im Schrank!«

Fast gleichzeitig wandten sie sich dem Jungen zu.

»Die machen weiter, bis sie mich finden«, weinte er. »Und ich weiß nicht, wo ich hinsoll.«

Camilla rappelte sich auf und wollte ihn ebenfalls hochziehen.

»Du kommst jetzt erst mal mit zu uns«, sagte sie. »Wir finden schon eine Lösung. Die Polizei wird sich freuen zu hören, dass es dir gut geht.«

Doch der Junge wehrte sich immer noch, und Camilla fürchtete, er könne wieder weglaufen.

»Vielleicht ist mein Vater immer noch hier draußen?«, sagte er.

»Gut, dann warten wir ein bisschen«, schlug Camilla vor. »Du kannst ihn auch anrufen.«

Sie reichte ihm ihr Handy, aber er nahm es nicht. Sein Magen knurrte, und sie sah ihm an, dass er fror.

»Also, ehrlich gesagt, du müsstest dringend mal duschen«, sagte sie und lächelte ihn an. »Und ich glaube, eine ordentliche Mahlzeit würde auch nicht schaden. Und eine Mütze Schlaf. Morgen sieht die Welt vielleicht schon ganz anders aus. Sollen wir?«

Langsam kam er auf die Beine, den Blick immer noch in die Ferne zwischen den Bäumen gerichtet.

»Gut, ich komme mit, aber nur, wenn Sie mir versprechen, dass Sie niemanden anrufen. Ich glaube, mein Vater kommt morgen wieder und sucht nach mir.«

»Versprochen«, sagte Frederik und legte eine Hand auf seine Schulter.

»Wenn die Klaus' Tod verschuldet haben, müssen sie auch dafür geradestehen«, sagte Louise und trank einen Schluck von dem bitteren schwarzen Kaffee, den Eik vor ihr auf den Schreibtisch gestellt hatte. »Auch, wenn es ein Unfall war. Sie hätten Hilfe rufen müssen. Stattdessen haben sie irgendwie versucht, die Sache zu vertuschen, wie schon zuvor. Damit muss endlich aufgeräumt werden.«

Sie hatte unruhig geschlafen. Sich im Bett herumgewälzt. Irgendwann war sie aufgestanden, in die Küche gegangen und hatte sich eine Tasse Kamillentee gemacht. Mehrfach hatte sie bereut, Eiks Angebot, bei ihm im Südhafen zu übernachten, nicht angenommen zu haben. Sie wusste, dass er jeden Morgen erst mal im Hafenbecken badete und sich einen Gammel Dansk genehmigte.

Wahrscheinlich hätte das die Unruhe aus ihrem Körper vertrieben, dachte sie. Aber sie hatte dankend abgelehnt und stattdessen unterwegs beim Inder etwas zu essen gekauft. Jonas hatte mit den großen Kopfhörern in seinem Zimmer gesessen und vollkommen die Zeit vergessen. Mit einem Mal hatte er einen solchen Bärenhunger, dass Louise ihm nach dem Chicken Tikka Masala noch eine Suppe aufwärmen musste. Und Platz für Popcorn war auch noch. Danach stand plötzlich Melvin vor der Tür – er hatte auf dem Weg vom Schrebergarten nach Hause zwei Steigen Erdbeeren und einen halben Liter Sahne gekauft.

»Ich muss mir nur ein paar saubere Sachen anziehen und die Post holen«, hatte er sich entschuldigt. Doch ehe Louise sichs versah, zauberte er auch noch eine Flasche Schnaps hervor und saß plötzlich mit einer Tasse Kaffee und einem Kurzen in ihrem Wohnzimmer.

Da ging Louise auf, dass ihr Nachbar von unten sie wohl vermisst hatte. Ihr wurde warm ums Herz. Während sie also mit Jonas auf dem Sofa saß, mit Melvin gegenüber und Dinas Kopf auf ihren Füßen, hatte der Schmerz ein wenig nachgelassen, und ihre Gedanken hatten sich etwas aufgeklart.

Aber nur bis zu dem Augenblick, in dem sie eine Stunde später ihre Nachttischlampe ausknipste. Denn kaum war es dunkel um sie geworden, war alles wieder da. Alles, was René Gamst über Klaus' letzten Abend erzählt hatte.

»Ich will nicht hoffen, dass du die beiden Fälle miteinander vermischst«, unterbrach Eik ihre Grübeleien und stellte seine Tasse ab. »Der alte Fall ist Sache der Polizei in Roskilde – wenn überhaupt ein Fall draus wird. Wir beiden suchen nach wie vor nach einem Jungen, der von zu Hause weggelaufen ist.«

Sie war sich nicht ganz sicher, aber sie meinte, einen Hauch von Eifersucht in seiner Stimme zu hören. Louise betrachtete ihn. Sie war verliebt. Das war ihr bereits in der vergangenen Nacht klar geworden. Sie mochte seinen kantigen Charme und den hinter seiner harten Schale und der zerschlissenen Lederjacke verborgenen weichen Kern, der voller Herzenswärme und Empathie war. Er war Licht und Dunkelheit in einem. Er war ihr auf eine Weise nahe, die in ihr Sehnsucht nach ihm auslöste, sobald er nicht in ihrer Nähe war.

Klaus war nicht mehr ihre große Liebe. Er war jemand, den sie vermisste, jemand, um den sie trauerte. Und mit dieser Trauer hatte sie nie richtig abgeschlossen – was, wie sie jetzt wusste, die Schuld ein paar halbstarker Typen gewesen war, die auch als Erwachsene die Wahrheit für sich behalten hatten. Darüber war sie wütend, und sie würde an dieser Wut arbeiten müssen, wenn sie sie nicht zerfressen sollte. Abgesehen davon ging es ihr sonst wo vorbei, ob sie irgendwelche Fälle verquickte, weil sie schon allein vom Gedanken daran, dass die Eidbrüder gerade einen Fünfzehnjährigen in ihre kranke Gemeinschaft zwingen wollten, Bauchschmerzen bekam.

»Die beiden Fälle hängen zusammen«, sagte sie und sah Eik an. »Siehst du das denn nicht? Die decken einander, wo es nur geht, und wenn wir auch nur die leiseste Chance haben wollen, durch ihr Bollwerk zu brechen, dann müssen wir alles an Beweisen zusammensammeln, was wir auch nur irgend auftreiben können. Wir müssen uns auch die Sache mit Gudrun und die mit dem Hallenwart mal gründlich ansehen, jetzt, wo René bereit ist, gegen die anderen auszusagen.«

Sie sah Eik an, dass er immer noch skeptisch war.

»Bevor ich heute herkam, habe ich mit Klaus' Eltern gesprochen«, fuhr sie fort, als hätte sie das nicht bemerkt. »Nymand versucht gerade, eine Genehmigung für eine Exhumierung zu erwirken, und will ihn in die Rechtsmedizin bringen lassen. Damals wurde er nicht obduziert, weil ja ein Abschiedsbrief vorlag, aber wenn er wirklich an den Verletzungen gestorben ist, die er sich bei dem Sturz zugezogen hat, dann wird man wohl auch heute noch nachweisen können, dass er tot war, bevor er aufgehängt wurde. Das würde Renés Aussage unterstützen und ihn glaubwürdiger machen.«

Louise hatte am Morgen bereits mit Nymand telefoniert und wusste daher, dass er René Gamst am Vorabend spät noch im Holbæker Gefängnis vernommen hatte.

»Sie sind dabei, die Festnahmen vorzubereiten, aber bevor sie irgendjemanden des Mordes an Lisa Maria Nielsen bezichtigen können, will er so viele Beweise wie möglich gegen die ganze Clique haben, damit sie am Schluss nicht nur mit einem von ihnen dasitzen. Er will sie alle zusammen drankriegen.«

Das war ganz in Louises Sinn. Sie erinnerte das Ganze an den jüngsten Fall von Ehrenmord: Die Familie des Opfers hatte sich genau überlegt, wer die Tat ausführen sollte, und die Wahl war auf einen siebzehnjährigen Verwandten gefallen, weil klar war, dass er mit einer milden Strafe davonkommen würde. Zu guter Letzt waren alle Familienmitglieder wegen Mordes oder Mordversuches zu mehr oder weniger langen Haftstrafen verurteilt worden, aber das hatte eine Menge Vorarbeit gekostet. Mit einer solchen Vorarbeit hatte Nymand nun auch in diesem Fall begonnen, und Louise und Eik konnten und mussten dazu beitragen.

Eik schüttelte den Kopf. Louise sah ihm an, dass er etwas sagen wollte, es dann aber doch für sich behielt. Dennoch war ihm anzusehen, was er dachte.

»Du *weißt* aber nicht, ob die Fälle zusammenhängen«, widersprach er schließlich doch noch. »Du *weißt* nicht, ob sie die Prostituierte getötet haben. Du *weißt* nicht, ob sie schuld daran ist, dass der Junge verschwunden ist!«

»Stimmt«, räumte Louise ein. »Ich weiß es nicht. Aber ich habe ein verdammt starkes Bauchgefühl. Wenn ich mich täusche, kriege ich tierischen Ärger. Und dann sehe ich weiter.«

»Wenn ich dir einen guten Rat geben darf«, sagte er und lehnte sich über den Schreibtisch. »Pass auf, dass du nicht unprofessionell wirst, weil du emotional involviert bist. Den Fehler habe ich selbst gemacht, als Sofie damals verschwand. Das Einzige, was mir das brachte, war, dass niemand mich oder den Fall mehr ernst genommen hat.«

Louise merkte, wie es ihr einen Stich versetzte, nun den Namen von Eiks alter Liebe zu hören. Bisher war seine Freundin vom Boot nur eine diffuse, namenlose Gestalt gewesen. Er fuhr fort:

»Ich war so darauf fixiert herauszufinden, was mit ihr passiert war, dass ich mich überhaupt nicht für die anderen, die mit auf dem Boot gewesen und tot aufgefunden worden waren, interessierte. Als erste Andeutungen laut wurden, Sofie könnte vielleicht mit ihrem Tod zu tun haben, habe ich total dichtgemacht und die Augen davor verschlossen, dass das natürlich auch eine Möglichkeit war. Ich war überzeugt, dass sie in jener Nacht zusammen mit den anderen auf dem offenen Meer ertrunken war.«

»Aber in Wahrheit weißt du gar nicht, ob sie vielleicht noch irgendwo lebend rumläuft?«, fragte Louise und ignorierte den Anruf von Camilla. Sie schob ihr Handy zur Seite.

Eik schüttelte den Kopf.

»Ich habe nie wieder von ihr gehört«, sagte er, »obwohl sie wusste, wo ich wohnte. Und meine Nummer hatte sie auch.«

Louise hörte wohl heraus, dass er um einen lockeren Ton bemüht war, aber seine Augen sprachen eine andere Sprache.

Sie schwiegen eine Weile, dann nickte sie.

»Ich verstehe, was du mir sagen willst«, meinte Louise dann. »Und ich bin froh, dass du mich darauf aufmerksam machst. Aber hier geht es nicht nur um Klaus. Du hast natürlich recht, wir wissen nicht mit Sicherheit, was mit dem Jungen passiert ist. Aber wir wissen, dass die Typen, die Klaus' Tod zumindest mitverschuldet haben, höchstwahrscheinlich auch die junge Prostituierte getötet haben, und dass sie, wenn sie das Muster, das sich andeutet, weiterverfolgen, alles dafür tun werden, ungeschoren davonzukommen. Und das will ich nicht zulassen. Lisa Maria war alleinerziehende Mutter eines dreijährigen Jungen. Thomsen hat sie dafür bezahlt, in den Wald zu kommen, und einen Monat später wird sie in einem alten Mädchengrab in ebendiesem Wald gefunden. Wenn es mir nicht gelingt, die Bande dafür zur Rechenschaft zu ziehen, kann ich genauso gut meine Dienstmarke abgeben.«

»Die Polizei in Roskilde ist mit dem Fall befasst. Wir haben damit nichts zu tun«, rief Eik ihr noch mal in Erinnerung. »Hatten die damals nicht auch den Fall mit deinem Freund?«

»Ja, aber es wurde ja nie ein Fall draus!«, rief Louise. »Thomsen und seine Clique haben sich ja aus der Affäre gezogen, indem sie allen weismachten, Klaus hätte Selbstmord begangen!«

»Der Fall liegt trotzdem bei den Kollegen in Roskilde«, entgegnete Eik unbeeindruckt.

»Genau. Und darum hat Nymand das Vergnügen, Klaus wieder auszubuddeln. Die Kollegen in Roskilde werden den Fall schon ordentlich abschließen. Aber wenn wir die Clique drankriegen wollen, dann muss ich Nymand helfen. René redet nur, weil ich etwas habe, mit dem ich ihn unter Druck setzen kann. Außerdem kennt Nymand die alten Fälle doch gar nicht – woher auch? Er war damals noch nicht in Roskilde. Aber jetzt kommt alles auf den Tisch, und die alten Fälle müssen noch mal hervorgeholt werden. Wenn ich sämtliches Material gesichtet und Anhaltspunkte zusammengetragen habe, übergebe ich alles an ihn«, erklärte sie.

Wieder wurde es still. Dann nickte Eik. Erst eher nachdenklich, dann mit Nachdruck.

»Okay. Ich bin dabei«, sagte er dann. »Natürlich sollen die Scheißkerle nicht ungestraft davonkommen, wenn sie wirklich diese junge Frau umgebracht haben. Wissen wir eigentlich inzwischen etwas über die beiden anderen Leichen, die ausgegraben wurden?«

Louise schüttelte den Kopf.

»Noch nicht«, sagte sie und sah auf ihr Handy, das wieder leuchtete.

»Hallo, Camilla. Ich ruf dich gleich zurück«, sagte sie und wollte schon auflegen, als sie merkte, dass irgendetwas nicht stimmte.

»Ihr müsst herkommen«, weinte ihre Freundin. »Ich habe schon in Roskilde bei der Polizei angerufen, aber die haben gesagt, für den vermissten Jungen seid ihr zuständig. Jemand hat ihn entführt und will sich jetzt mit uns anlegen.«

»UND MEHR HAT SIE NICHT GESAGT?«, fragte Eik, als sie sich der Sankt-Hans-Klinik näherten.

Während der gesamten Fahrt nach Roskilde hatte Louise versucht, Camilla anzurufen, aber bei ihrer Freundin war permanent besetzt gewesen. Sie seufzte, und es machte sie ganz verrückt, nicht durchzukommen.

»Zum Beispiel darüber, wieso Sune mit zu ihnen gekommen war?«, bohrte er weiter.

Louise schüttelte den Kopf.

»Nein. Sie sagte, das sei leichter zu erklären, wenn wir da seien. Aber sie hatte Angst. Jemand ist nachts in ihr Haus eingedrungen und hat den Jungen mitgenommen.«

»Er könnte natürlich auch freiwillig abgehauen sein«, gab Eik zu bedenken. Das sagte er nicht zum ersten Mal, seit sie losgefahren waren.

»Richtig«, räumte Louise ein. Das war die einfachste Erklärung. »Aber es ist jemand im Haus gewesen. Daran besteht anscheinend gar kein Zweifel. Ich frage mich nur, wie sie den Jungen überhaupt überreden konnten, mit zu ihnen zu kommen.«

Sie sah die beiden hohen Steinsäulen neben der Einfahrt zu Ingersminde und hörte Charlie hinten im Wagen herumrutschen, als Eik mit beträchtlichem Tempo in die Allee abbog. Er fuhr bis ganz zur breiten Steintreppe und hatte den Motor noch nicht ausgeschaltet, als Camilla bereits auf der obersten Stufe erschien, immer noch im Schlafanzug und blass wie ein Laken.

Sie winkte sie die Treppe herauf.

»Da ist etwas, das ihr euch ansehen müsst.« Sie war bereits auf dem Weg durch den großen Flur.

Es war still im Haus. Auf dem Boden lag eine Jacke herum, und Frederiks Gummistiefel standen neben der Tür zur Küche. Durch die dem Garten und dem Fjord zugewandten Küchenfenster sah Louise Frederik und seinen Verwalter. Sie standen bei dem Fußweg, der in den Wald führte und einst der Anfang des Todespfades gewesen war.

Camilla drehte sich nach ihnen um, um sich zu vergewissern, dass sie ihr dicht folgten, dann ging sie in einen kleinen Flur hinter der Küche und öffnete die Tür zum Garten. Dann trat sie einen Schritt beiseite, um Louise und Eik vorbeizulassen. Direkt vor der Tür hatte jemand einen Pfahl in die Erde gerammt, und auf diesem Pfahl steckte ein großer schwarzer Pferdekopf.

Louise blieb so abrupt stehen, dass Eik sie von hinten anrempelte. Sie spürte seine Hände an ihren Schultern, und ihr blieb vor Schreck fast das Herz stehen. Die großen schwarzen Pferdeaugen starrten sie tot an, und ein paar fette Schmeißfliegen taten sich an den Augenwinkeln und an der blutigen Schnittfläche gütlich.

»Scheiße, was ist das denn bitte?«, rief sie entsetzt und schob Eik beiseite, um wegzukommen.

»Frederik sagt, das ist ein Nidstang«, erklärte ihre Freundin hinter ihr mit matter Stimme. Sie zog Louise mit sich zurück in die Küche. Eik überquerte den Rasen und steuerte Frederik und Tønnesen an.

»Das ist was aus dem alten nordischen Glauben und heißt, dass jemand einen Fluch über uns ausgesprochen hat.«

»Davon habe ich ja noch nie was gehört.« Louise merkte, dass ihre Beine immer noch zitterten.

»Er sagt, das ist so wie früher, wenn die Wikinger mit den Drachenköpfen am Bug ihrer Schiffe auf die Küste zusegelten – das wurde auch als ein feindseliger Akt angesehen.«

Camilla hatte sich gesetzt und zog nun einen Stuhl heran, auf dem sie ihr schmerzendes Bein ablegte.

»Ich wüsste gerne mal, wo die den Kopf herhaben«, sagte sie. »Hier gibt es ja durchaus auch Weiden mit Pferden. Hoffentlich musste keins von denen dran glauben. Sonst haben wir bald die gesamte Lokalbevölkerung am Hals.«

Louise ging zur Nespressomaschine und fragte Camilla, was sie wollte.

»Ach, am liebsten einen großen schwarzen Kaffee mit Milch«, sagte ihre Freundin und schlug die Hände vors Gesicht. »Ich hab mich so erschrocken, dass ich angefangen habe zu weinen.«

Dann saß sie schweigend da, atmete sehr bewusst und tief ein, richtete sich wieder auf und nahm ihren Kaffee entgegen.

»Das ist morgens immer meine erste Amtshandlung: Ich mache die Tür da auf. Wenn schönes Wetter ist, frühstücken wir draußen auf der Terrasse.«

Sie sah zu Louise auf.

»Ich hab ihn erst gesehen, als ich direkt davorstand.«

Louise hatte sich ihr gegenüber an den Tisch gesetzt. Durchs Fenster sah sie, dass Eik Charlie aus dem Auto geholt hatte und dass der Hund sehr konzentriert und mit der Schnauze im Gras über den Rasen lief.

»So, und jetzt erzählst du mir, wie lange ihr den

Jungen bei euch versteckt hattet und warum du mir nichts davon gesagt hast. Du wusstest doch, dass wir ihn suchen!«

»Wir hatten ihn nicht versteckt.«

Camilla legte beide Hände um den großen Kaffeebecher und versenkte den Blick in die Tasse.

»Ist dir eigentlich klar, dass in eurem Wald vermutlich eine junge Frau ermordet wurde? Sune könnte ein wichtiger Zeuge sein, aber statt bei der Polizei anzurufen und zu sagen, dass ihr Kontakt zu dem Jungen habt, tust du, als sei nichts, bis unser Zeuge dir unterm Allerwertesten weg abhandenkommt.«

Louise war so wütend, dass ihre Hände zitterten, doch dann riss sie sich zusammen.

»Wie lange hattest du ihn vor der Polizei versteckt?«

Jetzt war es Camilla, die wütend wurde. Sie stellte die Tasse mit so viel Schwung ab, dass der Kaffee überschwappte.

»Ich hatte ihn nicht versteckt!«, herrschte sie Louise an. »Er hat gestern Abend etwas ziemlich Unangenehmes miterlebt, und wir haben uns seiner angenommen. Der Einzige, vor dem wir ihn versteckt haben, war der Arsch, der ihn mit zu seinem Auto zerren wollte.«

Sie schüttelte den Kopf und schloss kurz die Augen, dann erzählte sie, wie sie und Frederik in den Wald gegangen waren, um dem Jungen noch etwas zu essen zu bringen.

»Wir haben Schreie gehört, und dann sahen wir diesen Mann, der ihn mit sich zerrte«, sagte sie. »Wir haben getan, was jeder andere auch getan hätte: Wir haben den Jungen in Sicherheit gebracht.«

»Jeder andere hätte auch die Polizei angerufen«, merkte Louise an.

»Also, weißt du, Louise! Das hätten wir ja am liebsten auch getan, aber dann wäre er nicht mitgekommen. Und er brauchte dringend einen sicheren Ort, etwas zu essen und eine heiße Dusche.«

»Hat er im Wald mit seinem Vater gesprochen?«, fragte Louise.

Camillas Erklärung hatte sie ein wenig besänftigt. Sie gestand sich selbst ein, dass sie an ihrer Stelle sicher genauso gehandelt hätte. Selbstverständlich ging es an allererster Stelle um das Wohl des Jungen.

Camilla nickte.

»Ich weiß aber nicht, wie lange. Wir kamen ja erst dazu, als Sune um Hilfe schrie, und da ist Frederik hingerannt und eingeschritten. Ich bin dem Jungen zu seinem kleinen Lagerplatz gefolgt, aber da war sein Vater schon weg.«

Noch bevor Louise sich nach dem Mann in dem grünen Jagdpullover erkundigen konnte, schob Camilla einen Zettel über den Tisch.

»Hier ist das Kennzeichen«, sagte sie. »Könnt ihr ja überprüfen. War ein schwarzer Geländewagen, sagt Frederik.«

Sie schwieg kurz, dann sah sie Louise eindringlich an.

»Sune hat vor Angst am ganzen Körper gezittert, als er in meine Arme lief. Mag ja sein, dass das Ganze für euch nur einer von euren Routinefällen ist, aber der Junge hat geschrien, als fürchte er um sein Leben. Wenn du mich fragst, stand er unter Schock.«

Louise nickte und schauderte, als sie die Buchstaben ST vor den fünf Ziffern des Nummernschildes erkannte. Nicht, weil es sie überraschte, dass die Beschreibung auf Thomsens Geländewagen passte, sondern eher, weil sie Ole Thomsen endlich einen Schritt voraus waren.

»Wie viel hat Sune euch erzählt?«, fragte sie und sah durch das Fenster, dass die drei Männer und der Schäferhund auf dem Weg zurück zum Haus waren.

Camilla schüttelte den Kopf.

»Nichts. Nur, dass *die* jetzt auch hinter seinem Vater her seien, weil der versucht hatte, ihn zu schützen. Er war fix und fertig und wusste nicht, wo er hinsollte. Darum hat Frederik ihm angeboten, mit zu uns zu kommen. Aber wir haben ihm keine Fragen gestellt. Er war so erschöpft, dass wir ihn erst mal eine Nacht schlafen lassen wollten, bevor wir anfingen, in seinen Problemen zu wühlen. Als ich ins Bett ging, hat er wie ein Stein geschlafen. Im Gästezimmer neben deinem.«

»Hättet ihr es denn gehört, wenn der Junge mitten in der Nacht aufgestanden wäre und sich aus dem Haus geschlichen hätte?«

»Nein«, räumte Camilla ein. »Ich glaube nicht. Aber wenn er freiwillig gegangen wäre, dann hätte er nicht von außen die Küchentür aufbrechen müssen. Dann hätte er einfach aufschließen und rausgehen können.«

Louise dachte nach.

»Und du bist sicher, dass sein Vater ihn vor dem anderen Mann schützen wollte?«, fragte sie dann.

»Ich habe es nicht selbst gesehen, aber das hat der Junge gesagt. Ich habe nur den Mann gesehen, der Frederik niederschlug, bevor er dann selbst türmte. Oder genauer gesagt, den habe ich auch nur von hinten gesehen. Aber der Junge war total verstört und hat sich große Sorgen um seinen Vater gemacht. Er hat gesagt, sein Vater hätte versucht zu verhindern, dass der andere Mann Sune zu fassen kriegte.«

»Kannst du den Mann beschreiben?«

»Ich hab ihn nur von hinten gesehen«, sagte

Camilla. »Es war dunkel, es war nur ein breiter Schatten erkennbar, und der war schnell weg.«

Camilla schwieg, dann schüttelte sie resigniert den Kopf.

»Ich weiß nicht, was den Jungen am meisten entsetzt hat. Zu sehen, wie sein Vater geschlagen wurde, oder der Streit zwischen den beiden Männern«, räumte sie ein.

»Vielleicht hat es ihn ja überrascht, dass sein Vater ihn verteidigte«, schlug Louise vor. »Vielleicht dachte er, dann hätte er sich ja gar nicht so lange im Wald verstecken müssen, wenn er gewusst hätte, dass sein Vater für ihn kämpfen würde.«

Um Camillas Mund zuckte es ein wenig.

»Wer, um Himmels willen, tut einem Kind bloß so etwas an?«, murmelte sie und sah zur Tür, als die Männer hereinkamen.

»Kein Zweifel, die sind von dem zugewucherten Fußweg aus zum Haus gegangen«, sagte Frederik und fing an, Kaffeetassen zu verteilen. »Das Gras ist platt getreten, und es sieht auch fast so aus, als hätte es ein ziemliches Handgemenge gegeben.«

Louise warf Eik einen schnellen Blick zu.

»Komm. Wir müssen mit Frandsen reden, und zwar schnell, wenn mich mein Gefühl nicht täuscht.«

DER WEISSE LIEFERWAGEN von Schlachter Frandsen stand mitten auf dem Hofplatz, als hätte ihn jemand dort in aller Eile abgestellt. Ansonsten wirkte das Bauernhaus dunkel und verlassen.

Louise wurde unruhig. Aber nicht aufgrund der Stille, sondern aufgrund der Ungewissheit. Sie wusste nicht, was sie jetzt erwartete, hatte aber sehr deutlich das Gefühl, dass etwas dabei war zu entgleisen.

Hinter sich hörte sie Eik die Autotür zuschlagen, und während sie auf die Haustür zuging, sah sie Janes flehenden Blick vor sich. Sie hoffte inständig, dass die kleine Familie inzwischen wiedervereint war. Dass Sune zu seinen Eltern gebracht worden war und nun am Bett seiner Mutter saß. Aber auch der Pferdekopf tauchte vor ihrem inneren Auge immer wieder auf. Die Drohung und die Schlägerei im Wald waren wohl eher ein Zeichen dafür, dass irgendeine Art von Abrechnung im Gange war.

Louise klopfte an, sie warteten. Nichts. Sie drückte die Klinke herunter, und die Tür öffnete sich. Louise verharrte und lauschte, erst dann traten sie in den Flur. In der Küche war niemand, im Wohnzimmer auch nicht, aber die Tür zu Janes Krankenzimmer stand einen Spalt offen. Louise sah sich um. Auf dem Esstisch lagen ein Handy und eine Brieftasche. Ein paar Hausschuhe lagen vor dem Sofa, und eine leicht zerknäulte Wolldecke hing halb auf den Boden herunter.

»Hallo?«, rief Louise und ging auf die Tür zu. »Halloo?«

Sie ging noch ein paar Schritte weiter, dann blieb sie stehen. Sie meinte, eine Bewegung wahrgenommen zu haben. Wie aneinanderreibender Stoff. Aber es kam keine Antwort. Dann hörte sie jemanden tief Luft holen und schluchzen.

Louise öffnete die Tür. Lars Frandsen saß vornübergebeugt auf dem Stuhl neben dem leeren Krankenbett. Seine Unterarme ruhten auf den Oberschenkeln, die Hände hingen schlaff herunter. Er war blass. Tränen hatten Streifen auf seinen Wangen hinterlassen, seine Augen waren rot und sein Blick leer. Er ist völlig am Ende, dachte Louise und bemerkte erst da, dass das Bett ordentlich gemacht war. Die Decke war glatt gestrichen, das Kissen aufgeschüttelt.

Auf einmal hatte Louise das Gefühl, die Luft, die sie einatmete, dringe gar nicht mehr bis in die Tiefen ihrer Lunge vor. Alles in ihr verkrampfte sich. Satz- und Bildfetzen aus der Schulzeit tauchten auf, längst vergessene Erinnerungen. Sie und Jane auf Klassenfahrt auf Bornholm. Zahllose Sommertage im Freibad von Uggerløse, wo sie sich verschiedene Abzeichen erschwamm. Morgens fuhren sie immer mit dem Bus hin, und wenn sie zurückkamen, gingen sie noch zur Imbissbude und aßen Pommes.

Sie legte Frandsen eine Hand auf die Schulter.

Er hatte noch keinen Ton gesagt, aber sein Blick war ihren Bewegungen gefolgt. Jetzt richtete er sich auf und sah zur Tür, wo Eik stand. Seine gesamte Mundpartie bebte, er presste die Lippen aufeinander und verzog das Gesicht.

Wortlos zeigte Louise auf das Bett und sah ihn fragend an. Frandsen schüttelte den Kopf.

»Jane ist bei ihren Eltern«, sagte er mit belegter Stimme. »Sie hat mich verlassen.«

Jemand, der im Sterben liegt, verlässt doch nicht seinen Ehepartner, schoss es Louise durch den Kopf. Wieder stieg Angst in ihr auf.

»Haben Sie ihr erzählt, dass Sie gestern Abend weggelaufen sind, statt zu bleiben und Ihrem Sohn zu helfen?«, fragte Eik von der Tür her.

Frandsen senkte den Blick und schüttelte fast unmerklich den Kopf.

»Ich bin nicht weggelaufen«, sagte er leise. Nicht, um sich herauszureden, sondern mehr zu Eiks und Louises Information. »Ich bin im Wald geblieben und bin dann Sune und den Leuten gefolgt, die ihm geholfen haben. Ich bin ihnen bis zum Hof nachgegangen, ich habe gesehen, wie sie ihn mit reingenommen haben. Sie verstehen das sicher nicht, aber glauben Sie mir: Dort ist mein Sohn sicherer als hier bei uns.«

Er vergrub sein müdes Gesicht in den Händen. Seine kräftigen Schlachterfinger mit den kurzen Nägeln legten sich wie ein Schutzwall um die Verzweiflung, die in ihm tobte.

»Das können die mir nicht antun«, krächzte er. »Das können die ihm nicht antun. Er ist doch bloß ein Junge. Ich weiß nicht, wo ich ihn verstecken soll, damit sie ihn nicht finden. Ich weiß nicht, wie ich auf ihn aufpassen soll.«

Die letzten Worte flüsterte er nur noch. Dann straffte er die Schultern.

»Ich muss ihn holen, damit wir verschwinden können«, sagte er dann. »Aber ich muss doch noch so viel regeln. Was mache ich mit dem Laden? Und mit Jane? Sie ist so unendlich schwach. Gestern Abend hatte sie nicht mal die Kraft, mit mir zu sprechen, als ich anrief.«

Eik hatte sich inzwischen neben Louise gesetzt. Sie hätte Frandsen noch ein paar Minuten gegeben, aber da ergriff Eik das Wort.

»Es ist leider zu spät«, sagte ihr Kollege leise und ohne die Spur eines Vorwurfs.

Erst schienen seine Worte gar nicht zu Lars Frandsen durchzudringen, aber dann reagierte er doch und sah Eik wütend aus dunklen Augen an.

»Was wollen Sie damit sagen? Wofür ist es zu spät?«, brachte er hervor. »Wenn Sie uns das Jugendamt auf den Hals hetzen wollen, bitte schön! Aber Sie werden mich nicht daran hindern, meinen eigenen Sohn in Sicherheit zu bringen!«

»Sune ist nicht mehr auf dem Hof«, sagte Eik. Er erzählte, dass in der vergangenen Nacht jemand dort eingebrochen war. »Heute Morgen war er weg.«

Die Stille im Zimmer war erdrückend. Frandsen ließ die Arme hängen und starrte Eik stumm an, während er langsam die Bedeutung seiner Worte begriff.

»Vor der aufgebrochenen Tür wurde ein auf einem Pfahl aufgespießter Pferdekopf angebracht«, fuhr Louise fort. »Wie sollen wir das verstehen?«

Angst und Verzweiflung verzerrten Frandsens Gesicht.

»Die bringen ihn um«, flüsterte er nach einer Weile. »Der Nidstang bedeutet, dass sie ihren Zorn gegen die richten, die Sune versteckt haben. Und zur Strafe dafür, dass er aus der Gemeinschaft ausgebrochen ist, opfern sie ihn den Göttern.«

»Man tötet doch niemanden dafür, dass er sich aus einem Freundeskreis gelöst hat«, sagte Louise, doch dann schwieg sie und schloss die Augen, weil sie Klaus vor sich sah.

»Das hier ist aber kein Freundeskreis«, sagte Frandsen heiser. »Ich dachte, das hättest du inzwischen begriffen. Gerade du. Das hier ist die Hölle, und aus der gibt es kein Entrinnen.«

ER KONNTE ÜBERALL SEIN. Louise fielen so viele Möglichkeiten ein, als sie wieder auf dem Beifahrersitz neben Eik saß und den Blick über die Felder rund um Skov Hastrup schweifen ließ. Es gab zahllose Orte, an denen man einen Fünfzehnjährigen ohne großes Aufheben verstecken konnte. Louise dachte an die leer stehenden Pfadfinderhütten. An die großen Scheunen und Heuböden diverser Höfe. An die kleinen Hütten im Wald. Wenn Thomsen und seine Clique beschlossen hatten, den Jungen wirklich richtig gut zu verstecken, würde sich die Suche extrem schwierig gestalten.

Als sie Schlachter Frandsen Nymands Leuten überlassen hatten und losgefahren waren, um sich an der Suche zu beteiligen, hatte Louise zunächst gedacht, das mulmige Gefühl im Bauch käme von der Gewissheit, dass sie sich seit Sunes Verschwinden aus Camillas und Frederiks Obhut im Wettlauf mit der Zeit befanden. Aber jetzt, als Eik das Tempo drosselte, um auf den Kvandrupvej abzubiegen und Kurs auf Ole Thomsens Landsitz zu nehmen, ging ihr auf, dass das Kneifen im Bauch schiere Angst war. Lars Frandsen hatte vollkommen recht. Sie wusste besser als alle anderen, wie weit diese Typen gingen, um zu verhindern, dass ihnen irgendetwas oder irgendjemand in die Quere kam.

»Jetzt fahr schon«, nörgelte sie, als Eik den Wagen über die schmalen, kurvigen Straßen lenkte und Thomsens Haus in Sichtweite kam. Doch statt Gas zu geben, bremste er ab.

»Sind die anderen schon da?«, fragte er.

Verkniffen schüttelte sie den Kopf. Nymand hatte ein paar Leute nach Såby zu Lars Hemmingsen und zu Kussens Hof in Særløse geschickt, der nur einen knappen Kilometer von Thomsens Anwesen entfernt lag. Sie hatten verabredet, dass alle Kollegen Nymand Bescheid gaben, sobald sie in unmittelbarer Nähe ihres Einsatzortes waren, und dass Nymand dann allen gleichzeitig den Startschuss gab. Louise hatte ihm gerade eine SMS geschickt, starrte nun auf ihr Handy und wartete auf den Marschbefehl.

Sie rechnete es Eik hoch an, dass er sich jeden Kommentar dazu verkniff, dass sie ihn so gehetzt hatte und sie jetzt ohnehin tatenlos abwarten mussten. Sie sah zu ihm. Das halblange, dunkle Haar war zurückgestrichen. Er hatte die Lederjacke hinten ins Auto geworfen, und Louise fiel erst jetzt auf, dass er ein weißes T-Shirt trug und nicht, wie sonst üblich, ein schwarzes.

Kurz nachdem sie sich kennenlernten, hatte er ihr erklärt, er kleide sich deshalb ausschließlich in Schwarz, weil er keinen Nerv auf Einkaufen habe. Wenn er dann mal einkaufte, besorgte er sich alles gleich haufenweise. Zehn schwarze T-Shirts, fünf schwarze Levi's Jeans, immer dasselbe Modell, zehn Paar schwarze Socken. Unterhosen benutzte er nicht, hatte er Louise verraten. Das hatte er sich auf einer langen Indienreise so angewöhnt.

Jetzt bemerkte Louise auf einmal, dass das weiße T-Shirt nicht die einzige Veränderung war. Die zwei dünnen Bänder in Gelb und in Grün waren von seinem Handgelenk verschwunden, genauso das Lederband mit dem Haifischzahn, das er immer um den Hals getragen hatte. Sie hatte ihn nie gefragt, woher diese Bänder stammten. Hatte lediglich das Gefühl gehabt, dass sie etwas mit seiner verschwundenen Freundin zu tun hatten. Sie hatte das Bedürfnis, die Hand auf seinen sehnigen Arm zu legen und seine Wärme zu spüren.

»Würden die wirklich so weit gehen, den Jungen zu töten?«, fragte er mit Grabesstimme.

Louise richtete sich ein wenig auf.

Würden sie?, dachte sie und nickte dann.

»Ja, ich glaube schon. Leider«, antwortete sie nach kurzem Nachdenken. »Einfach, um den eigenen Arsch zu retten. Ich fürchte, die würden verdammt weit gehen, um eine Mordanklage zu vermeiden. Wenn sie klug sind, wissen sie, dass sie genau das riskieren, wenn Sune erzählt, was in jener Nacht draußen im Wald passiert ist. Und wenn das erst mal raus ist, kann ja keiner wissen, was dann noch alles ans Tageslicht kommt.«

»Aber einen Jungen töten?«

»Du verstehst das nicht. Für Thomsen und seine Leute ist Sune kein Junge mehr. In ihrer Welt ist er jetzt erwachsen und hat ein Schweigegelübde gebrochen.«

»In ihrer Welt?«

»Vielleicht läuft das in der Stadt ja anders«, gab Louise gereizt zurück, »aber hier draußen bedeutet den Menschen Zusammenhalt noch etwas. Ich glaube, so ist das oft in kleineren Gemeinschaften. Nach allem, was ich mitbekommen habe, hege ich keinerlei Zweifel mehr daran, dass sich die Regeln des Zusammenhalts bei Thomsen und seiner Clique bedeutend verschoben haben. Das hat Frandsen ja selbst gesagt. Was die Männer verbindet, ist nicht länger Freundschaft, sondern ein Bund, aus dem sich niemand lösen kann. Darum fürchte ich auch, dass es sie herzlich wenig interessiert, ob ein Aussteiger dreißig oder fünfzehn Jahre alt ist.«

Das Bauchkneifen blieb, aber die Angst verwandelte sich langsam in Wut.

»Damals, als wir regelmäßig zur Dorfdisco gingen, war es ganz normal, dass die Freunde sich gegenseitig halfen. Wenn einer Prügel bezog, kamen die anderen ihm zur Hilfe. So waren die Regeln, und damals fanden sie das, glaube ich, auch alle völlig okay. Das konnte man von seinen Freunden erwarten.«

Eik grunzte leise, sagte aber nichts, sodass Louise nicht ganz sicher war, was er zu der Sache meinte.

»Politisch korrekt ist das zwar nicht«, fuhr sie fort, »aber ich schätze, ich würde dasselbe tun. Wenn ich mit Camilla unterwegs wäre und jemand würde sie angreifen, würde ich selbstverständlich zum Gegenangriff übergehen.«

»Das würde ich gerne sehen«, murmelte er, aber Louise ignorierte seine Bemerkung. Gerade, als sie sein weißes T-Shirt kommentieren wollte, klingelte ihr Handy.

»Los geht's«, sagte Nymand.

Eik fuhr vom Grünstreifen zurück auf die Straße und trat das Gaspedal durch. Felder und Weiden jagten an ihnen vorbei, doch Louise sah nur eins vor sich: Ole Thomsen, wie er Sune mit sich zerrte. Er hatte den Jungen gesucht und gefunden und unter Gewaltanwendung mitgenommen. Damit würde Louise ihn jetzt konfrontieren.

Der weiße Giebel des Hauses tauchte auf. An der einen Seite des Hofs hielt Thomsens großer Toyota Landcruiser mit offener Heckklappe.

»Showtime«, sagte Eik und fuhr auf den Hofplatz.

Für den Fall, dass Thomsen nicht von selbst herauskäme, hatten sie abgesprochen, dass Louise zur Hintertür gehen und Eik vor dem Haus bleiben würde. Wenn Thomsen nicht zu Hause war, würden sie einen Nachbarn bitten müssen, bei der Hausdurchsuchung zugegen und ihr Zeuge zu sein. Aber diesen Umstand mussten sie sich gar nicht machen, denn kaum rollte Eiks Jeep auf den Hofplatz, kam Ole Thomsen auch schon aus dem Haus.

Von Freundlichkeit war keine Spur, aber sie konnten ihm auch nicht ansehen, ob er sie bereits erwartet hatte. Seine Hände steckten in den Taschen der blauen Arbeitshose, und er strahlte seine übliche betont entspannte Haltung aus. Wahrscheinlich sollte das abweisend wirken, aber Louise focht das gar nicht an. Sie ging schnurstracks auf ihn zu und bat um seine Erlaubnis, das Haus und das Grundstück durchsuchen zu dürfen.

»Wir haben natürlich einen Durchsuchungsbeschluss«, fügte der hinter Louise gehende Eik hinzu, aber seine Worte wurden übertönt von Louises lautem Rufen, als Thomsen sein Handy ans Ohr drückte.

»Das kannst du mal schön vergessen«, rief sie und war mit wenigen Schritten bei ihm. »Du setzt dich jetzt mit meinem Kollegen ins Wohnzimmer, während ich mich hier umsehe.«

»Ich glaube, es geht los! Ihr könnt doch nicht alle naslang hier aufkreuzen und unbescholtene Bürger schikanieren! Was soll ich denn bitte ausgefressen haben?«

Sie wollte ihm gerade an den Kopf werfen, dass ihnen genug Informationen vorlagen, die diesen Besuch mehr als rechtfertigten. Louise musste immer wieder an den kleinen Jungen denken, der keine Mutter mehr hatte, die ihm zum Geburtstag einen Kuchen backte, und auch Sune tauchte immer wieder in ihren Gedanken auf. Doch Louise biss sich auf die Zunge und warf Thomsen lediglich einen wütenden Blick zu.

»Wir sagen nicht, dass Sie etwas ausgefressen haben«, hörte sie Eik sagen, während er Thomsen ins Haus schob. »Aber wir wissen, dass Sie gestern Abend im Boseruper Wald waren und versucht haben, einen als vermisst gemeldeten fünfzehnjährigen Jungen zu Ihrem Auto zu schleppen. Wir wissen auch, dass es zwischen Ihnen und dem Vater des Jungen ein Handgemenge gegeben hat und dass es dem Jungen gelungen ist zu fliehen. Jetzt wüssten wir gerne, wo der Junge sich aufhält...«

»Ich bin in überhaupt keinem Wald gewesen. Und woher soll ich wissen, wo der Junge ist?«, fiel Thomsen ihm fast amüsiert ins Wort. »Ich habe auch nichts mit einem Handgemenge zu tun. Entweder prügele ich mich oder eben nicht.«

»Sie haben sich mit dem Vater des Jungen draußen im Wald gestritten«, fuhr Eik ruhig fort.

»Davon weiß ich nichts. Ich habe keine Ahnung, wovon Sie reden. Aber falls Sie das noch nicht wissen: Die Mutter des Jungen ist verdammt krank, die wäre heilfroh, wenn sie ihren Sohn noch mal sehen würde, bevor sie sich die Radieschen von unten anguckt. Und das wird wohl ziemlich bald sein.«

Louise bemerkte, dass sie die Hände zu Fäusten geballt hatte. Sie wollte sich gerade auf Thomsen stürzen, doch Eik hielt sie mit einer Handbewegung zurück. Louise blieb reglos stehen, nur ihre Muskeln zitterten. Dann machte sie auf dem Absatz kehrt und marschierte auf die offene Stalltür zu.

»Dem Jungen gehört der Hintern versohlt dafür, dass er seine Mutter so unglücklich macht...«

Mehr hörte Louise nicht. Dunkelheit und die feuchte, nach Erde riechende Kälte des Stallgebäudes umschlossen sie.

Vor vielen, vielen Jahren hatte es sicher als Kuhstall oder Hühnerhaus gedient. Die Decke war sehr niedrig, halbhohe Mauerwände teilten den Raum auf in drei Fächer. Es roch nach Staub und altem Stroh und leicht säuerlich von der Feuchtigkeit, die sich im Fachwerk festgesetzt hatte. Nur das mittlere Fach sah aus, als würde es noch genutzt.

Louise betrachtete den Haufen ausrangierter Möbel und anderen Plunder. An der Wand stand ein einzelner Umzugskarton mit Geschirr sowie eine alte Holztruhe ohne Deckel.

Keine Spur von dem Jungen. Auch nicht in den beiden anderen, leeren Fächern. Die Fenster waren ganz grau vor lauter Spinnweben und Dreck, darum herrschte auch im Stall eine gräuliche Dunkelheit, obwohl draußen helllichter Tag war.

Als sie wieder auf den Hofplatz trat, war von Eik und Ole Thomsen nichts mehr zu sehen und die Tür zum Wohnhaus zu. Louise eilte hinüber zur gegenüberliegenden Seite und ging hinein. Es roch nach getrocknetem Gras und Motoröl. Hier hatte man alle Trennwände entfernt und einen großen Raum geschaffen, in dessen Mitte ein Aufsitzrasenmäher stand, der groß genug war, um eine ganze Parkanlage in Schuss zu halten.

Daher kam auch der Duft nach Gras. An der Wand hing eine große, rechteckige Holzplatte, auf der mit schwarzen Zeichnungen festgehalten war, wo jedes einzelne Werkzeug zu hängen hatte. Hammer, Winkelmesser. Einen Moment lang war sie richtig beeindruckt von Ole Thomsens Ordnung und verdrängte das Chaos, das er bei Bitten veranstaltet hatte.

Zurück auf dem Hofplatz suchte sie die Giebelwände der beiden Seiten nach einer Luke zum Heuboden ab. Sie fand nur eine schwarz gestrichene Holztür, deren Riegel genauso von Spinnweben überzogen war wie die Fenster im Stall. Sie war also in den letzten vierundzwanzig Stunden sicher nicht geöffnet worden.

Louise ging auf das Wohnhaus zu. Durch das Fenster sah sie Thomsen und Eik im Wohnzimmer stehen. Thomsen gestikulierte, als würde er damit unterstreichen, was er sagte.

»Ich habe letzte Nacht bei meiner Freundin geschlafen, kapieren Sie das denn nicht?«, dröhnte seine Stimme, als Louise den Flur betrat. An der einen Wand hingen Jacken und Regenmäntel, an der anderen stand ein großes, geschlossenes Regal. Neben der Tür befand sich ein kleiner Wasserhahn mit einem kurzen Schlauch über einem Abfluss. So einen hatten ihre Eltern auch, darunter spülten sie den Dreck von ihren Stiefeln. Louise trat ihre Gummischuhe ab, dann ging sie ins Wohnzimmer. Thomsen schrie immer noch Eik an, der selbst kein Wort sagte.

»Ich war die ganze Nacht bei ihr. Fragen Sie sie doch!«

Eik nickte, und Louise machte sich daran, sich systematisch im Haus umzusehen. Ein großes Ecksofa aus schwarzem Leder stand in der Ecke neben der Terrassentür. An der Wand hingen Bilder, und auf einer Anrichte stand eine große Glasschale, die aussah, als hätte sie ein Vermögen gekostet. Insgesamt fand Louise die Einrichtung wenig junggesellenhaft. Sie hatte eher einen Billardtisch oder zumindest eine Dartscheibe erwartet, aber nichts davon. In der Küche stand ein amerikanischer Kühlschrank mit Doppeltür und Eiswürfelbereiter. Vom Schlafzimmer ging eine Tür direkt ins Badezimmer ab, und auf der anderen Seite des Flurs lagen zwei Zimmer, die wie Gästezimmer aussahen. Keine Spur von dem Jungen. Die Zimmer sahen nicht so aus, als seien sie in letzter Zeit benutzt worden. Die Tagesdecken lagen faltenfrei auf den Betten.

Louise blieb im Flur stehen und warf einen Blick in Thomsens Schlafzimmer. Auf einer Kommode stand ein Rahmen mit einem Foto von seinen Eltern, wie Louise sich an sie erinnerte. Vermutlich aus der Zeit, als sein Vater Polizeimeister in Roskilde gewesen war. An seiner Seite Frau Polizeimeister, wie sie Roed Thomsens Frau immer genannt hatten. Louise kannte sie in erster Linie als die Frau, die in der Bank an der Kasse saß, als die Bank noch Unibank hieß und nicht wie heute Nordea.

Seltsam, wie kleine Erinnerungsfetzen auftauchten, dachte sie und betrachtete das andere Bild auf der Kommode: Ole Thomsen zu Schulzeiten. Flächiges Gesicht und kräftiges Haar. Mit einem Ausdruck von Glück in den Augen und einem Lächeln hatte er den Arm um ein jüngeres Mädchen gelegt. Louise hatte ganz vergessen, wie gut er damals aussah.

Als sie gerade nach Lerbjerg gezogen und ganz neu an der Schule in Hvalsø gewesen war, hatte auch sie ihn in den Pausen immer verstohlen beobachtet. Sie konnte sich nicht erinnern, wann er seinen Charme verloren hatte und wann er sich in den verwandelt hatte, der er jetzt war.

»Gut, dann fahren wir jetzt alle drei zu ihr raus«, sagte Eik entschlossen, und dann hörte sie seine Schritte im Wohnzimmer.

»Hören Sie auf damit!« Jetzt endlich erhob Eik die Stimme. »Sie geben mir jetzt sofort Ihr Telefon. Sie bekommen es wieder, wenn wir mit Bitten Gamst gesprochen haben.«

Louise blieb im Flur stehen und wartete, bis die beiden ihre Schuhe angezogen hatten. Sie warf einen schnellen Blick ins Arbeitszimmer hinter der Küche.

»Ich sehe mich noch eben oben um«, rief sie Eik zu, als der bereits auf dem Weg zur Tür hinaus war. Vom Hauswirtschaftsraum führte eine Treppe zu einer weiß gestrichenen Dachluke. Louise öffnete sie und fand auch gleich einen Lichtschalter auf dem Boden neben dem Schornstein.

Gleich neben der Luke waren mehrere Umzugskartons und ein Weihnachtsbaumständer gestapelt. Louise betrat den Holzboden, der leicht unter ihr nachgab, und wirbelte jede Menge Staub auf. Unzählige Dinge, die hier ein Schattendasein fristeten, weil sie nicht gebraucht wurden. Kein Geräusch, kein Hinweis auf Leben. Mithilfe ihrer kleinen Taschenlampe leuchtete Louise auch die Ecken aus. Nichts.

Auf dem Hofplatz hatte Eik bereits das Auto angelassen. Louise hörte den Dieselmotor knurren. Sie machte das Licht aus, schloss die Luke und stieg die Treppe hinunter.

Ein letztes Mal ließ sie den Blick durchs Wohnzimmer schweifen, dann eilte sie hinaus und setzte sich auf die Rückbank von Eiks Jeep. Sie spürte, wie Thomsen sie ansah. Ganz kurz begegneten sich ihre Blicke im Außenspiegel, doch sie sah schnell wieder weg und wandte sich so demonstrativ ab, dass er nur noch ihren Hinterkopf anstarren konnte.

ALS SIE DIE HÜGELKUPPE BEI SÆRLØSE ERREICHTEN, sah Louise dann doch wieder nach vorn, um so früh wie möglich John Knudsens baufälligen Hof zu sehen. Auf der Straße davor parkten zwei zivile Polizeiwagen, mehrere Leute liefen hin und her.

Da könnte er sein, dachte sie. Sie könnten Sune in der großen Scheune versteckt haben, wo Kussen neulich den Wurf Katzenjunge ersäuft hat.

Alle im Auto schwiegen, aber im Außenspiegel sah sie Ole Thomsen an, dass es in seinem Kopf arbeitete. Wahrscheinlich war ihm jetzt aufgegangen, dass die Polizei sich nicht nur für ihn interessierte, denn er entspannte sich sichtlich. Er sank tiefer in seinen Sitz und heftete den Blick nicht länger auf den Hof seines Freundes.

Louise rief Nymand an und teilte ihm ultrakurz mit, dass die Durchsuchung bei Thomsen negativ gewesen war. Jetzt seien sie auf dem Weg zu einer Adresse, an der Ole Thomsen angeblich die Nacht verbracht hatte.

»Haben Sie von den anderen gehört?«, fragte sie und erfuhr, dass die Leute bei Maurer Hemmingsen draußen in Såby auch schon fertig waren und dass auch dort keine Hinweise auf den Jungen gefunden worden waren.

»Er hatte keine Ahnung von Sune Frandsen. Er hatte noch nie von einem Nidstang gehört und keinen blassen Schimmer, wo Ingersminde überhaupt ist«, erzählte Nymand.

Lügner, dachte Louise. Natürlich kannte er Ingersminde. Camilla hatte seine Firma mit der Renovierung des Anwesens beauftragt, er hatte jede Menge Arbeitsstunden dort verbracht.

Die Leute, die Kussens Hof durchsuchten, hatten noch keine Rückmeldung gegeben.

Louise wandte den Blick ab, als sie auf ihrem Weg in den Wald am Wildwächterhof vorbeifuhren. Seit dem Zwischenfall mit Jørgen Parkov war sie nicht mehr dort gewesen, aber sie wusste, dass Bodil Parkov ausgezogen war und das Haus seither leer stand.

Insgeheim musste Louise ein wenig lächeln, als Eik so routiniert den Weg am Avnsee vorbei einschlug, um zu Bitten Gamsts Haus zu gelangen. Als sie das erste Mal hier draußen im Wald gewesen waren, hatte sie den Eindruck gewonnen, er sei zum ersten Mal so weit weg von seinem geliebten Südhafen, und jetzt fuhr er hier herum, als kenne er die Gegend wie seine Westentasche.

Als das weiße Waldarbeiterhaus auftauchte, erkannte Louise sofort, dass jemand zu Hause war. Kurz glaubte sie, es sei Sune, der auf dem Hofplatz herumging, obwohl sie ihn ja nur von Bildern kannte. Die Gestalt war jungenhaft und hatte kurze Haare. Doch dann wurde ihr klar, dass das Bitten Gamst war, in enger Jeans und langärmligem T-Shirt.

»Was geht denn hier ab?«, rief Thomsen und richtete sich auf, als sie nah genug waren, um zu sehen, was Renés Frau da machte. Thomsens Sachen lagen auf einem Haufen mitten auf den unebenen Kopfsteinen im Hofplatz. Bitten war wieder im Haus verschwunden, und kurz darauf flog ein Bündel Klamotten aus der Tür.

Eik hatte noch nicht mal den Motor ausgeschaltet, da stürzte Thomsen bereits aus dem Auto.

»Sag mal, bist du total durchgedreht oder was, du blöde Schlampe?«, schrie er.

Bitten Gamst zuckte zusammen – offenbar hatte sie das Auto nicht kommen hören. Doch dann stemmte sie die Hände in die Seiten und sah ziemlich angriffslustig aus.

Louise und Eik waren direkt hinter ihm, als er mit langen Schritten die Einfahrt hinunterlief. Einige der Stockrosen neben der Haustür waren abgeknickt und neigten die Köpfe zu Boden, Bitten war anscheinend nicht gerade zimperlich vorgegangen.

»Nimm deinen Scheißkram und verpiss dich«, zischte Bitten, als Thomsen wieder anfing, sie anzuschreien.

Renés zierliche Frau hatte sogar den großen Ledersessel in den Hof gezerrt. Er war umgekippt, und auf ihm lag der große Flachbildschirm. Als Thomsen das sah, verdüsterte sich seine Miene. Ein Schritt, und er stand direkt vor Bitten und schlug ihr mit der Faust ins Gesicht, bevor Louise und Eik eingreifen konnten.

»Das wirst du bereuen«, drohte er ihr, während Eik ihn von Bitten wegzerrte und ihn so in den Polizeigriff nahm, dass er sich vornüberbeugte.

Bitten Gamst sagte nichts. Sie hielt sich die Wange. Über den Handrücken lief Blut aus ihrer Nase. Aber aus dem Blick, mit dem sie Thomsen bedachte, sprach keine Angst. Nur Trotz.

»Du bist das größte Arschloch unter der Sonne«, zischte sie. »Ich will dich nie mehr wiedersehen.«

»Was ist denn passiert?«, fragte Louise, während Eik Ole Thomsen zum Auto zurückführte und ihm dabei bereits eine Anzeige wegen Körperverletzung in Aussicht stellte.

»Ich war heute bei René. Aber er wollte mich nicht sehen.«

In Bittens Stimme lag so viel Wut, dass sie kaum wiederzuerkennen war.

»Das Arschloch da hat ihm offenbar mitteilen lassen, dass ich mich scheiden lassen will und dass ein Anwalt bereits sämtliche Papiere vorbereitet hat. Ich habe nie gesagt, dass ich mich scheiden lassen will, und als ich vorhin am Automaten Geld holen wollte, war meine Karte gesperrt. Ich bin in die Bank gegangen und habe dort erfahren, dass Renés Gehalt nicht eingegangen ist. Und ich dachte, ich würde René helfen, wenn ich nett zu Thomsen bin, während er einsitzt.«

Bitten wischte sich die Hand an der Hose ab, sie hinterließ eine Blutspur an ihrem Oberschenkel. Die Nase blutete immer noch. Sie müsste sich Eis auf die Wange drücken, damit sie nicht zu sehr anschwillt, dachte Louise. Sie fragte, ob sie hineingehen sollten.

»Die ganze Zeit hat er gesagt, er wolle mir und meiner Tochter helfen und dass schon alles gut werden würde. Er würde René weiter sein Gehalt zahlen, damit wir finanziell nicht in die Bredouille geraten«, sagte Bitten, als sie in der Küche saßen und Louise ihr einen kalten Lappen auf die Wange drückte. Sie fing an zu erzählen, wie sie ausgenutzt worden war und jetzt das Gefühl hatte, in der Falle zu sitzen.

Sie redete wie ein Wasserfall, und Louise versuchte nicht, sie zu bremsen.

»Die ganze Zeit ist er hier«, fuhr Bitten fort. »Dabei hatten wir ursprünglich verabredet, dass er nur kommt, wenn die Kleine schläft oder nicht zu Hause ist, aber jetzt besteht er darauf, sie morgens zum Kindergarten zu bringen und ein Teil der Familie zu sein.

Er hat sich hier total breitgemacht. Als ich vorhin vom Gefängnis wiederkam, lag er immer noch im Bett und schlief. Und wissen Sie, was er gesagt hat, als ich ihn fragte, wieso er eigentlich beschlossen hat, meine Familie zu zerstören?«

Bittens Miene verdüsterte sich wieder, ihre Augen wirkten fast schwarz.

»Als würde ihm das alles sonst wo vorbeigehen, hat er gesagt, er will René fertigmachen, weil er es kann!«

Bitten warf den Waschlappen weg und trocknete sich die Wange mit ihrem Ärmel.

»Er hat gesagt, niemand dürfe ihm ungestraft in den Rücken fallen«, fuhr sie fort.

»In den Rücken fallen?«, fragte Louise, die kurzzeitig verwirrt war.

Bittens Blick war ausdruckslos, als sie Louise ansah.

»Er hat gehört, dass René Ihnen von den Ritualen im Wald erzählt hat und von der Frau, die sie dem Jungen schenken wollten«, sagte sie.

»Wo, zum Teufel, hat er das denn bitte her?«, wollte Louise wissen.

Bitten sah sie nicht an, und es dauerte eine Weile, bis sie antwortete.

»Er geht zusammen mit dem Beamten, der bei der Vernehmung dabei war, zum Tontaubenschießen.«

Louise kochte vor Wut und hatte bereits das Handy in der Hand, um Nymand anzurufen, als Bitten die Hände vors Gesicht schlug und den Kopf schüttelte, als könnte sie das alles gar nicht begreifen.

»Und während ich das erfahre, liegt der Scheißkerl immer noch in meinem Bett und schnarcht. Der hat sie doch nicht alle!«, weinte sie.

Louise steckte das Handy zurück in die Tasche und legte den Arm um Renés Frau.

»Hat er die Nacht hier bei Ihnen verbracht?«, fragte sie.

Bitten nickte.

»Er ist so um acht gekommen, hat den Kühlschrank leer gefressen und sich dann vor die Glotze gehängt. Hat nicht mal Gute Nacht gesagt, als er ins Bett kam, und als ich heute Morgen losfuhr, um René zu besuchen, hat er noch geschlafen.«

»Und Sie sind sicher, dass er die ganze Nacht hier war?«

Bitten sah sie an.

»Kein Zweifel. Der Mann schnarcht, dass die Wände wackeln.«

Louises Handy klingelte, und als sie Camillas Namen im Display sah, entschuldigte sie sich und nahm den Anruf an.

»Ja?«, sagte sie kurz.

»Ich habe Sune gefunden«, flüsterte ihre Freundin.

Elinor trat einen Schritt zur Seite, um Camilla zu dem Jungen vorbeizulassen.

Camilla hatte im Garten unter dem Sonnenschirm gesessen, als die alte Frau plötzlich auf der Terrasse gestanden und eine Hand nach ihr ausgestreckt hatte.

Erst hatte Camilla einfach nur gelächelt und gewinkt. So langsam gewöhnte sie sich daran, dass Elinor einfach so bei ihnen aufkreuzte. Aber als die alte Frau keine Miene verzog und sich mit der nach Camilla ausgestreckten Hand ein paar Schritte entfernte, verstand Camilla.

Schweigend waren sie in den Wald gegangen. Jedes Mal, wenn die alte Frau ihren knorrigen Stock in den Boden rammte, knirschte es ein wenig. Insgesamt legte sie ein verblüffendes Tempo vor, bei dem es selbst Camilla mit ihrem verletzten Bein schwerfiel mitzuhalten.

Als sie sich der Opfereiche näherten, meldete sich eine bange Ahnung in Camilla. Kein Wort hatten sie auf dem Weg gesprochen, aber es lag ganz klar eine Spannung in der Luft. Und dann sprach Elinors Blick Bände, als sie stehen blieb und auf etwas zeigte.

Entsetzt schlug Camilla die Hand vor den Mund. Ihre Beine wurden weich und ihre Hände schwitzten, als sie den dunkelblauen Pulli wiedererkannte, in dem die leblose, an den Baum gelehnte Gestalt steckte.

Sunes Kopf hing vornüber auf die Brust, sein Pony fiel ihm über die Augen, und ihm fehlte ein Schuh.

Aber das, was Camilla so entsetzte und lähmte, war das Blut. Vom Ellbogen an war der rechte Unterarm mit dunklem Blut verschmiert. Ihr wurde schlecht vor Angst, als sie am Hals nach seinem Puls suchte. Sie schloss die Augen und konzentrierte sich.

Als sie wieder aufstand, zitterten ihre Hände so heftig, dass sie kaum das Handy aus der Tasche bekam. Sie ging in die Hocke und wählte die 112, während sie gleichzeitig das Gefühl hatte, die Zeit würde stillstehen. Womöglich war sie zu spät gekommen. Dennoch schaffte sie es, überraschend genau zu erklären, wo im Wald sie sich befand, und kaum hatte sie darum gebeten, mit Polizeidirektor Nymand verbunden zu werden, teilte man ihr auch schon mit, dass der Rettungswagen bereits auf dem Weg sei.

»Ich glaube, er atmet noch, aber ich bin mir nicht sicher«, sagte sie, ohne zu wissen, ob überhaupt noch jemand am anderen Ende der Leitung war.

Dann rief sie auch noch Louise an, aber hinterher konnte sie sich kaum erinnern, was sie gesagt hatte, weil sie wieder ihre ganze Aufmerksamkeit auf den Jungen gerichtet hatte, in der Hoffnung auf ein Lebenszeichen. Vielleicht bewegten sich die Finger ja ein wenig. Oder der Brustkorb hob sich andeutungsweise.

Nichts. Der Junge war vollkommen reglos.

Langsam begriff sie, was passiert war. Das Blut rann aus der linken Armbeuge, wo eine große Ader aufgeschnitten worden war. Jemand wollte ihn bluten, ausbluten lassen. Camilla zweifelte keine Sekunde an der Symbolik. Das hier war ein Blót in seiner ursprünglichen Bedeutung. Sune saß unter dem Baum, weil er den Göttern geopfert werden sollte.

Verzweifelt schüttelte Camilla den Kopf und sah

zu Elinor, die am Feuerplatz beständig kleine Kreise ging. Ihre Lippen bewegten sich konstant, aber es kam kein Laut über sie.

Von ihrer Zeit als Kriminalreporterin wusste Camilla, dass ein Mensch, dem man eine Pulsader durchschnitt, innerhalb kurzer Zeit starb. Das ging sehr schnell. Sie nahm sich zusammen, zog schnell ihre Bluse aus, um damit die Blutung so gut es ging zu stoppen.

»Alles wird gut«, murmelte sie und redete beruhigend auf Sune ein. Sie legte ihn flach auf die Erde und hielt seinen Arm hoch. Vielleicht redete sie in erster Linie auf sich selbst ein, dachte sie, während sie die zusammengeknäuelte Bluse fest auf die Schnittwunde drückte. Verzweifelt überlegte sie, was sie sonst noch tun könnte, als sie die erlösende Sirene des Rettungswagens hörte.

EIK SETZTE OLE THOMSEN am Kreisverkehr bei Særløse ab. Louise schaltete auf Durchzug, als der Mann sich darüber beschwerte, dass sie ihn nicht ganz bis nach Hause fuhren. Ihr war klar, dass sie dazu noch von ihrem Vorgesetzten hören würden.

Nach Camillas Anruf hatten sie ihren Besuch bei Bitten Gamst schnell beendet. Im Auto hatten sie Thomsen gebeten, die Klappe zu halten, als er sich von der Rückbank zu Wort meldete und wissen wollte, was los war.

»Sie finden doch auch selbst nach Hause, da bin ich mir ganz sicher«, sagte Eik durch das offene Fenster, als Thomsen wütend mit der Faust auf die Kühlerhaube schlug. Und noch bevor der Hüne antworten konnte, hatte Eik schon den Gang eingelegt. Steinchen flogen auf und trommelten von unten gegen das Auto, als er auf die Straße zurückfuhr. Im Außenspiegel sah Louise, wie Thomsen immer noch dastand und vor sich hin schimpfte, aber sie ließ ihn aus den Augen, als Nymand anrief.

»Der Vater ist unterwegs«, teilte er mit und erzählte, dass der Junge gerade in die Notaufnahme gekommen war. »Die Ärzte sagen, sein Zustand ist äußerst kritisch.«

Der Erste, den sie sah, als sie das Krankenhaus erreichten, war Lars Frandsen, wie er vornübergebeugt auf einem Stuhl saß und weinte. Louise blieb stehen und spürte Eiks Hand an ihrem Rücken.

»Ich suche Nymand. Geh du doch schon mal zu ihm rüber«, sagte er und steuerte eine Sekretärin in weißem Kittel an, die gerade aus dem Glaskasten am Empfang kam.

Louise stand eine Weile da und beobachtete Sunes Vater. Er sah jetzt noch schlimmer aus als vor einigen Stunden, als sie ihn bei sich zu Hause aufgesucht hatten.

»Hallo«, sagte sie leise und setzte sich neben ihn. »Weißt du schon was?«

Er schüttelte den Kopf und holte tief Luft. Schweigend saßen sie nebeneinander, während in der Notaufnahme alles weiter seinen hektischen Gang ging. Im Wartezimmer schrie ein Kind, eine Krankenschwester eilte davon.

»Kommen Sie bitte mit hier herein«, erklang da eine dunkle Stimme, und als Louise aufblickte, sah sie in das Gesicht einer rabenschwarzen Frau. »Sie brauchen nicht hier draußen auf dem Gang zu sitzen«, sagte sie. »Kommen Sie doch mit in unseren Pausenraum. In den nächsten zwei Stunden hat sowieso keiner Zeit, den zu benutzen.«

»Oberärztin« stand auf ihrem Namensschild, und Louise schämte sich, wie überrascht sie darüber war, dass die Frau fehlerfrei Dänisch sprach.

»Wann darf ich ihn sehen?«, fragte Frandsen, der anscheinend voll darauf fixiert war, dass diese Frau ihm vielleicht etwas Neues über seinen Sohn sagen konnte.

»Wir gehen gleich zu ihm«, informierte die Ärztin ihn, legte ihm eine Hand auf die Schulter und führte ihn zu einem Stuhl an dem rechteckigen Tisch. »Aber erst muss ich Ihnen etwas sagen.«

Frandsen erstarrte.

»Ich komme gerade aus der Onkologie«, fuhr sie fort. »Ihre Frau ist heute Morgen eingeliefert worden, und bei der Besprechung heute Vormittag wurde beschlossen, sie jetzt fürsorglicher Pflege zu übergeben.«

Louise sah Lars an, dass er keine Ahnung hatte, wovon die Ärztin redete. Erst sah er die Oberärztin fragend an, dann Louise.

»Was heißt das?«, fragte er heiser.

»Das heißt, dass wir ihre Behandlung eingestellt haben. Wir benötigen allerdings Ihre Erlaubnis dafür, Tropf und Sonde zu entfernen und nur noch schmerzlindernd zu behandeln.«

Wieder sah er zu Louise. Die merkte, wie ihr die Tränen kamen.

»Lars«, sagte sie und legte die Hand auf seine. »Das heißt, dass Jane stirbt.«

Sie presste die Lippen zusammen und blinzelte, bis der Tränenschleier vor ihren Augen verschwand.

»Du bist ihr nächster Angehöriger, du musst dein Einverständnis erklären. Wenn sie Jane weiter Flüssigkeit über den Tropf und Nahrung über die Sonde geben, wird das ihr Sterben verlangsamen. Ihr Tod wird sich hinziehen.«

Louise sah die Ärztin flehend an, die sich ebenfalls neben Frandsen gesetzt hatte.

»Leider können wir nichts mehr für Ihre Frau tun«, erklärte sie. »Sie hat das letzte Stadium erreicht. Im Moment ist sie nur zeitweise bei Bewusstsein, die meiste Zeit schläft sie. Wir sorgen dafür, dass sie keine Schmerzen hat, und können natürlich nicht sagen, wie lang es noch dauern wird. Vielleicht geht es heute schon zu Ende, vielleicht auch erst in ein paar Tagen. Vielleicht in einer Woche. Das muss sehr schwer für Sie sein, vor allem jetzt, da auch Ihr Junge eingeliefert wurde.«

Schlachter Frandsen schüttelte den Kopf. Regelrecht mechanisch bewegte er sich von einer Seite zur anderen, vermutlich merkte Lars es gar nicht, dachte Louise. Da ging ihr auf, dass auch sie vornübergebeugt saß und sich die Hände an den Bauch presste.

»Sune«, flüsterte er. »Was ist mit ihm?«

»Ihr Sohn ist auf dem Weg auf die Intensivstation«, erklärte sie. »Er hat viel Blut verloren. Sein Puls ist sehr schwach und rast. Er war kurz davor zu verbluten. Wir bereiten eine Bluttransfusion vor, bis dahin bekommt er Flüssigkeit und Sauerstoff.«

»Wird er's schaffen?«, flüsterte er, ohne die Ärztin anzusehen.

»Das kann ich leider noch nicht sagen. Die Hilfe kam sehr spät.«

Louise konnte nicht mehr. Mit tränenüberströmtem Gesicht stand sie auf.

»Wir haben veranlasst, dass Ihre Frau und Ihr Sohn im selben Zimmer liegen können«, war das Letzte, was Louise hörte, dann schloss sich die Tür hinter ihr.

Es war halb sieben am Abend, als Schlachter Frandsen das Besprechungszimmer auf der Intensivstation betrat, das die Krankenschwester ihnen zugewiesen hatte. Louise und Eik waren auf dem Weg zurück nach Kopenhagen gewesen, als Nymand anrief und sagte, der Vater des Jungen wolle gerne mit ihnen reden.

Er war leichenblass, als er sich ihnen gegenübersetzte. Seine Augen waren rot, sein Blick starr und düster.

»Im Moment meinen die Ärzte, dass er eine Überlebenschance hat«, sagte er und faltete die Hände vor sich auf dem Tisch, als müsse er sich an etwas festklammern. »Aber das gilt nicht für Jane. Sie haben ihr Bett ganz dicht an Sunes herangeschoben, damit sie seine Hand halten kann. Ich weiß nicht, wie viel sie mitkriegt, aber sie weiß, dass er da ist. Sie hat seinen Namen gesagt.«

Er fing an zu weinen. Erst lautlos, doch dann schüttelten tiefe Schluchzer seinen Körper. Als wollte er sich entschuldigen, schüttelte er den Kopf und erhob sich.

Louise und Eik schwiegen und sahen ihm dabei zu, wie er auf das Waschbecken in der Zimmerecke zuging, ein Papierhandtuch aus dem Spender zog und sich die Nase putzte. Er blieb kurz so stehen, den Rücken ihnen zugewandt, doch dann warf er das Papier in den Abfall und kehrte zum Tisch zurück.

»Entschuldigung«, murmelte er und setzte sich. Er holte tief Luft und wartete, bis seine Atmung sich beruhigt hatte. Dann wandte er sich Louise zu.

»Ich habe dir ja erzählt, dass die Clique um Ole Thomsen alles andere als ein normaler Freundeskreis ist, sondern vielmehr ein Bund, aus dem niemand ausbrechen kann. Ich hatte immer großen Respekt vor Klaus, weil er es versucht hat. Nach dem, was heute passiert ist, werde ich es mir niemals verzeihen, dass ich nicht seinen Mut hatte.«

Louise fühlte sich leer. Was nützte einem Mut, wenn er den Tod brachte?

»Ich möchte dir gerne erzählen, wie alles angefangen hat«, sagte Frandsen.

Louise spürte Eiks Hand an ihrer Schulter und lehnte sich zurück. Sie dachte, sie würde bereits die ganze Geschichte kennen, und verspürte eine leichte Unruhe beim Gedanken daran, dass sie nun vielleicht doch noch mehr Neues erfahren würden.

»Kannst du dich an Eline erinnern?«, fragte Frandsen und sah sie an. »Oles kleine Schwester?«

Louise erstarrte. Thomsen hatte eine Schwester? Doch dann erinnerte sie sich. Ein blasses, mageres Mädchen, das mit ihrem kleinen Bruder in eine Klasse gegangen war. Und an das Foto auf Thomsens Kommode.

Sie nickte langsam. Das Mädchen war krank gewesen, aber Louise konnte sich nicht erinnern, was ihm gefehlt hatte.

»Das war eine sehr traurige Geschichte«, fuhr Schlachter Frandsen fort und sah auf seine Hände. »Die Konfrontation mit Krankheit und Tod kann ganz gewaltige Gefühle in einem auslösen, wenn man jung ist.«

Die Art und Weise, wie er über Eline sprach, verriet Louise, dass irgendetwas tiefe Spuren in ihm hinterlassen hatte.

Er sah auf und schüttelte leicht den Kopf.

»Ich weiß auch nicht, ob ich vielleicht bloß versuche zu rechtfertigen, was passiert ist«, sagte er und schwieg dann.

»Was hatte sie denn?« Eik hatte sich mangels Zigaretten ein Streichholz in den Mund gesteckt.

»Ich habe tausendmal darüber nachgedacht«, sprach Schlachter Frandsen weiter, ohne auf Eiks Frage einzugehen. »Damals konnte schließlich keiner von uns die Konsequenzen erahnen. Das kann man nun mal nicht als Teenager. Wir dachten, wir könnten sie retten. Aber das konnten wir nicht.«

Louise kam es fast vor, als würde er mit sich selbst reden, doch dann richtete er sich auf.

»Ole hatte seine Schwester mit raus in den Garten genommen, zum Kletterbaum. Er hatte da oben eine Höhle gebaut und wollte Eline die Aussicht zeigen. Das war 1983, da war sie acht. Aber dann ist ein Ast unter ihr abgebrochen, sie ist gestürzt und links mit dem Rücken aufgeschlagen. Aber ihr ging es gut, sie hat einfach weitergespielt. Erst beim Abendessen wurde sie plötzlich blass und sagte, sie habe Schmerzen. Im Laufe des Abends ging es ihr immer schlechter, bis die Eltern sie schließlich ins Krankenhaus fuhren. Dort stellte man fest, dass sie sich die Milz gerissen und innere Blutungen hatte.«

Frandsen saß eine Weile schweigend da.

»Sie mussten ihr eine Bluttransfusion geben, um sie zu retten«, sprach er leise weiter. »Und über die hat sie sich mit HIV angesteckt. Fünf Jahre später war sie aidskrank.«

»Ja, aber das war doch nicht eure Schuld, dass sie dann gestorben ist!«, wandte Louise ein. »Das Mädchen war schwer krank. Todkrank.«

Frandsen schüttelte den Kopf.

»Eline ist nicht an ihrer Krankheit gestorben«, sagte er und studierte dabei seine Hände. »Sie ist verblutet. Und ihr habt sie gerade gefunden. In einem der alten Mädchengräber.«

FRANDSENS WORTE HINGEN IN DER LUFT, und noch bevor Louise sie wirklich begreifen konnte, straffte er abermals die Schultern und fuhr fort:

»Irgendwann meinten die Ärzte, sie hätte nicht mehr lange zu leben. Einen Monat vielleicht, oder zwei.« Er sah keinen von ihnen an, während er sprach. »Zum Schluss war sie wirklich richtig schlimm krank, sie lag nur noch in ihrem Zimmer, und es ging ihr einfach scheiße. Aber sie hat gekämpft. Für uns, die wir seit Jahren bei den Thomsens ein und aus gingen, war das total seltsam. Wir kannten sie ja von früher, als sie ein kleines Energiebündel gewesen war. Und dann lag sie auf einmal da und wurde von diesem Scheißaids und allem, was dazugehört, förmlich aufgefressen.«

Er sah zu Louise auf.

»Du kennst doch Roed Thomsen. Der konnte überhaupt nicht damit umgehen, dass seine Tochter Aids hatte. Darüber wurde also nicht gesprochen. Ich hatte fast den Eindruck, die Eltern schämten sich deswegen, dabei konnte Eline doch gar nichts dafür!«

Louise wusste genau, was er meinte. Damals waren so einige Leute in Panik geraten und hatten geglaubt, man könne sich mit Aids anstecken, wenn man nur einen Infizierten küsste oder aus demselben Glas trank. Sie konnte sich daher lebhaft vorstellen, wie auch die ortsbekannte Familie in Panik geriet und die Krankheit der Tochter schlicht verleugnete.

»Dir fällt es sicher schwer zu glauben, dass Ole auch

eine weiche Seite hat«, fuhr Schlachter Frandsen fort, »aber ich sage dir, er war fix und fertig, schließlich war er es gewesen, der sie mit auf den Baum genommen hatte. Er hat seine kleine Schwester vergöttert und hätte alles getan, damit sie wieder gesund wird. Ich weiß nicht mehr genau, wann das war, aber er hat uns mal alle zu sich eingeladen. Seine Eltern waren nach Fünen oder Jütland gefahren, um bei irgendwelchen Freunden zu übernachten«, erklärte er, als sei dieses Detail heute noch von Bedeutung.

»Eline hatte ihren Bruder gebeten, sie zur Opfereiche im Wald zu bringen, damit wir die Götter anrufen und sie bitten konnten, Eline freundlich aufzunehmen. Eigentlich gar nicht auszuhalten, aber darüber haben wir damals wenig nachgedacht. Uns ging es vor allem darum, Eline unsere Unterstützung zu zeigen. Und vielleicht auch um das Gefühl, dass wir ihr etwas bedeuteten.«

Louise beugte sich nach vorn.

»Wie war Eline denn auf die Idee gekommen?«, fragte sie.

»Die Mutter von Roed Thomsen war in dem damaligen Mädchenheim aufgewachsen. Eline hatte von ihrer Großmutter die Geschichten von den Mädchen gehört, die kurz vor ihrem Tod zu dem Baum gekarrt wurden, um die Götter auf sie vorzubereiten. Das hatte Eline sehr beeindruckt, und das wollte sie auch gerne.«

»Eine Frage«, unterbrach Louise ihn. »Ist Ole Thomsen Asatru, weil seine Großmutter da draußen aufgewachsen ist? Und hat er euch andre unter Druck gesetzt, da mitzumachen?«

»Er hat überhaupt niemanden unter Druck gesetzt.« Frandsen klang wütend. »Asatru ist ein Glaube, den man praktiziert, weil man sich mit ihm identifizieren kann. Es ist ein Bund mit der Natur. Für uns Skandinavier ist das der naheliegendste Glaube überhaupt.«

In seinen Worten klang eine Aggression mit, aus der Louise schloss, dass er seinen Glauben schon oft hatte verteidigen müssen.

»Okay«, gab sie nach. »Aber wie hat das alles angefangen?«

»Oles Großmutter ist, wie gesagt, schon als Mädchen dem Asatru begegnet, weil der Leiter des Mädchenheims Gode war. Also eine Art Pfarrer. Lejre und Roskilde sind mit die wichtigsten Schauplätze der alten nordischen Sagen, sie sind ein Teil der hiesigen Geschichte, und jetzt haben wir sie zu einem Teil unserer Geschichte gemacht.«

Louise nickte nur. Sie dachte an Sune. Den die Männer mit nur fünfzehn Jahren versucht hatten, in diese Gemeinschaft hineinzuzwingen. Der arme Junge. So, wie sein Vater von alldem erzählte, was er wiederholt als Glauben bezeichnete, klang das Ganze für sie mehr wie eine Sekte.

Frandsen rutschte auf seinem Stuhl herum.

»Ich habe das noch nie jemandem erzählt«, sagte er dann. »Aber jetzt gibt es ja eigentlich keinen Grund mehr zu schweigen.«

Er sah erst zu Eik, dann zu Louise.

»Ist euch die Opfereiche im Boseruper Wald überhaupt ein Begriff?«, fragte er und sah leicht überrascht aus, als beide nickten.

»Also, an dem Abend, an dem wir mit Eline in den Wald fuhren, war Vollmond«, erzählte er weiter. »Das war natürlich purer Zufall, darauf hatte Ole ja keinen Einfluss. Aber dadurch herrschte wirklich eine ganz besondere Stimmung. Eline war zu schwach, um zu laufen, darum trugen wir sie durch den Wald. Damals war alles viel zugewachsener. Den Feuerplatz gab es nicht, den haben wir erst angelegt. Eline meinte, das Mondlicht sei wie Silber, das vom Himmel fiel. Wir legten Decken auf den Boden und machten ein kleines Feuer.«

Louise brachte es nicht über sich zu fragen, ob Klaus auch dabei gewesen war.

»Sie war in ihre weiße Bettdecke gewickelt und saß mit dem Rücken an den Baum gelehnt im Schein des Feuers da, als wir uns im Kreis um sie herum aufstellten und die Götter anriefen.«

Seine Stimme wurde weicher und dunkler, als sei die Erinnerung an jenen Abend noch so deutlich, dass er sich die ganze Atmosphäre sofort wieder vergegenwärtigen konnte.

»Wenn man einen Pakt mit der Natur schließt, passiert etwas ganz Besonderes«, fuhr er fort und sah sie ernst an. »Wenn man so im Kreis um ein Feuer steht, im Licht des Mondes und in der Stille des Waldes, dann spürt man die göttlichen Kräfte. Man spürt, dass die Götter da sind, und zwar nicht nur im spirituellen Sinne, sondern auch körperlich. Man hat das ganz deutliche Empfinden, nicht allein zu sein, und das gibt einem eine tiefe innere Ruhe.«

Leicht verunsichert sah er sie an. Als habe er gerade sein Innerstes nach außen gekehrt und würde nun abwarten, wie das aufgefasst wurde.

»Stimmt«, sagte Eik. »Ich kenne das. Ich war mal bei einem Mittwinterblót dabei. Das ist etwas ganz Besonderes.«

Louise sah ihn an, hielt aber den Mund.

»Zu dem Zeitpunkt hatte es noch keiner bemerkt«, fuhr Frandsen nach einer Weile fort. »Wir sahen es erst, als wir den Kreis wieder auflösten und Eline ein bisschen Limo einflößen wollten. Wir wollten einfach noch ein bisschen am Feuer sitzen, bis es ausging.«

»Was hatte keiner bemerkt?«, fragte Louise.

»Dass sie blutete.«

Er rieb sich die Nase. Es fiel ihm offenkundig schwer weiterzureden.

»Sie hatte ein Taschenmesser mitgenommen und sich mehrmals tief in die Ellbogenbeuge geschnitten.«

Louise zuckte zusammen. Camilla hatte ihr etwas ganz Ähnliches über Sune erzählt.

»Ole ist total ausgeflippt und hat versucht, die Blutung zu stoppen. Er wollte ihr den Arm abbinden, aber sie hat alles immer gleich wieder losgemacht. Irgendwann hat er dann aufgegeben.«

Louise konnte die Stimmung jenes Abends im Wald förmlich spüren.

»Ich weiß nicht, was sie und Ole noch redeten, und ich habe es nie über mich gebracht zu fragen.«

»Und Eline ist gestorben?«, fragte Eik.

Frandsen schüttelte den Kopf.

»Jein. Sie ist nicht da draußen im Wald gestorben. Erst später, im Laufe der Nacht, zu Hause.«

Er legte die Hände vors Gesicht und blieb eine ganze Weile so sitzen. Alle schwiegen, während Eik und Louise versuchten zu begreifen, was sie da gerade gehört hatten.

Frandsen faltete die Hände und stützte sich mit den Unterarmen auf den Oberschenkeln ab, dass sein Rücken ganz rund wurde.

»Und wie hat Ole Thomsen das seinen Eltern erklärt?«, fragte Louise schließlich.

Als er anfing zu erzählen, konnte Louise fast die Stimme des alten Polizeimeisters hören.

»Sein Vater wollte natürlich nichts davon hören, dass Eline das selbst gewollt und gemacht hatte und dass wir es nicht hatten verhindern können. Er glaubte Ole auch nicht, dass er versucht hatte, die Blutung zu stoppen. Er hat uns nie vorgeworfen, sie getötet zu haben, aber uns war allen klar, dass er seinem Sohn die Schuld an ihrem Tod gab.«

Er biss sich auf die Unterlippe und schüttelte den Kopf.

»Irgendwie war es natürlich auch seine Schuld. Unsere Schuld. Wir hätten sie nie mit in den Wald nehmen sollen, nicht in ihrem Zustand. Sie lag ja im Sterben.«

Nach einer langen Pause fügte er noch hinzu: »Eline war ein Mädchen, das beschlossen hatte, sich das Leben zu nehmen. Und wir haben ihr dabei geholfen.«

Die Stille, die diesem Geständnis folgte, war ohrenbetäubend. Dann ergriff Eik das Wort:

»Ich verstehe immer noch nicht, wieso sie in einem der alten Mädchengräber endete?«

Frandsen krümmte sich. Louise konnte ihn kaum noch ansehen. Er hatte sich ihnen gerade vollkommen geöffnet, hatte sie in sein düsterstes Inneres gelassen.

»Der Polizeimeister wollte nicht, dass das rauskam, dass seine kleine Tochter sich das Leben genommen hatte. In seinen Augen hätte das wohl bedeutet, er hätte sich nicht gut genug um sie gekümmert oder sie nicht genügend geliebt.«

»Wieso wusste niemand was davon?«, fragte Louise. »Wieso höre ich diese Geschichte zum ersten Mal?«

»Weil keiner ein Interesse daran hatte, dass sie publik wurde«, sagte er mit düsterer Stimme. »Eline wurde vermisst gemeldet, und dann hat keiner mehr drüber geredet. Das hat alles der Polizeimeister geregelt, keine Ahnung, wie genau. Niemand hat sich getraut, zu fragen, weil alle Angst vor den Folgen hatten, die es für sie haben würde, wenn sie Roed Thomsen in die Quere kamen. Also wurde die Sache totgeschwiegen.«

»Und dann hat er sie draußen im Wald begraben?«, fragte Louise, doch er schüttelte den Kopf.

»*Wir* haben sie begraben«, korrigierte er. »Damit wollte er nichts zu tun haben. Auf gar keinen Fall. Wie hätte das denn ausgesehen, wenn er irgendwie mit dem Tod seiner Tochter in Zusammenhang gebracht werden könnte?«

»Und...?«, fragte Eik, als wieder alle schwiegen.

»Und dann reichten wir den Eidring herum.« Frandsen nickte. »Der Glaube an die Asen hatte uns schon lange verbunden, aber erst da haben wir eine Bruderschaft gestiftet und ein Schweigegelübde abgelegt. Klaus war auch dabei«, sagte er und sah Louise an.

Da spürte sie, dass sie das alles gar nicht wissen wollte. Es reichte.

»Wir haben hoch und heilig versprochen, dass wir nie darüber reden würden, und uns geschworen, dass wir Brüder sein würden, mit allem, was dazugehörte.«

Auf einmal sah er aus, als würde in ihm ein Licht erlöschen.

Verzweifelt schlug er die Hände vors Gesicht.

»Ich habe Sune im Stich gelassen«, sagte er dann und sah sie an. »Ich bin nicht stark genug gewesen, um mich aus alldem zu befreien. Ich bin ein Scheißvater. Die Kumpelei mit Thomsen und den anderen hat schon immer meine Familie überschattet, und trotzdem ist es meine Schuld, dass sie ihn jetzt bestrafen. Ich hätte ihn da nie mit reinziehen dürfen.«

Die Einsicht kam ja wohl ein bisschen spät, dachte Louise.

Er schwieg. Auf seiner müden Stirn zeichnete sich eine tiefe Furche ab.

»Du weißt, dass du alles, was du uns gerade erzählt hast, auch der Polizei in Roskilde noch mal erzählen musst, ja?«, sagte Louise.

Er nickte bereits, bevor sie ausgeredet hatte. Offenbar hatte er sich darüber schon Gedanken gemacht, stellte sie erleichtert fest.

»Natürlich«, antwortete er matt. »Ich weiß, dass ich viel zu lange die Klappe gehalten habe. Damit ist jetzt Schluss.«

CAMILLA HATTE SICH einen großzügigen Gin Tonic eingeschenkt. Jetzt saß sie auf der Terrasse und sah über den Fjord hinüber zu der kleinen Insel und den Enten, die faul auf dem Wasser schaukelten. Camilla war immer noch ganz schwummerig zumute nach den Strapazen im Wald.

Sie zuckte zusammen, als Frederik ihr von der Küche her etwas zurief. Sie hatte ihn nicht nach Hause kommen gehört und auch nicht bemerkt, dass der Wind frisch geworden war und sie an Armen und Beinen eine Gänsehaut hatte.

Nachdem Sune mit dem Rettungswagen abtransportiert worden und sie selbst nach Hause zurückgekehrt war, hatte sie ihren Mann angerufen. Der hatte da noch eine Vorstandssitzung vor sich und eine Telefonkonferenz mit dem Büro in den USA, wie er ihr erklärte. Eigentlich hatte es ihr ganz gut gepasst, dass er erst später nach Hause kommen würde, sie brauchte etwas Zeit für sich alleine.

Jonas und Markus waren nach Roskilde gefahren, um zu »chillen«, und Camilla hatte nicht mal mehr die Energie gehabt, darüber nachzudenken, ob das etwas mit Bier und Zigaretten zu tun hatte oder ob sie dabei einfach nur im Stadtpark auf der Wiese saßen und Musik hörten.

Seit Louises Anruf waren Camillas Gedanken ausschließlich um Sune gekreist. Die letzte Nachricht war gewesen, dass sein Zustand stabil sei. Sie hatte ihn rechtzeitig gefunden.

Plötzlich fühlte Camilla sich überflüssig und leer. Zwar kannte sie Sune kaum und hatte so gesehen nichts im Krankenhaus verloren. Aber sie hatte das Gefühl, ihm so nahegekommen zu sein, dass er ihr jetzt richtig fehlte.

»Sag mal, was ist denn bitte mit dem Baum passiert?«

Camilla drehte sich zu Frederik um und stand sofort auf, als sie ihn sah.

»Mit welchem Baum?«

»Na, mit unserem Schutzbaum. Der ist total hinüber. Als hätte jemand sich mit einer Kettensäge an ihm vergangen«, sagte er und war schon wieder auf dem Weg zurück zum Hofplatz.

Camilla nahm ihr Glas und leerte es zügig. Der Alkohol brannte im Hals und dann im Magen. Sie stellte das Glas ab und folgte Frederik durch die Küche hinaus auf die breite Treppe vor dem Haus, wo sie abrupt stehen blieb. Der Baumstann hatte große Wunden, in denen frisches, weißes Holz zu sehen war. Rund um den Baum lagen haufenweise Späne.

Der Vandalismus begann einen halben Meter über dem Boden und erinnerte Camilla an Graffiti auf einer frisch gestrichenen Wand.

Langsam schritt sie die Treppe hinunter und merkte, wie Wut in ihr aufstieg. Frederik umrundete mit dem Handy am Ohr den Baum. Camilla vermutete, dass er den Verwalter angerufen hatte.

Warum hatte sie das nicht gehört? Camilla zählte. Zwölf Wunden waren dem Baum zugefügt worden. So etwas dauerte doch eine Weile. Dann dachte sie an Sune.

»Die müssen hier gewesen sein, während der Junge da draußen im Wald fast verblutet wäre!« Camilla war entsetzt, als ihr aufging, dass womöglich jemand hier die Kettensäge geschwungen hatte, während Elinor und sie bei der Opfereiche waren und den Rettungswagen riefen.

Sie war durch den Wald zum Haus zurückgekehrt und war nicht auf dem Hofplatz gewesen.

»Tønnesen ist unterwegs«, sagte Frederik. »Er soll den Baum fällen. Die sollen nicht glauben, dass sie uns Angst einjagen können.«

»Bist du sicher?« Camilla wunderte sich selbst über den Anflug von Aberglauben, dem sie gerade verfiel.

Frederik hatte sich ein Stück entfernt und sah zur Baumkrone hinauf. Dann zuckte er die Achseln.

»Das wird ihnen jedenfalls zeigen, dass wir uns nicht drohen lassen.« Sein Ton ließ keinen Zweifel daran, dass die Entscheidung bereits gefallen war.

»Wer weiß, dass wir einen Schutzbaum haben?«, fragte Camilla und bemerkte einen Schnitt im Baumstamm, der anders aussah als die anderen.

»Vermutlicher jeder, der an so einen Kram glaubt und sich für die alten Sagen interessiert«, antwortete er und ging zu ihr, nachdem sie gesagt hatte, da sei etwas, das er sich mal ansehen sollte.

»Das Zeichen da. War das schon immer da?«, fragte sie, obwohl ihr die Antwort bereits klar war. Denn das zwischen den Schnitten hervortretende Holz war ganz frisch.

Frederik zeichnete das kreisförmige Zeichen mit dem Finger nach. Im Kreis war ein Kreuz mit einem kleinen Haken an jedem Ende.

»Ich glaube, das ist eine Rune«, sagte er.

Camilla holte ihr Handy hervor und fotografierte das

Zeichen. Sie ging davon aus, im Internet etwas über Runen finden zu können.

Der Verwalter fuhr auf den Hofplatz und sprang aus dem Auto. Camilla grüßte ihn.

»Was, zum Teufel, ist denn hier passiert?!«, rief er, obwohl das mehr oder weniger auf der Hand lag und Frederik ihm ja auch bereits erzählt hatte, was er wusste.

Camilla ging langsam zum Haus zurück. Was, zum Teufel, ging hier vor sich? Bis vor einer Woche hätte sie bei »Asatru« ausschließlich an Wikingermärkte und Rollenspiele gedacht. Nicht im Traum wäre ihr eingefallen, dass es Leute gab, die diesen Glauben ernsthaft pflegten und praktizierten. Verwirrt ließ sie sich auf einen Küchenstuhl sinken.

Was wollen die uns sagen?, fragte sie sich. Sie verstand nicht, wieso sich jemand gegen sie gewandt hatte. Aber sie gab Frederik recht: Der Baum musste gefällt werden. Niemand sollte glauben, dass sie sich auf diese Weise einschüchtern ließen.

PIZZA, COLA UND POMMES FRITES. All das stand auf dem Konferenztisch, wie um ein großes Vorurteil zu bestätigen: Die Polizei ernährt sich an einem arbeitsintensiven Abend von Junkfood. Sie saßen im Polizeirevier in Roskilde, vor Louise lag eine halbe Pizza Peperoni, und sie hatte das Gefühl, fehl am Platz zu sein. Eigentlich waren Eik und sie ja fertig hier. Der Junge war wieder da und die Familie wieder vereint. Allerdings waren da noch ein paar Dinge, die abgeschlossen werden mussten.

Jedes Mal, wenn das Bild von Jane, wie sie die Hand ihres Sohnes hielt, vor Louises innerem Auge auftauchte, musste sie schlucken. Sie hatte eigentlich geglaubt, ihre Gefühle im Griff zu haben. Sie dachte zurück an die vielen Sitzungen beim Polizeipsychologen während ihrer Zeit beim Morddezernat, bei denen sie lernen sollte, ihre Gefühle aus ihren Fällen herauszuhalten. Gleichzeitig hörte sie Suhrs Stimme. Der Leiter des Morddezernats hatte immer wieder die Überzeugung vertreten, wer keine Empathie habe, könne kein guter Ermittler sein und darum auch kein Teil seines Teams.

Louise blinzelte ein paarmal, als Nymand erzählte, man habe soeben die eine der beiden unbekannten Leichen identifiziert, die man in der Nähe von Lisa Maria in den Mädchengräbern gefunden hatte.

»Die Angehörigen sind noch nicht benachrichtigt«, sagte er und sah alle nacheinander ernst an, um zu unterstreichen, dass die folgenden Informationen vertraulich waren.

»Wir haben es mit der dreiundzwanzigjährigen Anette Mikkelsen zu tun. Sie ist 2005 kurz nach ihrem Geburtstag verschwunden. Anette Mikkelsen war Prostituierte.« Er hielt inne und ließ abermals den Blick durch die Runde wandern.

»Und ich weiß, wer die zweite Tote ist«, sagte Louise und wischte sich schnell die Finger an einer Serviette ab. »Eline Thomsen, Tochter des früheren Polizeimeisters«, fuhr sie fort, und Nymand drehte sich überrascht zu ihr um. »Sie war dreizehn Jahre alt, als sie 1988 starb. Ihr Bruder und dessen Freunde haben sie da draußen begraben, aber ihr Vater hat sie dazu angestiftet.«

Ungläubig hob Nymand eine Augenbraue.

»Und wie, bitte schön, kommen Sie auf eine so absurde Behauptung?«

»Das ist keine Behauptung«, entgegnete sie und kümmerte sich nicht um den Blick, mit dem er sie bedachte. »Ich habe einen Zeugen, der berichten kann, was passiert ist und wer daran beteiligt war, das Mädchen zu begraben.«

»Also, ich finde, wir sollten Roed Thomsen aus dieser Sache heraushalten. Mag ja sein, dass sein Sohn ein Scheißkerl ist, aber das ist noch lange kein Grund, solche Beschuldigungen gegen einen Mann auszusprechen, der viele Jahre den größten Respekt genossen hat.«

»Wenn Sie mir nicht glauben, dann schlage ich vor, dass Sie untersuchen, was mit der Tochter passiert ist, seit sie 1988 verschwand. Ich vermute, Sie werden herausfinden, dass sie als vermisst gemeldet und seither nie wieder gesehen wurde.«

Nymand schüttelte den Kopf und wechselte das Thema.
»Ich habe auch mit Ihrem Rechtsmediziner gesprochen, Flemming Larsen«, berichtete er. »Er ist fertig mit der Obduktion der Leiche, die wir auf dem Friedhof von Hvalsø exhumiert haben.«
Mein Rechtsmediziner?, dachte Louise. Die anderen am Tisch schwiegen immer noch. Sie sah ihnen an, dass sie keine Ahnung hatten, wovon ihr Chef redete. Offenbar hatten sie noch nichts davon gehört, dass eine weitere Leiche ins Spiel gekommen war, die möglicherweise mit dem Fall zu tun hatte.
Sie nickte, schwieg aber.
»Der alte Autopsiebericht liegt auch vor. Die Leichenschau fand damals in dem Haus statt, in dem man den Toten gefunden hatte. Er hing an einem Strick von der Treppe im Flur.«
Letzteres sagte Nymand mehr in Richtung der anderen, und dann erläuterte er schnell, dass es sich um einen einundzwanzigjährigen Mann handelte, der zu dem Kreis rund um Ole Thomsen gehört hatte. Er war so taktvoll, Louises Rolle in diesem Zusammenhang nicht zu erwähnen.
»In dem Bericht steht, dass die Beine des Toten leicht gebeugt waren. Er hatte Leichenflecken an Händen und Beinen, was beim Tod durch Erhängen klassisch ist.«
Nymand sah zu Louise.
»Flemming Larsen hat bei der Obduktion eine große Verletzung am Hinterkopf gefunden«, fuhr er fort und sah wieder auf das vor ihm auf dem Tisch liegende Papier. »Die Bruchlinien verlaufen von der Mitte des Hinterkopfes ausgehend in verschiedene Richtungen, und unter der harten Hirnhaut fanden sich immer noch Reste von Blut.«

Er sah Louise an.

»Wissen Sie von dem Abschiedsbrief, der im Haus gefunden wurde?«

Auf einmal sahen alle sie an. Sie hatte größte Lust, den Kopf zu senken, aber sie nickte nur.

»Entschuldigung«, hatte da gestanden. Mehr nicht. Keine Anrede, keine Unterschrift. Als sie damals davon hörte, hatte sie es strikt abgelehnt, sich den Brief anzusehen.

Schweigend schob Nymand die Papiere zurück in die Plastikhülle.

»Den Fall rollen wir jetzt ganz neu auf. Wir werden die Schrift des Abschiedsbriefes analysieren lassen. Haben Sie zufällig noch irgendetwas, mit dem wir sie vergleichen können?«, fragte er Louise.

Sie nickte und dachte an den Koffer mit Erinnerungsstücken, der auf dem Dachboden stand. Da waren viele Bilder und Briefe drin, natürlich auch von Klaus.

Mehr wurde dazu nicht gesagt. Man ging über zur Besprechung der Dinge, die Nymands Leute auf Kussens Hof beschlagnahmt hatten. Unzulässiges Gift für die Landwirtschaft, polnische Softdrinks und altes, vakuumverpacktes Fleisch in einer großen Tiefkühltruhe in der Scheune. Bei Maurer Hemmingsen hatten sie größere Bargeldbeträge konfisziert sowie Geschäftsbücher, an denen die Kollegen aus der Wirtschaftskriminalität längere Zeit ihre Freude haben würden. Doppelte Buchführung, Schwarzgeld und Mehrwertsteuerbetrug. Das überraschte Louise nicht sonderlich.

Nymand erwähnte weder Gudrun noch den Hallenwart aus Såby. Louise wusste, dass einige seiner Leute bereits mit René Gamst gesprochen hatten, der immer noch bereit war, gegen Ole Thomsen auszusagen. Sie schlug ihnen vor, auch mit Lars Frandsen zu reden.

»Der kann euch auch von Gudrun und dem Hallenwart erzählen«, sagte sie. »Und von Roed Thomsens Tochter.«

Die Besprechung ging weiter. Noch am selben Abend wollten sie Ole Thomsen und seine Kameraden vorläufig festnehmen. Dann würden sie sie entweder die ganze Nacht verhören oder erst mal in eine Zelle stecken und morgen mit den Vernehmungen anfangen. Louise zweifelte nicht daran, dass bereits heute Abend für ziemlichen Aufruhr unter den Männern gesorgt werden würde. Zunächst musste geklärt werden, ob noch mehr Personen zu dem harten Kern, dem »inneren Kreis« gehörten.

»Wollen wir los?«, flüsterte Eik ihr ins Ohr.

Sie schob den Stuhl zurück und wollte aufstehen. Sie sah ihre Kollegen an, denen eine lange, harte Nacht bevorstand. War einen Moment wehmütig, weil sie nicht dabei sein würde, wusste aber gleichzeitig, dass sie keine Hilfe wäre. Sie würde sich weder auf die junge Prostituierte noch auf Sune konzentrieren können. Und auch nicht auf Klaus, Eline oder den Hallenwart aus Såby oder Gudrun. Für Louise wäre das Ganze einzig und allein ein persönlicher Rachefeldzug gegen Ole Thomsen. Sie war erleichtert darüber, doch professionell genug zu sein, um sich aus diesem Teil der Ermittlungen herauszuhalten.

»Na, dann viel Erfolg«, sagte sie und folgte Eik hinaus aus dem Besprechungszimmer.

Auf dem Weg zum Auto bat sie Eik um eine Zigarette. Kommentarlos hielt er ihr die Schachtel und das Feuerzeug hin.

AUTOS. ÜBERALL AUTOS. Sie hörte Eik jedes Mal brummen, wenn er glaubte, einen Parkplatz erspäht zu haben, und dann feststellen musste, dass irgendein Stummelauto zwischen zwei größeren Wagen abgestellt war.

Es war verdammt lange her, seit Louise zuletzt im Stadtpark Musik gehört hatte, aber die Erinnerung daran kehrte schnell zurück. Wie sie mit ihren Freunden und ein paar Bier auf der abschüssigen Wiese gesessen hatte. Drüben beim Ishuset traf man immer irgendjemanden, den man kannte, und wenn man erst auf der Wiese lag, hielt man ständig weiter Ausschau nach noch mehr Leuten, die man kannte. Sie hatte meist nach Klaus Ausschau gehalten. Bevor sie ein Paar wurden.

»Haben die Jungs gesagt, wo genau wir sie abholen sollen?«, fragte Eik. Erst da bemerkte Louise, dass er an einem Taxistand hielt.

»Hier kannst du nicht stehen bleiben«, wies sie ihn zurecht.

»Ja, und sonst auch nirgendwo«, sagte er. »Also bleibe ich jetzt hier stehen.«

Louise versuchte noch einmal vergeblich, Jonas auf seinem Handy zu erreichen, und seufzte verärgert. Da entdeckte Eik die beiden. Umringt von langhaarigen, lachenden Mädchen mit Cidredosen in der Hand, kamen die beiden Jungs auf dem Kiesweg dahergeschlendert.

Mann, waren die groß geworden! Fünfzehn waren sie jetzt, fast sechzehn. Entgeistert sah Louise sie an, als sei diese Verwandlung eingetreten, während sie nur mal kurz weggeguckt hatte. Markus redete und brachte die anderen zum Lachen, und als Camillas Sohn sich umdrehte, um etwas zu sagen, sah Louise, dass Jonas mit einem der hübschen Mädchen Händchen hielt. Das lange, dunkle Ponyhaar hatte er sich aus dem Gesicht gestrichen, er versteckte sich nicht mehr hinter diesem Vorhang aus Haaren, und ein breites Lächeln veränderte seine Miene total.

Louise wurde warm ums Herz. Einen Moment saß sie einfach nur da und genoss den Anblick und das Gefühl, dann öffnete sie die Autotür und rief die beiden.

Die beiden großen Teenager ließen sich Zeit damit, jedes einzelne Mädchen zum Abschied in den Arm zu nehmen, doch kaum hatten sie den Weg zum Auto eingeschlagen, waren sie offenbar schon ganz woanders. Sie redeten und lachten, und Louise konnte nicht hören, worüber.

Irgendwie vermisste sie das. Sie konnte sich noch gut erinnern, wie es gewesen war. Auch sie hätte eines der Mädchen sein können, das von einem Jungen umarmt wurde, der im nächsten Augenblick bereits mit etwas ganz anderem befasst war. Während sie sich tagelang Gedanken darüber machte, was diese Umarmung wohl zu bedeuten haben mochte.

Gleichzeitig war sie froh, dass diese Zeiten vorbei waren. Zu Jonas passte es aber. Sie hatte ihn lange nicht so fröhlich und unbeschwert gesehen, und alleine das machte sie glücklich. Vielleicht hatten die traumatischen Ereignisse in seinem jungen Leben ihn doch nicht auf alle Zeiten geschädigt, dachte sie, und obwohl es bereits nach zehn war, fragte sie die beiden, ob sie etwas gegessen hatten.

Jonas musste am nächsten Tag erst etwas später zur Schule, darum hatten sie beschlossen, bei Camilla und Frederik zu übernachten und erst am nächsten Morgen zurück nach Kopenhagen zu fahren. Dina war bei Melvin, sie mussten sich also um nichts weiter kümmern.

»Hä? Was ist denn hier los?«, rief Markus von der Rückbank, als sie die Allee nach Ingersminde hinauffuhren. Eik nahm den Fuß vom Gas, und sie reckten alle die Hälse.

Vor ihnen versperrte ein quer über die Einfahrt liegender, riesiger Baumstamm den Weg, und mehrere Männer mit Schutzhelmen und Seilen liefen um ihn herum.

Die Jungen sprangen aus dem Auto und rannten zum Haus.

»Vorsicht!«, rief Louise ihnen hinterher.

Eik setzte den Wagen ein Stück zurück und stellte ihn dann am Wegrand ab, wo auch noch andere Autos standen. Sie hörten eine Kettensäge und Stimmen, und es duftete, wie wenn man ein Sägewerk betrat. Gleichzeitig wirkte das alles irgendwie unwirklich und ungut, schließlich hatte die Dämmerung eingesetzt – was machten die alle um diese Zeit noch hier?

»Die haben den Schutzbaum gefällt«, rief Jonas aufgeregt, als sie den Hofplatz erreichten. »Frederik wollte das so. Er steht da oben. Jetzt zerlegen sie den Stamm, damit sie ihn abtransportieren können.«

Er klang, als sei er Berichterstatter bei einem wichtigen Ereignis.

Louise nahm Eiks ausgestreckte Hand und folgte

ihm zum Baum und den Männern, die irgendetwas hin und her riefen, als koordinierten sie etwas. Einen Augenblick standen sie da und betrachteten die kolossale Eiche, die selbst liegend mehrere Meter in die Höhe ragte. Rechterhand sahen sie die untersten Äste der Krone, der Rest verschwand in der Dämmerung über dem ans Haus grenzenden Feld.

Camilla saß mit ihrem Laptop auf dem Schoß im Wohnzimmer, als Eik und Louise das Haus betraten.
»Das müsst ihr euch ansehen!«, rief sie, als sie sie hörte.
Sie erzählte ihnen von dem Vandalismus am Schutzbaum und Frederiks Entscheidung, ihn daraufhin ganz zu fällen, damit jeder wusste, dass er sich nicht drohen ließ. Dann reichte sie ihnen ihr Handy, auf dem das Bild zu sehen war, das sie von dem in die Rinde des Baumes geritzten Zeichen gemacht hatte.
»Ich glaube, das ist diese Rune hier«, sagte sie und drehte den Laptop so, dass die beiden auf den Bildschirm sehen konnten.

Louise vergrößerte das Bild auf dem Handy. Sie betrachtete den Kreis und das Kreuz mit den Häkchen an den Strichenden. Eik sah ihr über die Schulter. Ein Blick reichte, da konstatierte er bereits trocken:
»Ragnarök. Das ist eine Rune, und die symbolisiert Ragnarök. Irgendjemand will euch damit was sagen.«
»Ja, und weißt du was«, regte Camilla sich auf, »dieser Irgendjemand soll sich gefälligst verpissen und uns in Ruhe lassen! Was fällt dem ein, mit seinem

Asa-Scheiß unser Privatgrundstück zu betreten und zu versuchen, uns Angst einzujagen! Das lassen wir uns nicht gefallen! Der arme Junge wäre fast in unserem Wald gestorben. Und was soll das alles mit den Mädchengräbern?«

Sie wandte sich an Louise.

»Wisst ihr inzwischen, ob da ein Zusammenhang besteht?«

»Sieht ganz so aus.« Louise nickte und erzählte, dass Ole Thomsen und seine Kameraden im Laufe des Abends vorläufig festgenommen werden sollten.

»Wahrscheinlich ist das bereits geschehen. Und dann haben Nymand und seine Leute vierundzwanzig Stunden Zeit, Beweise zu sammeln, bevor die Männer dem Haftrichter vorgeführt werden. Und danach kommen sie hoffentlich in U-Haft.«

Im Moment war es ihr eigentlich völlig egal, wie die Sache weitergehen würde. Schließlich war das nicht mehr ihr Fall. Sune hatte überlebt und war wieder bei seinen Eltern. Sie hatte Rønholt mitgeteilt, dass sie am folgenden Tag freinehmen und Überstunden abbauen wollte, und wenn sie dann erst ein bisschen Abstand gewonnen hatte, würde es ihr sicher einen gewissen Seelenfrieden bereiten, dass Klaus' Tod nun offiziell von der Roskilder Polizei neu untersucht wurde.

Sie musste sich nicht länger mit Schuldgefühlen plagen. Beim Gedanken daran, dass Ole Thomsen und die anderen zur Verantwortung gezogen werden würden für alles, was sie im Laufe der Jahre angestellt hatten, empfand sie eine große Befriedigung. Dann hatte sie mit ihrer Arbeit doch etwas bewirkt, dachte sie.

Sie stand auf und fragte, ob sie sich ein Bier aus dem Kühlschrank nehmen dürfe. Sie wollte sich auf die Terrasse setzen und aufs Wasser gucken und nach diesem ereignisreichen Tag zur Ruhe kommen. Sie nahm Eik bei der Hand und zog ihn mit.

OB ES DIE SCHREIE WAREN oder der sie schüttelnde Eik oder die durchdringende Sirene, die Louise aus tiefsten Träumen riss, konnte sie so schnell nicht ausmachen. Plötzlich war der Traum weg, und Eik warf ihr bereits ihre Klamotten zu.

»Schnell. Es brennt!«, rief er.

Louise wusste gar nicht, wo sie war. Sie wusste nicht, wie lange sie geschlafen hatte, nur, dass sie sehr weit weg gewesen war. Nachdem sie und Eik ins Bett gegangen waren, hatten sie noch lange wach gelegen und geredet. Irgendwann hatte sie ihn zu sich herangezogen, und als er mit belegter Stimme gefragt hatte, ob sie sich sicher sei, dass sie bereit sei, hatte sie stumm genickt.

Die Tür zu ihrem Zimmer flog auf, dichte Rauchschwaden umgaben Frederik, als er hereinkam und mit über den Mund hochgezogenem T-Shirt gestikulierte, sie sollte raus. Und zwar sofort. Durch das Wüten der Flammen auf dem Flur hörte Louise Camilla schreien.

»Jonas!«, rief Louise. »Sind die Jungs schon draußen?«

Eik stürzte los. Fast sah es aus, als zöge er sich noch im Rennen die Hose hoch.

Camilla schrie wieder, und Louise schnappte sich lediglich ihr T-Shirt und war zur Tür hinaus. Durch den Qualm sah sie ihre Freundin am Ende des Gangs vor der Schlafzimmertür. Sie beugte sich über irgendetwas, das am Boden lag.

Louise lief zu ihr hin. Feuer schlug die Treppe herauf und umzüngelte die schweren Vorhänge vor den hohen Fenstern entlang des Flurs.

»Ich krieg sie nicht hoch!«, schrie Camilla vor Wut und Angst. »Dieses verfickte Scheißbein!«

Auf dem Boden lag Elinor. Ihr langer Zopf war bereits fast ganz weggeschmort, und ihre Haut leicht angesengt.

Louise bückte sich, und gemeinsam mit Camilla gelang es ihr, sich die alte Frau über die Schultern zu legen – so, wie es ihr Vater früher, als sie noch klein war, mit ihr gemacht hatte, wenn sie zu müde war, um selbst ins Bett zu gehen.

Dann war Frederik wieder da. Sein Gesicht war schwarz, und er hustete, dass sich sein ganzer Körper schüttelte. Er schnappte sich Camilla. Von unten hörten sie das Fauchen eines auf die Flammen gerichteten Feuerlöschers, aber im ersten Stock fraß sich das Feuer nun durch die Teppiche.

Louise strammte den Griff um Elinors dünne Arme und Beine, drückte den mageren Körper fester an ihre Schultern und rannte dann mit einem Urschrei auf die Treppe zu. Blind stürzte sie sich durch die Flammen hinunter, nahm nur jede zweite Stufe, versuchte das Gleichgewicht zu halten und stolperte dann doch und fiel das letzte Stück. Da spürte sie einen Ruck von hinten, als sögen verborgene Kräfte sie hinaus aus dem Flammeninferno.

Um sie herum war es still geworden. Bis ihr aufging, dass die Stille in ihr herrschte. Wie ein Film in Zeitlupe und ohne Ton. Sie sah Elinor auf dem Boden liegen. Der Verwalter beugte sich über sie, und langsam begriff Louise, dass er sie die letzten Meter aus dem Haus gezogen haben musste. Camilla stand draußen und umarmte Markus. Außer seiner Unterhose hatte er nichts an.

Jonas!

»Wo ist Jonas?«, schrie Louise und war sofort auf den Beinen.

Auf einmal hörte sie wieder alles um sich herum, und auch das Zeitlupentempo war vorbei. Die Haut an ihren Beinen schmerzte, und ihre Haare stanken.

»Wo ist Jonas?«, schrie sie noch einmal. »Ist er rausgekommen?«

Sie bemerkte gar nicht, wie die kleinen Steine des Hofplatzes ihr in die Füße schnitten.

»Eik und Frederik sind gerade drinnen, um ihn zu suchen.«

Camilla drückte ihren Sohn an sich und sah ängstlich zu den Fenstern im ersten Stock.

Kurz darauf zerbarst eins davon mit ohrenbetäubendem Lärm. Flammen schlugen heraus und leckten an der Hauswand, als wollten sie Richtung Dach kriechen.

Louise schrie so laut nach Jonas, dass es ihr fast die Stimmbänder zerfetzte.

»Kommt man sonst noch irgendwie vom ersten Stock nach unten, wenn die Treppe nicht benutzt werden kann?«

Sie war erleichtert, als Camilla zum Giebel zeigte und sagte, dort gebe es eine Feuertreppe.

Ein zweites Fenster zerbarst, und die Flammen schlugen heraus wie Fangarme, die so viel wie möglich zu fassen kriegen wollten. Die Hitze und der Qualm ließen Louises Augen tränen, ihr Herz raste.

»War Jonas noch in deinem Zimmer, als du rausgerannt bist?«

Ihre Stimme war heiser und brüchig, als sie Markus ansprach.

»Ich hab ihn nicht gesehen. Ich weiß es nicht. Ich dachte, er wäre schon unten.«

Markus' Stimme war so leise, dass sie fast in dem schwarzen Rauch verschwand, der vom Haus her herüberwehte.

»Ragnarök«, flüsterte Camilla heiser und strich ihrem Sohn mechanisch über die nackten Arme.

Tønnesen war mit dem Feuerlöscher ins Haus zurückgekehrt, doch er hätte ebenso gut in ein Johannisfeuer pinkeln können.

Louise lief zu ihm hin. Wieder schrie sie den Namen ihres Pflegesohnes in den dichten Rauch. Oben im ersten Stock stürzte irgendetwas zusammen, der Lärm von Dingen, die zu Bruch gingen, übertönte ihr Rufen.

Sie überlegte kurz, sich in die dunkle Rauchhölle zu stürzen und zu versuchen, nach oben zu gelangen. Das Feuer hatte sich im Erdgeschoss noch nicht komplett ausgebreitet. Es hatte sich mehr nach oben gefressen und würde bald das Dach erreicht haben.

Aber sie hätte keine Chance, wieder herunterkommen. Sie stellte ihre Überlegungen ein, als direkt über ihr ein drittes Fenster zerbarst und Glassplitter über den Hofplatz regneten. Louise wich zurück und lief zu dem Ende des Hauses, wo Markus' Zimmer lag. Sie hatte Rufe gehört, und als sie die Hausecke erreichte, sah sie Eik und Frederik die Feuertreppe herunterklettern. Ohne Jonas.

Sirenen näherten sich. Louise hörte sie wie fernes Heulen in dichtem Rauchnebel.

»Wo ist er?«, schrie sie, als die beiden Männer wieder festen Boden unter den Füßen hatten, und packte Eik beim Arm. Seine Haare und seine linke Augenbraue waren versengt, er war schwarz von Ruß, und an seinem Arm waren bereits die ersten Brandblasen geplatzt, und die Wunden nässten.

»Er war nicht da«, sagte er und japste nach Luft.

Frederik ließ sich auf den Rasen fallen. Er krümmte sich, und Louise sah, dass er sich die Brust und den Bauch verbrannt hatte.

»Wo ist er?«

Verzweifelt rüttelte sie Eik, als könne sie ihn so zwingen, etwas zu ihrer Beruhigung zu sagen.

»Hast du wirklich überall nachgeguckt? Auch auf dem Klo?«

Sie bemerkte, dass sie schrie, obwohl er doch direkt neben ihr stand. Das Blut rauschte in ihren Adern, ihre Muskeln verkrampften sich.

Hinter ihr kamen Löschzüge herangefahren, allerdings kamen sie nicht ganz bis ans Haus heran, weil der Schutzbaum immer noch den Weg versperrte. Louise wollte auf die Feuerwehr zulaufen und ihr zurufen, dass ihr Sohn immer noch irgendwo da drin war, aber ihre Beine gehorchten ihr nicht.

Sie sah zu den Flammen hinauf, die wüteten und tobten wie ein Höllenfeuer. Dann spürte sie Eiks Arm und, als er sie an sich zog, auch die Schmerzen an der Schulter, wo sie sich die Haut verbrannt hatte.

»Jonas ist nicht da drin«, sagte er vor Rauch und Überanstrengung heiserer Stimme. Er nahm ihre Hand und legte ihr etwas Hartes auf die Handfläche. »Das hier lag auf seinem Bett.«

Louise betrachtete den ovalen, glänzend polierten Stein mit einem nach oben zeigenden Pfeil in ihrer Hand.

Eik schien plötzlich etwas einzufallen, denn mit

einem Mal rannte er zu seinem Auto. Erst jetzt sah Louise Charlie, der im Kofferraum herumsprang und wie ein Tobsüchtiger kläffte.

Wieder kam es Louise vor, als hätte jemand die Lautstärke heruntergedreht. Sie sah zwar, wie das Maul des großen Schäferhundes sich öffnete und schloss, aber das Bellen wurde übertönt vom Tosen des Feuers und jetzt zusätzlich von den Sirenen der ankommenden Rettungswagen.

Alles an Louise biss und brannte und tat weh – aber sie spürte fast nichts davon. Sie sah auch nicht, wie Eik den Hund aus dem Auto ließ. Sie waren auf dem Weg auf sie zu, als sie sich über den Rasen in Bewegung setzte.

Elinor war bereits in eine Decke gewickelt und auf einer Trage festgezurrt worden. Aber erst, als die alte Frau zu dem einen Rettungswagen hingetragen wurde, sah Louise, dass die Decke auch ihr Gesicht verbarg.

Wie gelähmt stand Louise da und sah den Rettungssanitätern dabei zu, wie sie die Bahre in den Wagen schoben.

Camilla hatte immer noch die Arme um Markus gelegt, sie sahen beide aus wie in Schockstarre. Ein behelmter Einsatzleiter legte ihr die Hand auf die Schulter und versuchte sie vom Hofplatz wegzuführen, aber sie war wie versteinert. Das Gesicht nach oben dem Feuer zugewandt, sah sie dabei zu, wie das große Haus abbrannte. Tønnesen stand vor der Treppe, den Feuerlöscher in der Hand. Er sah zu Elinor, bis sie im Rettungswagen verschwunden war.

Eine Trage wurde neben Frederik auf dem Rasen abgestellt. Er rührte sich gar nicht mehr, lag einfach nur da und starrte in die Luft. Da endlich löste Camilla sich aus ihrer Starre, sie lief zu ihrem Mann und war bei ihm, bevor er auf die Trage gelegt wurde. Die Sanitäter behandelten bereits seine Brandverletzungen, noch bevor sie ihn zum Rettungswagen trugen.

Den Hausherrn hatte es zweifelsohne am schlimmsten erwischt. Er hatte alles dafür getan, alle aus dem Haus herauszubekommen, und jetzt war er selbst schwer verletzt. Aber immerhin bei Bewusstsein, so viel konnte Louise sehen, als er die Hand nach Camilla ausstreckte.

Der Gestank auf dem Hofplatz war durchdringend, riesige Flammen fraßen sich in den Dachstuhl des Herrenhauses und brachten die schwarz lasierten Pfannen zum Springen.

Eik kam zu ihr. Charlie fiepte laut und drückte sich gegen seine Beine.

»Ich hätte wissen müssen, dass was faul war«, sagte er leise. Er erzählte, dass Charlie irgendwann mitten in der Nacht so laut gebellt hatte, dass er aufgestanden war und ihn ins Auto gesperrt hatte, damit er nicht das ganze Haus aufweckte. »Ich hätte mich auf ihn verlassen sollen.«

Den letzten Satz sagte er so leise, dass sie ihn kaum hören konnte.

»Was ist das?«, fragte Louise tonlos und streckte die Hand mit dem Stein aus.

Eik umfasste ihr Handgelenk, als sei der Stein zu schwer für sie.

»Das ist die Rune für den Kriegsgott Tyr. Er war rücksichtslos und unbarmherzig«, sagte er. »Ich glaube, irgendjemand hat Jonas mitgenommen und den hier für dich hinterlassen.«

Louise schrie. Sie schrie zum Wald hin, bis ihr schwarz vor Augen wurde und sie Eiks Arm um ihre Schulter spürte.

»Diese Arschlöcher! Diese verfickten Scheißkerle!« Den brennenden Schmerz am Bein und die Brandwunde an der Schulter spürte sie gar nicht mehr, als ein Arzt in neongelbem Raumanzug sie bat mitzukommen, damit er sich ihre Verletzungen ansehen konnte.

»Ich gehe nirgendwohin mit, verstanden?«, fauchte sie. »Ich mache mich auf die Suche nach meinem Jungen, verdammt noch mal!«

Erst jetzt fiel ihr auf, dass ihr Handy noch auf dem Nachttisch lag und sicher schon Opfer der Flammen geworden war. Sie lief dem Arzt hinterher.

»Kann ich mal Ihr Handy leihen?«, fragte sie etwas freundlicher, doch da sah sie Nymand aus den Rauschwaden treten. So, wie er aussah, hatte er sicher nicht mehr als eine Stunde Schlaf bekommen. Vielleicht war er auch gar nicht im Bett gewesen, dachte sie noch, aber da fuhr sie ihn auch schon an.

»Sagen Sie mal, ticken Sie noch ganz richtig? Wieso haben Sie die wieder laufen lassen?«

Sie zeigte zum Haus und wollte gerade aufzählen, was Thomsen und seine Clique nun wieder zu verantworten hatten. Aber dann schüttelte sie nur den Kopf.

»Die haben Jonas mitgenommen«, sagte sie stattdessen.

Nymand glotzte sie an, als würde er sie erst jetzt wiedererkennen. Da bemerkte Louise, dass sie immer noch nur in T-Shirt und Schlüpfer herumlief. Dankbar nahm sie eine weiße Decke an, die man ihr vom Rettungswagen geholt hatte.

Nymand schloss kurz die Augen, als müsse er erst mal seine Gedanken sortieren.

»Wenn Sie auf die drei Verdächtigen anspielen, zu deren Festnahme Sie selbst gestern Abend beigetragen haben, dann kann ich Ihnen nur sagen: Die sind nach wie vor in Roskilde in Gewahrsam«, sagte er dann. »Wir haben keinen von ihnen laufen lassen.«

Louise hatte das Gefühl, ganz oben auf einem Kiesberg zu stehen, der langsam unter ihr wegrutschte.

»Jonas ist weg«, wiederholte sie und brachte plötzlich nicht mehr heraus, weil ein Schluchzen ihr den Hals zuschnürte.

Eik erzählte Nymand von dem leeren Bett und dem Stein, der darauf gelegen hatte.

»Wir müssen uns einen Überblick über das verschaffen, was hier draußen passiert ist«, sagte Nymand und bat sie, ihn zum Haus des Verwalters zu begleiten. Der Rettungswagen mit Frederik war losgefahren, und Camilla und Markus waren zusammen mit zwei Polizeibeamten auch schon auf dem Weg dorthin.

Tønnesen stand immer noch mit seinem Feuerlöscher in der Hand da und sah dem todbringenden schwarzen Rauch nach, wie er in den Himmel stieg.

»Hat irgendjemand eine ungefähre Ahnung, wann der Brand ausgebrochen ist?«, fragte Nymand.

»Jonas«, sagte Louise, der im Moment jegliche Theorien zu Brandherd und -ursache herzlich egal waren. »Wir müssen Jonas finden.«

Sie haben ihn sich anstelle von Sune geholt!

»Die Feuerwehr sucht weiter im Haus nach ihm«, entgegnete Nymand und legte die Hand auf ihren Arm. Das sollte sie wohl beruhigen. »Ole Thomsen und seine Freunde sitzen in Roskilde in Gewahrsam. Sie können Jonas nicht geholt haben.«

Er sprach mit ihr, als sei sie ein schwachsinniges Kind, und Louise wurde so wütend über seine Art, dass sie kurz davor war, auf ihn loszugehen.

»Hat jemand gesehen, wie der Brand ausbrach?« Nymand sah in die Runde.

Sie saßen in Tønnesens Küche, Camilla auf der Bank an der Wand, ebenfalls eingehüllt in eine weiße Sanitäterdecke.

»Elinor war gekommen, um uns zu warnen«, sagte sie leise und guckte Löcher in die Luft. »Sie wollte uns retten. Sie ist unser Schutzengel. Sprechen Sie mit ihr.«

Louise senkte den Blick auf die Tischplatte.

»Elinor Jensen ist vor einer halben Stunde verstorben«, sagte der Camilla gegenüber sitzende Beamte und sah zu Nymand.

Markus fing leise an zu weinen, die Augen geschlossen, den Kopf nach hinten gegen die Wand gelehnt. In seinem Gesicht zuckte es leicht, besonders um den Mund, als kämpfe er hinter den geschlossenen Augenlidern gegen einen furchtbaren Albtraum, der ihn nicht in Ruhe lassen wollte.

»Ich war so um halb vier mal auf, um meinen Hund ins Auto zu sperren.« Eik hatte einen Zahnstocher aus einem runden Plastikbehälter auf Tønnesens Küchentisch geschüttelt. Das Hölzchen wippte jetzt bei jedem Wort in seinem Mundwinkel auf und ab. »Er hat gebellt, und ich wollte nicht, dass er das ganze Haus weckt.«

Er steckte immer noch mit nacktem Oberkörper in seiner Jeans und lehnte sich über den Tisch, als wolle er etwas erklären, wofür er nicht die richtigen Worte fand.

»Das war vermutlich in etwa zu dem Zeitpunkt, als Elinor nach oben kam«, sagte er, und tiefe, von Selbstvorwürfen verursachte Furchen gruben sich in seine Stirn. Er schüttelte den Kopf und fuhr sich mit den Fingern durch die Haare. »Aber da war nirgendwo Rauch, und ich habe nichts und niemanden gehört oder gesehen, weder oben im Flur noch draußen auf dem Hofplatz. Ich war davon ausgegangen, dass irgendein Tier oder ein Vogel ihn zum Bellen gebracht hatte, weil ansonsten alles so still war.«

Er stand auf, ging zum Waschbecken und warf den Zahnstocher in den darunter befindlichen Abfall. Louise sah, dass er eine Schnittwunde auf dem Rücken hatte. Nicht tief, aber lang. Als sei er irgendwo entlanggeschrammt, ohne es zu merken.

»Aber wer hat dann Jonas?«

Louise stand immer noch. Jetzt wurde ihr langsam kalt, und sie lehnte sich gegen den Kühlschrank. Körperlich war sie nicht müde, das Adrenalin sorgte dafür, dass ihre Muskeln wach blieben. Aber ihr Kopf war unendlich schwer. Hinter den Augenhöhlen drückte und wummerte es, und ihr war schwindelig.

»Wir wissen nicht, ob ihn überhaupt jemand hat«, korrigierte Nymand. »Es besteht Grund zu der Hoffnung, dass er sich nicht mehr im Haus befindet. Im ersten Stock wurde ein Benzinkanister gefunden, es ist also anzunehmen, dass es sich um Brandstiftung handelt. Das erklärt auch, wieso das Feuer sich so rasend schnell ausgebreitet hat. Aber wir wissen nichts mit Sicherheit, und wie ich bereits sagte: Die Suche nach Jonas im Haus ist noch nicht abgeschlossen.«

Verzweifelt schlug Louise die Hände vor den Mund. Dann flüsterte sie durch ihre rußigen Finger hindurch: »Sie verstehen das nicht!«

Nymand wollte gerade was sagen, doch sie kam ihm zuvor.

»Sie verstehen das nicht. Jemand hat uns den Krieg erklärt! Irgendjemand hat Jonas entführt, und mit jeder Minute, die wir untätig hier herumsitzen, geben wir denen mehr Vorsprung.«

Louise fiel auf, dass Markus sie wie versteinert ansah. Er wirkte vollkommen abwesend. Gleichzeitig zuckte er bei jedem ihrer Worte zusammen. Der Junge war kurz vor einem Schock, dachte sie und ging zu ihm hin.

»Keiner macht dir Vorwürfe, dass du nichts gehört hast«, sagte sie und legte ihm den Arm um die Schultern. Komisch, obwohl er ihr im letzten Jahr über den Kopf gewachsen war, waren seine Schultern doch ganz mager. »Es ist nicht deine Schuld, dass sie ihn mitgenommen haben.«

Camilla zuckte leicht, als Louise andeutete, ihr Sohn hätte die Entführung womöglich verhindern können. Ihr Sohn hätte eingreifen und verhindern können, dass jemand mitten in der Nacht in sein Zimmer eindrang und Jonas mitnahm.

Louise sah es ihrer Freundin an. Aber sie hatten es hier mit einem eiskalt geplanten Verbrechen zu tun, das ein ganz bestimmtes Ziel hatte und das auch durchgezogen worden wäre, wenn Markus sich dem in den Weg gestellt hätte. Nur war es nicht sicher, dass Camillas fünfzehnjähriger Sohn dann auch noch jetzt auf dieser Küchenbank gesessen und den Kopf an Louises Schulter gelehnt hätte.

»Du hättest es nicht verhindern können«, flüsterte

sie ihm ins Haar, drückte ihn an sich und spürte voller Dankbarkeit seine Körperwärme.

Camilla erzählte Nymand vom Schutzbaum.

»Es heißt, wenn der Baum gefällt wird, brennt der Hof ab. Und der Baum wurde gestern Abend gefällt. Louise hat recht. Jemand hat uns den Krieg erklärt. Jemand hatte das Symbol für Ragnarök in den Baumstamm geritzt, und jetzt sagt Eik, dass die Rune für den nordischen Kriegsgott auf Jonas' Bett lag.«

»*Drei* Verdächtige«, fiel Louise ihr plötzlich ins Wort, als sie an etwas denken musste, das der Polizeidirektor draußen auf dem Hofplatz gesagt hatte.

»Was ist mit Schlachter Frandsen? Haben Sie den nicht festgenommen? Er war an dem Abend dabei, als die Prostituierte getötet wurde, und er ist von Anfang an Mitglied der Bruderschaft gewesen. Er gehört dazu, auch wenn die anderen sich jetzt gegen ihn gewandt haben!«

»Wir haben Lars Frandsen vernommen, nachdem Sie selbst mit ihm gesprochen hatten. Er hat eingewilligt, ein umfassendes Geständnis abzulegen. Aber wir haben ihn nicht in Gewahrsam genommen. Er ist immer noch im Krankenhaus. Verdammt noch mal, Rick, seine Frau liegt im Sterben! Er war heute Nacht ganz bestimmt nicht hier draußen. Man hat ihm ein Bett ins Zimmer seiner Frau und seines Sohnes gestellt. Er hat ein Recht darauf, mit seiner Familie zusammen sein zu dürfen. Das müssen Sie respektieren.«

»Er hat überhaupt kein Recht auf irgendetwas, solange wir nicht wissen, wo Jonas ist!«, rief Louise und sprang Eik hinterher, der bereits auf dem Weg zur Tür hinaus war.

»Ich habe eine Reisetasche mit Klamotten zum Wechseln im Auto. Am besten nimmst du die Jogginghose, die kannst du im Bund zuziehen«, sagte Eik und ließ Charlie in den Kofferraum, während Louise auf die große Treppe zum Haus zuging. Der Einsatzleiter wollte sie aufhalten.

»Ich will nur unsere Schuhe holen. Die stehen gleich hier neben der Haustür.«

Rasch hatte sie ihre eigenen Schuhe sowie Eiks in Größe 46 sowie zwei weitere Paar eingesammelt, von denen sie vermutete, dass sie Camilla und Markus gehörten.

Im Haus stank es bereits wie in einer nassen Brandruine. Der dunkelgraue Marmorboden stand unter Wasser, und an der Wand über der Treppe verlief eine rostige Spur.

Sie fühlte sich ganz leer, als sie zum Auto zurückging. Sie schäumte vor Wut darüber, dass ihre Vergangenheit nun dabei war, Jonas einzuholen. Louise war völlig überfordert von ihrem eigenen Schmerz, ihrer Angst und der Erinnerung an sein fröhliches Lächeln, als er mit dem Mädchen an der Hand auf den Parkplatz zugelaufen war. Was waren das bloß für Kräfte, die hier im Spiel waren? Wer hatte ihn entführt? Sie versuchte zu durchschauen, was wohl passiert war.

Sie hatten Jonas entführt, um Louise zu drohen, und als Strafe dafür, dass sie für die Festnahmen gesorgt hatte. Ihnen wurden Vergewaltigung, Mord und

Mordversuch vorgeworfen, und sie wollten natürlich tunlichst eine Anklage und erst recht eine Verurteilung vermeiden. Dafür konnte man schon ziemlich weit gehen. Aber die, die vor Gericht kommen würden, waren bereits festgesetzt. Das ergab keinen Sinn.

Sie hatten Jonas entführt, um sich an Camilla und Frederik dafür zu rächen, dass sie Sune geholfen hatten. Aber warum hatten sie dann Jonas mitgenommen und nicht Markus?

Wollte Bitten Gamst ihr womöglich eins auswischen? Sie war ja durchaus zu sehr viel heftigeren Reaktionen in der Lage, als man unmittelbar erwartete. Das hatte Louise gesehen, als die zierliche Frau Ole Thomsen aus ihrem Leben verbannt hatte. Aber sie wäre nicht in der Lage, einen Fünfzehnjährigen vom ersten Stock herunterzutragen, ohne dass jemand etwas hörte. Und sie wäre auch nicht in der Lage, ein so großes Feuer zu legen. Außerdem war es nicht Louise gewesen, die Bitten Gamsts Mann angezeigt und festgenommen hatte, auch wenn dessen Freunde versuchten, es so aussehen zu lassen.

»Können wir mitfahren?«, unterbrach Camilla ihre Gedanken.

Hinter ihr regte sich Nymand darüber auf, dass sie wegwollten, nachdem er ihnen doch gerade Anweisung gegeben hatte zu bleiben.

»Ich will zu Frederik«, sagte Louises Freundin und legte den Arm um Markus, der immer noch ganz blass war und aussah, als hätte ihn jemand geschlagen. »Mein Mann soll nicht alleine sein, während das Haus seiner Kindheit abbrennt.«

»Sie beide fahren mit uns«, sagte Nymand und zeigte auf Camilla und Louise. Er hatte bereits einen von seinen Leuten herangewinkt. Einen jüngeren Beamten mit hoher Stirn und ausgeprägten Muskeln unter seinem Strickpulli. Dann bat er Eik, Markus in seinem Auto mitzunehmen. »Ich muss alles über Jonas wissen«, sagte er zu Louise. »Eine genaue Personenbeschreibung, wie groß, wie schwer...«

Louise hatte sich Eiks viel zu lange Jogginghose angezogen und war, um die Brandverletzungen an ihren Füßen zu schonen, in die offenen Turnschuhe geschlüpft. Dann gingen sie und Camilla am gefällten Baum vorbei zu Nymands Wagen, der ein Stück die Allee hinunter hielt. Jetzt waren nur noch Löschfahrzeuge da und ein Kranwagen, der den großen Baum beiseiteräumen sollte, um die Einfahrt zum Haus frei zu machen.

»Er hat dunkle Haare«, fing Louise an. »Ist wohl fast eins achtzig groß und von normaler Statur. Am rechten Fuß fehlt ihm der kleine Zeh und...«

Mehr bekam sie nicht heraus. Ihr war, als blieben ihr die Worte im Halse stecken, und sie fing an zu zittern und legte die Hände vors Gesicht.

»Er hat dunkle Augen und markante Wangenknochen. Wenn Sie mit Ihrem Handy ins Internet kommen, zeige ich Ihnen sein Profilbild auf Facebook«, übernahm Camilla und legte einen Arm um ihre Freundin.

»Hat er auch ein Handy?«, fragte Nymand.

»Wird wohl kaum was bringen, das zu orten, wenn es im Zimmer liegen geblieben und verbrannt ist.«

»Warum haben wir ihn nicht schreien hören?«, fragte Louise durch ihre Hände hindurch. »Er hätte doch um Hilfe geschrien, wenn jemand ihn entführen wollte.«

Sie hatten die Straße am Ende der Allee erreicht.

»Weil er entweder selbst gegangen ist oder betäubt wurde«, gab sie sich selbst die Antwort, den Blick aus dem Fenster gerichtet, während sie das Schleusenhaus und Kattinge Værk passierten.

Louise würdigte die Krankenschwester keines Blickes, als diese versuchte, sie daran zu hindern, zu Sunes Zimmer auf der Intensivstation zu gelangen. Eik und Nymand waren direkt hinter ihr, und als sie vor der Tür standen, wandte sie sich an den Polizeidirektor.

»Ich hoffe für Sie, dass Lars Frandsen da drinsitzt. Sonst mache ich Sie persönlich dafür verantwortlich, falls Jonas etwas passiert.«

Nymand wollte ihr die Hand auf den Arm legen, aber Louise wich zurück. Sie ergriff die Türklinke und dachte gerade noch daran, dass auch Jane und Sune sich in dem Zimmer befanden.

Die Krankenschwester, die Louise hatte aufhalten wollen, hatte sie eingeholt.

»Sie können da nicht reingehen«, sagte sie und versuchte sich ihnen in den Weg zu stellen, doch Louise quetschte sich an ihr vorbei und öffnete die Tür zu einem halbdunklen Raum. Die Gardine flatterte leicht im entstehenden Luftzug, und eine leichte Bewegung der Schultern von Lars Frandsen verriet, dass er sie gehört hatte.

Er saß vornübergebeugt, den Kopf in die Hände gestützt, neben Janes Bett. Die Luft im Raum schien stillzustehen, obwohl das Fenster auf war. An der Wand lag Sune und sah sie aus sehr kleinen, sehr müden Augen an.

Louise streckte den Arm nach hinten aus und stoppte die anderen, bevor sie das Zimmer betraten. Auch die Krankenschwester zog sich zurück, als Eik ihr erklärte, dass Louise eine gute Bekannte von Jane

Frandsen sei. Lang, lang, ist's her, dachte Louise und ging hinein. Die Tür wurde hinter ihr geschlossen.

»Wann?«, flüsterte sie und stellte sich hinter Lars Frandsen.

»Vor einer Stunde«, antwortete er heiser und schluckte. Er legte eine Hand auf die Bettdecke. »Ich bin froh, dass wir hier waren. Ihre Eltern sind eben kurz rausgegangen. Die Krankenschwester hat Kaffee gemacht.«

Louise schloss die Augen und dachte an Jane. An die junge, lebensfrohe Jane. Das war lange her, aber Louise erinnerte sich noch sehr gut. Still verabschiedete sie sich von ihrer Schulfreundin, deren Kopf auf dem weißen Kissen ruhte, das Gesicht wachsbleich, die Augen geschlossen und den Mund leicht geöffnet.

Auf einmal fiel alle Schroffheit von ihr ab. Sie spürte noch die Wut, aber in dem Krankenzimmer war es so still, so friedlich, und Sune lag da und sah so unendlich traurig zu seiner toten Mutter.

»Entschuldigung. Es tut mir leid, dass ich so kurz nach dem Tod deiner Frau hier aufkreuze und was von dir will«, sagte sie leise und kniete neben Frandsens Stuhl nieder. »Aber mein Sohn Jonas ist verschwunden. Er ist so alt wie Sune, und er ist heute Nacht verschwunden. Hast du was damit zu tun?«

»Wie verschwunden?«, fragte Frandsen mit völlig kraftloser Stimme. Aber in seinen Augen flackerte noch ein Funken Energie, als er Louise ansah.

»Wer hat meinen Sohn entführt?« Eindringlich sah sie ihn an. »Ole Thomsen und die anderen sind gestern festgenommen worden. René sitzt in Holbæk, und du bist hier gewesen. Also, wer hat ihn?«

Sein Blick verdüsterte sich. Aber nicht vor Zorn, sondern eher vor Angst. Als sei etwas endgültig außer Kontrolle geraten. Erschrocken wich Louise leicht zurück.

»Ich habe letzte Nacht versucht, meinen Vater zu erreichen«, sagte er. »Kurz bevor Jane starb, habe ich bei ihm angerufen, aber er ist nicht drangegangen.«

Er sank in sich zusammen. Wurde ganz klein, als seien nun auch die letzten Kraftreserven aus ihm gewichen.

»Später habe ich es dann noch mal versucht, sowohl auf seinem Handy als auch auf dem Festnetz, aber er ist immer noch nicht drangegangen.«

Mit einem Mal wurde Louise sehr bewusst, dass sie miteinander redeten, als läge Jane gar nicht neben ihnen und als sei Sunes Blick, der gerade noch auf seiner Mutter ruhte, nicht inzwischen auf sie gerichtet.

Aber die Zeit drängte, sie konnten sich jetzt keinen anderen Ort für dieses Gespräch suchen. Wenn alles so war, wie sie befürchtete, musste sie jetzt notgedrungen auf Takt und Rücksichtnahme verzichten. Und sie sah Frandsen an, dass er verstand.

»Sprich mal mit Roed Thomsen«, sagte er. »Wenn irgendjemand hinter deinem Sohn her ist, dann ist er der Drahtzieher.«

»Oles Vater?«

Sie lehnte sich nach vorn, um sicherzugehen, dass sie richtig gehört hatte.

»Roed ist unser Gode. Wenn mein Vater heute Nacht bei irgendetwas mitgemacht hat, dann hat der Gode es ihm aufgetragen. Im Kreis unserer Väter hat es nie ein schwaches Glied gegeben.«

NYMAND RÜCKTE mit zusätzlicher Verstärkung an, als sie eine Stunde später auf den Hofplatz von Roed Thomsens schmuckem Gutshof in Nørre Hvalsø fuhren. Das Haus lag direkt neben weiten, bis nach Såby reichenden Feldern und war von hohen Buchen umgeben. Vor und hinter dem Haus war der Rasen in schnurgeraden Bahnen gemäht, und die Kanten waren so akkurat geschnitten, als hätte jemand dazu eine Nagelschere benutzt.

»Gibt es eigentlich auch eine Frau Roed Thomsen?«, fragte Eik, bevor sie ausstiegen.

Er hatte quasi die ganze Fahrt von Roskilde hierher geschwiegen. Louise hatte mit geschlossenen Augen auf dem Beifahrersitz gesessen und war ihm dankbar gewesen, dass er nicht ihre Angst thematisierte, die ihr immer noch fast die Luft zum Atmen nahm.

»Es gab mal eine Frau Polizeimeister«, antwortete sie, bevor sie die Wagentür öffnete. »Aber ich weiß nicht, ob sie noch lebt. Als sie nicht mehr in der Bank an der Kasse stand, sah man sie meistens bei Buurgaard Schnaps einkaufen, der als Geschenk verpackt werden sollte. Jetzt verstehe ich schon besser, wieso sie ihr Leben lieber durch einen Alkoholschleier sehen wollte.«

Zwei Beamte standen bei der Haustür, zwei weitere waren schon ums Haus herumgegangen. Einer ergriff die Türklinke und rüttelte an der Tür, als wolle er nicht recht glauben, dass sie verschlossen war. Louise und Eik waren auf dem Weg zu einem der Stallgebäude, als vom Garten her Rufe zu hören waren.

Louise rannte los, Eik folgte ihr auf dem Fuß.

Kaum um die Ecke gebogen, fiel Louise als Erstes ein ziemlich protziger Springbrunnen auf. Aber dann sah sie ein Stück weiter neben der perfekt geschnittenen Hecke zwei Männer, die sich über etwas beugten, das am Boden lag.

Schnell überquerte Louise den großen Rasen, als die beiden eine große Plane zur Seite zogen. Als sie sah, wie die beiden beim Anblick dessen, was unter der Plane lag, zurückwichen, ging sie sofort langsamer.

Auf einmal wollten ihre Beine nicht mehr, und darum war Eik vor ihr an Ort und Stelle. Als Louise sich die letzten Meter zu ihnen schleppte, versuchte er sie zurückzuhalten.

»Sieh dir das besser nicht an«, sagte er mit einer Fürsorge, die sie gar nicht brauchte. Die Plane war schnell wieder zurückgezogen worden, aber Louise riss sich los und zerrte die grüne Decke beiseite.

Auf der Erde lag ein Pferd ohne Kopf. Dunkelbraun mit einer schwarzen Mähne und mit weißen Flecken über den Hufen und an der Vorderbrust.

Louise wich zurück. Aber nicht, weil sie der Anblick des toten Pferdes schockierte, dessen Kopf sie bei Camilla auf einem Pfahl gesehen hatte, sondern weil sie so erleichtert war. Vor ihr auf dem Boden lag kein toter Junge.

»Kennen Sie das hier?«, fragte Nymand, der mit einem schwarzen T-Shirt in der Hand über den Rasen auf sie zukam.

Er breitete es aus und hielt es hoch.

Louise erkannte den Aufdruck: ein kugelrundes Gesicht mit lachendem Mund und riesigen Ohren. Das T-Shirt hatte sie Jonas geschenkt. Der amerikanische DJ deadmau5 war sein großes Idol, seit er selbst Musik produzierte und sampelte und dann bei YouTube hochlud.

Einen Augenblick stand alles um sie herum still. Louise hatte kurz Angst, ihr Herz würde aussetzen. Aber dann spürte sie, wie unbändiger Zorn in ihr aufstieg. Ein Zorn gewaltigen Ausmaßes, der sie selbst überraschte. Ihre Fingerspitzen wurden kalt, alle Farben um sie herum nahm sie plötzlich viel greller wahr, als seien ihre Sinne nicht mehr von Angst betäubt.

Wenn irgendjemand Jonas auch nur ein Haar gekrümmt hatte, würde sie denjenigen umbringen.

MARKUS WAR AUF EINEM STUHL beim Fenster eingeschlafen, und Frederik döste vor sich hin, seit die Krankenschwester ihm etwas gegen die Schmerzen gegeben hatte. Camilla saß auf einem Stuhl neben seinem Bett und spürte, wie das Adrenalin in ihr wütete. Ihr war, als sei ihr ganzer Körper konstant in Alarmbereitschaft. Sie wurde die Bilder von den Flammen und Elinors magerem, leblos auf dem Hofplatz liegendem Körper einfach nicht los.

Sie fuhr zusammen, als jemand sie von der Tür her ansprach.

»Entschuldigung«, sagte die Krankenschwester, die sich um Frederik gekümmert hatte. »Telefon für Sie. Im Schwesternzimmer.«

Camilla stand auf. Plötzlich fror sie. Sie hatte immer noch das T-Shirt an, in dem sie geschlafen hatte, und trug darüber eine dunkelblaue Strickjacke aus der Fundkiste, die mit den Hinterlassenschaften ehemaliger Patienten befüllt wurde.

Im Schwesternzimmer zeigte die rothaarige Krankenschwester zum Schreibtisch. Camilla nahm den Hörer und sagte ihren Namen.

Louises Stimme klang so tief, dass sie sie nicht auf Anhieb erkannte.

»Wer ist da?«, fragte Camilla und bekam schon wieder Angst. Doch dann fiel ihr ein, dass die Leute, die Jonas entführt und den Hof in Brand gesetzt hatten, nicht wissen konnten, wo sie war.

»Louise hier. Die haben ihn«, sagte ihre Freundin mit seltsam veränderter Stimme. »Du musst in die Intensivstation. Sune liegt in Zimmer 6. Du musst mit Lars Frandsen reden. Du hast seinen Sohn gerettet. Er schuldet dir was.«

»Wer hat ihn?«, flüsterte Camilla und sah zur Krankenschwester, die immer noch in der Tür stand. »Wo bist du?«

»Bei Ole Thomsens Vater. Das Pferd ohne Kopf liegt hier. Sie haben nicht mal versucht, Spuren zu verwischen. Wir sollen wissen, wo die Drohungen herkommen.«

»Diese Schweine«, schimpfte Camilla, wütend über die Brutalität, die ihnen entgegenschlug. »Also, sag schon. Was soll ich tun?«

»Wir brauchen ein paar Anhaltspunkte, wo sie ihn hingebracht haben könnten«, sagte Louise. »Er ist hier auf dem Hof gewesen, aber jetzt ist er weg.«

Camilla nickte und überlegte.

»Wie wäre es mit der Opfereiche?«, schlug sie vor. »Habt ihr da schon geguckt?«

»Die hat Nymand als Allererstes überprüfen lassen. Negativ. Bei den Mädchengräbern war auch nichts. Du musst herausfinden, ob es noch andere Orte gibt, an denen sie ihren Glauben praktizieren. Irgendwelche rituellen Stätten.«

»Verstehe. Du willst alles wissen.«

»Ja.«

Die Tür zur Intensivstation schloss sich hinter Camilla. Schnell schritt sie den Flur entlang. Zimmer 2, Zimmer 4, Zimmer 6. Leise klopfte sie an, dann drückte sie die Tür auf und trat ein. Bis auf zwei einsame Nachttische war das Zimmer leer. Kein Bett, kein Mensch.

»Ja?«, erklang hinter ihr eine Stimme. Camilla drehte sich um. Eine Krankenschwester sah sie fragend an.

»Lars Frandsen und Sune«, stotterte sie. »Ich bin eine Freundin der Familie.«

Die Krankenschwester sah sie prüfend an. Da fiel Camilla ein, dass sie immer noch nach Rauch stank und furchtbar aussehen musste. Aber vielleicht fasste die Krankenschwester sie genau deswegen am Ellbogen und führte sie weg. Wahrscheinlich sah Camilla aus wie eine Angehörige, die alles stehen und liegen gelassen hatte, um ins Krankenhaus zu kommen.

»Mein Beileid«, sagte die Krankenschwester und brachte sie zu einer Tür etwas weiter den Flur hinunter. »Sie sind hier drin.«

Mit wachsendem Unbehagen klopfte Camilla an, und vier blasse, verweinte Gesichter wandten sich ihr zu, als sie das Zimmer betrat.

»Entschuldigung«, sagte sie, bevor irgendjemand anders etwas sagen konnte. »Lars Frandsen? Ich muss mit Ihnen reden.«

Er sah sie an, als wolle er protestieren, stand dann aber auf. Ihm gegenüber saß eine ältere, schluchzende Frau, die ein weißes Taschentuch umklammerte, und neben ihr saß Sune. Blass, den Blick auf den Tisch gerichtet. Aber als er zur Tür sah, erkannte er sie, gar kein Zweifel. Sein Blick veränderte sich, und er schien etwas sagen zu wollen, doch Camilla ging schnell wieder raus und zog den Vater mit sich.

Sie stellte sich vor und fragte dann, wo man Jonas hingebracht haben könnte.

Frandsens Miene wurde ausdruckslos.

»Meine Frau ist gerade gestorben!«

»Ich weiß«, sagt sie schnell und bat nochmals um Entschuldigung. »Aber es geht um Leben und Tod.«

»Ich habe keine Ahnung, wovon Sie reden«, behauptete er mit derselben ausdruckslosen Miene.

Er drehte sich um und wollte wieder ins Krankenzimmer gehen, aber Camilla hielt ihn fest.

»Ich war es, die Ihren Sohn gefunden hat!«

Sie stand ganz dicht vor ihm und sah ihm direkt ins Gesicht.

»Und jetzt sagen Sie mir, wo man Jonas hingebracht haben könnte.«

Sie packte ihn und rüttelte ihn. Sie war so wütend, sie dachte überhaupt nicht daran, dass er ihr im Ernstfall körperlich vollkommen überlegen wäre. Trotzdem machte sie weiter:

»Unser Hof brennt gerade ab. Himmelherrgott noch mal! Wir hätten alle umkommen können. Und jetzt ist Louises Sohn verschwunden.«

Sie rüttelte ihn abermals.

»Wo könnten die ihn hingebracht haben? Na, los. Sagen Sie schon!«

Er starrte sie an, und plötzlich schien sich etwas in ihm zu lösen.

»Ihr Hof brennt ab? Warum?«

»Woher soll ich denn das wissen, verdammt noch mal?«

Camilla ließ die Arme sinken und die Schultern hängen.

»Ich weiß nur, dass jemand Feuer gelegt hat, während wir alle schliefen. Keine Ahnung, wer. Die Einzige, die vielleicht etwas gesehen hat, ist Elinor, die alte Frau, die Sune gefunden und mich zu ihm gebracht hat. Aber die ist jetzt tot.«

Auf einmal wurde sie traurig. Erst jetzt, da sie es aussprach, begriff sie so richtig, dass Elinor tot war. Und zwar, weil sie versucht hatte, sie zu warnen. Weil die Wagen auf dem Todespfad wieder rollten und weil jemand sich im Schutz der Sommernacht an den Hof herangeschlichen hatte.

Die mussten aus dem Wald gekommen sein, dachte sie. Die Einfahrt wurde nämlich von Kameras überwacht, und wenn die aktiviert worden wären, hätte es bei Tønnesen Alarm geschlagen.

»Was wollen die von uns? Was haben wir denen getan? Das muss aufhören! Hier geht es um Kinder!«

Bei den letzten Worten wurde ihre Stimme brüchig. Die Wut war verpufft, aber er musste mit ihnen zusammenarbeiten, und sie musste ihn irgendwie dazu bewegen.

Frandsen stand einen Augenblick da und betrachtete den grau gesprenkelten Fußboden. Dann sah er zu ihr auf.

»Die haben ihren Zorn gegen Sie gewendet, weil Sie meinem Sohn geholfen haben. Das hätten Sie nie tun dürfen. Sie haben sich in etwas eingemischt, das intern hätte geklärt werden müssen.«

»Sagen Sie mal, was reden Sie denn da für einen Scheiß!?«, regte sie sich auf. »Sie wissen genau, wie verängstigt Ihr Junge war, als wir ihn im Wald fanden. Selbstverständlich hilft man da!«

Sie packte ihn beim Arm und zwang ihn, sie anzusehen.

»Sie wissen, wozu die imstande sind. Jetzt erzählen Sie mir, was die möglicherweise mit Louises Sohn anstellen. Sie schulden mir was.«

Er ließ die Arme hängen und sah sie an, als hätte sie ihn geohrfeigt.

»Blutrache«, sagte er. »Wenn man gekränkt wird, nimmt man Rache.«

»Aber wieso an ihm? Wieso an Jonas?«

»Weil sie dafür gesorgt hat, dass die anderen gestern festgenommen wurden. Das hat Bitten erzählt, als sie anrief, um sich nach Jane zu erkundigen. Also irgendwie hat Ihre Freundin selbst Schuld.«

Camilla konnte sich nicht zurückhalten, sie brauste fürchterlich auf. Sie wusste selbst, dass sie von Glück reden konnte, dass sonst niemand auf dem Flur war, denn sonst hätte man sie sofort rausgeschmissen.

»Was reden Sie da eigentlich? Ingersminde brennt, Jonas ist weg. Sie sind doch nicht ganz dicht!«

Frandsen wirkte, als würde er von einer Rolle in die andere wechseln. Eben war er noch Sunes Vater, der gerade seine Frau verloren hatte – und im nächsten Moment war er wieder Teil von Ole Thomsens Eidbruderschaft, die Rache als eine völlig natürliche Sache ansah, so wie einst die nordische Urgemeinde.

»Das muss aufhören, und Sie müssen mir dabei helfen. Sie sind der Einzige, der mir helfen kann.«

Schweigen. Camilla hörte, wie ein Rollwagen mit etwas kollidierte, und dann weiter unten auf dem Flur eine Tür, die geschlossen wurde.

»Entschuldigung«, sagte er dann und schüttelte den Kopf. »Ich weiß nicht, was ich sagen soll.«

Camilla holte ein paarmal tief Luft, bis sie merkte, dass sie ruhiger wurde. Eindringlich sah sie ihn an.

»Sie sollen mir sagen, was Sie glauben, wohin man Jonas gebracht hat. Sein T-Shirt ist auf dem Hof von Ole Thomsens Vater gefunden worden, aber Jonas war nicht da. Wo könnte er sein? Denken Sie nach! Denken Sie an Sune. Er wäre fast verblutet! Sie schulden diesen Männern gar nichts! Verdammt noch mal! Die wollten Ihren Sohn töten!«

Schlachter Frandsen ballte die Hand, presste sich die Knöchel gegen den Mund und schloss die Augen, als müsse er seine Gedanken zwingen, mit ihm zusammenzuarbeiten.

»Vielleicht sind sie zum Avnsee gefahren oder zur Blutquelle.«

Er nahm die Hand vor dem Mund nicht weg, während er sprach.

»Oder vielleicht zum Hang am Gyldenløvshügel?«

»Was ist am wahrscheinlichsten?«, drängte Camilla. »Wo werden irgendwelche Rituale vollzogen?«

»Helvedeskedel, im Höllenkessel«, murmelte er, ohne sie anzusehen. »Da hat man den Göttern auch Opfer gebracht. Allerdings vor allem Menschenopfer. Zu Zeiten des Asatru versammelten sich die Bauern alle neun Jahre zu Opferfesten, und der Sage zufolge wurden dort 99 Männer, 99 Pferde, 99 Hunde und 99 Falken geopfert. Die wurden alle der Totengöttin Hel geopfert, Lokis Tochter und Herrscherin der Unterwelt.«

Er redete irgendwie mechanisch. Und dann brach er vor ihren Augen zusammen. Er taumelte gegen die Wand und rutschte langsam an ihr herunter.

Camilla war eiskalt.

»Menschenopfer«, wiederholte sie und schüttelte den Kopf. »Geben Sie mir Ihr Handy.«

»Hier auch nicht!«, rief Louise und sprang von der Stiege. Sie hatten die Scheune, beide Seiten und den riesigen Dachboden des Gutshofes abgesucht. Im Wohnhaus sahen sich Polizisten um, und vor wenigen Minuten waren zwei Polizeihunde mit Führern angekommen, doch Louise war sich sicher, dass Jonas sich nicht mehr auf dem Anwesen befand.

Er war aber da gewesen, kein Zweifel. Sein Schlafanzug hatte nämlich auf dem Küchenboden gelegen.

Wieder hatte man sich keine Mühe gegeben, Spuren zu verwischen. Auch die weiße Plastikflasche mit dem Narkosemittel für große Tiere war noch da. Außerdem hatten Lappen, Nylonseile und Watte auf dem Küchentisch gelegen, und das Blut auf dem Küchenboden war bereits geronnen, aber noch nicht völlig eingetrocknet, als sie es vorsichtig mit dem Finger berührte. Wie lange war das her? Eine Stunde? Eineinhalb? Sie hörte die Polizeihunde von den Feldern zum Haus zurückkommen. Jetzt wurden sie auf die andere Seite des Gebäudes geführt.

Louise stand da, ihr Blick war leer. Ihr war, als sei die Welt stehen geblieben, genau wie auch in ihr drin alles nacheinander stehen blieb. In ihren Schläfen pochte es, ihre Kopfhaut prickelte. Sie lehnte sich vornüber und ließ den Kopf hängen. Mit auf die Knie gestützten Händen wartete sie darauf, dass ihr das Blut wieder in den Kopf lief.

So stand sie da, die Augen geschlossen, und rang um Fassung. Wohl wissend, dass sie Jonas keinen Zentimeter näher kommen würde, wenn sie ihrem Körper gestattete, ihr den Dienst zu versagen.

Als sie sich wieder aufrichten wollte, spürte sie, wie jemand sie am Arm fasste. Sie sah in Eiks ernstes Gesicht, und mit einem Mal war all jene Stärke, die sie gerade sammeln wollte, weg, und ihr kamen die Tränen.

»Helvedeskedel, wo ist das?«, fragte er und zog sie mit sich. Er erzählte ihr, dass er gerade mit Camilla gesprochen hatte, und hielt Jonas' gestreifte Schlafanzughose in der Hand.

Louise kapierte gar nichts. Wovon redete er? Dann begann ihr Gehirn langsam wieder zu arbeiten.

»Der Höllenkessel, das ist bei Ravnsholte«, sagte sie und sah ihn fragend an.

»Dann fahren wir da jetzt hin. Ich habe Nymand schon Bescheid gesagt.« Er schob sie sanft an.

Louise eilte zum Auto. Ravnsholte lag ein Stück in den Wald hinein auf der anderen Seite von Hvalsø, wo ihre Eltern wohnten.

Charlie hatte die Schnauze gegen die hintere Autoscheibe gedrückt und die Ohren spitz aufgestellt und war vollauf damit beschäftigt, den anderen Hunden bei der Arbeit zuzusehen. Er fiepte und fiepte und würdigte Louise und Eik keines Blickes, als sie einstiegen.

»Aus!«, befahl Eik und umfuhr bereits im Slalom die immer mehr werdenden Streifenwagen.

»Helvedeskedel«, wiederholte er, als sie die Landstraße erreichten. »Findest du dahin?«

»Fahr erst mal nach Hvalsø und von da nach Lerbjerg«, antwortete Louise und versuchte sich an den Weg zu erinnern. »Ich finde das, wenn wir da in den Wald kommen, wo ich früher immer geritten bin.«

Die sechs Kilometer von Nørre Hvalsø bis zu ihrem Elternhaus legten sie schweigend zurück, doch Louise war völlig aufgewühlt. Die ganze Zeit sah sie Jonas vor sich. Stellte sich vor, wie er im Dunkeln geweckt, betäubt und aus dem Bett gezogen worden war.

Sie schlug die Hände vors Gesicht, als sie allmählich zu begreifen begann, was los war. Der alte Polizeimeister hatte Jonas entführt, um sie zu bestrafen, so viel hatte sie verstanden. Aber jetzt kapierte sie langsam, wie er jahre-, nein, jahrzehntelang sein Amt missbraucht hatte, um seinen Sohn und dessen Freunde zu decken.

Sie dachte an den Hallenwart in Såby. An Gudrun, an Klaus und die jungen Prostituierten. Jedes Mal, wenn Roed Thomsen schützend die Hand über die jungen Leute gehalten hatte, hatte er in Wirklichkeit sich selbst geschützt. Weil sein Sohn und dessen Freunde etwas über ihn wussten, was nicht herauskommen durfte.

Roed Thomsen war ein schwacher Mann, der nicht mit der Krankheit seiner Tochter hatte umgehen können. Stattdessen hatte er zugelassen, dass alles vollkommen aus dem Ruder lief, als sie starb. Und seither hatte er alles getan, um die feine Fassade aufrechtzuerhalten.

»Der alte Polizeimeister hat immer gewusst, was passiert war, ohne jemals einzugreifen – weil er selbst eine Heidenangst hatte, entlarvt zu werden. Jeder weiß was über den anderen, und das macht sie in der Kombination schlicht gemeingefährlich«, sagte sie.

»Roed Thomsen ist ihr Gode«, sagte Eik kurz darauf. »Er hat die ganzen Fälle irgendwie vertuscht, um nicht allein verantwortlich gemacht werden zu können. Und hat sich dadurch nur noch angreifbarer gemacht.«

»Und das Schlimmste ist, dass sie alle davon überzeugt sind, dass ihr Glaube ihnen das Recht zu allen ihren Machenschaften gibt«, sagte Louise.

Sie waren jetzt im Wald, fuhren am Parkplatz vorbei und den abschüssigen Weg hinunter. Dann bat sie Eik, rechts abzubiegen.

»Ich bin mir nicht sicher, ob wir bis ganz ans Ende fahren können«, sagte sie. Dann straffte sie die Schultern, als sie am Sneppehuset vorbeifuhren und sie Verner Post bei seinem Brennholzschuppen stehen sah.

»Stopp! Halt mal an!«, rief sie.

Der alte Mann wohnte da draußen, solange sie sich erinnern konnte. Im Oberkiefer fehlten ihm einige Zähne, und die restlichen waren schwarz von dem Kautabak, den er sich immer unter die Oberlippe schob. Er war im Schnepfenhaus geboren und hatte Haus und Job im Bistruper Wald von seinem Vater übernommen, nachdem dieser bei einem Arbeitsunfall mit einem großen, außer Kontrolle geratenen Baum ums Leben gekommen war. Das wusste Louise nur, weil Verner Post relativ häufig bei ihren Eltern war und ihrem Vater half, wenn im Garten etwas zu fällen war.

»Wir wollen zum Helvedeskedel. Wie nah kommt man da mit dem Auto dran?«, fragte sie und empfand eine seltsame Ruhe.

Irgendetwas in ihr glaubte nicht, dass Jonas dort war. Sie war sicher, dass sie seine Angst oder die Wut der Männer spüren könnte, wenn sie in ihrer Nähe wären.

Doch als sie den Gesichtsausdruck des Alten sah, erstarrte sie fast.

»Schon wieder jemand, der das wissen will. Wieso interessieren sich plötzlich alle für die alte Opferstätte?«

»Opferstätte? Und wer ist vor uns hier gewesen?«

Louise hätte ihn am liebsten am Schlafittchen gepackt, als die Angst wieder in ihr tobte, aber dann nahm sie sich zurück. Wenn jemand ihn nach dem Weg gefragt hatte, dann ganz bestimmt nicht Roed Thomsen. Er kannte den Wald sicher genauso gut wie sie.

»Der Schlachter. Also, der Junior«, sagte Verner Post. »Der hat ausgesehen, als wäre ihm der kopflose Reiter begegnet. Eigentlich müsste er den Weg ja kennen, schließlich kommen die regelmäßig her. Und wir dürfen dann hinterher die Schweinerei aufräumen. Aber er wirkte ziemlich aufgeregt und konfus.«

Er schob die Unterlippe über die Zähne und bewegte den Kautabak hin und her.
»War er allein im Auto?«, fragte Eik.
Verner Post nickte.
»Ich hab nur ihn gesehen«, antwortete er und spuckte einen schwarzen Speichelklecks auf den Boden.

Sie fuhren weiter, bis Louise »Stopp!« rief und zwischen die Bäume zeigte. Eik parkte den Wagen. Es waren keine anderen Autos zu sehen, und als sie ausstiegen, war es ganz still im Wald. Louise spürte das Pochen in den Schläfen und wie ihr der Schweiß auf die Stirn trat.

Eik hatte die gestreifte Schlafanzughose in der Hand, als er Charlie aus dem Kofferraum ließ. Dann folgte er Louise, die bereits auf dem Weg zu dem Hang zwischen den Bäumen war. Hin und wieder blieb sie stehen und lauschte.

»Wir verschwenden unsere Zeit«, sagte sie, als Eik sie einholte.

Charlie lief mit der Schnauze am Boden herum, war aber nicht sonderlich interessiert an der Schlafanzughose, die Eik ihm immer wieder hinhielt.

»Hier sind sie nicht«, insistierte Louise. »Sonst würden wir irgendetwas hören.«

Eik packte sie von vorn bei beiden Schultern und zwang sie, einen Moment nur ihn anzusehen.

»Jetzt reicht's aber!«, sagte er, als würde er ein Kind zurechtweisen, das nur schwer zur Vernunft zu bringen war. »Wenn wir Jonas wirklich finden wollen, dann musst du dich jetzt bitte wie eine Polizistin benehmen und nicht wie eine Mutter. Sonst wird da nichts draus.«

Er zog sie mit nach oben auf den Hang und ließ sie erst los, als sie in die Vertiefung des Helvedeskedel hinuntersehen konnten. Dort war alles voller braunem Laub vom letzten Herbst. Louise hatte den Kessel tiefer in Erinnerung, aber das kam wahrscheinlich daher, dass sie selbst damals kleiner gewesen war, dachte sie.

Sie sah hinunter ins Leere und wusste nicht, ob es Erleichterung oder Angst war, die sie durchflutete, als ihr bestätigt wurde, dass Jonas nicht dort war.

VERNER POST WAR DAMIT BESCHÄFTIGT, den schmalen, zum Waldhaus führenden Kiesweg zu rechen, aber er stellte die Harke beiseite, als Eik und Louise abermals vor seinem Tor hielten.

»Wenn man Anhänger des alten Asatru ist, gibt es dann neben dem Helvedeskedel auch noch andere Orte, die mit Opfersagen in Verbindung gebracht werden können?«, fragte Louise, noch während sie aus dem Auto stieg.

»Das sind nicht bloß Sagen. Das ist wirklich passiert«, korrigierte er. »Man hat da drin öfter Spuren von Menschenopfern gefunden.«

»Gibt es noch mehr solche Geschichten, nur an anderen Orten?«, beharrte sie.

Wieder schob er die Unterlippe seltsam nach vorne und legte die Stirn unter seiner Kappe in Falten, während er nachdachte.

»Denken Sie vielleicht an König Waldemar Atterdag, der mit seinem Gefolge bei Mondlicht auf dem Valdemarsweg reitet?«, fragte er und spuckte etwas Tabak aus.

»Nein, wir denken eher an so etwas wie die Opfereiche im Boseruper Wald«, sagte Eik. »Orte, die dem alten nordischen Glauben zufolge mit Menschenopfern, Bruderschaften und Racheritualen in Zusammenhang gebracht werden können.«

»Menschenopfer wurden, soweit ich weiß, nur im Helvedeskedel gemacht. So hieß es jedenfalls.«

Louise beruhigte sich ein klein wenig, nur um sogleich wieder in neue Sorgen gestürzt zu werden:

»Aber die Scheiterhaufen wurden auf dem See im Schwarzmoor zu Wasser gelassen. Der Brauch stammt noch aus der Wikingerzeit. Damals wurde, wenn ein wichtiger Mann gestorben war, im Rahmen seines Beerdigungsrituals einer seiner Leibeigenen geopfert. Ansonsten wurden Menschenopfer oft in Krieg und Krisen gebracht, meist aus Rache.«

Louise hörte nicht mehr zu. Wie durch Watte nahm sie wahr, dass Eik sich nach dem Weg zum Schwarzmoor erkundigte.

Sie wusste genau, wo das war. Als sie seinerzeit ein eigenes Pferd bekam und anfing, im Wald auszureiten, hatte ihr Vater sie vor dem Moor gewarnt. Er hatte ihr von einem riesigen Hecht erzählt, der sich nie fangen ließ, und ihr eingeredet, er hätte ihn selbst gesehen. Keiner wüsste, wie lange er schon in dem schwarzen Wasser herumschwamm, aber der Sage zufolge sei es die Asche von den Scheiterhaufen, die ihn unsterblich machte. Früher hatten einige Bauern aus der Gegend ihre eigene Asche im Sortemose verstreuen lassen, damit der Hecht nicht an Land kam und seine Opfer selbst mit sich ins Moor zog.

Sie sahen sie, sobald sie oben auf dem Hügel standen. Louise stützte sich an einer Birke ab, während ihr Gehirn ganz langsam versuchte zu begreifen, welches Szenario sich ihnen da am Ufer des kohlschwarzen Waldsees bot.

Sechs Männer standen im Kreis, hinter ihnen saß Lars Frandsen wie ein regloses Häufchen Elend, den Blick auf den Kreis älterer Männer gerichtet.

Auf die Entfernung konnte Louise Roed Thomsen

erkennen, den alten Schlachter Frandsen, den Eigentümer des Sägewerkes und John Knudsens Vater, dem der Hof in Særløse gehört hatte, bevor der Viehbetrieb dort eingestellt wurde und alles anfing zu verfallen. Außerdem war der Vater von Lars Hemmingsen da, der ebenfalls Maurer gewesen war, bis er den Betrieb seinem Sohn überließ, und hinter ihm saß ein grauhaariger, breitschultriger Mann, der der Eigentümer des ehemaligen Landmaschinenverleihs sein konnte, aber da war Louise sich nicht sicher. Seine Tochter war zwei Klassen unter ihr gewesen. In ihrer Mitte lag Jonas.

Er trug nichts als ein Paar Unterhosen und war an Händen und Füßen gefesselt. Mit einem schwarzen Band waren ihm die Augen verbunden, mit Gaffatape der Mund zugeklebt, und der Oberkörper war eingeschmiert mit Blut.

Er war auf etwas festgebunden, das auf die Entfernung wie ein schmales Floß oder wie eine aus Latten zusammengebundene Trage aussah. Louise bemerkte, wie Jonas zuckte. Immer wieder, wie ein erschöpftes Tier, das versuchte, sich aus einer Falle zu befreien. Die Männer ignorierten seine Befreiungsversuche. Sie sahen nicht einmal hin.

Louise fror und schwitzte gleichzeitig. Eik war wieder zum Weg zurückgegangen. Sie hörte, wie er leise ihre Koordinaten ins Handy sprach. Offenbar hatte er Hilfe angefordert.

Roed Thomsen trug einen langen Umhang und hatte die Arme ausgebreitet. Sie konnte seine dunkle, monotone Stimme hören und sah wie versteinert zu, als ein Gegenstand von Hand zu Hand ging. Ohne ihn sehen zu können, wusste Louise, dass es der Eidring war, der da die Runde machte. Sie konnte sehen, dass sich die Lippen der Männer bei jeder Übergabe bewegten, hörte aber nicht, was sie sagten. Die Gesichter waren ernst und angespannt, während sie gleichzeitig erwartungsvoll wirkten. Wie bei Sportlern vor einem Wettkampf.

Eik war zurückgekehrt und stand direkt hinter ihr. Sie konnte die Wärme seines Körpers spüren. Er roch nach Salz und Feuer.

Da ließ Roed Thomsen die Arme sinken, die Männer traten ein Stück zurück, und Louise sah die beiden großen grauen Benzinkanister. Ihr war, als legten sich ihr zwei Pranken um den Hals und wollten ihren Kehlkopf zerdrücken, als sie sah, wie Roed Thomsen sich zu Lars Frandsen umdrehte und ihn zu sich heranwinkte. Doch der Schlachter rührte sich nicht, und als er zum wiederholten Male nicht reagierte, brüllte sein Vater ihn so wütend und laut an, dass Louise jedes Wort verstehen konnte.

»Du kommst jetzt verdammt noch mal hier rüber und zeigst uns, dass du ein Mann bist und kein jämmerlicher Waschlappen!«

Er fuchtelte mit dem Finger in der Luft herum, und als sein Sohn den Blick weiter auf den Boden gerichtet hielt und nicht reagierte, ging sein Vater auf ihn zu und schrie:

»Du bist eine Schande! Ab sofort bist du nicht mehr mein Sohn! Du hast den Kreis gebrochen, als dein missratener Junge abgehauen ist! Du warst nicht in der Lage, deiner Verantwortung gerecht zu werden und unsere Gemeinschaft zu wahren. Von heute an habe ich nicht nur keinen Enkel mehr, sondern auch keinen Sohn.«

Er wirkte ein wenig in sich zusammengesunken, als er ihm den Rücken zuwandte und zurück zu den anderen ging, die beifällig nickten. Als habe der alte

Schlachter gerade genau das getan, was jeder Mann tun sollte, wenn jemand sein Vertrauen missbrauchte.

Lars Frandsen rührte sich immer noch nicht. Er sah nicht einmal auf, als Roed Thomsen auf ihn zuging und ihn auf die Beine zerrte.

Mit wenigen schnellen Schritten war der alte Schlachter bei den Benzinkanistern. Louise öffnete den Mund. Während alle anderen zum jungen Schlachter und Roed Thomsen sahen, schraubte der Alte den ersten Kanister auf.

Er fing an, Jonas mit der brennbaren Flüssigkeit zu begießen. Louise schrie. Ihr Sohn zuckte, als das Benzin auf ihn platschte. Louise schrie wieder.

Das Pistolenhalfter schlug gegen ihre Brust, als sie den Hügel hinunterstürzte. Direkt hinter sich konnte sie Eiks Atem hören. Er hatte Charlie bei sich und befahl dem Hund, bei ihm zu bleiben.

»Halt!«, brüllte sie.

Die Zeremonie am Seeufer stockte, sämtliche Blicke richteten sich auf Louise und Eik. Der alte Schlachter hatte immer noch den Kanister in der Hand, düster und hasserfüllt sah er sie an. Als Roed Thomsen sie entdeckte, ließ er Lars Frandsen los und schüttelte den Arm, als wolle er ihn loswerden.

»Was, zum Teufel, ist hier los?«, rief Louise.

Sie war jetzt bei Jonas und stellte sich schützend vor ihn. Die Männer rückten zusammen, bis sie Schulter an Schulter standen, und starrten sie an.

»Sie können uns dankbar sein, dass Ihr Junge noch am Leben ist«, sagte der alte Polizeimeister. »Wenn wir nicht rechtzeitig hier gewesen wären, hätten die beiden da ihn als lebende Fackel auf den See geschickt.«

Roed Thomsen nickte in Richtung Vater und Sohn

Schlachter. Dann verschränkte er die Arme vor der Brust und nahm seine übliche, betont lässige Haltung ein. Aus seinem Blick sprach Hohn.

Eik war dabei, die Stricke, mit denen Jonas festgebunden war, durchzuschneiden. Der nackte Oberkörper des Jungen glänzte vom Benzin und dem verschmierten Blut. Eik brachte Jonas in Sicherheit und befahl Charlie, bei dem Jungen zu bleiben.

Louise schüttelte den Kopf. Sie war so unendlich wütend, dass sie zunächst kein Wort herausbrachte.

»Halt's Maul!«, schrie sie dann. »Halt jetzt verdammt noch mal dein Scheißmaul! Wir haben da oben gestanden und alles gesehen. Ich muss überhaupt niemandem dankbar sein!«

Dann schrie Eik, und alle drehten sich zu ihm. Im selben Augenblick fiel der Benzinkanister mit einem dumpfen Laut zu Boden, und gleich darauf klickte ein Feuerzeug. Bevor irgendjemand reagieren konnte, war eine Art Fauchen zu hören und der alte Schlachter hatte sich selbst angezündet. Sein massiger Körper stand lichterloh in bläulichen, kalten und gelben Flammen. Er ruckte und zuckte, gab aber keinen Laut von sich.

Schnell sprang Eik zu ihm hin, und von der anderen Seite näherte sich Lars Frandsen. Alle anderen standen reglos da, während der alte Mann zu Boden geworfen wurde. Mit einer hellen Leinenjacke versuchte sein Sohn, das Feuer zu ersticken, während Eik ihn Richtung See rollte.

Louise stürzte zu Jonas und drückte ihn fest an sich. Sie zog ihren Pulli aus und legte ihn um seine Schultern. Der beißende Benzingeruch ließ ihre Augen tränen. Charlie stand wachsam neben ihnen und wartete auf Anweisungen von Eik.

»Der da war's«, flüsterte Jonas und sah zum alten, brennenden Frandsen. »Ich hab ihn nicht ins Zimmer kommen hören. Ich glaube, ich bin erst aufgewacht, als ich schon im Auto lag, und da war ich auch schon gefesselt. Mir war so schwindelig, und ich musste mich übergeben.«

Sie hörte Sirenen hinter sich und sah Nymand und ziemlich viele seiner Leute den steilen Hang herunterkommen. Louise war endlos erleichtert, dass sie offenbar in der Nähe gewesen waren, als Eik sie anrief.

Roed Thomsen löste sich aus der Gruppe Männer, die wortlos dabei zusahen, wie ihr alter Freund vor ihren Augen verbrannte. Er ging auf Louise und Jonas zu, und Louise festigte den Griff um die Schulter des Jungen – aber sie hatte keine Angst mehr vor dem alten Polizeimeister. Sie hatte überhaupt gar keine Angst mehr, jetzt, wo sie das Herz ihres Sohnes schlagen spürte. Einige der Polizisten rannten das letzte Stück zum alten Schlachter hin, der nun reglos am Seeufer lag. Eik hatte ihn mit Wasser begossen, aber jetzt hockte er tatenlos da und starrte leer vor sich hin.

»Was, zum Teufel, ist hier los?«, rief Nymand und kam dann keuchend neben ihr zum Stehen.

»Wir stehen Ihnen bei der Aufklärung dieser tragischen Ereignisse selbstverständlich alle zur Verfügung«, erklärte Roed Thomsen ernst. »Und das gilt natürlich auch für die Ermittlungen rund um den Mord an der jungen Prostituierten, von dem wir gerade erst erfahren haben.«

Nymand wirkte an der Seite seines Vorgängers mit einem Mal so klein. Sein Blick huschte von dem Mann auf dem Boden zu Lars Frandsen, der leise weinte. Von dort zu Jonas und dem Floß, auf dem er festgebunden gewesen war, und schließlich zu Roed Thomsen. Er war sichtlich erschüttert über das, was er sah.

»*Den jungen* Prostitui*ten*«, korrigierte Louise ihn, doch er nahm keine Notiz von ihr.

»Was ist passiert?«, fragte Nymand und sah Louise an, die immer noch den Arm um Jonas gelegt hatte, aus dessen Haaren Benzin tropfte.

»Sie können uns dankbar sein, dass der Junge noch am Leben ist«, sagte Roed Thomsen und wollte Jonas die Hand auf die Schulter legen, aber Louise riss ihren Sohn an sich. »Wir haben ihn vor den Verrückten da gerettet.«

Er ließ seine Pranke langsam sinken und richtete den Blick auf Lars Frandsen und seinen Vater.

»Sie haben überhaupt niemanden gerettet«, zischte Louise, schob Jonas hinter sich und trat einen Schritt auf Roed Thomsen zu. »Mag sein, dass Sie damals ungeschoren davongekommen sind, als sie Ihre Tochter haben verschwinden lassen. Aber meinen Sohn rühren Sie nicht an.«

Roed sah kurz zu ihr. Aus dem Augenwinkel sah Louise Eik sich ihnen nähern. Er stellte sich hinter sie und zog Jonas an sich.

»Sagen Sie mal, wovon reden Sie eigentlich?«, fragte Roed Thomsen und wandte sich an Nymand, in dessen Wangen etwas Farbe zurückgekehrt war. »Übrigens würde ich Ihnen empfehlen, meinen Sohn und seine Freunde wieder auf freien Fuß zu setzen, bevor Sie ein Verfahren an den Hals bekommen wegen Festnahme trotz Mangels an Beweisen. Sie sollten lieber mit ihm zusammenarbeiten. Er wird Ihnen erzählen können, was an dem Abend im Wald passiert ist, als die junge Frau ums Leben kam.«

Louise hatte keine Lust, sich anzuhören, wie sie alle

Lars Frandsen und seinen Vater für alles verantwortlich machten.

»Dieses Mal kommen Sie nicht so einfach davon«, sagte sie kalt und sah Roed Thomsen direkt in die Augen. »Zwei Generationen lang bedroht und tyrannisiert ihr jetzt schon die Menschen hier in der Gegend, und genauso lange zwingt ihr sie auch schon zu schweigen. Sie haben die ganze Zeit gewusst, was los war. Aber Sie haben nicht eingegriffen, weil Sie selbst so eine Scheißangst hatten, als der Schwächling entlarvt zu werden, der Sie in Wirklichkeit sind. Sie sind zum Kotzen.«

Sie wandte sich an Nymand.

»Lars Frandsen ist bereit, der Polizei zu erzählen, was damals, als Roed Thomsens Tochter verschwand, passiert ist. Er war an dem Abend, an dem sie sich umbrachte, mit dabei, und es gibt mehrere Zeugen dafür, wie ihr Vater ihren Tod später vertuscht und einen Vermisstenfall fingiert hat. Er kann Ihnen auch von den vielen Schweigegelübden berichten, die die Männer im Laufe der Zeit abgelegt haben, um weitere Verbrechen zu vertuschen.«

Sie wandte sich wieder an Ole Thomsens Vater.

»Auf die Zeugenaussage Ihres Sohnes können wir verzichten. Jetzt ist Schluss mit dem jahrelangen Schweigen. Und Sie können nichts dagegen tun. Denn obwohl Sie alle irgendetwas Belastendes über einander wissen, haben sowohl René Gamst als auch Lars Frandsen sich bereit erklärt zu reden.«

»Ich kann mir nicht vorstellen, dass du wirklich ein Interesse daran hast, *alles* ans Tageslicht zu bringen«, raunte der alte Polizeimeister so leise, dass sie ihn kaum hören konnte. »Dein Freund war dabei, als sie meine Tochter umgebracht haben. Und ich bin sicher, niemand wird bestreiten, dass er die Entscheidung traf, Eline im Wald zu vergraben, weil er genau wusste, dass sie sonst alle wegen Mordes drankommen würden.«

Roed Thomsen war ein paar Schritte auf sie zugetreten, doch Louise sah ihn nur weiter direkt an und wich keinen Millimeter zur Seite.

»Sie blödes Arschloch«, brach es aus ihr hervor. »Sie versuchen doch nur schon wieder, jemand anderem die Schuld in die Schuhe zu schieben – jemandem, der sich nicht wehren kann. Wenn man aus eurem kranken Kreis ausbricht, wird man sofort zum Sündenbock. Und jetzt wollen Sie auch mir drohen, damit ich schweige.«

Voller Verachtung schüttelte sie den Kopf.

»Sie waren der Erwachsene. Sie hätten all das, was passiert ist, verhindern müssen«, fuhr sie wütend fort. »Haben Sie aber nicht. Stattdessen ließen Sie einfach alles so weiterlaufen, weil es Ihnen verdammt gut in den Kram passte, Ihren Sohn und dessen Freunde unter Druck setzen zu können. So verhinderten Sie, dass jemals auch nur einer ein Wort darüber verlor, wie Sie Ihre Position missbraucht haben, um Dinge zu vertuschen, die Sie zu Fall gebracht hätten. Aber das hat jetzt ein Ende.«

Sie drehte sich zu Jonas und Eik um, doch bevor sie sich in Richtung Hang in Bewegung setzte, wandte sie sich noch ein letztes Mal an Nymand.

»Rufen Sie mich an, wenn Sie mich brauchen.«

Es war still in der kleinen Kapelle. Die Klänge der Orgel und das erste Lied waren verstummt. Dann konnte man hören, wie Lissy aufstand. Mit einem gefalteten Blatt Papier in der Hand ging sie zum Sarg.

Louise drückte Eiks Hand und sah schnell zu Jonas, der auf der anderen Seite neben ihr saß.

Sie hatten beide sofort angeboten, sie zu der kleinen Gedenkfeier zu begleiten, die Klaus' Eltern ausrichten wollten, sobald die Polizei seine sterblichen Überreste freigegeben hatte. Erst hatte sie abgelehnt und betont, sie müsse das alleine machen. Aber als sie dann zusammen mit Eik einige seiner Sachen packte, weil er bei ihr wohnen würde, solange Camilla, Frederik und Markus in seinem Apartment im Südhafen unterkamen, hatte es sich dann doch richtig angefühlt. Und auch, dass Jonas mitkam.

»Ich möchte nicht, dass du da alleine hingehst«, hatte er gesagt, als sie ihm erzählte, dass sie damals nicht bei Klaus' Beerdigung gewesen war. Sie hatte das einfach nicht gekonnt.

Lissy fing an zu reden. Sie erzählte von den vielen Jahren des Zweifels, die nun ein Ende hatten. Von der Ungewissheit, die nun von Gewissheit abgelöst war. Von der Ruhe, zu der sie jetzt endlich gekommen war. Ihre Worte hallten unter der hohen Decke der Kapelle wider. Auf der Stuhlreihe gegenüber, auf der anderen Seite des Sarges, saß Ernst mit seiner Tochter, seinem Schwiegersohn und dem kleinen Jonathan. Neben ihnen saßen Onkels und Tanten, die Louise nicht kannte.

Sonst niemand.

»Das wird eine ganz kleine, private Zeremonie«, hatten Klaus' Eltern gesagt, als sie anriefen. »Ein Abschied.«

Hinterher wollten sie gemeinsam bei Klaus' Eltern im Skovvej zu Mittag essen, aber Louise hatte die Einladung abgelehnt.

Für sie war das Kapitel damit abgeschlossen.

Der Pfad des Todes ist Fiktion. Ich bin bei Hvalsø aufgewachsen und liebe die Gegend, darum hat es mir sehr viel Spaß gemacht, zurückzukommen in die Umgebung, die ich so gut kenne. Allerdings war ich so frei, mir ein paar Orte auszudenken und andere existierende Orte zu verlegen, damit sie in meine Geschichte passen. Ingersminde zum Beispiel gibt es nicht, auf die Idee mit den Mädchengräbern kam ich bei einem Besuch von Schloss Jægerspris, und die Opfereiche steht in Wirklichkeit woanders.

Meine Geschichte stützt sich teilweise auf alte Sagen und Erzählungen, aber das meiste entspringt meiner Fantasie. Weder die Figuren des Romans noch deren Namen haben irgendetwas mit tatsächlich lebenden Personen zu tun, Ähnlichkeiten wären also rein zufällig. Jedoch muss ich gestehen, dass das, was Louise Ricks Vater erlebt, verblüffend übereinstimmt mit dem, was meinem Vater passiert ist, als er von Kopenhagen aufs Land zog.

Auch beim Schreiben dieses Buches bin ich wieder so vielen offenen, entgegenkommenden Menschen begegnet, die sich die Zeit genommen und mir bei meiner Recherche geholfen haben.

Ein großer Dank geht an Jim Lyngvild, der mir viel über den Asatru erzählt und mir jede Menge Fragen beantwortet hat und der bei alldem mitspielte, obwohl ich einige seiner Glaubensbrüder in diesem Buch sehr extrem gezeichnet habe. Es hat mir Spaß gemacht, mein Wissen über die nordische Mythologie sowie die alten Helden- und Göttersagen aufzufrischen.

Vielen Dank auch all jenen, die bei meinem Vortrag in Hvalsø waren und mich mit so vielen fantastischen Sagen und Mythen versorgt haben – den Helvedeskedel und den großen Hecht gäbe es nicht in diesem Buch, wenn Sie nicht gewesen wären.

Ein ganz besonderer Dank gilt Steen Holger Hansen im Institut für Rechtsmedizin, der der echte Flemming Larsen ist, sowie dem ehemaligen Hundeführer Bo Greibe.

Außerdem danke ich meiner ganz wunderbar kompetenten Lektorin Lisbeth Møller-Madsen. Mit dir zusammenzuarbeiten ist eine wahre Freude! Danke für deine unermüdliche Hilfe. Und überhaupt ein ganz großes Dankeschön an meinen Verlag, People's Press – ich bin so froh, bei euch zu erscheinen. Und an Trine Busch, die nur Louise Ricks und mein Bestes will, bedingungslos.

Mein liebevoller Dank gilt meinem Mann Lars, seinen beiden wunderbaren Töchtern Caroline und Emma sowie meinem Sohn Adam, weil ihr alle immer Verständnis dafür habt, wenn ich mich zum Schreiben zurückziehen muss. Ihr bedeutet mir alles.

Sara Blædel